운명의 날

운명의 날

데니스 루헤인 장편소설

조영학 옮김

하

THE
GIVEN
DAY

황금가지

차 례

THE GIVEN DAY

노동자 계급 (하)

21

스티븐 오미라는 눈 쌓인 어느 날 아침 브루클린의 헐리웃 공동묘지에 묻혔다. 바람 한 점 없는 하늘엔 새도 해도 없이, 꽁꽁 언 눈만이 하늘만큼이나 딱딱한 석고처럼 들판과 숲 위를 덮고 있었다. 무덤 주변으로 조객들의 한숨이 끊이지 않았다. 의장대가 쏜 21발 예포의 메아리가, 마치 꽁꽁 언 숲 저편에서 벌어지는 또 다른 장례식의 총소리처럼 들렸다.

오미라의 미망인 이사벨라는 세 딸과 피터스 시장과 함께 앉아 있었다. 딸은 모두 삼십대라 왼쪽에 남편이 동석했고 그 뒤로 오미라의 손자들이 추위에 떨며 안절부절못하고 있었다. 그 줄 맨 끝에 새로

취임한 청장 에드윈 업튼 커티스*의 모습도 보였다. 키가 작은 사내로, 얼굴 피부가 버린 지 오래 된 오렌지의 색과 질감 그대로였다. 두 눈은 입고 있는 갈색 셔츠만큼이나 혼탁했다. 대니가 막 기저귀를 벗었을 때, 커티스는 도시 역사상 가장 어린 나이로 시장에 선출된 바 있었다. 지금은 젊지도 않고 시장도 아니지만, 1896년만 해도 그는 금발의 얼치기 공화당원으로 열성 민주당 정치 토호들의 동네북이었다. 결국 보스턴 선거구장들은 보다 장기적이고 실질적인 대안을 모색하기에 이르렀고, 그는 시청의 최고 직위에 취임한 지 1년 만에 쫓겨나고 말았다. 그 후 그에게 주어진 임명장들은 점점 작아져, 20년 후에는 세관원으로 일하는 신세까지 전락하고 말았다. 임기 말년의 주지사 맥콜이 그를 오미라의 후임으로 임명한 것은 바로 그런 즈음이었다.

"세상에 무슨 깡으로 저 자리에 앉는대? 저 인간은 아일랜드 인을 증오하고, 경찰을 증오하고, 천주교도들을 깡그리 증오해. 저 자한테서 공정한 처사가 가능할 것 같아?"

후에 페이홀에서 스티브 코일이 한 얘기였다.

스티브는 스스로를 '경찰'로 여기고 모임에도 꼬박꼬박 참석했다. 사실 딱히 갈 곳도 없었다. 그날 아침 페이홀에서도 여전히 그는 뜨거운 감자 신세였다. 그날은 무대 앞에 마이크 스탠드를 설치해 고인이 된 청장을 추모하도록 해두었다. 나머지 일반 조합원들은 커피포트와 맥주통 주변에 몰려 있었다. 서장들과 부서장들은 마을 반대쪽의 로크 오버에서 고급 식기에 프랑스 요리를 담아 나름대로의 추모식을 열고 있지만, 일반 경찰들은 이곳 록스베리에 모여 잘 알지도 못하는 상관에 대한 상실감을 표현하려 애를 쓰고 있었다. 때문에 하나같이 '투박하지만 공정했던' 거인 지휘관과의 우연한 만남을 늘어놓을 수밖에 없었고 추모식은 초반부터 김이 빠질 수밖에 없었다. 지금은 밀티 맥엘론이 마이크를 잡고, 제복에 대한 오미라의 집착, 혼잡한 강당 10미터 밖에서도 변색된 단추를 찾아내는 능력 등에 대해 떠벌리고 있었다.

사람들은 대니와 마크 덴튼이 발언할 것을 기대했다. 지난 달 석탄 값이 다시 1페니 오르는 바람에, 경찰들은 퇴근 후, 아이들 입에서 입김이 허옇게 피어오르는 얼음집으로 돌아가야 했다. 이제 곧 크리스마스건만, 그들의 아내는 바느질에 지치고 점점 멀건 죽이 되어가는 수프를 원망했으며, 레이먼드, 길크리스트, 휴톤 앤 듀톤 등의 크리스마스 세일을 즐길 수 없다는 사실에 분개했다. 다른 여자들, 그러니까 전차 운전사, 트럭운전사, 항만노동자 하역인부들의 아내는 가능한데 유독 경찰관의 여자들만 안 돼?

"이젠 밖에서 자는 것도 지겹습니다. 정말로 일주일에 두 번밖에 들어가지 못하거든요."

한 순경의 말이다.

"우리 여편네들이요. 솔직히 그 사람들이 가난한 건 순전히 우리하고 결혼했기 때문 아닙니까?"

다른 경찰은 여자들 입장을 편들었다.

마이크를 잡은 사람들 역시 비슷한 감상들을 술회하기 시작했다.

오미라의 추모는 시들어버린 지 오래였다. 창밖으로 바람이 거세지고 창에는 성에가 끼기 시작했다.

돔 퍼스트가 마이크 앞으로 나서더니 파란 제복 소매를 걷어 팔을 보여주었다.

"어젯밤 숙소에서 자다가 벌레한테 물린 자국들입니다. 쥐새끼들을 타고 놀던 놈들이 갑자기 침대 위로 뛰어오르더라고요. 이건 커티스를 욕한 데 대한 보복입니다. 그 자가 벌레와 한패라는 증거라 이겁니다!" 그가 비컨 힐 방향을 가리키는데 팔이 벌건 자국들로 잔뜩 덮여 있었다. "스티븐 오미라를 대신해 '너희들 꼴리는 대로 해봐라'는 메시지를 보낼 인간들은 얼마든지 있습니다. 그런데 떨거지 에드윈 커티스를 뽑아요? 그건 한마디로 우리한테 '닥쳐'라는 얘기라고요."

몇 명이 의자를 벽에 집어던지고, 창문을 향해 커피 잔을 던지는 이들도 있었다.

"뭔가 해야겠는데요."

대니가 마크 덴튼에게 말했다.

"좋은 생각이야."

덴튼이 대답했다.

"닥치라고? 그래, 네놈들도 '닥쳐라.' 내 말 들려? 씨발, 닥치란 말이야!"

대니가 마이크를 잡기 위해 군중들을 헤쳐 나갈 때 실내가 합창으로 들끓기 시작했다.

닥쳐! 닥쳐! 닥쳐! 닥쳐!

그는 돔에게 미소로 인사하고 마이크 뒤에 가서 섰다.

"여러분!"

하지만 대니의 목소리는 '닥쳐'라는 구호에 묻히고 말았다.

"여러분!"

그가 다시 외쳤다. 마크 덴튼이 그에게 눈썹을 찡긋하며 삐딱한 미소를 전했다.

한 번 더.

"동지 여러분!"

몇 명이 고개를 들었으나, 나머지는 주먹을 휘두르고 서로에게 맥주와 커피를 쏟으며 계속 구호를 이어나갔다.

"아가리…… 닥ㅡ쳐!"

대니가 마이크에 대고 악을 쓴 다음 잠시 숨을 삼키며 방을 훑어보았다.

"우리가 조합 대표입니다, 예? 나, 마크 덴튼, 케빈 맥레이, 둘리 포드. 커티스와 협상하겠습니다. 그 다음에 미쳐버려도 늦지 않아요."

"언제?"

누군가 외쳤다.

대니가 마크 덴튼을 보았다.

"크리스마스. 전에 시장 집무실에서 합의한 바가 있어요." 덴튼이 외쳤다. "우릴 무시할 수는 없습니다. 크리스마스 아침엔 그도 우릴 만나려 할 겁니다."

"그 새끼, 유대계 놈인지도 몰라."

누군가의 말에 조합원들이 폭소를 터뜨렸다.

"그럴지도 모르죠. 하지만 그건 올바른 방향으로 가기 위한 올바른 선택입니다. 올바른 신념의 행동이기도 하죠. 그때까지는 얼마든지 의심하라고 해두죠, 예?"

대니는 몇 백 명의 얼굴을 둘러보았다. 다들 미심쩍은 표정이었다. 홀 뒤쪽의 몇 명이 다시 '닥쳐'를 외치는 바람에 대니는 왼쪽 벽에 걸린 오미라의 사진을 손가락으로 가리켰다. 수십 개의 눈이 그의 손가락을 따랐는데, 대니는 순간 공포와 환희를 동시에 느껴야 했다.

이 사람들, 내가 이끌어주기를 바라고 있어.

어딘가로. 어디로든.

"저 분을 보십쇼! 오늘 거인이 땅에 묻혔습니다!"

그가 외쳤다.

강당이 조용해졌다. 고함소리도 없었다. 그들은 모두 대니를 바라보며, 그가 이 일을 어떻게 다룰 것인지, 그들을 어디로 데려갈 것인지 궁금해 했다. 대니는 경탄하지 않을 수 없었다.

그가 목소리를 낮추었다.

"저분은 꿈을 실현하지 못한 채 돌아가셨죠."

몇 사람이 고개를 숙였다.

맙소사, 이 상황을 어떻게 처리해야 하지?

"그리고 그 꿈은 바로 우리의 꿈입니다." 대니는 목을 빼 무리를 살폈다. "숀 무어, 어디 있습니까? 아까 봤는데…… 숀, 손 좀 들어봐요."

숀 무어가 쭈뼛쭈뼛 손을 들었다.

대니가 그의 눈을 노려보았다.

"그날 밤 술집에 있었죠, 숀? 그가 죽기 전날 밤 말입니다. 우리와 함께 그를 만났잖습니까? 그때 그가 뭐라고 했죠?"

숀이 주변 사람들을 둘러보고는 몸을 비비 꼬았다. 그리고 대니에게 멋쩍은 미소를 지으며 고개를 저었다.

대니는 사람들을 훑어보았다.

"청장님은…… 이렇게 말했어요. '약속은 약속이다.'"

군중의 절반이 박수를 치고, 몇 명은 휘파람을 불었다.

"약속은 약속입니다."

대니가 반복했다.

다시 박수갈채와 환호.

"청장님은 우리가 그분을 믿는지 물었죠. 그런가요? 그의 꿈이 바로 우리 꿈이니까?"

개소리. 하지만 먹혀들고 있었다. 사람들이 턱을 치켜들었고 자긍심이 분노를 대체했다.

"청장님은 이렇게 잔을 들었죠." 그리고 대니도 자신의 잔을 들었다. 그는 자신의 내면에서 꿈틀거리는 아버지의 혼을 느낄 수 있었다. 유들유들한 말솜씨. 감수성을 건드리는 재간. 극화의 능력. "그리고 말씀하셨죠. '보스턴 경찰청의 용사들을 위해! 이 나라에서 자네들보다 고귀한 존재는 없어!'라고 말입니다. 그 말에 건배하겠습니까, 여러분?"

사람들은 술을 마시고 환호를 보냈다.

대니는 목소리를 몇 옥타브 내렸다.

"우리가 고귀한 존재임을 스티븐 오미라가 알았다면, 에드윈 업튼 커티스도 곧 알게 될 겁니다."

그들이 다시 합창하기 시작했다. 하지만 대니가 그들이 외치는 구호를 깨닫기까지는 어느 정도 시간이 필요했다. 사람들이 구호를 두 음절로 끊는 바람에 처음엔 두 단어로 들렸기 때문이었다. 그리고 순간 얼굴에 피가 몰려들었다. 마치 새롭게 부활한 기분이었다.

"커글…… 린! 커글…… 린! 커글…… 린!"

"스티븐 오미라를 위해! 그의 꿈을 위해!"

대니가 다시 고인의 못 다한 꿈을 위해 잔을 높이 들었다.

그가 마이크에서 물러나자 사람들이 그를 포위했다. 몇몇은 심지어 헹가래를 치려고까지 해, 결국 마크 덴튼에게 가는데 십여 분이나 걸렸다. 그는 손에 새 맥주를 들고 그의 귀에 대고 고함을 질렀다.

"분위기를 완전히 뒤집어버렸어!"

"고맙습니다."

대니도 고함으로 답했다.

그가 굳은 미소를 지으며 다시 상체를 숙였다.

"천만에. 하지만 우리가 실패하면 어떻게 될까, 대니? 그 생각은 해봤겠지, 응? 어떨 것 같아?"

대니가 사람들을 둘러보았다. 땀으로 번들거리는 얼굴들. 몇 명이 마크를 지나가며 대니의 어깨를 두드리거나 잔을 들어보였다. 환희? 망할, 그의 기분은 왕이라도 된 듯했다. 왕과 장군과 사자의 기분.

"잘해야죠!"

그가 마크에게 소리쳤다.

"그래, 그렇기를 비네."

며칠 후 대니는 파커하우스에서 에디 맥케나와 술을 마셨다. 검은 돌풍에 창틀이 덜그럭거리는 혹독한 저녁이었으나 두 사람은 다행히 난롯가에 자리를 잡을 수 있었다.

"신임청장에 대한 소식이 있나요?"

맥케나가 자기 접시를 만지작거렸다.

"그 인간, 브라민(뉴잉글랜드의 명문가를 뜻함 — 옮긴이)의 창녀야. 겉으로만 처녀지 완전히 닳고 닳은 년이다. 작년에 그 자가 오코넬 추기경(보스턴 대주교 출신으로 매사추세츠 내에 정치적 영향력이 대단한 것으로 유명하다 — 옮긴이)과 한 판 붙은 건 알고 있냐?"

"예?"

맥케나가 고개를 끄덕이고 한쪽 눈썹을 찡긋해 보였다.

"지난 번 공화당 집회에서 교구 부속학교의 공공기금을 회수하는 법안을 발의했어. 우리 유산을 받아들일 수 없다는 얘기야. 그래서 우리 종교까지 거부하는 거지. 이놈의 부자 새끼들은 두려운 게 없어. 아무것도."

"그럼 봉급 인상 문제는……"

"봉급 문제는 나도 당분간 신경 쓸 여지가 없다."

대니는 며칠 전 아침 페이홀에서 그의 이름을 연호했던 동료 경찰들을 생각했다. 뭐든 두들겨 부수고 싶은 심정이었다. 모두가 한마음이었건만. 모두가⋯⋯.

"3일 후에 커티스와 시장을 만나기로 했어요."

맥케나가 고개를 저었다.

"권력 이동 중에 할 일은 하나뿐이다. 숨죽이고 있는 것."

"그게 안 되면요?"

"무덤 하나 더 파야겠지."

대니와 마크 덴튼은 다시 만나 피터스 시장과 커티스 청장과의 아침 회담 전략을 논의했다. 콩그레스 스트리트의 블랙스턴 살롱 안쪽 테이블이었다. 경찰들의 은신처로 유명한 술집이라, 다른 손님들도 가급적 두 사람을 방해하지 않고 내버려두었다. 다들 그 둘이 자신들의 운명을 쥐고 있음을 알기 때문이다.

"이제 연간 200 인상 정도로는 어림도 없어."

마크가 말했다. 맞는 말이다. 지난 6개월간 생계비가 턱도 없이 오른 탓에 전전의 수치들은 어차피 최저생계비에도 못 미치는 저열한 수준이었다.

"예, 그렇겠죠. 300을 요구하면 어떻게 되는 거죠?"

마크가 이마를 문질렀다.

"그게 난감해. 그자들은 먼저 기자들을 불러들여 무리한 요구라고 떠들어댈 거야. 몬트리올 경찰 파업 일도 있고 해서 우리 협상 입지가 좋지만은 않아."

대니는 덴튼이 테이블에 뿌려놓은 서류 무더기를 뒤적여보았다.

"그래도 수치상으로는 우리가 유리해요."

그가 지난주 《트래블러》에서 오려낸 기사를 들어보였다. 석탄, 기름, 우유, 대중교통비 등의 폭등에 관한 내용이었다.

"놈들이 200을 고수하는 판에 300을 부른들 무슨 소용이겠나?"

대니가 한숨을 쉬며 이마를 문질렀다.

"일단 테이블에 던져놓죠. 그쪽에서 튕기면, 고참들은 250 신임들은 210을 마지노선으로 버티는 겁니다."

마크는 맥주를 조금 마셨다. 도시에서 가장 형편없는 맛이지만 제일 싸기도 했다. 그는 손등으로 윗입술을 훔치고 《트래블러》 기사를 힐끔거렸다.

"그게 먹히면 다행이지만 그냥 나자빠지면 어떡하지? 돈 없어, 그러니 꺼져. 이렇게 나오면?"

"그럼 사내 영업(경관을 상대로 하는 장사 ― 옮긴이) 문제를 건드려야 합니다. 경찰이 제복과 외투와 총과 총알을 자기 돈 주고 사는 게 정상이냐고 물어야죠. 솔직히 1년생 초짜들이 1905년 봉급으로 일하면서, 아이들을 먹여 살리기 위해 먼저 경찰장비부터 산다는 게 말이 됩니까?"

"아이들 얘기는 맘에 들어. 나가는 길에 기자들을 만나면 그 얘기를 강조하자고. 지금까지 늘 그런 식이었다고."

대니가 끄덕였다

"다른 건요? 주중 평균 근무시간을 10시간으로 줄이고 가외근무엔 50퍼센트 초과 근무수당을 받아야 합니다. 한 달 후면 대통령이 여길 통과하는 것 맞죠? 프랑스 발 비행기에서 내려 곧바로 이 거리를 퍼레이드 할 겁니다. 어차피 근무시간과 관계없이 경찰 모두를 불러낼 거잖아요. 거기서부터 초과수당을 요구하는 겁니다."

"그럼, 놈들이 꼭지가 돌아버리겠군."

"맞아요. 그리고 일단 열을 받으면, 그쪽에서 약속한 봉급 인상에 생계비 증가분을 더해주지 않는 한 모든 요구를 보이콧하겠다고 버텨야죠."

마크는 맥주를 홀짝이고는 늦은 오후의 어둑한 창 너머 내리는 눈을 내다보며 그 문제를 곱씹어보았다.

"위생규칙 위반도 걸고 넘어져야 해. 언젠가 09지구에서 쥐떼를 봤는데 총을 쏴도 끄떡 않을 것처럼 보이더라고. 그럼, 그거하고 사내 영업 문제하고, 가외수당? (그가 등을 기대며 대니에게 건배를 청한다.) 그래, 자네 말이 맞겠어. 하지만, 아무리 그렇다 해도 그쪽에서 내일 당장 '좋아'라고 할 리는 없단 말이야. 당연히 버틸 대로 버티겠지. 그래도 기자들을 만나면 우린 긍정적인 자세를 취해야 해. 협상이 진척이 있다는 식으로 말이야. 그러면서 계속 주제를 부각시키는 거야. 피터스와 커티스는 좋은 분들이라, 사내 영업 문제를 해결해 주실 것을 믿는다고 하자고. 그럼 기자들이 묻겠지……?"

"사내 영업 문제가 뭐냐고요."

대니가 미소 지었다. 이제 상황을 깨달은 것이다.

"맞아. 생계비도 마찬가지야. '에, 피터 시장님께서 저소득과 고가의 석탄 사이의 괴리를 이해하실 거라고 믿고 있습니다.'"

"석탄도 좋지만, 다소 추상적이에요. 에이스는 아무래도 아이들입니다."

마크가 키득거렸다.

"자네 완전히 꾼이군그래."

대니가 잔을 들어보였다.

"잊었습니까? 제 아버지가 누군지?"

아침에 그는 하나밖에 없는 정장을 찾아 입었다. 1917년의 몰래 데이트 시절 노라가 골라준 것으로, 세로줄무늬에 프랑스식 등판의 더블 정장인데, 배고픈 볼셰비키 흉내를 내기 위해 뺀 체중 때문에 지금은 너무 커보였다. 그래도 웰트 모자의 챙을 어루만져 원하는 곡선을 만들고 보니 꽤나 말쑥하고 날렵해 보이기까지 했다. 그는 하이칼라를 세우고 타이 매듭을 조금 더 부풀려 칼라와 목 사이의 틈을 메운 다음, 거울 앞에 서서 심각한 표정을 지어 보았다. 너무 날카로워 보이는 건 아닐까? 어린 건달 같잖아? 커티스와 피터스가 경계하는 건 아니겠지? 그는 모자를 벗고 이마에 주름을 잡아보고 정장 재킷의 단추도 여러 번 풀었다 꼈다 했다. 아무래도 단추는 잠그는 게 낫겠다. 그는 이마에 주름도 몇 번 더 잡아보고 머리에 마카사르유를 바른 다음 다시 모자를 썼다.

그는 펨퍼튼 광장의 본부까지 걸어갔다. 찬란한 아침. 춥지만 바람 한 점 없었다. 하늘은 강철처럼 푸른빛을 띠었으며 바람에서는 공장 연기와 녹은 눈, 뜨거운 벽돌과 구운 닭고기 냄새가 났다.

그는 스쿨 스트리트를 가다가 마크 덴튼을 만났다. 두 사람은 미소를 짓고 고개를 끄덕인 다음 함께 비컨 힐로 올라갔다.

"초조해요?"

대니가 물었다.

"조금. 크리스마스 아침에 엠마와 아이들을 버리고 나온 거야. 그러니까 뭐든 건져야 한다고. 자넨 어때?"

"난 아무 생각 않기로 했어요."

"현명하군."

본부 앞은 텅 빈 채였다. 계단에 기자들은커녕 개미 새끼 한 마리 조차 보이지 않았다. 최소한 시장이나 커티스의 운전사 정도는 있어야 하는 것 아닌가?

"뒤뜰에 있을 거야. 다들 뒷마당에 있는 거야. 지금쯤 크리스마스 술병을 빨고 있겠지."

마크 덴튼이 강조하듯 고개까지 끄덕이며 말했다.

"그렇겠네요."

대니가 인정했다.

두 사람은 현관문을 통과해 모자와 외투를 벗었다. 짙은 정장에 붉은 넥타이의 키 작은 사내가 기다리고 있었는데 무릎에 소형가방이 하나 놓여 있었다. 작은 얼굴에 눈이 너무 큰 탓에 놀란 표정이

그대로 굳어진 듯 보였다. 나이는 대니 정도로 보였으니 머리가 반쯤
은 벗어져 있었다. 게다가 드러난 이마가 다소 벌건 빛을 띤 탓에 바로
어젯밤에 누군가 머리카락을 모두 뽑아버린 것처럼 보이기도 했다.

"스튜어트 니콜스, 커티스 청장의 개인 비서요. 따라와요."

그는 악수를 청하지도, 두 사람의 눈을 쳐다보지도 않고 곧바로
벤치에서 일어나 넓은 대리석 계단을 올라갔다. 대니와 마크도 부지
런히 뒤를 쫓았다.

"메리 크리스마스."

마크 덴튼이 그의 등에 대고 말했다.

스튜어트 니콜스는 재빨리 어깨 너머를 보고 다시 고개를 돌렸다.

마크가 대니를 보았다. 대니가 어깻짓을 하고 재빨리 덧붙였다.

"선배님도 메리 크리스마습니다."

"그래, 고맙네, 경관. 새해 복 많이 받게나."

덴튼은 우스워죽겠다는 표정이었는데, 그러고 보니 복사 시절의
자신과 코너 생각이 났다.

스튜어트 니콜스는 안중에 없거나 아니면 개의치 않기로 한 모양
이다. 계단 위에 올라서자 그는 두 사람을 이끌고 복도를 따라가 불
투명 유리문 밖에 멈춰 섰다. 금박으로 보스턴 경찰청장 명패가 박힌
방이었다. 그가 문을 열고 작은 전실로 들어가더니 책상 뒤에 있는
전화를 집어 들었다.

"도착했습니다, 청장님. 예, 알겠습니다." 그가 전화를 끊고 두 사람
을 보았다. "거기 앉아요."

마크와 대니는 책상 건너편의 가죽 카우치에 앉았으나, 대니는 이미 뭔가 어긋났다는 느낌을 받고 있었다. 두 사람이 5분 정도 기다렸을 때 니콜스가 가방을 열더니 가죽 장정의 공책을 꺼내 은색 만년필로 뭔가 끼적이기 시작했다.

"시장님이 아직 안 온 겁니까?"

마크가 물었으나 때마침 전화벨 소리가 울렸다.

니콜스가 수화기를 들고 잠시 귀를 기울이다가 곧바로 내려놓았다.

"지금 만나시겠답니다."

그는 곧바로 공책을 긁적이기 시작했고, 대니와 마크는 오크 목의 사무실문 앞에 섰다. 마크가 청동 손잡이를 비틀어, 대니는 그를 따라 커티스의 사무실 안으로 들어갔다.

커티스는 자기 책상의자에 앉아 있었다. 귀가 머리 반만 한 데다 귓불이 날개처럼 축 처져 있었다. 얼굴은 발그레하고 반점이 많았으며 코로 숨 쉬는 소리가 귀에 거슬릴 정도였다. 그가 두 사람을 보더니 눈부터 끔벅였다.

"커글린 서장의 아들이라고?"

"예, 그렇습니다."

"지난달에 폭탄테러범을 잡았다지?" 그가 고개를 끄덕였는데, 마치 테러범은 자기가 잡으려 했다고 주장하는 것처럼 보였다. 그가 다시 책상에 펼쳐 놓은 서류들을 훑어보았다. "이름이 대니얼인가?"

"에이든입니다만, 다들 대니라고 부릅니다."

커티스가 가볍게 인상을 찡그렸다.

24

"거기들 앉지 그래."

그의 등 뒤로 타원형의 창문이 대부분의 벽을 차지했는데, 그 밖으로 썰렁하면서도 고요한 크리스마스의 아침이 그대로 드러났다. 하얀 들판과 붉은 벽돌과 자갈, 남색 프라이팬처럼 대륙 끝에서 떨어져 나간 항구, 그리고 하늘을 향해 파르르 떨며 올라가는 굴뚝 연기들.

"덴튼 순경, 자넨 09지구에 있지?"

"예, 청장님."

커티스는 메모장에 뭔가를 적고 한참 동안 노려보았다. 대니가 마크 옆의 의자에 앉았다.

"그리고 커글린 순경…… 01지구?"

"예, 그렇습니다."

다시 펜을 긁적거리는 소리.

"저, 시장님은 언제 오십니까?"

덴튼이 코트 자락을 당겨 오른쪽 무릎과 팔걸이를 덮었다.

"시장은 메인 주에 가 있네. 크리스마스잖아. 당연히 가족과 지내야지."

커티스가 서류의 내용 하나를 자기 메모장에 옮겨 적으며 중얼거렸다.

마크는 대니를 보고 다시 커티스를 보았다.

"그럼, 청장님…… 오늘 10시에 청장님과 시장님을 모시고 회의를 하기로 했습니다만."

"크리스마스라잖아. 주님의 생일인데 피터스 시장님도 하루는 쉬어야지."

커티스는 같은 말을 반복하고 서랍을 열었다. 그는 잠시 이것저것 뒤지더니 왼쪽에서 다른 종이 한 장을 꺼냈다.

"하지만 오늘 모임은 이미……"

"덴튼 순경, 자네 09지구 야간근무 점호를 몇 번 빼먹은 건가?"

"예?"

커티스가 왼쪽 서류를 들어보였다.

"이건 자네 당직사령의 근무일지야. 지난 몇 주 동안 빼먹거나 늦은 점호가 아홉 번이나 되는군그래."

그는 처음으로 두 사람의 눈을 보았다.

마크가 몸을 뒤척였다.

"청장님 전 순경으로 이곳에 온 게 아니라, 보스턴 경우회 대표로 왔습니다. 그리고 그 자격으로 말씀드리는……"

커티스가 종이를 허공에 대고 흔들었다.

"이건 명백한 직무유기야. 이렇게 증거도 있잖나, 순경. 주정부는 민중의 지팡이들이 밥값 하기를 기대하지만 자넨 그러지 못했어. 도대체 어디 있었기에 점호를 아홉 번이나 빼먹은 거야?"

"청장님, 그건 이 자리에서 다룰 문제가 못 됩니다. 우리가 온 건……"

"순경, 누구 맘대로 다룰 문제가 아니라는 건가? 자넨 계약서에 사인했고 이 위대한 매사추세츠 주민을 보호하고 도와주기로 서약했어. 보스턴 경찰청이 부여한 임무에 충실하게 임하기로 서약했단 말이다, 순경. 계약서 7조에 명확히 기록되어 있듯, 그 임무 중 하나가 점호 참석이 아닌가. 지금 나한테는 09지구의 당직사령과 당직경사 모두의 진술서가 와 있네. 이 중요한 임무를 번번이 외면했다는……"

"청장님, 경우회 임무로 인해 점호 참석이 불가능한 경우가 몇 번 있기는 했습니다만, 그건……"

"경우회에 무슨 임무가 있다는 거야? 그거야 자네 좋아서 하는 일 아냐?"

"……하지만 그건 ……어쨌든, 당직사령과 당직경사 모두에게 열외 허가를 받았습니다."

"내가 마저 말해도 되나? 지휘관이 말하는데 자꾸 끼어드는 건 무례라는 것도 모르나, 순경? 자넨 말하는 중에 방해 받으면 기분 나쁘지 않나?"

"나쁩니다, 청장님. 그래서 제가……"

커티스가 한 손을 들어보였다.

"자네한테 도덕적 근거 따위가 있다는 주장이라면 집어치우라고. 씨도 안 먹힐 테니. 자네 당직사령과 당직경사가 지각과 불참을 눈감아준 건, 그자들도 그 사교클럽 회원이기 때문이었다. 하지만 그 자들한텐 그런 결정을 내릴 권한조차 없어. (두 손을 들어 보이며) 그건 월권이야. 그런 건 최소 서장급한테나 가능한 일 아닌가?"

"청장님, 전……"

"말인즉슨, 덴튼 순경……"

"청장님, 만일 제가……"

"아직 안 끝났어! 이봐, 마저 얘기하게 해달라고 했잖아, 응?" 커티스가 책상에 팔꿈치를 대고 마크를 가리켰다. 반점으로 얼룩진 얼굴이 파르르 떨렸다. "순경으로서의 임무에 총체적 무관심을 드러낸 게 사실이야, 아니야?"

"청장님, 아무래도 이 상황은……"

"질문에나 대답해!"

"청장님, 제 생각엔……"

"사실이야, 아니야? 시민들이 변명을 듣겠다고 하던가? 미안하지만 그들도 그런 건 필요 없다더군. 그래, 점호를 빼먹은 게 사실이야, 아니야?"

그는 어깨를 앞으로 웅크리고 여전히 손가락으로 마크를 가리켰다. 이런 광경이 다른 날, 다른 나라, 다른 사람한테서 비롯되었다면 대니도 우습다고 생각했을 것이다. 하지만 커티스는 두 사람이 상상도 못할 무기를 들고 협상 테이블에 나섰다. 그건 너무도 구태의연하고 시대착오적인 발상으로, 오직 수구 골통들이나 붙들고 늘어질 법한 일종의 원칙론이었다. 그런데도 그 원칙론은 한 점의 의혹도 없이, 도덕적 지성과 결연한 양심의 외관을 얻는 데 성공하고 있었다. 더 끔찍한 일은 그로써 상대는 너무도 왜소하고 무력할 수밖에 없다는 데 있다. 논리와 상식만으로 어찌 정의의 분노에 맞설 수 있단 말이던가.

덴튼은 서류가방에서 서류를 끄집어냈다. 지난 몇 주 동안 밤잠을 설쳐가며 만들어낸 문건들이다.

"청장님, 지난번에 약속하신 대로 부디 봉급인상 문제를 다뤘으면……"

"약속?"

"예. 보스턴 경찰들과 약속하셨습니다."

"자네가 감히 그 선량한 사람들을 대변하겠다는 건가? 청장이 된 후로 여러 사람과 얘기했지만, 아무도 자네를 '리더'라고 부를 생각이 없었네, 덴튼 순경. 오히려 자네가 앞에 나서서 자신들을 불평분자로 만들고 있다며 억울해 하더군. 바로 어제 12지구 경관 하나를 만났는데, 그가 뭐라고 했는지 아나? '커티스 청장님, 저희 12지구의 경관들은 필요할 때면 언제든 자랑스럽게 일합니다. 부디 옆 동네 친구들한테 전해주십시오. 우린 볼셰비키가 아니라 경찰이 되겠습니다.' 이러더군."

마크도 자신의 펜과 공책을 꺼냈다.

"청장님, 그의 이름을 알려주시면 둘 사이의 유감에 대해 허심탄회하게 얘기해 보고 싶군요."

커티스가 손사래를 쳤다.

"이 도시의 경찰 수십 명과 얘기했다, 덴튼 순경. 수십 명. 장담하건데, 그들 중 볼셰비키는 한 명도 없었어."

"저도 아닙니다, 청장님."

"커글린 순경. 최근에 특수임무를 맡았다고 들었다. 이곳 테러리스트 조직을 수사했다고?"

대니가 끄덕였다.

"그래, 어떻게 끝났지?"

"잘 끝났습니다, 청장님."

커티스가 칼라 위의 목덜미를 주물렀다.

"잘 끝나? 맥케나 경위의 근무보고서를 읽었다. 현실성이라고는 하나도 없는 모호한 계획으로 가득하더군. 그 바람에 특공대에 대한 사전 자료들을 훑어보게 되었지만, 당혹스럽게도 공직자로서의 신뢰를 확인할 수 있는 흔적을 찾을 수가 없었다. 커글린 순경, 이건 경찰의 공적 임무라기보다는 학교숙제에 불과하지 않아? 그래, 도대체 그 일에 대해 자네가 생각하는 임무완수가 어떤 건지 구체적으로 말해줄 수 있겠나? 이름이 뭐더라? 그래 위장을 날려버리기 전에 레트 노조와 접촉했다고 했지?"

"레트 노동자연합입니다, 청장님. 과정을 단정 지을 수는 없겠지만, 전 루이스 프라이나에게 접근하라는 명령을 받았죠. 단체의 우두머리이자,《혁명시대》의 저자이고, 반정부주의자로 알려져 있습니다."

"그래서?"

"이 도시를 공격할 계획을 꾸미고 있다고 믿을 만한 이유를 확보했습니다."

"언제?"

"노동절일 가능성이 높습니다만 항간의 소문에 따르면……"

"소문이라. 내 질문은, 그래서 우리한테 테러 문제가 있느냐는 거야."

"청장님, 모든 상황을 고려해 볼 때……"

커티스가 연신 고개를 끄덕여댔다.

"그래, 자네가 한 놈을 쐈지. 그건 알겠어. 그거야 대대손손 물려줄 자랑거리겠지만, 기껏해야 한 명이잖아. 내가 보기에 이 도시에서 꿈틀거리는 유일한 테러리스트였단 말이야. 그래서 기업가들을 모두 겁줘서 쫓아버릴 참인가? 만일 우리 고장에 테러 조직이 10여 개나 되고, 그래서 우리가 그 조직을 뿌리 뽑기 위해 대대적인 작전을 수행 중이라는 사실이 알려진다면, 어느 회사가 이곳에 문을 열려고 하겠나? 이보라고, 다들 뉴욕으로 달아나버리지 않겠어? 필라델피아! 프로비던스로 말이야!"

"맥케나 경위님과 법무성 일부에서는 금번 노동절이 전국적인 폭동의 디데이라고 믿고 있습니다."

커티스는 자기 책상만 내려다보았다. 그리고 그 침묵 속에서 대니는 그가 자기 말을 듣지 않았을지도 모른다는 생각을 했다.

"파괴분자 둘이 자네 코앞에서 폭탄을 터뜨린 적이 있었지?" 커티스가 그를 건너다보았다. 대니가 고개를 끄덕였다. "그래서 그 때의 보복으로 이 업무를 수락한 건가?"

"비슷합니다, 청장님."

대니가 대답했다.

"파괴분자들에 대해 피 끓는 분노를 느끼나, 경관?"

"폭력을 싫어합니다만, 그걸 피 끓는 분노라고 생각한 적은 없습니다."

커티스가 고개를 끄덕였다.

"그럼, 우리 경찰 내부의 파괴분자들에 대해서는 어떤가? 동료들 사이에 불만을 퍼뜨리고 영예로운 공공 호민관들을 폭도로 만들려는 자들 말이야. 사람들을 모아 파업을 조장하고, 공공의 이익에 앞서 사사로운 이해관계를 따지게 하는 자들은?"

마크가 일어섰다.

"가자, 대니."

커티스가 새우 눈을 했다. 버려진 약속만큼이나 어둡고 차가운 눈빛.

"앉지 않으면 당장 정직시켜주마. 그럼 재판정에서 복직 투쟁을 해야 할 게다, 순경."

마크가 앉았다.

"큰 실수하시는 겁니다. 기자들이 얘기를 들으면……"

"오늘은 기자들도 집에 있다."

커티스가 말했다.

"예?"

"어젯밤 늦게, 피터스 시장이 참석하지 못한다는 얘기와 오늘 용무가 그 '노조'라는 이름의 사교집단과 무관하다는 얘기를 들었으니까. 기자들도 오늘은 가족과 함께 휴가를 즐기기로 했지. 그래, 집 전화를 알아 둘만큼 친한 기자라도 있던가, 덴튼 순경?"

커티스가 대니를 보았다. 대니는 순간 역겨운 열기가 치솟는 기분이었다.

"커글린 순경, 내가 보기엔 거리 순찰은 자네한테 시간낭비야. 내 사과의 스티븐 해리스 경사 밑에 들어가는 게 어떤가?"

대니는 피가 다시 가라앉는 것을 느끼며 고개를 저었다.

"싫습니다, 청장님."

"그래, 폭탄테러범하고 잤다고 하던데? 게다가 그 여자 테러범은 아직 이 고장 어딘가에 숨어 있다더군. 아무튼…… 지금 청장의 요청을 거절하는 건가?"

"예, 청장님, 공손히 사양하겠습니다."

"상관의 요청을 거절하는 데 공손 따위는 없다."

"그런 식으로 보신다니, 유감이군요."

커티스가 의자에 등을 기댔다.

"그래, 자넨 노동자의 친구인가? 볼셰비키는 물론 '보통 사람'으로 행세하는 파괴분자들과도 잘 어울리잖나."

"제가 믿는 건, 보스턴 경우회가 보스턴 경찰청의 소속 대원들을 대표한다는 사실입니다, 청장님."

"내 생각은 달라."

커티스는 손으로 책상을 두드렸다.

"알겠습니다, 청장님."

이번에는 대니가 일어났다.

커티스는 마크까지 일어나는 것을 보며 비릿한 미소를 지었다. 대니와 마크가 외투를 걸칠 때에도 커티스는 그냥 의자에 등을 기댄 채 앉아 있었다.

"에드워드 맥케나와 자네 부친 같은 친구들이 경찰을 주무르던 시대는 끝났다. 또한 경찰이 볼셰비키들의 요구에 굴복하던 시대도 마찬가지다. 덴튼 순경, 괜찮다면 차렷 자세를 취해주겠나, 응?"

마크가 뒤로 돌아 서서 뒷짐을 지었다.

"자넨 찰스타운의 15지구로 전출되었네. 지금 당장 그곳에 보고하도록. 오늘 오후에. 그리고 정오부터 자정까지 분할근무부터 시작하는 게 좋겠어."

마크는 그 의미를 정확히 이해했다. 12시에서 12시까지 찰스타운에 묶여 있는 한 해먼드의 모임을 주관할 방법은 없게 된다.

"커글린 순경, 차렷. 자네한테도 전출 명령을 내리겠네."

"어딥니까?"

"특수근무. 기록으로 보아하니 적임자 같군."

"예, 그렇습니다."

청장은 의자에 기댄 자세로 배를 쓰다듬었다.

"별다른 지시가 있을 때까지 파업 진압 팀에 소속될 거야. 노동자들이 선량한 주인을 몰라보고 거리에 나설 때마다 출동해 폭력사태를 막는 임무일세. 물론 주 전체의 경찰서에서 출동 요구가 있을 경우 차출되는 형식이 되겠지. 커글린 경관, 자네는 파업 진압대야. 별도 지시가 있을 때까지."

커티스는 책상 위에 팔꿈치를 기대고 대니를 노려보았다. 대답을 기다리는 것이다.

"지시대로 하겠습니다."

대니가 대답했다.

"새로운 보스턴 경찰국에 온 걸 환영하네. 이제 둘 다 가도 좋다."

커티스가 말했다.

대니는 너무도 큰 충격에 휩싸인 탓에 더 이상 놀랄 일이 없을 줄 알았다. 하지만 곧바로 그는 집무실 전실에 대기 중인 동료 대원들과 맞닥뜨려야 했다.

트레스콧, 보스턴 경우회 서기

맥레이, 회계

슬래털리, 부회장

펜튼, 홍보

두 사람을 맞이한 건 맥레이였다.

"어떻게 된 거야? 불과 30분 전에 전화를 받았는데 즉시 펨퍼튼에 보고하라는 거야? 대니? 마크?"

마크 역시 아연한 표정이었다. 그가 맥레이의 팔을 잡고 속삭였다.

"피의 숙청이야."

두 사람은 바깥 계단에 나와 담뱃불을 붙이며 마음을 진정시키려 했다.

"놈들이 이럴 순 없어."

마크가 말했다.

"그런데 했네요."

"오래 안 가. 절대. 변호사 클라렌스 로울리를 부르겠네. 그가 언론에 까발려서라도 법원의 금지 명령을 받아줄 거야."

"무슨 명령이요? 저 자는 우릴 자르지 않았어요, 마크. 전출시킨 것뿐이라고요. 그건 청장의 권한이기 때문에 걸고넘어질 게 없는 겁니다."

"기자들이 이 소식을 알면……"

그가 담배를 빠느라 말끝을 흐렸다.

"글쎄요. 달리 기삿거리가 없다면 실어주기야 하겠죠."

"맙소사. 세상에."

마크가 중얼거렸다.

대니는 텅 빈 거리와 텅 빈 하늘을 차례로 보았다. 너무도 찬란한 날이다. 상쾌하고 맑고 바람 한 점 없는.

대니, 아버지, 에디 맥케나는 서재에서 만났다. 크리스마스 디너 전이었는데, 에디가 몇 블록 떨어진 텔레그래프 힐의 자기 집에서 가족들과 저녁식사를 해야 했기 때문이다. 그가 브랜디를 꿀꺽꿀꺽 들이켰다.

"톰, 커티스는 십자군 전쟁을 벌이고 있어. 지금 우린 이교도인 셈이네. 어젯밤 사무실로 전화하더니, 내 부하들을 군중 통제와 폭동 진압 쪽으로 재교육시키고, 승마훈련도 병행하라는 거야. 그러더니 이젠 친목회까지 건드려?"

토머스 커글린이 브랜디 병을 들고 가 그의 잔을 채워주었다.

"이겨낼 거야, 에디. 더 심한 것도 겪었잖아."

토머스 커글린이 등을 두드려주자 에디도 힘이 나는지 고개를 끄덕여 보였다.

"그래, 네 친구 덴튼? 그 아이가 경우회 변호사와 접촉했다더냐?"

토머스가 대니한테 물었다.

"로울리. 예, 만났습니다."

토머스는 책상에 기대고는 손바닥으로 뒤통수를 문지르고 인상을 찡그렸다. 생각이 복잡하다는 신호다.

"교활한 놈이야. 정직이라면 문제가 될 수도 있겠지. 하지만 전출도 잘만 요리하면 껄끄러운 놈들을 한 방에 보낼 수 있는 카드가 돼. 우리가 뼈저리게 후회하도록 만드는 거야. 네가 동거한 테러리스트로 널 잡은 것 봐라."

대니는 자기 잔을 채우며, 술을 너무 빨리 마시고 있다는 생각을 했다.

"그런데, 어떻게 안 거죠? 비밀에 붙여졌다고 생각했는데?"

아버지가 눈을 크게 떴다.

"난 아니다. 설마 날 지목하는 건 아니겠지? 에디, 자넨가?"

"몇 주 전인가 법무성 요원과 한바탕 한 적 있었지? 살렘 가에서? 차에서 여자를 끌어내렸다며?"

에디가 물었다.

"예, 그래서 페데리코 피카라를 찾아냈죠."

맥케나가 어깨를 으쓱했다.

"법무성은 매독에 걸린 성기처럼 줄줄 새는 곳이야, 대니. 언제나 그랬지."

"빌어먹을"

대니가 가죽의자를 때렸다.

"커티스 청장은 지금 피의 복수를 하자는 거야. 시장 재직 당시 로마스니와 선거구장들한테 시달렸던 모든 순간들, 1897년 이후 매사추세츠를 전전하면서 떠맡아야 했던 모든 하급직들, 초대 받지 못한 저녁식사, 뒷북으로 들어야 했던 온갖 파티들. 그와 함께 있으면서 여편네가 겪어야 했던 모든 수모들에 대해서 말이야. 그자는 철저한 브라민이다. 게다가 1주 전만 해도 쪽팔린 브라민이었지. 그런 상황이라면 누구든 원한을 갚을 기회가 왔을 때 장엄한 십자군이 되는 법이지."

아버지는 브랜디 잔을 돌리다가 재떨이의 시거를 집어 들었다.

"그럼, 어쩌지?"

에디가 물었다.

"고개를 숙이고, 때를 기다려야지."

"지난주에 내가 저 아이한테 한 얘기로군."

에디가 대니한테 미소 지었다.

"농담 아니야. 에디, 자넨 앞으로 몇 달 동안 자존심깨나 다칠 수 있어. 난 서장이야. 몇 가지 일로 추궁이야 당하겠지만 그래도 배 자체는 탄탄해. 내가 서장이 된 후로 6퍼센트의 폭력범죄 감소율도 무시 못 할 테고. (바닥을 가리키며) 바로 여기 12지구가 이 도시에서 가장 범죄율이 높은 이태리 슬럼가였잖아. 때문에 내가 무기를 주지 않는 한 그자도 함부로 못해. 내가 그런 어리석은 일을 할 리도 없고. 하지만 자넨 경위에다가 드러난 공적도 없네. 모르긴 몰라도 자네를 압박해 들어올 거야. 그것도 거칠게 물고 늘어질 거라고. 분명해."

"그래서……?"

"그래서? 저자가 원하는 게 자네 부하들을 말을 돌보게 해서 가두 행진에 처박는 거라면, 그렇게 하면 돼. 그리고 너, 대니. 넌 경우회에서 손 떼라."

"싫습니다."

대니는 잔을 비우고 다시 채우기 위해 일어났다.

"지금 내가 한 말을……"

"청장이 원하는 대로 파업을 진압하고 단추와 구두에 광을 내죠. 하지만 경우회를 배신하는 일은 결코 없어요."

"그럼, 그잔 널 십자가에 매달 거다."

그때 가벼운 노크소리가 들렸다.

"여보?"

"응?"

"5분 후에 저녁이에요."

"알았소."

엘렌 커글린의 발소리가 멀어지자 에디가 스탠드의 외투를 꺼냈다.

"대단한 새해가 되겠군그래."

"기운내, 에디. 우리는 토호이고 토호가 도시를 통치하는 거야. 잊지 말라고."

"잊지 않겠네, 톰. 고마워. 메리크리스마스."

"메리크리스마스."

"너도 잘 지내라, 대니."

"메리크리스마스. 메어리한테도 안부 전해주세요."

"그래, 그 얘기 들으면 집사람도 좋아할 거야."

그가 서재를 나가고 그는 다시 한 잔을 들이켰다. 아버지의 시선은 다시 그에게 돌아와 있었다.

"커티스가 네 혼을 완전히 빼놓은 모양이구나, 응?"

"되찾을 겁니다."

둘 다 한참 동안 아무 말도 하지 않았다. 식당에서 의자 끌리는 소리와 무거운 그릇과 접시가 부딪는 소리 따위가 들렸다.

"폰 클라우제비츠(나폴레옹 전쟁 당시 프로이센의 장군. 『전쟁론』의 저자 — 옮긴이)는 전쟁이란 곧 정치라고 했다. 난 언제나 그 친구가 거꾸로 알고 있다는 생각을 했지."

토머스가 가벼운 미소를 지으며 술잔을 기울였다.

코너는 30분 전쯤 직장에서 돌아와 있었다. 방화 현장에 파견을 다녀온 탓에 그에게서 숯 검댕과 연기 냄새가 났다. 4등급 화재 경보에 두 명 사망. 보험이 문제였다. 집주인이 정상적으로 팔 수 있는 금액보다 액수가 몇 백 달러가 많았으니까.

"집주인이 폴란드 놈이야."

그가 조에게 감자를 건네며 눈을 굴렸다.

"몸조심해라. 이제 너만을 위한 몸이 아니잖니."

그 말에 노라가 얼굴을 붉히고, 코너도 그녀에게 윙크와 미소를 건넸다.

"알아요, 엄마. 예, 그럴게요."

대니가 오른쪽 상석에 있는 아버지를 보았다. 아버지도 그의 눈을 바라보았는데 무표정한 눈빛이었다.

"제가 빼먹은 뉴스가 있는 건가요?"

대니가 물었다.

"오, 노라가……"

코너가 어머니를 보았다.

"말하려무나."

코너는 노라를 보고 다시 대니를 보았다.

"노라가 허락했어, 대니. 허락했다고."

노라가 고개를 들고 대니의 눈을 보았다. 오만과 허영으로 가득한 눈. 그와 반대로 미소는 어색하고 힘이 없었다. 대니는 아버지 서재에서 가지고 온 술을 홀짝이고 햄 조각을 씹었다. 모두의 눈이 그를 향하고 있었다. 뭐든 한 마디 하라는 얘기겠다. 코너도 입을 벌린 채 그를 지켜보았다. 어머니도 눈을 반짝이며 그를 보았고 조의 포크는 접시 위에 멈춘 터였다.

대니는 포크와 나이프를 내려놓고 애써 크고 밝은 미소를 얼굴에 내걸었다. '빌어먹을, 죽겠군.' 조가 긴장을 풀고 어머니의 눈에서도 당혹감이 떨어져나갔다. 그는 미소를 눈에까지 밀어올린 다음 잔을 들었다.

"기막힌 소식이군. 두 사람 모두 축하해. 세상에, 이렇게 기쁜 일이."

그가 잔을 더 높이 들자 코너도 웃으며 자기 잔을 들었다.

"코너와 노라를 위해!"

대니가 큰소리로 외쳤다.

"코너와 노라를 위해!"

다른 식구들도 저마다 잔을 들어 테이블 가운데로 모았다.

노라가 대니를 붙잡은 건 저녁과 디저트 사이였다. 아버지의 서재에서 스카치를 다시 채우고 나오던 참이었다.

"말하려고 했어요. 어제 세 번이나 하숙집에 전화했죠."

그녀가 말했다.

"여섯 시 이후에 집에 들어갔어."

"오."

그가 한 손으로 그녀의 어깨를 두드려 주었다.

"괜찮아. 나도 기뻐. 얼마든지 축하해 줄게."

그녀가 자기 어깨를 주물렀다.

"고마워요."

"날짜는?"

"3월 17일로 정했어요."

"세인트 패트릭 축제. 멋져. 이런, 내년 이맘때면 크리스마스 베이비가 태어나겠군."

"어쩌면요."

"그래, 쌍둥이가 어때? 그럼 정말 대단할 거야, 응?"

그가 잔을 비웠다. 그녀는 뭔가를 탐색하듯 그의 얼굴을 살폈다. '뭘 찾는 거지? 아직도 찾을 게 남아 있다는 건가? 이미 다 끝이 났는데?'

"혹시……"

"응?"

"모르겠어요. 뭐라고 말해야 할지……"

"그럼, 하지 마."

"물어볼 말 없어요? 알고 싶은 것도?"

"없어. 술이나 한 잔 더 따라야겠어. 노라는?"

그는 서재로 들어가 술병을 찾았다. 오후에 집에 왔을 때에 비하면 술은 엄청나게 줄어든 터였다.

"대니."

"그러지 마."

그가 미소를 지으며 그녀를 돌아보았다.

"그러지 말라뇨?"

"내 이름 부르는 거."

"어떻게 그럴 수가……"

"무슨 의미라도 있다는 듯이 부르잖아. 톤을 바꿔봐, 응? 제발. 그럼 불러도 좋아."

그녀는 한 손으로 팔목을 비틀더니 다시 두 팔을 축 늘어뜨렸다.

"난……"

"뭐?"

그가 술을 꿀꺽 들이켰다.

"자기 연민에 빠진 남잔 싫어요."

그가 어깨를 으쓱였다.

"맙소사. 아일랜드 여자답군."

"취했어요."

"이제 시작이야."

"미안해요."

그가 웃었다.

"정말이에요."

"하나만 물어볼게. 아버지가 올드소드의 사건을 캐고 있다는 건 알고 있지? 내가 얘기했으니까." 그녀가 고개를 끄덕이고 카펫을 내려다보았다. "결혼을 서두르는 게 그 때문인가?" 그녀가 고개를 들어 그의 눈을 보았으나 말은 하지 않았다. "자기가 유부녀라는 사실이 알려진다 해도, 일단 결혼하고 나면 무사할 수 있다고 생각하는 거야?"

"난…… 일단 코너와 결혼하면, 아버님도 내쫓지 못할 거예요. 뭐든 그 상황에서 최선의 선택을 하겠죠……. 그게 뭔지는 모르겠지만……"

그녀의 목소리는 거의 들리지 않을 정도로 미약했다.

"내쫓기는 게 그렇게 무서워?"

"혼자되는 게 무서워요. 또다시 굶주리는 것도 싫고 또……"

그녀가 고개를 저었다.

"또?"

"의지할 데 없는 삶도 끔찍해요."

그가 키득거렸다.

"이런, 이런, 노라, 대단한 생존력이군그래. 구역질나올 정도야."

"뭐라고요?"

"이 카펫 위에 토하고 싶다고 했어."

그녀는 속치마를 사각거리며 서재를 건너가더니 아일랜드산 위스키를 따라 반쯤 입에 털어 넣고 다시 그를 돌아보았다.

"그러는 네놈은 도대체 뭔데, 응?"

"호, 그 예쁜 입이 거칠기는."

"나 때문에 구역질이 난다고, 대니?"

"그래."

"어디 이유를 대봐."

그는 그녀에게 바짝 다가갔다. 저 희고 부드러운 목을 붙잡고 들어올릴까 하는 생각도 들었다. 아니면 그녀의 심장을 씹어 먹어 다시는 저 눈을 통해 자신을 돌아보는 일이 없게 하고 싶었다.

"넌 코너를 사랑하지 않아."

그가 말했다.

"사랑해."

"나를 사랑하는 것과는 달라."

"누가 그래?"

"네가."

"아니, 안 그랬어."

"그랬어."

그가 두 손으로 그녀의 어깨를 잡았다.

"이거 놔. 손 치우라고."

그는 그녀의 목 바로 아래 이마를 떨어뜨렸다. 살루테이션 파출소에 폭탄이 떨어졌을 때보다 더 외로웠다. 지금껏 상상하고 겪었던 어느 순간보다도 외롭고 또 자신이 역겹기만 했다.

"사랑해."

그녀가 그의 고개를 들어 올렸다.

"당신 자신을 사랑하는 거야. 한 번도……"

"아냐……"

그녀가 그의 두 귀를 잡고 눈을 들여다보았다.

"맞아. 당신은 당신 자신만 사랑해. 그 엄청난 음악을. 하지만, 대니, 난 음치야. 그 음악을 이해할 능력이 못 돼."

그가 몸을 세우고 코로 크게 숨을 들이마셨다.

"코너를 사랑한다고?"

"노력하면 돼."

그녀가 남은 잔을 비웠다.

"나와 함께라면 노력할 필요도 없잖아."

"그래서 우리가 어떻게 됐지?"

그녀가 이렇게 내뱉곤 서재에서 걸어 나갔다.

*****

디저트를 위해 자리에 막 앉았을 때 초인종이 울렸다. 이제 막 술이 대니의 피를 검게 만들고 수족을 마비시키며, 머릿속에 재앙과 복수를 심던 참이었다.

조가 문을 열어주었다. 현관문을 열자 밤공기가 식당까지 밀고 들어왔다.

"조, 누구니?"

아버지가 외쳤다.

문이 닫히고 조가 누군가와 중얼거리는 소리가 들렸는데, 처음 듣는 목소리였다. 낮고 굵은 음성. 그 자리에선 무슨 말인지 알아들을 수도 없었다.

"아빠?"

조가 문간에서 아버지를 불렀다.

그리고 어떤 남자가 조를 따라 식당 안으로 들어왔다. 키가 크고 어깨가 구부정한 사내였다. 길고 야윈 얼굴을 검고 지저분한 턱수염이 덮고 있었는데 여기저기 희끗한 기운이 엿보였다. 두 눈은 검고 작았고 당장이라도 튀어나올 듯 툭 불거져 나왔다. 머리 꼭대기는 다 벗어져 하얀 그루터기만 드문드문 보였다. 싸구려에 다 해진 옷에선 방 반대쪽에서조차 코가 간지러울 정도로 악취가 심했다.

남자는 가족들을 향해 씩 웃어보였다. 몇 개 남지 않은 이가 햇볕에 말라비틀어진 담뱃진 때문에 누런빛을 띠었다.

노동자 계급 47

"안녕들 하십니까요? 하느님을 찬양하는 가족님들?"

토머스 커글린이 일어났다.

"이건 또 뭔가?"

사내의 눈이 노라를 찾아냈다.

"그간 잘 지냈나, 내 사랑?"

노라는 찻잔을 잡은 채로 그 자리에서 완전히 얼어붙고 말았다. 멍한 두 눈도 움직일 줄을 몰랐다.

사내가 한 손을 들어보였다.

"죄송하구먼요, 방해해서. 그럼 커글린 서장님 되십니까?"

조가 조심조심 사내한테서 떨어져 나와 벽을 따라 테이블 반대편의 엄마와 코너한테로 돌아갔다.

"내가 토머스 커글린이외다. 크리스마스에 내 집을 찾아왔으니 그에 걸맞은 용건을 말하는 게 좋을 게요."

사내가 더러운 두 손바닥을 들어보였다.

"내 이름은 퀜틴 핀입니다요. 그리고 저기 서장님 테이블에 앉아 있는 년은 아무래도 제 여편네 같군요."

코너가 일어나면서 의자가 바닥에 넘어졌다.

"도대체 당신……"

"코너, 진정해라, 얘야."

아버지가 말했다.

"이런, 오늘이 크리스마스인 것만큼 분명한 사실입죠. 나 보고 싶었지, 자기?"

노라가 입을 열었으나 아무 말도 나오지 않았다. 대니는 그녀가 온 몸을 움츠리고 감싸 안는 모습을 지켜보았다. 무기력. 입술은 계속 움직였으나 여전히 텅 빈 동작에 불과했다. 이 도시에 도착하면서 만들어낸 거짓말. 5년 전 이 집 부엌에 벌거벗은 채 앉아 추위에 이빨을 달그락거리며 처음 공개한 거짓말, 그 이후로 지금까지 매일매일 쌓아 온 거짓말. 온 집안에 쌓이고 또 쌓여 마침내 그 반대인 진리의 모습으로 부활되고 재구성된 거짓말.

끔찍한 진실이로군. 노라보다 나이가 두 배는 많아 보여. 저 입에도 키스 했겠지? 저 이빨 사이로 혀를 디밀고?

"묻잖아…… 나 보고 싶었냐고?"

토머스 커글린이 한 손을 들었다.

"좀 더 구체적으로 말해주겠소, 미스터 핀?"

퀜틴 핀이 새우 눈을 하고 그를 돌아보았다.

"구체적이라뇨? 난 이 여자와 결혼해서 성까지 줬습죠. 도니골에 땅도 나눠줬습니다요. 이 여잔 내 여편넵니다, 서장님. 집으로 데려가려고 왔습니다요."

노라는 너무 오랫동안 입을 다물었다. 어머니는 물론 코너의 눈에서조차 의혹의 빛이 일 정도로…… 부정의 기회가 있었다 해도 이미 엎질러진 물이라는 얘기다.

"노라."

코너가 불렀다. 노라가 두 눈을 감더니 한 손을 들고 "쉿" 소리를 냈다.

"'쉿?'"

코너가 되뇌었다.

"저 말이 사실이냐, 노라? 날 봐라. 정말이야?"

어머니였다.

하지만 노라는 그녀를 보지 않았다. 눈을 뜨지도 않았다. 다만 시간을 물리기라도 하듯 부지런히 손을 저을 뿐이었다.

대니는 저도 모르게 문간에 선 사내한테 매료되고 말았다. '이 새끼였어? 이 새끼하고 잠자리까지 한 거야?' 문득 그렇게 외치고 싶었다. 술기운이 피를 따라 온몸에 퍼지고 있었다. 물론 그에게도 착한 대니가 있는 것만은 분명했다. 하지만 지금 끌어낼 수 있는 대니라고는, 그녀의 가슴에 머리를 박고 사랑한다고 말하던 바로 그 대니뿐이었다.

그랬더니 뭐? 나 자신을 사랑하는 거라고?

"미스터 핀, 우선 자리에 앉읍시다."

아버지가 말했다.

"서는 게 좋습니다, 서장님. 아, 물론 괜찮으시다면 말입죠."

"그래서 지금 어쩌겠다는 얘기요?"

토머스가 물었다.

"여편네를 끌고 이 집을 나가야죠, 당연히."

그가 끄덕였다. 토머스가 노라를 보았다.

"고개 들어라, 얘야."

노라가 눈을 뜨고 그를 보았다.

"그 말이 사실이냐? 이 분이 네 남편이야?"

노라가 대니의 눈을 보았다. *그래, 서재에서 뭐라고 하셨더라? 자기 연민에 빠진 남자가 싫다고? 그래, 지금은 과연 누가 연민에 빠지셨나?*

대니가 고개를 떨어뜨렸다.

"노라, 질문에 대답해. 이 사람이 남편이 맞는 거냐?"

그녀가 찻잔을 잡으려 했으나 달그락거리는 바람에 손을 놓아야 했다.

"지금은 아니에요."

어머니가 얼른 성호를 그렸다.

"세상에!"

코너가 마룻바닥을 걷어찼다.

"조, 네 방으로 가거라. 아무 말 말고."

조는 뭔가 말하려다가 마음을 고쳐먹고 곧바로 식당을 빠져나갔다.

대니는 자신이 고개를 젓고 있음을 깨닫고 얼른 멈췄다. '이 새끼야? 이 더럽고 음울한 쓰레기와 결혼한 거야? 그런데 감히 나를 경멸해?' 대니는 당장이라도 외치고 싶었다.

그는 다시 한 잔을 마셨다. 퀜틴 핀이 쭈뼛쭈뼛 두 걸음 정도 방 안으로 파고들었다.

"노라. 지금은 남편이 아니라고 했지? 그렇다면 혼인관계가 소멸되었다는 얘기냐?"

노라가 다시 대니를 보았다. 그녀의 두 눈이 크게 반짝였는데 다른 상황이었다면 무척이나 행복한 눈빛으로 오해할 수 있을 눈빛이었다.

대니는 다시 퀜틴을 건너다보았다. 지금은 턱수염을 긁고 있었다.

"노라, 이혼수속을 마쳤다는 얘기냐? 어서 대답해라."

노라가 고개를 저었다.

"퀜틴."

대니가 잔 속의 각얼음을 저으며 속삭였다.

퀜틴 핀이 그를 건너다보고 눈썹을 찡긋해 보였다.

"예, 젊은 나리?"

"어떻게 우릴 찾았죠?"

"다 방법이 있습죠. 여자를 찾아다닌 지도 오래 된 걸요."

퀜틴 핀이 주절거렸다. 대니가 끄덕였다.

"대단한 능력이로군."

"에이든."

아버지가 불렀다.

대니는 고개를 삐딱하게 꺾은 다음 아버지를 보고 다시 퀜틴을 보았다.

"한 여자를 찾아 대양을 가로지르다니, 퀜틴, 정말 대단한 위업이요. 아주 비싼 위업이기도 하고."

퀜틴이 아버지를 향해 미소를 지었다.

"아이가 많이 취한 모양입니다, 예?"

대니가 촛불에 담뱃불을 붙였다.

"한 번만 더 아이라고 불러봐라, 아일랜드 촌놈. 그럼……"

"에이든! 그만 해라! (다시 노라를 향해) 변호할 말이 없느냐, 노라? 이 사람이 거짓말하는 거야?"

"남편이 아닙니다."

"이 사람은 그렇다는구나."

"이젠 아니에요."

토머스가 테이블 위로 상체를 기울였다.

"가톨릭 아일랜드에선 이혼을 허락하지 않아."

"이혼 허가를 받았다는 게 아니라, 저 남자는 더 이상 내 남편이 아니라고 했습니다, 서장님."

퀜틴 핀이 그 말을 듣고 웃음을 터뜨렸다. 실내의 공기를 찌르는 광소였다.

"맙소사. 맙소사."

코너는 계속 그 소리만 중얼거렸다.

"짐을 싸라. 집에 가게."

노라가 퀜틴을 보았다. 두 눈이 증오로 가득했다. 그리고 두려움. 역겨움.

"열세 살 때 저 사람이 날 돈 주고 샀어요. 사촌이었죠. 겨우 열셋 이에요. 그냥 암소처럼 팔려간 거예요."

그녀는 커글린 사람들을 하나씩 보며 말했다.

토머스가 테이블 위의 두 손을 벌리고 그녀에게 얼굴을 디밀었다.

"비극적인 얘기다만, 그래도 네 남편이야, 노라."

"니미럴, 말해 뭣 한데요, 서장 나리."

엘렌 커글린이 성호를 긋고 한 손을 가슴에 갖다 댔다.

"미스터 핀, 다시 한 번 내 집에서, 아내 앞에서 상소리를 하면……" 토머스는 노라에게서 간신히 눈을 떼어 천천히 고개를 돌려 퀜틴 핀을 보고는 비릿한 미소를 흘렸다. "당신 집으로 돌아가는 일이 완전히 틀어질 수도 있소."

퀜틴 핀이 부지런히 턱수염을 긁어댔다.

토머스가 노라의 두 손을 부드럽게 잡으며 코너를 건너다보았다. 코너는 손 두덩으로 아래 눈꺼풀을 짓눌렀다. 토머스가 다시 아내를 보았다. 엘렌은 고개를 저었고 남편은 고개를 끄덕였다. 이제 그가 대니를 보았다.

대니는 아버지의 시선을 받았다. 깨끗하고 파란 눈. 비난할 수 없는 지성과 목적을 품은 아이의 눈.

"제발, 저 남자한테 보내지 마세요."

노라가 중얼거렸다.

코너가 무슨 소린가 내뱉었는데 마치 비웃음처럼 들렸다.

"제발요, 서장님."

토머스는 두 손으로 그녀의 손등을 덮었다.

"하지만 널 내보낼 수밖에 없다."

그녀가 고개를 끄덕였다. 눈물 한 방울이 광대뼈에서 떨어져 내렸다.

"그래도 지금 당장은 아니죠? 저 남자한테 딸려 보내는 건 아니죠?"

"알았다, 얘야." 그가 고개를 돌렸다. "미스터 핀?"

"옙, 서장님?"

"남편으로서의 당신 권리는 충분히 알겠소. 또 존중도 해주리다."

"감사합니다요."

"일단 지금은 돌아가고 내일 아침 동부 4번가의 12지구 경찰서에서 만납시다. 그때 이 문제를 재고할 수 있을 게요."

토머스가 말을 채 끝내기도 전에 퀸틴 핀은 고개부터 젓고 있었다.

"지금 당장이라도 저 지랄 같은 바다를 건널 겁니다요. 당연히 안 될 말씀이죠. 여편네를 데려가겠습니다요."

"에이든."

대니가 의자를 밀어내고 일어났다.

"나한텐 남편의 권리가 있습니다, 서장님. 물론입죠."

"그래, 그런 건 모두 인정하겠다잖소. 하지만 오늘 밤엔……"

"저 여자의 아이는 어쩌굽쇼? 그 애가 뭐라고 생각하겠……"

"아이가 있다고요?"

코너가 머리를 쥐어짜던 두 손을 들어올렸다. 엘렌 커글린이 다시 성호를 그었다.

"오, 성모 마리아시여."

토머스가 노라의 손을 놓았다.

"집에 꼬마 놈이 하나 있습죠."

퀸틴 핀이 말했다.

"아이를 버린 거냐?"

토머스가 물었다.

대니는 그녀의 요동치는 두 눈과 움츠러든 어깨를 보았다. 노라가 두 팔로 자기 몸을 감쌌다……. 사냥감. 언제나 저랬어. 야수의 공격을 겁내하며 늘 두리번거리고 모색하고 긴장하는 여자.

아이? 그 말은 대니도 처음이었다.

"내 아이가 아니에요. 저 사람 아이지."

그녀가 말했다.

"아이를 버렸다고? 아이를?"

엘렌이 중얼거렸다.

"내 아이가 아니에요." 노라가 애원하듯 손을 내밀었으나 엘렌 커글린은 얼른 두 팔을 빼내 무릎 사이에 감췄다. "내 아이가 아니에요. 아냐, 아니란 말이야."

퀜틴이 씩 웃었다.

"애새끼가 싸가지가 없어졌죠, 이런. 어미가 없으니 어쩌겠습니까요?"

"내 애가 아니에요. 절대 아니라니까요."

노라는 대니에게 애원하다가 다시 코너를 보았다.

"이러지 마."

코너가 경고했다. 아버지는 한 손으로 뒤통수를 긁으며 깊은 한숨을 내뱉었다.

"널 믿었다. 그래서 아들 조까지 맡겼어. 어떻게 우릴 이 지경으로 만들 수 있는 거지? 어떻게 속일 수 있었냐고? 우리 아들이야, 노라. 우린 너한테 아들을 맡겼어."

"조한테는 잘 했어요. 서장님께도 잘 했고 가족들한테도 최선을 다했습니다."

그녀는 결국 내면에서 뭔가를 찾아낸 듯 보였다. 그건 분명 복서의 기질이었다. 특히 마지막 라운드를 맞이한 경량급 선수들처럼, 그녀는 덩치와 물리적 힘을 초월한 깊고 깊은 한을 끌어내고 있었다.

토머스가 그녀를 보고 퀸틴 핀을 보고 다시 그녀와 코너를 번갈아 보았다.

"넌 내 아들과 결혼하려고 했어. 정말 당혹스러운 일이 아닐 수 없구나. 내 이름을 더럽히려고 해? 이 가문의 바로 이 이름을? 너한테 머물 곳과 먹을 것을 주고 가족처럼 대한 나를? 어떻게 감히? 네가 어떻게?"

노라가 그를 똑바로 바라보았다. 결국 눈물이 흘러내리고 말았다.

"'감히'라고 했나요? 이 집은 저 아이한텐 무덤이에요." 그녀가 조의 방 쪽을 가리켰다. "저 애는 매일 그걸 느끼더군요. 내가 저 아이를 돌본 이유는 저 애가 심지어 자기 엄마가 누군지도 모르기 때문이었어요. 조는……"

엘렌 커글린이 벌떡 일어났으나 더 이상 움직이지는 못했다. 그녀는 한 손으로 의자 등받이를 붙들었다.

"입 닥쳐! 나쁜 년!"

토머스 커글린이 외쳤다.

"이 창녀! 더러운 창녀 같으니."

코너도 욕을 시작했다.

"오, 세상에! 그만. 그만!"

엘렌 커글린이 외쳤다.

그때 조가 식당으로 들어와 모두를 올려다보았다.

"뭐야? 무슨 얘기예요?"

"당장 내 집에서 나가!"

토머스가 노라에게 으르렁거렸다. 퀜틴 핀이 미소 지었다.

"아버지."

대니였다.

아버지는 결국 지금껏 거의 아무도 본 적이 없는 자신의 내면을 드러냈다. 그나마 가장 공감이 가는 내면…… 그가 고개도 돌리지 않은 채 손가락으로 대니를 가리켰다.

"넌 취했다. 집에 돌아가."

"뭐야? 왜 다들 소리 지르고 그래요?"

조가 계속 울먹거렸다.

"너도 네 방으로 가라."

코너가 말했다.

엘렌 커글린이 조에게 손을 내밀었으나 아이는 그 손마저 외면하고 노라를 보았다.

"왜 모두 소리 지르는 거냐니까?"

"이제 가자, 여편네."

퀜틴 핀이 말했다.

"제발 이러지 마세요."

노라가 토머스한테 사정했다.

"입 닥치라고 했다."

토머스가 으르렁거렸다.

"아빠, 왜 모두 소리치는 거나니까?"

조가 우는 소리를 했다.

"조……"

대니가 얘기를 꺼내려는데 퀜틴 핀이 노라에게 가 그녀의 머리채를 잡아챘다.

조와 엘렌 커글린이 비명을 질렀다

"다들 가만있지 못해!"

토머스가 소리쳤다.

"내 여편네야."

퀜틴이 노라를 질질 끌어당겼다.

조가 그에게 달려들었으나 코너가 두 팔로 끌어안았다. 그러자 조는 주먹으로 코너의 가슴과 어깨를 두드렸고, 대니의 어머니는 의자에 주저앉아 큰 소리로 울며 성모마리아를 찾았다.

퀜틴은 노라를 끌어당겨 그녀의 뺨을 자기 뺨에 갖다 댔다.

"누가, 이 여자 물건 좀 챙겨주면 안 되겠습니까, 예?"

그때 아버지가 대니한테 손을 내밀며 외쳤다.

"안 돼!"

하지만 대니는 이미 테이블을 돌아 나와 스카치 잔이 박살나도록 퀜틴 핀의 뒤통수를 내리쳤다.

누군가 비명을 질렀다.

"대니!"

어머니일 수도, 노라일 수도 있고, 어쩌면 조일 수도 있겠다. 하지만 이미 대니는 퀜틴 핀의 눈 위쪽 이마를 잡고 그의 뒤통수를 그대로 식당 문설주에 박아버렸다. 누군가 대니의 등을 잡았으나 대니가 퀜틴 핀을 돌려세워 복도 저쪽으로 던져버리는 바람에 떨어져나가야 했다. 조가 현관문을 걸어두지 않았던지, 퀜틴 핀은 허겁지겁 복도를 달려가다가 문을 활짝 열고 그만 어두운 밖으로 곤두박질치고 말았다. 그는 가슴부터 계단에 넘어져서 새로 쌓인 눈을 쓸며 보도까지 미끄러져 내려갔다. 밖에는 짙은 눈보라가 휘몰아치고 있었다. 퀜틴 핀은 시멘트바닥에서 튕겨 올랐지만 그래도 두 팔을 휘저으며 일어나 몇 발짝 비틀거리기도 했다. 하지만 이내 눈에 미끄러지고 결국은 연석 위에 왼쪽 발을 깔고 엉덩방아를 찧고 말았다.

대니는 조심스럽게 계단을 내려갔다. 계단이 금속 재질인 데다 눈이 무척이나 미끄러웠다. 퀜틴이 미끄러진 자리는 여기저기 시꺼먼 진창이 드러나 보였다. 대니는 주섬주섬 자리에서 일어나는 퀜틴을 노려보았다.

"어디 한 번 놀아볼까? 달아나, 어서!"

대니가 으르렁거렸다.

아버지가 대니의 어깨를 잡아 반쯤 돌려세웠다. 대니는 아버지의

60

눈을 보았다. 예전엔 한 번도 본 적 없는 눈빛…… 불안? 아니면 두려움?

"내버려둬라."

아버지가 말했다.

어머니가 문가에 다다랐을 땐 대니가 아버지의 셔츠 옷깃을 잡고 들어 올려 나무로 끌고 가던 참이었다.

"맙소사, 형!"

이번엔 코너의 목소리였다. 계단 위. K 스트리트 한가운데를 질퍽거리며 달아나는 퀜틴 핀의 구두소리가 들렸다.

대니가 아버지를 나무에 밀어붙인 채 눈을 노려보았다.

"노라한테 짐을 싸게 해줘요."

그가 말했다.

"에이든, 진정부터 해라."

"필요한 건 뭐든 챙기게 해요. 이건 타협이 아닙니다. 알겠습니까?"

아버지가 한참 동안 그의 눈을 들여다보다가 결국 눈을 깜빡였다. 대니는 그 동작을 동의의 뜻으로 해석했다.

그는 아버지를 땅 위에 내려놓았다. 노라가 문가에 나타났는데 이마에 퀜틴 핀의 손톱자국이 선명했다. 그는 그녀의 눈을 보다가 곧바로 돌아섰다.

그는 자신한테조차 섬뜩한 웃음을 터뜨리며 K 스트리트를 따라 달리기 시작했다. 퀜틴은 두 블록 먼저 출발했지만 대니는 K 와 I 스트리트, 그리고 J 스트리트 사이의 지름길을 뚫고, 그 옛날의 복사 소

년처럼 울타리들을 뛰어 넘었다. 퀜틴이 갈 곳이라곤 어차피 전차역
밖에는 없었다. 그는 쏜살같이 J와 H 스트리트 사이의 골목으로 빠져
나와 퀜틴 핀의 두 어깨를 덮쳤다. 퀜틴은 동부 5번가의 눈 속에 또
다시 처박히고 말았다.

거리 위로 크리스마스 조명이 화환처럼 매달려 있는 데다, 가정집
의 절반은 창문에 촛불을 밝혀두었다. 이번엔 퀜틴도 대니한테 덤벼
들었으나 대니는 얼굴에 가벼운 잽에 이어 보디 연타를 날린 다음,
좌우 갈빗대에 원투 스트레이트 공격으로 승부를 마무리 지었다. 퀜
틴이 다시 달아나려 했으나 대니는 그의 코트를 잡아 몇 번 돌리다
가 가로등에 박아버렸다. 그러고는 그를 깔고 앉아 광대뼈를 깨뜨리
고 코뼈를 부러뜨리고 갈빗대 몇 개를 끊어놓았다.

퀜틴이 엉엉 울면서 애원했다.

"그만, 제발, 그만요."

음절을 내뱉을 때마다 그의 입에서 터져 나온 피가 그대로 얼굴
위로 떨어져 내렸다.

대니가 몇 번 심호흡을 했다.

"열여덟 살 이후로 흥분해 본 적이 없다. 못 믿겠지? 하지만 사실
이야. 8년…… 거의 9년 동안이나……"

그가 한숨을 내쉬며 거리를 바라보았다. 눈. 조명.

"절대…… 귀찮게…… 않겠습니다요……."

퀜틴이 사정하자 대니가 웃었다.

"그래?"

"난…… 다만…… 내 여편네를……"

대니가 두 손으로 퀜틴의 양쪽 귀를 잡고 자갈길에 몇 번 머리를 박았다.

"병원에서 퇴원하는 대로 배를 타고 고향으로 돌아가라. 여기에 머물나산 이 일을 경관 폭행으로 몰고 갈 거다. 저기 창문들 보이지? 그 절반이 경찰 집이야. 보스턴 경찰서 모두와 싸울 테냐, 퀜틴? 미국 감옥에서 10년쯤 썩게 해주랴?"

퀜틴이 왼쪽으로 눈을 돌렸다.

"날 봐."

퀜틴의 눈이 초점을 잡는가 싶더니 자기 외투 칼라에 토악질을 했다. 대니가 손을 저어 미적지근한 김을 몰아냈다.

"좋아, 싫어? 폭행죄로 처박아줘?"

"그건 싫습니다요."

퀜틴의 대답이었다.

"그럼 병원에서 나오는 대로 집으로 갈 거냐?"

"예, 예."

"잘 생각했다. 안 그러면 말이야, 퀜틴? 하늘에 맹세코 네 놈을 절름발이로 만들어 올드소드에 보낼 생각이었거든."

대니가 일어났다.

대니가 돌아왔을 때 토머스는 계단 위에 있었다. 그의 차 미등이 붉은 빛을 터뜨렸다. 운전사 마티 케닐리가 두 블록 위의 교차로에서 브레이크를 밟고 있었다.

아버지는 대니의 셔츠에 번진 피와 찢어진 손을 물끄러미 바라보았다.

"앰뷸런스를 위해 뭐든 남겨둔 거냐?"

대니는 검은 철제 난간에 엉덩이를 기댔다.

"얼마든지요. 연락도 J 스트리트의 비상전화로 한 걸요."

"겁은 잔뜩 줬겠지?"

"겁 이상이죠."

그가 주머니에서 뮤라드 갑을 꺼내 한 개비를 흔들어 꺼냈다. 아버지한테도 권하자 그도 하나를 꺼냈다. 대니가 불을 붙이고 다시 난간에 기댔다.

"십대 때 가둔 후로 네가 이러는 모습은 처음이구나."

대니는 차가운 공기 속으로 연기를 길게 내뿜었다. 가슴과 목의 땀이 말라가고 있었다.

"예, 오랜만이네요."

"정말로 날 칠 생각이었더냐? 나무에 부딪칠 때?"

대니가 어깻짓을 했다.

"그야 모르죠. 앞으로도 모를 테지만."

"난 네 아버지야."

대니가 키득거렸다.

"나를 때릴 땐 그게 문제 되지 않았던가요?"

"그땐 교육시키느라 그랬다."

"피차 마찬가지입니다."

대니가 아버지를 건너다보았다.

토머스가 가볍게 고개를 저으며 밤하늘을 향해 파란 연기를 내뿜었다.

"그곳에 아이를 두고 온 줄은 몰랐어요. 예, 상상도 못했죠."

아버지가 끄덕였다.

"아버지는 아셨죠?" 대니가 물었다. 아버지가 그를 보았다. 입가에서 담배 연기가 새어나오고 있었다. "퀜틴을 불러들인 건 아버지에요. 빵가루를 뿌려 우리 집안에까지 끌어들인 겁니다."

"너무 과대평가하지 마라."

토머스 커글린이 대답했다. 대니는 주사위를 굴려보기로 했다.

"퀜틴이 불었어요, 아버지."

아버지가 코로 밤공기를 들이마시다가 하늘을 올려다보았다.

"저 아이를 그렇게도 잊지 못하겠더냐? 코너도 마찬가지더라만."

"조는 어떻게 할 겁니까? 충격이 컸을 텐데."

아버지가 어깻짓을 했다.

"다들 언젠가는 성장해야겠지. 하지만 내가 걱정하는 건 그 애의 성장이 아냐. 네 성장이야."

대니가 끄덕이자 담뱃재가 이글거리며 허공으로 흩어졌다.

"아버지도 걱정이 끊이지 않는군요."

23

크리스마스 오후 늦은 시간 커글린 가족이 저녁 모임을 갖기 전, 루터는 전차를 타고 사우스엔드로 돌아갔다. 아침만 해도 맑고 밝았던 날은, 루터가 전차에 오를 때쯤 구름이 잔뜩 접힌 채 지상으로 떨어져 내리고 있었다. 잿빛의 거리는 조용했으나, 몰래 축제 기분이라도 내는 듯 화려하기 짝이 없었다. 함박눈이라도 퍼부으려는지, 작은 눈송이들이 연처럼 춤을 추더니, 전차가 브로드웨이 다리 위를 질주할 즈음엔 정말로 꽃송이만큼이나 커다란 눈발이 검은 바람을 타고 전차 차창을 비껴나가기 시작했다. 루터는 혼자 유색인종 좌석에 앉아 있다가 문득 두 자리 위쪽의 백인남자와 눈을 마주쳤다. 사내는 여자 친구와 함께, 느긋한 피로감을 즐기는 표정이었다. 싸구려 울 소재의 빵모자를 쓰고 있었는데, 오른쪽 눈에 비스듬히 걸치는 식으로 어느 정도 사치스러운 분위기를 연출했다. 그가 루터의 생각에 동의한다는 양 고개를 끄덕여보았다. 여자 친구는 두 눈을 감은 채 그의 가슴에 꼭 안겨있었다.

"크리스마스 분위기 나죠?"

남자는 턱으로 여자의 머리카락을 훑으며 향기를 맡았다.

"예, 그렇군요."

루터가 대답했다. 백인만 가득한 차임에도 불구하고 "예, 그렇습니다."가 아닌 데에는 루터 자신도 적잖이 놀랐다.

"집에 가는 중이요?"

"예."

"가족?"

백인 남자가 여자 입술에 담배를 갖다 대자 여자가 입을 벌려 한 모금 빨아들였다.

"아내와 아이가 있습니다."

루터가 대답했다. 백인은 잠시 두 눈을 감고 고개를 끄덕였다.

"멋진 일이군요."

"예, 그런 것 같습니다."

루터가 숨을 들이마셨다. 갑자기 뱃속에서부터 고독의 파도가 밀려든다.

"메리 크리스마스."

사내가 인사를 하고 여자 입술에서 담배를 빼내 자기 입에 물었다.

"즐거운 크리스마스."

기드로의 현관 홀. 그는 코트와 스카프를 벗어 라디에이터에 걸쳐 놓았다. 젖은 옷에서 금세 김이 모락거렸다. 식당에서 사람들 목소리가 들렸다. 그는 머리의 눈을 털고 코트에 손을 닦았다.

사람들은 웃기도 하고 재잘거리기도 했다. 식기와 유리잔이 부딪치며 쨍그랑 소리를 냈다. 칠면조 구이. 어쩌면 칠면조 튀김도 있겠다. 계피 냄새도 났는데 따뜻한 사과 주스에서 나는 향일 것이다. 아이 넷이 계단을 달려 내려왔다. 흑인 셋. 백인 하나. 아이들은 1층에 다다르자 미친 듯이 웃다가 전속력으로 복도 저편의 부엌으로 달려가

버렸다.

식당 미닫이문을 열자 손님들이 그를 돌아보았다. 대개 여성들이었지만, 루터보다 나이 많아 보이는 남자도 몇 명 보였다. 둘은 대충 비슷한 연배로 보였는데, 기드로의 가정부인 그라우스 부인의 두 아들인 모양이었다. 최소 열 명, 그 중 절반은 백인으로 NAACP일을 돕는 여성들과 그들의 남편이었다.

"프랭클린 그라우스입니다. 루터 맞죠? 어머님이 자주 말씀하시더군요."

젊은 흑인이 악수를 하고 에그노그(밀크와 설탕이 든 달걀술 — 옮긴이) 잔을 내밀었다.

"만나서 반갑습니다, 프랭클린. 메리 크리스마스."

루터가 에그노그 잔을 들어보이고는 한 모금 마셨다.

멋진 저녁 식사였다. 전날 밤 워싱턴에서 돌아온 이사야도 디저트 후에까지는 절대 정치 얘기를 하지 않기로 약속했고, 사람들은 이따금 너무 나대는 아이들 꾸중까지 해가며 느긋하게 먹고 마셨다. 대화는 최근의 전시회에서 인기도서와 노래로 이어졌고, 심지어 라디오가 상용화되어 전 세계의 뉴스와 목소리와 연극과 노래들을 전해줄 것이라는 소문까지 거론되었다. 루터는 상자 안에서 연극 공연을 한다는 게 상상도 가지 않았지만 이사야는 기대해도 좋다고 장담했다. 전선, 전보, 소피드카멜(1차 대전 당시 가장 유명한 복엽기 — 옮긴이)……세계의 미래는 공중이다. 항공 여행, 공중 통신, 라디오 수신. 대지는 고갈되고 바다도 마찬가지지만 공기는 영원히 바다에 닿지 않는 선로와도 같다. 머지않아 우리는 스페인어를 하고 그들이 영어를 하는 시대가 올 것이다 등.

"좋은 일인 거죠, 기드로 씨?"

프랭클린 그라우스가 물었다.

이사야가 손을 좌우로 흔들어보였다.

"그러니까 사람들이 만드는 것 아닌가?"

"좋은 쪽이 백인입니까, 흑인입니까?"

루터의 질문에 사람들이 모두 웃음을 터뜨렸다.

즐겁고 편안할수록 루터는 더 슬퍼졌다. 릴라와도 이렇게 행복할 수 있었는데…… 그래야 하는데. 그가 손님이 아닌 파티의 주인이고 어쩌면 저 아이들 중에 그의 자식들이 있을 수도 있었다. 문득 기드로 부인이 그에게 미소를 지어, 그도 화들짝 미소로 답했다. 그녀가 윙크를 했다. 루터는 다시 그녀의 영혼을 볼 수 있었다. 파란 빛으로 장식된 여유로운 영혼.

식사가 끝나자 손님들 대부분은 자기 집으로 돌아가고, 이사야와 이베트는 파르탄 부부와 함께 브랜디를 즐겼다. 모어하우스와 애틀랜타의 그녀 집에서 머물 때부터 친해진 두 노인이다. 루터는 양해를 구한 후, 자신의 브랜디 잔을 들고 지붕으로 올라가 조망대에 자리를 잡고 앉았다. 눈은 그쳤지만 지붕은 온통 눈 세상이었다. 항구에선 고동이 울어대고 지평선을 따라 도시의 노란 불빛들이 기다란 띠를 이루었다. 그는 두 눈을 감고 밤과 추위와 연기와 숯검정과 벽돌

먼지 냄새를 들이마셨다. 마치 지상 끝을 벗어나 하늘을 마시는 기분이었다. 그는 눈을 감은 채, 제시의 죽음은 물론, 그의 마음속에 깊은 상처처럼 남은 릴라의 이름마저 밀쳐냈다. 지금 이 순간은 오직 폐부 깊숙이 파고들어, 온몸을 채우고 머리를 깨끗하게 소독해 줄 이 밤공기만을 원했다.

하지만 그것도 잠시뿐이었다. 기어이 제시가 밀고 들어와 루터에게 말을 걸었다. "좆나게 재미있지, 응?" 그리고 그 순간 제시의 머리가 퍽 하고 터지며 그가 바닥에 쓰러졌다. 그리고 목사, 만인의 브로시어스 목사가 제시를 밟고 올라오더니 그를 끌어안고 "바로 잡아줘."라고 말했다. 그리고 루터가 턱 밑에 총을 박아 넣자 그의 두 눈이 죽고 싶지 않다며 사과처럼 동그래졌다. '죽고 싶지 않아, 기다려!' 라고 말하는 두 눈.

하지만 루터는 기다리지 않았다. 지금쯤은 목사와 제시도 함께 있을 것이다. 루터도 이곳까지 흘러들었다. 지상의 어느 집 지붕. 누군가 비집고 들어와 인생과 운명을 돌이킬 수 없이 뒤집어놓는 데는 1초면 충분하다. 단 1초.

"이봐, 왜 편지를 쓰지 않는 거야? 내 아이를 품고 있잖아. 그 애가 아버지 없이 자라게 하고 싶지 않아. 그 기분을 물려주고 싶지 않아. 안 돼, 절대. 릴라, 난 너밖에 없어. 너밖에."

그가 별 하나 없는 하늘에 대고 주절댔다.

그가 바닥에 둔 브랜디 잔을 들어 한 모금 마셨다. 술기가 목을 태우고 가슴을 데우고 눈을 뜨게 했다.

"릴라."

그가 속삭이며 다시 한 모금 마셨다.

"릴라."

그는 노란 초승달과 검은 하늘과 밤의 냄새와 눈으로 덮인 지붕들에게 그 이름을 가르쳐주었다.

"릴라."

그는 그 이름을 바람에 실었다. 그리고 마음속으로 그 바람이 털사까지 흘러가기를 기도했다.

"루터 로렌스, 이쪽은 헬렌 그래디다."

루터는 중년 여인과 악수했다. 헬렌 그래디는 커글린 서장만큼이나 손힘이 세고 날렵한 몸매에 머리카락까지 암회색이었다. 그리고 두려울 게 없을 듯한 눈빛도.

"이제부터 너와 함께 일할 거다."

서장의 설명이었다.

루터가 고개를 끄덕이고 그녀가 악수를 했다. 그녀는 악수가 끝나자마자 깨끗한 앞치마에 손을 닦아냈다.

"서장님, 그럼……"

"노라는 떠났다, 루터. 서로 친했다는 걸 아니까 둘 사이의 유대감에 대해서는 유감을 표하마. 하지만 다시는 이 집에서 그 아이 얘기는 하지 말도록. 알았나?"

서장은 루터의 어깨를 단단히 잡고 딱딱한 미소를 지어 보였다.

"예, 알겠습니다."

루터가 대답했다.

어느 날 밤 루터는 하숙집으로 돌아온 대니를 붙잡았다. 그는 계
단에서 달려 나가 대뜸 성질부터 부렸다.

"빌어먹을, 도대체 뭐하자는 겁니까?"

대니는 오른손으로 코트를 잡으려다가 루터를 보고 손을 내렸다.

"'안녕'은 안 해? '해피 뉴이어' 같은 것도 없고?"

대니가 너스레를 떨었다. 루터는 아무 말도 하지 않았다.

대니가 어깻짓을 했다.

"오케이. 우선 여긴 흑인이 있을 만한 곳이 못 돼, 눈치 못 챘어?"

"벌써 한 시간이나 기다렸어요. 당연히 알죠."

"두 번째. 지금 너 제 정신이냐? 이런 식으로 백인한테 대드는 게?
그것도 경관한테?"

루터가 한 걸음 물러났다.

"그녀 말이 맞았군요."

"뭐? 누구?"

"노라. 당신이 배우라더군요. 반항아 연기를 하고, '선생님' 소리를
안 붙여도 상관없다고 말하는 남자 연기를 아주 잘 한다고요. 이젠
분명히 알겠습니다. 나 같은 깜둥이 놈은 이 도시에서 어떻게 놀아야
하고, 또 백인한테 어떤 식으로 말해야 하는지. 그래서 노라는 어디
있죠?"

대니가 두 팔을 들어 보였다.

"그걸 내가 어떻게 알아? 구두 공장에 가보지 그래? 어디 있는지
는 알지?"

"시간이 안 맞아요."

루터가 대니한테 한 걸음 다가섰다. 사람들이 처다보는 것 따위
는 아무래도 좋았다. 이탈리아 동네에서 이런 식으로 백인한테 덤볐
다간, 몽둥이로 뒤통수를 얻어맞거나, 아니면 그냥 총에 맞는다 해도
이상할 게 하나도 없었다. 아니, 어느 동네라도 마찬가지다.

"내가 가출한 노라하고 관계있다고 생각하는 이유가 뭔데?"

"노라는 당신을 사랑했어요. 그리고 당신도 그녀 없이 못 사니까
요."

"루터, 물러서."

"당신이 물러나요."

"루터." 루터가 고개를 갸웃했다. "농담 아냐."

"농담 아니라고요? 이 세상 누구든 노라를 자세히 봤다면, 그녀의
고통이 이 세상 그 어느 것보다 크다는 사실도 보았을 겁니다. 그런
데 당신은? 뭘 한 거죠? 고통을 부추긴 것 말고? 당신하고 당신 가족
모두?"

"내 가족?"

"예."

"내 가족이 맘에 안 들면, 루터. 아버지한테 가서 따지지 그래?"

"못 해요."

"왜?"

"그 망할 놈의 일자리가 필요하니까요."

"그럼, 당장 집에 돌아가는 게 좋을 거야. 그리고 내일 아침에도 일자리가 성한지 걱정이나 하라고."

루터가 두 발짝 정도 물러섰다.

"노조는 잘 되어 갑니까?"

"뭐?"

"노동자 연대를 꿈꾸지 않았던가요? 왜, 그것도 맘이 바뀌었습니까?"

대니의 얼굴이 다리미로 다린 듯 팽팽해졌다.

"집에 가라, 루터." 루터가 고개를 끄덕였다. 그리고 공기를 조금 마신 다음 돌아서서 걷기 시작했다. "이봐!" 대니가 부르자 루터가 돌아보았다. "여기까지 온 이유가 뭐야? 사람들 앞에서 백인을 꾸짖고 싶어서?" 루터가 고개를 젓고 돌아서서 다시 걷기 시작했다. "이봐! 질문했잖아!"

"그녀가 당신네 엿 같은 가족보다 나으니까!" 루터는 보도 한가운데서 공손하게 답례까지 해보였다. "알겠소, 백인 나리? 그러니 그놈의 올가미로 날 매달아보지 그러쇼? 당신네 양키 놈들이 매일 하는 짓거리들이잖아. 어디 해보라고. 그래도 난 당신네 그 개똥 같은 거짓말 앞에서 진실을 말하며 죽을 테니까. 그녀는 당신 가족보다 훨씬 나은 여자야. (대니를 가리키며) 특히 당신보다 백배는 더 나아!"

대니가 입술을 삐쭉이며 뭐라고 했다.

루터가 다시 한 발짝 다가섰다.

"뭐요? 무슨 말이죠?"

대니가 문고리를 잡았다.

"어쩌면 네 말이 맞을지 모른다고 했다."

대니는 문을 열고 건물 안으로 들어갔다. 루터는 어두워져만 가는 거리에 홀로 서 있었다. 지저분한 이태리 인들이 지나가며 특유의 황갈색 눈으로 그를 찔러댔다.

그가 키득거렸다.

"망할, 내가 정곡을 찌른 모양이군." 그는 잔뜩 인상을 쓰고 지나쳐가는 노파를 향해 한껏 웃어 보였다. "죽이지 않습니까, 부인?"

집에 돌아가자 이베트가 불렀다. 루터는 코트도 벗지 않고 거실로 들어갔다. 목소리가 겁에 질린 듯했기 때문인데, 정작 그녀는 미소를 짓고 있었고 표정도 신의 축복이라도 받은 양 밝기만 했다.

"루터!"

"예?"

루터는 한 손으로 외투 단추를 끄르기 시작했다.

그녀는 환한 얼굴로 자리에서 일어섰다. 이사야도 식당을 나와 그녀 뒤에 가 섰다. 그가 인사를 건넸다.

"안녕, 루터."

"안녕하세요, 기드로 씨?"

이사야는 찻잔을 들고 안락의자에 앉았는데 역시 은밀한 미소였다.

"뭐죠? 왜들 그러세요?"

루터가 물었다.

"1918년은 잘 지냈나?"

이사야가 되물었다.

루터는 이베트의 터질 듯한 미소를 외면하고 대신 이사야의 작은 미소를 택했다.

"에, 솔직히 말씀드리면…… 아뇨, 1918년은 잘 못 지낸 것 같습니다. 골치 아픈 일이 많았죠."

이사야가 끄덕이다가 벽난로 위의 시계를 보았다.

"그래, 이제 끝났다. 10시 43분. 거의 스물네 시간이 지났으니까. (아내를 본다.) 오 이런, 괴롭히지 좀 말아요, 이베트. 날 고문하고 있잖소. 그러지 말고 아이한테 넘겨주지 그래?"

그가 루터를 보며 '여자들이란' 하는 표정을 지어 보였다.

이베트가 그에게 다가왔다. 루터는 집에 들어온 이후 그녀가 계속 뒷짐을 지고 있다는 사실을 깨달았다. 그녀의 온몸에 물결이 일고, 얼굴의 미소는 자꾸만 미끄러지고 곤두박질쳤다.

"이거, 너한테 온 거야."

그녀가 몸을 숙여 그의 뺨에 입을 맞추고 손에 봉투 하나를 놓았다. 그리고 그녀는 뒤로 물러섰다.

루터가 봉투를 내려다보았다. 크림색의 평범한 봉투. 중앙에 그의 이름이 있고 그 아래 기드로의 주소가 적혀 있었다. 문득 필체가 눈

에 들어왔다. 깔끔하면서도 우아한 필체. 인지에 찍힌 소인도 낯이
익었다. 털사. 오클라호마. 두 손이 떨렸다.

그가 이베트의 눈을 보았다.

"작별 통지면 어쩌죠?"

그가 아랫입술을 꼭 깨물었다.

"아냐, 아냐. 작별은 벌써 했잖아. 그 애가 맘을 닫았다고 했지, 루
터? 마음을 닫으면 자기를 사랑하는 남자한테 편지 안 써. 쓸 말이
없으니까."

루터가 고개를 끄덕였다. 이제는 머리와 온 몸까지 떨렸다. 그는
크리스마스 밤을 생각했다. 산들바람에 그녀의 이름을 실어 보냈는
데……

"난……" 노부부가 그를 지켜보았다. "2층에서 읽을게요."

그의 말에 이베트가 그의 손을 다독여주었다.

"그렇다고 2층에서 펄쩍펄쩍 뛰면 안 돼."

루터가 웃었다. 웃음소리가 마치 불에 달군 듯 뜨거웠다.

"아…… 안 그럴게요."

하지만 계단을 오르면서는 두려움부터 앞섰다. 이베트가 틀렸을
거라는 두려움. 작별편지를 쓰는 여자들이 어디 한둘이던가. 편지를
접어 주머니에 집어넣고 한동안 안 읽고 지낼까도 생각해 보았다. 그
러니까, 좀 더 강해질 때까지. 하지만 그런 생각을 하면서조차, 내일
아침까지 개봉을 미루느니 차라리 백인으로 환생하는 편이 낫겠다
는 생각이 들었다.

제발, 날 힘들게 하지 마. 루터는 결국 조심조심 봉투를 개봉하고 조심조심 내지를 꺼냈다. 제발. 그는 양손의 엄지와 검지로 편지지를 잡고 먼저 밤바람에 눈물부터 말린 다음 편지를 열었다.

친애하는 루터.

이곳은 추워. 지금은 세탁 중이야. 디트로이트 사람들이 커다란 회색 가방에 세탁물을 넣어 보내는데 마르타 이모가 주선해 준 일이야. 거기 사람들도 옛날 방식으로 세탁할 수 있을 텐데. 마르타 이모와 제임스 이모부가 아니면 난 이겨내지 못했을 거야. 주님께서 두 분을 통해 날 도우시는 게 분명해. 두 분이 자기한테도 안부 전하래……

루터가 미소 지었다. 불안감이 눈 녹듯 스러지고 있었다.

……자기도 잘 있지? 이제 배가 많이 불렀어. 마르타 이모 말로는 사내아이래. 배가 오른쪽으로 쏠렸기 때문이라는데 나도 그런 것 같아. 배를 걷어차는 힘도 장난이 아니야. 분명 자기 닮았을 거야. 그리고 자기가 아빠 노릇해 주기를 바랄 거야. 그러니, 어서 돌아와.

자기 아내, 릴라.

루터는 여섯 번이나 내리 읽고 나서야 간신히 숨을 쉴 수 있었다. 아무리 눈을 감고 다시 떠보아도 '사랑'이라는 단어는 보이지 않았다. 하지만…… '어서 돌아와.' 그리고 '아빠 노릇해 주기를 바랄 거야……'라고 했잖아. '친애하는 루터'라고도 했고. 무엇보다…… '자기 아내'랬어.

자기 아내.

그는 편지를 다시 펼치고 두 손으로 단단히 잡았다.

어서 돌아와.

그럴게, 릴라.

친애하는 루터.

친애하는 릴라.

자기 아내.

자기 남편.

THE GIVEN DAY

베이브 루스와
화이트볼

24

1919년 정월 19일. 노스엔드에 있는 알코올 회사의 당밀 탱크가 폭발했다.* 당밀은 3층 건물 높이의 파도가 되어, 탱크 밑에서 놀던 아이 하나를 날리고, 인근 슬럼가를 휩쓸었다. 건물들은 마치 가혹한 신의 손길에라도 당한 듯 모두 옆으로 쓰러져버렸다. 커머셜을 따라 달리는 철교는 트럭만 한 쇳조각에 얻어맞아 한가운데가 주저앉았다. 소방서는 뒤집힌 채 도시 광장 저편에 널브러졌는데, 소방관 한 명이 죽고 열두 명이 중상을 입었다. 폭발의 원인은 밝혀지지 않았으나, 현장에 도착한 최초의 정치가인 앤드루 피터스 시장은 테러범의 짓이 확실하다고 단언했다.

베이브 루스는 글러브에 걸리는 신문 기사는 하나도 빼지 않고 읽어 내려갔다. '시정(市政)'이나 '산업기반' 따위의 단어가 나오는 긴 문단 정도를 건너뛰기는 했으나 나머지는 말 그대로 흥분의 도가니라고 할 수 있었다. 당밀! 200만 갤런! 15미터의 파도! 노스엔드의 거리는 자동차, 마차, 말들이 다닐 수도 없고, 걸어서라도 가려는 사람들의 신발을 못 쓰게 만들었다. 파리 떼들이 설탕 바른 사과에 달려들 듯, 떼를 지어 포장도로에 몰려들었다. 시영 마구간 뒤쪽 광장엔 폭발 탱크로부터 총알처럼 날아온 못에 말 십여 마리가 부상을 당한 채 쓰러졌는데, 끈적거리는 당밀에 갇힌 말들은 일어나지도 못하고 하릴없이 울어대기만 했다. 그날 오후, 45발의 경찰 총성이 폭죽쇼의 대미를 장식하듯 말들의 처형을 거행했다. 죽은 말들은 크레인으로 트럭에 실은 후 소머빌의 접착제 공장으로 실려 갔다. 나흘째 되는 날, 당밀은 검은 대리석으로 변하고 덕분에 주민들은 벽과 가로등 전신주를 붙들고 걸어 다녀야 했다.

확인된 사망자 17, 부상자 수백. 맙소사, 저 표정 좀 봐! 태양 빛에 구불거리는 검은 파도를 보면 저런 표정이 된다는 얘기잖아. 베이브는 코난 광장에 있는 이고의 잡화 및 음료 카운터에 앉아 에이전트 조니 이고를 기다리던 참이었다. 조니는 지금 화장실에서 A. L. 울머튼과의 면담을 위해 잔뜩 멋을 부리고 있을 것이다. 그래 봐야 바셀린과 콜로뉴, 그리고 화장실 물을 흠뻑 뒤집어쓰는 정도겠지만. A. L. 울머튼은 올드 골드 담배("한 트럭의 흡연에도 기침 한 번 없는 담배!")의 큰손인데, 상품 보증 광고를 위해 베이브와 얘기하고 싶다고 했다.

그런데 지금 조니가 화장실에서 안달복달을 하느라 시간을 지체하고 있었다.

사실 베이브는 개의치 않았다. 덕분에 당밀 홍수와 그로 인한 후폭풍 기사를 자세히 훑을 수 있었기 때문이다. 테러에 연루된 것으로 보이는 과격분자와 파괴분자들에 대한 강경조치. 수사국과 보스턴 경찰들은 레트 노동자연합, 세계 산업노동자연맹 보스턴 지부, 리드와 라킨의 좌파 사회당 본부를 때려 부쉈다. 그 바람에 도시 전역의 유치장이 동이 나, 나머지는 찰스 스트리트의 교도소로 보내기까지 했다.

서퍽 카운티 상급법원에서도 65명의 테러용의자들이 웬델 트라우트 판사 앞에 끌려 나갔다. 트라우트는 경찰에게 공식 기소되지 않은 사람들은 모두 풀어주라고 명령했지만 미국 시민임을 증명하지 못한 18인의 국외추방 명령서엔 기어이 사인을 해주었다. 그밖에도 12명이 그들의 이민 자격과 전과에 대한 법무부의 재심리를 기다리고 있었다. 사실 억지소리 같은 것도 있었지만 그래도 그 정도는 베이보한테도 매우 타당한 조치로 보였다. 민주당 주지사 후보를 두 번이나 거친 노동 전문 변호사 제임스 바헤이가, 연방 치안판사를 상대로 범죄 혐의가 없는 사람들의 억류는 헌법에 대한 모독이라며 맞섰다. 하지만 특유의 거친 화법 때문에 욕만 잔뜩 얻어먹고 사건은 2월까지 질질 끌려갔다.

오늘 아침 《트래블러》엔 4면에서 7면까지 모두 화보로 도배가 되어 있었다. 아직 당국에서는 범행 당사자들을 체포했는지의 여부를 확인해 주지는 않았다. 그 점에서는 베이브도 짜증이 났으나 그마저 오래 지속되지는 못했다. 사진의 처참한 광경을 넋 놓고 감상하면서 척추를 훑고 지나는 짜릿한 흥분과 전율을 한껏 만끽할 수 있었기 때문이다. 거대한 검은 액체 덩어리 속에서 박살나고 뒤집어지고 질식당한 마을. 우그러진 소방서 사진 다음엔 커머셜 스트리트를 따라 시신들이 갈색 빵덩이처럼 쌓인 사진이 실렸다. 그 다음 사진은 앰뷸런스에 기댄 두 명의 적십자 요원이었는데, 그 중 한 명은 한 손으로 얼굴을 가리고 입엔 담배를 물고 있었다. 잡석을 제거해 릴레이로 운반하는 소방대원들의 사진도 있었다. 광장 한가운데 죽은 돼지한 마리, 계단에 앉아 피가 뚝뚝 떨어지는 손으로 머리를 누르고 있는 노인. 현관문 쇠고리까지 갈색 물결이 차오른 막다른 골목. 그리고 그 표면에 떠 있는 돌과 나무와 유리들. 사람들 사진도 있었다. 경찰과 소방대원과 적십자사 요원과 의사, 그리고 숄과 중절모 차림의 이민자들. 모두 같은 표정이었다. 도대체 어떻게 이런 일이 일어날 수 있지?

최근엔 베이브도 그런 표정을 많이 보았다. 특별한 이유가 있어서가 아니라 사람들 표정이 대개 그랬다. 이 미친 세상을 어떻게든 살아보려 애는 쓰지만, 도무지, 도저히 이해할 수는 없다는 표정들이다. 사람들은 이번에야말로 그 망할 놈의 세상이 뒤쪽에서 몰래 다가와 그냥 그들을 짓밟고 지나가버리기를 바라기도 했다. 그래서 그들을 다음 세상으로 보내버리기를.

일주일 후, 해리 프레이지와의 두 번째 협상이 있었다. 프레이지의 사무실에서는 매음굴과 낡은 돈 냄새가 났다. 향수는 캣 로슨의 것이었다. 캣 로슨은 현재 프레이지가 보스턴에서 돌리고 있는 대여섯 개의 쇼 중 하나인 「라디, 진정해요」에 출연 중인 여배우다. 해리 프레이지 프로덕션의 공연이 다 그렇듯, 그 역시 관객들이 서서 구경하는 심야용 로맨틱 소극이다. 사실 베이브도 본 공연이었다. 유대인의 피를 이었다는 소문에 걸맞게, 프레이지는 끝내 공짜표를 주지 않았지만, 새해가 시작되자마자 베이브는 아내 헬렌한테 끌려가야 했던 것이다. 베이브는 다섯 번째 열에서 여편네의 손을 잡고 앉아, 함께 잠을 잔 또 다른 여인이(사실 세 번 잤다.) 순진한 세탁부로 변신해 코러스걸을 꿈꾸며 무대 위를 팔짝거리는 장면을 지켜보아야 했다. 그 꿈의 장벽은 그녀의 악독한 아일랜드 남편 셰이머스, 즉 제목의 '라디(가까운 남자라는 뜻 — 옮긴이)'가 떠벌리는 수다였다. 연극 마지막에 세탁부 여인은 뉴잉글랜드에서 코러스걸이 되고 라디 역시 그녀가 고향을 떠나지 않는다는 것을 조건으로 그녀의 꿈을 인정한다. 연극은 심지어 라디가 직장을 구하는 것으로 끝이 난다. 배우 모두 나와 마지막 곡 「내 별을 닦아줘요. 난 당신의 마룻바닥을 청소할게요.」를 부르자 헬렌은 일어나 박수갈채를 보냈다. 베이브도 박수를 치기는 했지만, 지난 해 자신에게 매독을 옮긴 여자가 바로 캣 로슨이라고 확신하던 터라, 헬렌같이 순진한 여자가 캣처럼 타락한 년한테 환호를 보내는 게 영 마땅치는 않았다. 게다가 솔직히 말해서, 공짜표를 얻지 못했다는 사실 때문에 아직 삐쳐 있기도 했다.

캣 로슨은 커다란 사냥개 그림 아래 놓인 가죽 카우치에 앉아 있었다. 무릎엔 잡지를 펼쳐놓고, 지금은 콤팩트를 꺼내 입술을 칠하는 중이었다. 해리 프레이지는 자신이 여편네를 잘 속이고 있다고 확신했다. 또 캣이야말로 베이브를 비롯한 삭스 아이들이 부러워하는 소유물로 생각하기도 했다(사실 레드삭스 팀원들도 대부분 최소한 한 번은 캣과 잤다.). 하지만 해리 프레이지야 어차피 협상 테이블에까지 정부를 데리고 들어오는 얼간이 중 얼간이가 아니던가.

루스와 조니 이고는 책상 앞에 앉아 프레이지가 캣을 쫓아내기를 기다렸으나, 그는 그녀도 함께 있을 것임을 분명히 했다.

"신사분들과 사업 얘기를 하는 동안, 뭐 마실 것 좀 갖다 줄까?"

"아뇨."

캣은 입술을 오므려 쪽 소리를 낸 후 콤팩트를 세게 닫았다.

프레이지는 고개를 끄덕이고 의자에 등을 기댔다. 그는 베이브와 조니 이고를 건너다보며 커프스를 소맷부리 밖으로 내놓았다. 곧바로 사업 얘기로 들어가자는 신호다.

"자, 내가 알기론……"

"오, 자기? 레모네이드 한 잔만 가져다줄래요? 고마워요, 자기가 최고야."

캣이 끼어들었다.

레모네이드. 2월 초에? 게다가 이곳은 이 나라에서도 가장 추운 주에 더욱이 오늘은 기록적인 한파라지 않던가. 세상에, 어찌나 추운지 노스엔드 아이들은 꽁꽁 언 당밀 위에서 스케이트까지 탄다고 했다. 그런데, 레모네이드를 가져다달라고?

인터콤 버튼을 누르는 해리 프레이지의 표정은 돌처럼 단단했다.

"도리스, 채피를 보내 레모네이드 좀 사다줄래?"

캣은 그가 인터콤을 끄고 물러나 앉을 때까지 기다렸다가 다시 한 마디 내뱉었다.

"오, 계란 양파 샌드위치도 하나."

해리가 다시 상체를 숙였다.

"도리스? 채피한테 계란 양파 샌드위치도 사오라고 해."

그가 캣을 보았지만 그녀는 이미 잡지책으로 시선을 돌린 터였다. 그는 좀 더 기다렸다가 인터콤 버튼을 놓았다.

"자, 그래서?"

그가 말했다.

"그래서?"

조니 이고가 되뇌었다.

프레이지가 두 손을 펼치고 한쪽 눈썹으로 의문 부호를 만들었다. 어디, 할 말이 있으면 해보지 그래.

"제안을 다시 한 번 생각해 보셨습니까?"

조니가 물었다.

프레이지는 책상에 있는 베이브의 계약서를 들어 보였다.

"이거야, 두 분도 잘 아는 얘기 아닌가? 루스 군, 귀군은 이번 시즌 7000 달러에 사인했네. 그래, 계약은 잘 끝났고 난 자네가 제 몫을 다해주기를 기대하고 있지."

"아시다시피 기제는 지난 시즌 성적도 좋았고 시리즈에서는 기막힌 피칭까지 했죠. 아무래도 전후 생계비가 폭등한 측면도 있고 해서, 계약을 재조정하는 게 합리적이라고 생각하고 있습니다. 7000은 조금 약하지 않나 해서요."

조니 이고가 말했다.

프레이지가 한숨을 내쉬며 계약서를 내려놓았다.

"그래서 시즌 말에 보너스를 준 것 아닌가. 그럴 필요까지도 없었지만 그래도 난 했네. 그런데도 부족하다고?"

조니 이고가 손으로 요점들을 체크하기 시작했다.

"루이와 쇼어를 양키스에 팔아넘기셨고, 더치 레오나드는 클리블랜드로 방출하셨습니다. 그리고 휘트먼도 보내셨죠."

베이브가 허리를 폈다.

"휘트먼도 갔어요?"

조니가 끄덕였다.

"부자시잖습니까, 프레이지 씨. 쇼는 모두 히트를 치고, 또……"

"내 쇼가 히트 쳤으니까 사나이들끼리 굳은 신뢰로 맺은 계약을 뜯어고쳐야 한다는 얘긴가, 지금? 무슨 원칙이 그래? 도대체 윤리는 어디 간 거지? 행여 못 들었을까봐 하는 얘기네만, 난 지금 존슨 감독관과 전쟁 중이야. 월드시리즈 메달을 되찾기 위한 전쟁이지. 거기 자네 친구가 다섯 게임도 치르기 전에 파업을 했기 때문에 박탈당한 메달 아니야?"

"저하곤 상관없는 일입니다. 아무것도 모르고 있었죠."

베이브가 따졌다.

조니가 그의 무릎을 건드려 입을 다물게 했다.

캣이 다시 쨍쨍거렸다.

"자기, 채피한테 부탁해서……"

"쉿, 지금 사업 얘기하잖아, 멍청아." 그는 그녀를 야단치고 다시 베이브를 보았다. 캣은 담뱃불을 붙여 두꺼운 입술 사이로 연기를 내뿜었다. "자넨 7000달러에 계약했네. 그러니까 리그 최고 연봉 선수라는 얘긴데…… 그런데도 더 달라고?"

프레이지는 과장된 몸짓으로 창문을 가리켜보였다. 그 너머로 트레몬트 스트리트와 극장가의 부산한 소음이 들려왔다.

"에, 전 그럴 만한 가치가 있습니다."

베이브가 말했다. 이 노예 착취자에 자칭 큰손인 극장 주인한테 밀리고 싶은 생각은 없었다. 지난 목요일 시애틀에선 3만 5000명의 항만노동자들이 파업과 시위를 벌였다. 시에서 주동자를 체포하려고 했지만, 다시 2만 5000명의 노동자들이 동조 파업을 벌이는 바람에 시애틀은 그야말로 죽은 도시가 되고 말았다. 전차도 얼음배달도 우유배달도 없고, 아무도 쓰레기를 치워가지 않았으며 사무실을 청소하거나 엘리베이터를 가동하는 사람도 없었다.

베이브는 그게 시작에 불과하다고 생각했다. 오늘 아침 신문엔 알코올 회사 당밀탱크 폭파사건의 담당 판사가, 폭파의 원인이 무정부주의자들이 아니라고 결론을 내렸다. 회사의 직무유기와 시의 관리소홀이 빚어낸 인재라는 얘기였다. 회사가 공업용 당밀 증류액을 상업용으로 전환하는 공정을 줄인답시고 가뜩이나 부실한 탱크의 용량을 초과한 데다, 정월 중순의 이상 고온 현상으로 당밀이 팽창할 가능성에 대해서는 상상도 못한 덕분이었다. 물론 회사 중역들은 예심판결에 즉시 반발하고, 해당 테러리스트들을 잡지 못한 책임을 거론하며 당밀 청소비용을 시와 시민들에게 전가했다. 우우우, 그 말에는 베이브도 분이 턱까지 차올랐었다. 저 망할 기업가 놈들. 노예 착취자들. 몇 달 전 캐슬스퀘어 호텔 술집에서 싸웠던 친구들 말이 맞았을지도 모르겠다. 이 세상의 노동자들도 "예, 사장님," "아니요, 사장님"을 주절대는데 지친 것이다. 베이브는 책상 너머의 해리 프레이지를 바라보며, 전 세계 동료 노동자들, 피착취 계급들을 향한 동지애가 파도처럼 밀려드는 것을 느꼈다. 이제 부자들이 책임져야 할 때가 온 것이다.

"정당한 몸값을 받고 싶습니다."

그가 되뇌었다.

"그래? 정확히 그게 얼만데?"

이번엔 베이브가 조니의 무릎에 손을 갖다 댔다.

"1년에 1만 5000. 아니면 3년에 3만."

프레이지가 웃었다.

"1년에 1만 5000을 달라고?"

"3년 계약이면 3만입니다."

베이브가 끄덕였다.

"자넬 트레이드할 수도 있어."

그 말에 베이브의 속에서 뭔가 꿈틀거렸다. 트레이드? 맙소사. 프레이지가 양키스 구단주인 루퍼트 대령, 휴스턴 대령과 얼마나 살갑게 지내는지 모르는 사람은 없다. 하지만 양키스는 최하위 그룹으로 시리즈에 올라가본 적도 없는 구단이다. 그럼, 양키스가 아니면 어디지? 클리블랜드? 또다시 볼티모어? 필라델피아? 베이브는 이적을 원치 않았다. 이제 겨우 거버너스 광장에 집을 빌렸건만. 지금이 좋았다. 헬렌은 서드베리, 그는 다운타운. 그는 이 도시의 주인이었다. 거리를 걸으면 사람들이 그의 이름을 부르고 아이들이 뒤를 쫓아왔으며 여자들은 눈길을 주었다. 하지만 뉴욕은 어떤가. 아무리 그라 해도 그 인파에 묻히고 말리라. 하지만 다시 시애틀의 노동자 형제들을 생각하고, 당밀에 둥둥 떠다니던 가난한 사람들을 떠올리자 그따위 두려움쯤은 아무것도 아니라는 생각이 들었다.

"그럼 그렇게 하세요."

그가 대답했다.

그 말엔 그 자신도 놀라야 했다. 조니 이고와 해리 프레이지도 놀랐다. 베이브는 프레이지의 얼굴을 노려보는 식으로 확고하기 짝이 없는(정말?) 자신의 결단을 과시했다. 물론 그 이면에 두려움을 감추고 있기 때문에 두 배나 더 힘들기도 했다.

"아니, 다른 방법도 있군요. 그냥 은퇴하는 것 말입니다."

베이브가 말했다.

"뭘 해?"

프레이지가 고개를 젓고 눈을 굴렸다.

"조니."

조니가 다시 목청을 가다듬었다.

"기제가 연극이나 영화에 진출해도 성공할 거라고 믿는 사람들은 많습니다."

"배우?"

프레이지가 되물었다.

"아니면 복서도 좋겠죠. 그쪽에서도 많은 제안이 들어오고 있으니까."

프레이지가 웃었다. 비록 짧은 당나귀 울음처럼 들렸으나 그래도 진짜 웃음이었다. 그가 다시 눈을 굴렸다.

"공연이 진행되는 동안, 배우들이 다른 제안 얘기를 할 때마다 1센트씩만 받았어도 지금쯤 이 나라를 통째로 샀을 거야. 자넨 계약에 따르기나 하라고." 그는 검은 눈으로 베이브를 노려보다가 책상의 담배상자에서 시거를 꺼내 끝을 잘랐다. 그리고 그 시거로 다시 베이브를 가리켰다. "내 밑에서 일하라는 얘기야."

"깜둥이 임금으론 싫습니다."

베이브는 일어나 캣 로슨의 옆 벽걸이에 걸려 있는 비버 털 코트를 꺼냈다. 그는 조니 것도 꺼내 던져주었다. 프레이지는 시거에 불을 붙이고 그를 지켜보았다. 베이브는 코트를 입고 단추를 채운 다음 상체를 굽혀 캣 로슨의 입술에 쪽하고 입을 맞추었다.

"자긴 볼 때마다 예뻐지네, 응?"

캣은 놀란 표정을 지었다. 누가 그녀의 가슴을 주무르기라도 한 듯

한 표정이었다.

"가요, 조니."

조니가 캣만큼이나 놀란 표정으로 허겁지겁 문을 향해 걸어갔다.

"그 문을 나가봐. 그럼 다음엔 법정에서 보게 될 거다, 기제."

프레이지가 으름장을 놓았다.

베이브가 어깨를 으쓱였다.

"그럼, 법정에서 보죠. 하지만, 어디서든 이 빌어먹을 레드삭스 유니폼을 입은 베이브 루스는 못 볼 겁니다, 해리."

2월 22일 맨해튼, 뉴욕 폭발물 처리 팀과 비밀 검찰국 요원들은 렉싱턴 애버뉴의 주거를 급습해 프로프렌자 그룹의 스페인 급진주의자 열네 명을 체포해 미국 대통령의 암살 음모죄로 기소했다. 암살은 그 다음날 보스턴에서 있을 예정이었는데, 바로 윌슨 대통령이 파리에서 귀국하는 날이다.

수사국이 커먼웰스 부두에서 코플리 플라자 호텔까지 대통령 이동경로를 기밀 사항으로 분류했음에도 불구하고, 피터스 시장은 대통령의 귀환을 축하하기 위해 그 날을 시 공휴일로 정하고 아예 대단위 퍼레이드까지 준비했다. 뉴욕의 암살 음모 이후, 라이플로 무장한 연방 요원들은 도시의 창을 모두 폐쇄하고, 서머 스트리트, 비컨, 찰스, 알링턴, 커먼웰스 애버뉴, 그리고 다트머스 스트리트까지 거의 모든 건물 지붕을 장악했다.

시청, 펨퍼튼 광장, 서드베리 광장, 워싱턴 스트리트 등, 피터스의

'비밀' 퍼레이드 위치에 대한 다양한 기사가 실렸지만, 베이브가 어슬렁어슬렁 걸어간 방향은 주의사당 쪽이었다. 단순히 다른 사람들이 모두 그곳으로 향했기 때문이었다. 대통령을 보는 건 늘 있는 일이 아니지만, 누군가 그를 정말로 죽이려 했다면, 권력기관들이 그의 이동경로에 대한 보안을 좀 더 챙겨야 했다는 생각은 들었다. 12시 정각, 월슨의 자동차 행렬이 파크 스트리트를 올라와 주의사당이 있는 왼쪽 비컨으로 접어들었다. 거리 맞은편 커먼의 잔디밭에서 정신 나간 여성 참정권론자인 여자들이 모여 자기들의 거들과 코르셋과 브라를 불태우며 고함을 질러댔다.

"투표권 없이 시민권 없다! 투표권 없이 시민권 없다!"

연기가 무럭무럭 피어올랐지만 월슨은 곧바로 앞만 바라보았다. 대통령은 베이브가 생각했던 것보다 작고 마른 체구였다. 그는 세단 뒷자리에 실려 군중들에게 계속 손을 흔들어주면서도(왼쪽으로 손목 한 번 까딱, 오른쪽으로 까딱, 그리고 뒤쪽과 왼쪽에 한 번씩 까딱), 시선은 오로지 건물의 높은 창문과 나무 꼭대기들만 노려보고 있었다. 어쩌면 현명한 처신일 수도 있겠다. 왜냐하면 조이 스트리트 입구에서 커먼 광장까지 길거리에 나선 군중들은 하나같이 거칠고 더러운 몰골이었기 때문이다. 그런 자들은 수천 명도 넘어 보였는데 모두 로렌스 파업 시위대임을 알리는 플래카드를 들고 있었다. 그들은 대통령을 향해 욕설을 뱉어댔고 경찰들은 그들을 막으며 진땀을 뺐다. 베이브는 여성 참정권론자들이 자동차 뒤로 뛰어들며 투표 어쩌고 하면서 고함치는 모습을 보며 키득거렸다. 바지를 태워버렸기 때문에 그 추운 날씨에 두 다리를 그대로 드러내고 있었던 것이다. 자동차가 비컨 거리를 달려가는 동안 그도 거리를 건너 여자 옷을 태우는 시위대를 지나쳤다. 커먼을 반쯤 건너는데 군중들 사이에서 고함소리가 들렸다. 로렌스 시위대가 경찰과 충돌해, 서로 엉기고 주먹질을 해대고 분노의 함성을 키워나갔다.

세상에, 온 세상이 데모를 하는 것 같군그래.

윌슨이 코플리 광장의 연단에 오를 때쯤엔 베이브도 따분해졌다. 대통령이 힘도 세고 유식할지는 모르겠지만 대중연설만큼은 젬병으로 보였다. 연설을 잘하려면 쇼도 보여주고 이따금 호들갑을 떨거나 농담도 잘해야 한다. 내가 너와 있는 게 즐거운 만큼 너도 나한테 즐겁다는 걸 한껏 드러내야 하는데, 윌슨은 기껏 피곤한 노친네 흉내만 내고 있었다. 목소리도 갈대처럼 가늘기 짝이 없는 게, 국내 잡무와 새로운 세계질서는 물론, 위대한 권력과 위대한 자유에 따르는 막중한 책임감에 질식해 버렸음을 노골적으로 드러내는 것처럼 보였다. 거창한 연설과 위대한 사상 대신 그는 패배의 냄새를 맡았고, 이미 돌이킬 수 없을 정도로 부패하고 지치고 망가진 운명 속에서 허우적댔다. 베이브는 군중을 빠져나가다가 그 끝에서 만난 두 사람에게 사인을 해준 다음 트레몬트로 올라갔다. 갑자기 스테이크가 먹고 싶어졌다.

몇 시간 후 집에 돌아왔을 때 해리 프레이지가 로비에서 기다리고 있었다. 문지기는 다시 밖으로 나가고 베이브는 버튼을 누른 채 엘리베이터 청동 문 옆에 섰다.

"대통령 연설하는 데서 봤는데, 사람들이 많아 부를 수가 없더군."

"엄청 많았죠."

베이브가 대답했다.

"친애하는 대통령 나리께서 자네처럼 매체를 요리할 줄 알면 좋을 텐데 말이야."

베이브는 얼굴을 스멀거리는 미소를 간신히 억눌렀다. 그 공로는 당연히 조니 이고한테 넘겨야 했다. 조니는 베이브를 고아원과 병원은 물론, 노파 전용 양로원으로 돌렸고 신문들은 그 얘기를 날름 받아먹었다. 사람들이 로스앤젤레스에서 비행기를 타고 날아와 베이브를 스크린 테스트 하기도 했다. 조니는 영화산업 쪽에서 이런 저런 제안이 쇄도하고 있다고 떠벌리고 다녔다. 사실 이번 주 신문 머리기사에서 베이브를 밀어낼 수 있었던 유일한 인물은 윌슨 대통령이었다. 바바리아 공화국 수상의 총격사건(쿠르트 아이스너. 혁명을 통해 초대 수상이 되었으나 1919년 2월 살해됨 — 옮긴이)조차, 베이브한테 「돈벼락」이라는 제목의 단편영화의 출연 교섭이 들어왔다는 소식 밑에 깔리고 말았었다. 기자들이 봄 훈련에 합류할 것인지 물었을 때에도 베이브는 계속 같은 얘기만 읊조렸다.

"프레이지 씨가 정당한 대가를 고려하신다면 그렇게 되겠죠."

봄 훈련은 불과 3주 후였다.

프레이지가 목청을 가다듬었다.

"자네 몸값을 재조정하겠네."

베이브가 돌아보자 프레이지가 짧게 고개를 까딱했다.

"서류는 만들어 놨으니 내일 아침 사무실에 와서 사인하라고. 이번 라운드는 자네 승리야, 루스 군. 축하하네."

프레이지가 여린 미소를 지었다.

"고맙습니다, 해리."

프레이지가 한 걸음 다가왔다. 그에게서 좋은 냄새가 났다. 대단한 재력가들에게서만 나는, 그러니까 은밀한 악수 너머 아무도 모르는 비밀을 알고 있는 사람들의 특별한 냄새였다. 프레이지 같은 사람들이 세상을 운영한다. 베이브로서는 상상도 할 수 없는 일들을 이해하기 때문이다. 또 그런 사람들이 돈도 지배한다. 돈의 흐름을 계획하고 예견하기 때문이다. 물론 그들은 베이브가 모르는 또 다른 일들도 알고 있을 것이다. 책과 예술과 지구의 역사 같은…… 하지만 당연히 가장 중요한 건 돈이고 돈에 관한한 정말로 빠삭한 자들이다.

하지만 드물긴 해도 우리도 그들을 이길 수 있다.

"봄 훈련 때 보자고. 탬파가 마음에 들 거야."

엘리베이터 문이 열리자 해리 프레이지가 베이브한테 말했다.

"물론입니다."

베이브는 탬파를 그려보며 대답했다. 뜨거운 열기. 매력 없는 여자들.

엘리베이터 맨이 기다리고 있었다.

해리 프레이지가 황금 클립으로 묶은 돈 뭉치를 꺼내더니 20달러 몇 장을 뽑아냈다. 엘리베이터 맨은 문을 열고 있었다. 6층에 사는 여자가 하이힐을 딸깍거리며 대리석 복도를 따라 내려왔다. 구애자가 끊이지 않는다는 미인이다.

"자네, 돈이 필요할 거야."

"해리, 계약서에 사인할 때까지 기다릴 수 있습니다."

베이브가 말했다.

"그런 말이 어디 있나? 내 사람이 집세가 밀렸다는데 당연히 도와야지."

베이브가 한 손을 들었다.

"저한테도 현금은 많습니다, 해리."

베이브는 뒤로 물러서려 했으나 이미 늦었다. 해리 프레이지가 베이브 코트 안주머니에 돈을 밀어 넣고 만 것이다. 엘리베이터 맨과 도어맨은 물론 6층의 예쁜 아가씨까지 지켜보고 있건만…….

"자넨 중요한 사람이야. 그런데 끼니를 거르면 쓰나."

베이브의 얼굴이 벌게졌다. 그는 돈을 돌려주기 위해 코트 안에 손을 넣었다.

프레이지는 얼른 자리를 피했다. 도어맨이 총총걸음으로 쫓아가 문을 열어주었다. 프레이지는 모자를 건드려 고마움을 표하고 어두운 밤거리로 빠져나갔다.

"장난입니다. 당연히 장난이죠."

베이브가 여자한테 말했다. 엘리베이터 맨은 아무 말 없이 승강기 문을 닫고 크랭크를 돌렸다.

여자가 미소를 짓고 고개를 끄덕였지만 그녀가 그를 동정하고 있다는 건 너무도 뻔했다.

집에 들어가자마자 베이브는 프레이지의 정부인 캣 로슨한테 전화를 걸어, 버크민스터 호텔에서 한 잔 하기로 약속했다. 두 사람은 넉 잔을 마신 후 2층 방으로 올라가 미친 듯이 섹스를 했다. 30분 후, 그는 다시 후배위를 하면서 그녀의 귀에 대고 상상 가능한 온갖 욕설을 퍼부어댔다. 그녀는 배를 깔고 잠이 들더니 꿈속의 누군가에게 부드러운 밀어를 속삭이기 시작했다. 베이브는 일어나 옷을 입었다. 창밖으로 찰스 강과 그 너머 케임브리지의 야경이 깜빡거렸다. 코트를 걸치는 동안 캣의 가벼운 콧소리가 들렸다. 그는 코트에서 해리 프레이지의 돈을 꺼내 경대 위에 올려놓고 방을 빠져나왔다.

볼티모어, 웨스트캠든 스트리트. 베이브는 아버지의 옛 살롱 밖 보도에 서 있었다. 지금은 문을 닫은 채 황폐하게 버려진 곳. 더러운 창문 뒤로 팝스트 양철 간판이 삐딱하게 걸려 있었다. 살롱 2층은 베이브가 부모와 여동생 마미와 함께 살던 내실이었다. 그가 배를 타고 세인트 메리로 떠났을 때 겨우 걸음마를 했는데……

고향. 여기가 고향이라는 곳인가?

고향집에 대한 베이브의 기억은 모호하기만 했다. 외벽은 그가 주사위 던지는 법을 배우던 곳이었다. 살롱뿐 아니라 위층 내실까지 맥주 냄새가 진동을 했던 기억도 났다. 냄새는 화장실과 욕조 배수구를 통해 들어와 마루 틈과 벽 속에 둥지를 틀었다.

결국 고향은 세인트 메리일 수밖에 없다. 웨스트캠든은 하나의 관념이자 타자 대기석에 불과했다.

'오늘 여기 온 건 성공했다는 소식을 전하고 싶어서요. 이제 난 명사가 되었수다. 올해만 해도 1만 달러를 받기로 했고, 조니가 보증 광고로 1만 달러를 더 거둬들일 수 있지. 이제 당신이 창가에 걸어둔 깡통 간판엔 내 얼굴을 그려야 할 거요. 아, 물론 거부하시겠지. 너무 자랑스러워서 말이요. 너무 자랑스러워서 당신이 10년 동안 죽어라 벌어봐야 당신 아들 1년 연봉에도 못 미친다는 사실을 인정 못 할 테니까 말이요. 그것도 당신이 멀리 쫓아버리고 잊어버리려 했던 그 아들이. 조지 주니어. 그를 기억이나 하는 거요?'

'아니, 기억 못한다. 난 죽었어. 네 어미도 그렇고. 그러니 괴롭히지 마라.'

베이브가 끄덕였다.

'난 탬파에 가요, 조지 어르신. 봄 훈련이라오. 그래서 들른 거요. 당신한테 성공했다는 사실을 알려주기 위해서.'

'성공했다고? 네놈은 글도 못 읽잖아, 이 더러운 매춘부 놈아. 화대나 받고 매춘부 게임을 하는 주제에. 그건 게임이야, 이놈아. 일이 아니라, 노는 거란 말이다.'

'난 베이비 루스요.'

'넌 조지 허먼 베이브 주니어야. 그리고 아직 네 놈한테 카운터는 맡기지 못하겠다. 술이나 훔쳐 먹고 문도 제대로 잠그지 못하는 놈. 여긴 네 땡에 귀 기울일 사람 아무도 없다. 그러니 가서 게임이나 해. 여긴 네 고향이 아니야.'

그게 언제였지?

베이브는 건물을 올려다보았다. 보도에 침을 뱉을까 하는 생각도 들었다. 아버지가 머리가 깨져 죽은 바로 그 보도였지만 그렇게까지 할 필요는 없었다. 그는 그 모든 것을(아버지, 어머니, 벌써 6개월 이상 연락을 끊고 사는 여동생 마미, 죽은 형제들, 이곳에서의 기억까지 모두) 카펫처럼 말아 올려 어깨에 멨다.

'안녕.'

'나가는 길에 문이나 잘 닫아.'

'나, 가요.'

'그래, 안다.'

'가요.'

'어서 꺼져.'

그는 꺼졌다. 그는 두 손을 주머니에 넣고 모퉁이에 대기시켜 놓은 택시를 향해 걸어갔다. 웨스트캠든이나 볼티모어를 떠나는 게 아니라, 배를 타고 미국을 탈출하는 기분이었다. 그에게 이름과 뿌리를 선물해 준 모국. 이제는 너무도 낯설고 이질적인 잿더미 같은 조국.

탬파의 플랜트 구장은 경마장에 둘러싸여 있었다. 몇 년 전부터 폐쇄된 곳이긴 하지만 그래도 여전히 말똥 냄새가 진동했다. 백구(1920년 코르크가 들어간 야구공이 처음 소개되었다 — 옮긴이)가 처음으로 적용된 것도 바로 그곳이었다. 자이언트가 레드삭스와 시범경기를 위해 내려왔을 때다.

백구의 도입은 큰 충격이었다. 배로 감독조차 이렇게 빨리 올 줄 몰랐단다. 적어도 개막식이 지나야 새 규칙이 적용될 것이라는 소문이 리그 내내 떠돌았건만, 게임 시작 직전에 주심 사비에르 롱이 더그아웃으로 들어오더니 오늘이 바로 그날임을 통고했다.

"반 존슨의 명령이오. 아예 한 가방 들려 보냈더군."

심판들이 타자대기석에 가방을 쏟았을 때 베이브를 포함, 선수 절반이 더그아웃에서 나와 그 밝은 크림색의 가죽과, 새빨간 실밥을 보고 아연하고 말았다. 맙소사, 그건 새로 만들어낸 사람 눈을 보는 기분이었다. 너무도 생생하고 깨끗하고 새하얗다.

메이저리그 야구는 과거 홈팀에서 매 시합 공을 제공해야 한다고 선언한 바 있지만, 어떤 공이어야 한다는 규칙은 언급된 바 없었다. 특별한 흠이 없는 한, 담장을 넘어가거나 커버가 뜯길 때까지 공은 유효했고 경기는 계속되었다.

베이브도 개막식 처음 몇 이닝 정도 백구를 본 적이 있었다. 하지만 첫 경기가 끝날 때쯤 공은 대개 갈색으로 변색되고 세 번째 시합이 끝날 무렵엔 너덜거리는 가죽만 남게 된다.

지난 해 이 잿빛의 공에 두 선수가 목숨을 잃을 뻔했다. 호너스 수칼로프스키는 관자놀이에 한 방을 맞고 영원히 혀가 꼬였고, 보비 케슬러도 머리에 맞은 후부터는 방망이를 휘두르지 못했다. 수칼로프스키를 그렇게 만든 투수 휘트 오웬스는 죄의식 때문에 야구를 그만두어야 했다. 1년 동안 무려 세 명이 떠난 것이다. 물론 전시엔 말할 것도 없었다.

베이브는 레프트에 서서, 3루수가 아크 밖으로 로켓처럼 질주하는 장면을 지켜보았다. 그가 공을 잡고 휘파람을 불었다. 그리고 베이브는 더그아웃을 향해 뛰어가며 문득 가슴이 벅찬 기분을 느꼈다. 그는 신의 손길을 느꼈다.

'이제부턴 새로운 시합이다.'

'그런 것 같군요.'

'네 시합이야, 베이브. 모두 네 거라고.'

'압니다, 공이 얼마나 하얀지 봤습니까? 눈부실 정도로…… 하얗더군요.'

'저런 공은 장님도 칠 수 있다, 베이브.'

'예. 장님 꼬마, 장님 여자애들도 치겠던데요.'

'더 이상 찌질이들의 시합이 아니다, 베이브. 이제부턴 홈런포의 대결이야.'

'홈런포. 멋진 단어네요, 대장. 늘 그 단어를 좋아했죠.'

'시합을 바꿔, 베이브. 시합을 바꾸고 자유를 얻는 거야.'

'무슨 자유죠?'

'몰라서 묻나?'

베이브는 몰랐다. 짐작이 가기는 했다.

'알겠습니다.'

"누구한테 얘기한 거야?"

그가 더그아웃에 들어가자 스터피 맥기니스가 물었다.

"하느님."

스터피가 땅바닥에 담배를 뱉어냈다.

"그 분한테 전해주라. 벨뷰 호텔에서 내가 메리 픽포드(미국의 연인으로 불리던 인기 여배우 — 옮긴이) 한 번 안아보고 싶어 한다고."

베이브가 방망이를 집었다.

"물어볼게."

"화요일 밤."

베이브가 배트를 닦기 시작했다.

"시합 없는 날?"

스터피가 고개를 끄덕였다.

"6시쯤."

베이브가 타석을 향해 움직였다.

"기제."

베이브가 그를 돌아보았다.

"베이브라고 불러, 알았어?"

"그래, 그래. 하느님한테 부탁해서 메리 친구도 함께 오게 해줘."

베이브가 타석에 들어섰다.

"맥주 추가!"

스터피가 외쳤다.

콜롬비아 조지 스미스가 자이언트의 마운드를 지켰다. 그의 투구는 느리고 안쪽을 파고들었다. 공이 왼쪽 발끝 위로 들어오는 것을 보며 베이브는 속으로 키득거렸다. 세상에, 실밥 수까지 셀 수 있겠어! 류 맥카티가 공을 돌려주자, 콜롬비아 조지는 허벅지 높이의 커브로 스트라이크를 따냈다. 베이브가 그 공을 구경만 한 것은 콜롬비아 조지의 공이 단계별로 높아지고 있기 때문이었다. 다음 공은 벨트 높이에 살짝 인코너일 테지만, 베이브는 헛스윙을 해서 콜롬비아 조지가 결정구를 던지도록 유도할 것이다. 그래서 그는 방망이를 휘둘렀다. 맥카티의 머리를 넘어가는 파울이었다. 베이브는 잠시 타석을 벗어났고 사비에르 롱은 맥카티한테서 공을 받아 손과 소매로 닦아냈다. 그리고 문득 뭔가 잘못된 게 있는지 그가 사타구니 위의 주머니에 공을 집어넣고 번쩍이는 새 공을 꺼내 맥카티에게 주었다. 맥카티가 공을 다시 콜롬비아 조지한테 연결했다.

오, 위대한 나라여!

베이브는 타석으로 돌아갔다. 되도록 두 눈의 빛을 죽이려고 애를 쓰는 중이었다. 콜롬비아 조지가 특유의 와인드업에 들어가면서 고개를 살짝 기울이고 묘하게 인상을 찡그렸다. 결정구를 시도할 때마다 짓는 표정이다. 베이브는 그 표정에 비릿한 미소로 답했다.

탬파의 태양을 향해 눈부시도록 새하얀 공을 날려 올렸을 때 베이브가 들은 건 환호가 아니었다. 환호도 야유도 없었다.

침묵. 배트와 소가죽의 마찰이 빚어낸 타격음의 메아리가 구장을 가득 채울 만큼 철저한 침묵이었다. 플랜트 구장의 머리가 모두 그 기적의 공을 향해 돌아섰다. 그림자를 뿌릴 여유가 없을 만큼 빨리, 그리고 멀리 달아나는 공.

홈플레이트에서 150미터 거리의 라이트필드 반대편 담장을 때린 타구는 경마장 트랙 위로 크게 튀어 오른 다음에도 계속해서 굴러갔다.

나중에 시합이 끝나고 나서 스포츠 기자가 베이브와 배로 감독한 테, 그들의 측정 결과를 일러주었다. 공이 잔디 위에 완전히 멈출 때까지 최종 기록이 177미터란다. 177미터. 그건 축구장 두 개에 맞먹는 길이다.

타구가 푸르른 하늘과 새하얀 태양을 향해 치솟는 순간, 베이브는 1루를 향해 천천히 뛰어갔다. 역사상 어느 타구보다도 더 멀리 더 빨리 날아가기를 기대했건만, 베이브는 그때 평생 가장 엿 같은 일을 보고 말았다. 죽은 아버지가 공을 타고 앉아 있는 것이 아닌가! 두 손으로 솔기를 움켜잡고 두 무릎으로 가죽을 꼭 조인 채 공과 함께 빙글빙글 돌고 있는 아버지. 아버지는 울부짖고 있었다. 세상에, 저 양반이 울다니! 그는 두려움에 얼굴을 찡그리고, 두 눈에서 크고 뜨거운 눈물까지 흘렸다. 그리고 마침내, 타구와 함께 아버지도 저 멀리 날아가 버렸다.

177미터라고 했다.

베이브가 미소 지었다. 공 때문이 아니라 아버지 때문이다. 이제 모두 끝난 거야. 모두 잔디밭에 묻힌 거야. 탬파의 플랜트 구장에.

다시는 돌아오지 않을 거야.

25

신임 청장한테 행여 긍정적인 면이 있다면, 자기 말에 책임을 졌다는 것이겠다. 당밀이 동네 심장부를 관통했을 때 대니는 65킬로미터 떨어진 헤이브릴에서 박스공장의 파업을 진압하고 있었다. 그곳 노동자들이 진압되는 기미를 보이자, 다시 찰스타운의 수산회사 파업 현장에 던져져 그곳에서 열흘을 보냈다. 그 파업은 그들이 숙련공이 아니라는 이유로 노동총연맹이 정당성을 인정해 주지 않은 덕에 흐지부지 끝나고 말았다. 그 다음에 팔려간 곳은 로렌스 경찰서였다. 섬유공장의 파업 현장인데, 벌써 3개월째 진행 중인 데다 이발소를 나오다가 입에 총을 맞아 죽은 조합간부를 포함 두 명의 사망자까지 발생한 곳이었다. 이들 파업과 늦겨울에서 초봄까지 이어진 파업들 내내(월섬의 시계공장, 로슬린데일의 기계공 연대, 프라밍햄의 제분소), 노동자들은 대니에게 침을 뱉고, 비명을 지르고, 깡패, 창녀, 기생충, 개새끼라고 욕했다. 할퀴고 때리고 계란을 던지고 지팡이로 팼으며, 프라밍햄에서는 벽돌로 어깨를 찍기도 했다. 로슬린데일의 기계공들은 봉급 인상에 성공했지만 건강보험은 실패했고, 에버렛의 구두 노동자들은 인상요구액의 50퍼센트에 합의했으나 역시 연금은 좌절되었다. 프라밍햄의 파업은 몇 트럭분의 구사대와 경찰의 공격으로 붕괴되었다. 경찰들이 마지막 압박을 가하고 구사대들이 정문을 돌파한 후 대니는 철야농성중인 노동자들을 둘러보았다. 땅에 웅크리고 누웠거나 일어나 앉은 사람들. 몇 명은 무기력한 주먹을 휘두르며 구호를 외치기도 했다. 그들은 요구에 훨씬 못 미치는 성과와 기존의 상황보다 악화된 현실로 새 날을 맞이해야 했다. 이제 집으로 쫓겨나 어떻게 살아야 할지를 고민해야 하는 것이다.

프라밍햄 경찰 하나가 아무 저항도 못하는 파업 노동자를 걷어차고 있었다. 한 번도 보지 못한 자였다. 사실 경찰의 발길질도 힘이 빠져, 노동자가 거의 의식하지 못할 정도의 충격에 불과했다. 대니가 어깨에 손을 얹었다. 경찰은 곤봉을 들다가 곧바로 제복을 알아보았다.

"뭐야?"

"그 정도면 알아들었소. 이제 그만해요."

"되긴 뭐가 돼?"

경찰이 톡 쏘아붙이곤 저쪽으로 사라졌다.

대니는 다른 도시의 경찰들과 함께 버스를 타고 보스턴으로 돌아왔다. 하늘엔 구름이 짙게 깔리고 꽁꽁 언 눈 조각들이 갈고리처럼 땅의 두개골을 움켜쥐었다.

"오늘 밤에 와요, 대니?"

케니 트레스코트가 물었다.

하마터면 잊을 뻔했다. 마크 덴튼이 경우회에 나올 형편이 못 되는 탓에 대니가 노조의 실질적인 리더가 된 터였다. 문제는 사실상 노조가 못 된다는 데 있었다. 태생과 이름에 걸맞게 지금은 친목회에 불과했다.

"물론."

대니가 대답했지만, 그래봐야 시간낭비라는 정도는 알고 있었다. 그들은 다시 무력해졌고 그걸 모르는 사람은 없었다. 그들을 계속 모이게 하고, 얘기하게 하고 아직 중요한 목소리를 갖고 있는 것처럼 행동하는 건, 아직 희망을 버리지 못한 몇몇 사람들 때문이었다.

아니면 달리 갈 곳이 없기 때문이거나. 그가 트레스코트의 눈을 보며 어깨를 두드려주었다.

"당연히 가야지."

그가 다시 한 번 확인해 주었다.

K 스트리트의 어느 날 오후. 커글린 서장이 감기 기운이 있다며 일찍 돌아와 루터를 집으로 보내버렸다.

"아무래도 집에서 걸린 모양이다. 너도 일찍 돌아가 쉬어라."

봄이 땅 한 자락을 점령한 알쏭달쏭한 늦겨울 어느 날이었다. 배수구는 녹은 눈으로 콸콸 소리를 내며 흘렀고 태양빛이 창문과 축축한 아스팔트 위로 작은 무지개들을 그려놓았다. 하지만 루터는 게으른 산책을 즐길 생각은 없었다. 그는 곧바로 사우스엔드의 구두 공장으로 달려갔다. 막 노라의 근무시간이 끝난 참이었다. 그녀는 또 다른 소녀와 담배를 나눠 피우며 걸어 나왔는데, 루터는 그녀의 창백한 모습에 경악하고 말았다. 창백한 데다 비쩍 마르기까지 한.

"이런, 이게 누구래요? 몰리, 여긴 루터. 옛날에 함께 일하던 사람이야."

그녀가 활짝 웃으며 반겼다.

몰리가 루터에게 가볍게 손짓을 하고 담배를 빨았다.

"어떻게 지내요?"

노라가 물었다.

"나야 잘 지내죠. 전엔 올 수가 없었어요. 근무 교대 때문에……

알죠? 그 사람들은……"

"루터."

"게다가 어디 사는지도 모르잖아요. 난……"

노라가 그의 팔을 잡았다.

"루터. 괜찮아요. 당연히 이해하죠." 그녀는 몰리의 손에서 담배를 빼앗아 재빨리 빨고 돌려주었다. 늘 그렇게 담배를 피우는 친구인 모양이다. "집에까지 데려다줄래요, 로렌스 씨?"

루터가 가볍게 절을 했다.

"영광입니다요, 오셔 양."

그녀가 사는 곳이 도시 최악의 지역은 아니지만 별반 다르지도 않았다. 하숙집은 웨스트엔드의 그린 스트리트, 스콜레이 광장 근처였는데, 주로 선원들이 거주하는 하숙촌으로 심지어 방을 30분 단위로 빌려주기도 했다.

건물에 다다르자 그녀가 말했다.

"뒤로 돌아가면 골목에 녹색 문이 있어요. 거기에서 만나요."

그녀가 안으로 들어가고 루터는 곧바로 골목으로 향했다. 그는 긴장을 늦추지 않고 신경을 최대한 곤두세웠다. 오후 4시밖에 되지 않았건만 스콜레이 광장의 주택들마다 두드리고 때리고 고함치는 소리가 울려 퍼졌다. 병이 깨지는 소리, 미친 듯이 웃는 소리, 키 안 맞는 피아노 소리도 들렸다. 루터가 녹색 문에 도착할 땐 이미 노라가 기다리고 있었다. 그녀는 재빨리 그를 안으로 들어오게 하고 문을 닫은 다음 복도를 지나 자기 방으로 안내했다.

방이라기보다는 벽장처럼 보였다. 아니, 정말로 벽장으로 쓰이던 곳이 분명했다. 수용 가능한 가구라고는 아이 침대와 화분 하나 놓을 만한 테이블이 고작이었으니 말이다. 화분 대신 그녀는 낡은 등유 램프를 두고 있었는데, 문을 닫기 전에 먼저 불부터 켰다. 그리고 그녀는 침대 맡에 앉고 루터는 발치의 의자를 차지했다. 옷은 깨끗하게 접어 바닥에 쌓아두었는데, 의자에 앉는 동안에도 밟지 않기 위해 조심해야 할 지경이었다.

그녀가 대저택에라도 온 듯 두 손을 저어보였다.

"너무 사치스럽게 살죠?"

루터는 미소 지으려 했으나 쉽지 않았다. 그도 가난하게 자랐지만, 도무지 이건…… 이건 해도 너무했다.

"여자들 공장 봉급이 엄청 짜다는 얘기는 들었어요."

"그래요. 이제 근무시간까지 줄인다더라고요."

"언제요?"

"곧."

그녀가 어깻짓을 했다.

"어떻게 할 거예요?"

그녀가 엄지손톱을 깨물며 다시 어깨를 으쓱했다. 두 눈이 기이한 잿빛이었는데 마치 기막힌 장난이라도 꾸미는 사람처럼 보였다.

"모르겠어요."

루터는 전열기를 찾아보았다.

"요리는 어디에서 해요?"

그녀가 고개를 저었다.

"매일 밤 주인여자 식탁에 모여요. 정각 5시에. 대개는 사탕무인데 가끔 감자도 나와요. 지난 화요일엔 고기까지 나왔었죠. 무슨 고기인 지는 모르지만 분명 고기였어요."

밖에서 누군가의 비명이 들렸는데 고통 때문인지 좋아서인지는 알 수 없었다.

"이럴 수는 없어요."

"응?"

"이건 아니에요. 노라와 클레이튼은 이 마을에서 유일한 친구예요. 이런 식으로 놔둘 수는 없어요. 절대."

그가 고개를 저었다.

"루터, 그럼 안 돼……"

"내가 사람을 죽인 건 모르죠?" 그녀가 엄지를 씹다 말고 커다란 눈으로 그를 보았다. "여기 온 건 그 때문이에요, 노라. 머리 이 부분 에 총을 쐈죠. 그래서 임신한 아내를 두고 도망 온 거예요. 그래서 이 곳에서 궂은일들을 해왔고 궂은일들을 겪었죠. 그러니, 아가씨, 나한 테 뭐가 되느니 안 되느니 하는 개소리는 사양하고 싶네요. 걱정 안 해도 돼요. 기껏해야 먹을거리 조금 가져오는 것뿐이니까. 고기 약간 하고. 그건 할 수 있잖아요?"

그녀가 그를 보았다. 밖에서 욕설과 자동차 경적소리가 들려왔다.

"아가씨?"

그녀의 짓궂은 표정에 둘은 함께 웃고 울었다. 루터는 그녀를 가만히 안아주었다. 평생 처음 안아보는 백인여자였다. 그녀한테선 백인 냄새와 녹말풀 냄새가 났다. 그녀가 울었다. 뼈만 앙상하게 남은 여자. 그래서 그는 커글린 가족을 증오했다. 처절하게 증오했다. 그들 모두를.

이른 봄, 대니는 공장에서부터 노라를 따라왔다. 한 블록 정도 거리를 두었지만 그녀는 한 번도 돌아보지 않았다. 그는 그녀가 스콜레이 근처의 하숙집으로 들어가는 것을 보았다. 여성이 살기엔 그 도시 최악의 지역이겠다. 어쩌면 최고 싸기도 하리라.

그는 노스엔드로 되돌아갔다.

'내 잘못이 아니잖아? 저렇게 어렵게 사는 게? 애초에 거짓말을 하지 말았어야지, 안 그래?'

3월. 루터는 릴라의 편지를 받았다. 중형 봉투였는데 그 안에 다른 봉투가 들어 있었다. 흰색 소형봉투는 이미 개봉된 흔적이 있고 안에는 뉴스 기사가 동봉되어 있었다.

친애하는 루터,

마르타 이모가 그러는데, 뱃속의 애기가 산모 정신을 흔들어 말도 안 되는 일을 보고 느끼게 한대. 최근에 한 남자가 자꾸 근처에 어슬렁거려서 하는 말이야. 사탄의 미소를 짓는 남자인데, 검은색 오클랜드 8을 몰고

다녀. 집 밖에서도 보고 시내에서도 봤어. 우체국 앞에서도 두 번이나 만났는데, 그동안 편지를 쓰지 않은 이유도 그래서야. 남자가 내 손에 든 편지를 물끄러미 바라보지 뭐야. 그냥 안녕 정도의 인사만 나눴지만 아무래도 자기도 아는 사람 같아. 어느 날 문 앞에 이 기사가 든 편지를 놓아 둔 것도 그 사람일 거야. 다른 기사는 내가 직접 오렸어. 이유는 자기도 알리라 믿어. 나한테 연락하려면 마르타 이모 집으로 편지를 보내. 배가 너무 불러서 내내 발도 아프고 계단 오르는 것도 고역이지만 그래도 행복해. 제발 몸 조심해.

사랑해, 릴라.

편지의 후반부와 아직 펼치지도 않은 신문기사 때문에 마음이 불편하기는 했지만, 그래도 루터의 눈에는 단 한 단어밖에 들어오지 않았다. '사랑해.' 그는 두 눈을 감았다. 고마워, 릴라. 고맙습니다, 하느님. 그는 첫 번째 기사를 펼쳤다. 《틸사 스타》의 작은 기사였다.

지방 검사, 흑인에 대한 기소를 취하하다

그린우드의 얼마이티 클럽 흑인 바텐더 리처드 폴슨이 주교 도소에서 풀려났다. 호너스 스트라우트가 불법무기 사용에 대한 흑인 폴슨의 유죄 인정에 대한 보상으로 공소를 취하했기 때문이다. 흑인 폴슨은 지난해 11월 17일 밤, 얼마이티 클럽 총기 난동 사건의 유일한 생존자였다. 그 사건에서 잭슨 브로시어스와 먼로 댄디포드가 살해당한 바, 둘 다 그린우드의 흑인들로 마약과 매춘을 일삼은 악당들이었다. 클라렌스 텔 역시 흑인으로, 흑인 폴슨에 의해 살해당했는데, 그때 폴슨은 이미 텔의 총격에 부상을 입은 터였다. 지방검사 스트라우트의 말을 인용하면, "흑인 폴슨은 생명의 위협 앞에서 정당방위로 화기를 사용했다. 이미 흑인 텔의 총에 중상을 입은 처지였기 때문이었다." 흑인 폴슨은 무기 소지로 집행유예 3년형을 선고받았다.

'그래, 스모크가 풀려났군. 그것도 아주 건강하게.' 루터는 당시의 상황을 머릿속으로 수도 없이 돌려보았었다. 스모크는 무대 위의 피웅덩이에 누워 있었다. 두 팔은 길게 뻗고 머리는 반대편을 향한 채였다. 하지만 결과를 알게 된 지금이라도, 방아쇠를 당길 수 있을 것 같지는 않았다. 브로시어스 목사와는 사람도 상황도 달랐다. 그 자는 루터의 눈을 노려보며 개소리를 해대지 않았던가. 하지만 스모크는? 아무리 상황이 달라졌다 해도, 죽어가는 사람의 뒤통수에 대고 어떻게 총을 쏠 수 있단 말인가. 그는 편지를 뒤집어보았다. 굵은 남자 필체로 루터의 이름이 길게 적혀 있었다. 봉투를 열자 두 번째 기사가 나왔다. 그리고 그 기사를 읽는 순간, 그는 머릿속에서 '어떻게'를 지워버렸다. '어떻게'가 아니라 '어떻게든' 방아쇠를 당겨야 했다. 망설임도 후회도 없이.

《털사 선》의 1월 22일 기사에 실린 사진이다. '보스턴 슬럼의 참사'라는 제목 아래 거대한 당밀의 홍수를 묘사한 사진.

기사는 별다른 내용이 없었다. 온 나라가 흥미롭게 지켜 본 노스엔드 참사에 대한 그렇고 그런 기사. 하지만 그 기사를 특별하게 만드는 유일한 이유는 '보스턴'이라는 단어가 사용될 때마다 빨간 원으로 표시를 해두었다는 데 있었다. 모두 아홉 번.

레이미 핀치가 상자를 옮기는데 토머스 커글린이 차 옆에서 기다리고 있었다. 지원 미달의 저평가된 정부 부서답게 공용 승용차 또한 완전히 똥차였다. 엔진을 켜둔 이유는 툭 하면 시동이 꺼지기 때문이기도 했지만, 솔직히 누구든 훔쳐가기를 바라기 때문이기도 했다. 하지만 소원이 이루어진 날이 하필 오늘이었다면 그야말로 난감했을 판이었다. 신차든 똥차든, 그를 워싱턴으로 데려다줄 유일한 운송수단이 아닌가.

어쨌든 지금 당장은 저 똥차를 훔칠 놈은 없겠다. 경찰 서장이 떡하니 후드에 기대 있으니 말이다. 핀치는 고개를 끄덕여 커글린 서장을 아는 척하고 사무용품이 담긴 상자를 트렁크에 넣었다.

"떠나는 거요?"

핀치가 트렁크를 닫았다.

"그런 모양입니다."

"부끄러운 일이로군."

토머스 커글린이 말했다. 핀치가 어깨를 으쓱였다.

"보스턴 좌파들이 생각보다 훨씬 얌전한 덕분이죠."

"내 아들이 죽인 자는 달랐소."

"페데리코? 예, 그자는 광신도였죠. 그래, 서장님은요?"

"응?"

"좌파들에 대한 수사가 어떻게 되어갑니까? 보스턴 경찰청에선 도통 정보를 들을 수가 없어서."

"할 얘기도 별로 없소. 어차피 만만한 상대들이 아니잖소."

핀치가 끄덕였다.

"몇 달 전만 해도 쉬울 거라고 하셨죠."

"역사책엔 그에 대한 내 과신이 심했다고 기록하겠지, 인정하리다."

"증거를 가져온 부하들이 하나도 없는 건가요?"

"실질적인 게 없는 거지."

"믿기 어려운 노릇이군요."

"믿지 못할 게 뭐 있겠소? 경찰서가 권력 이동에 몸살을 앓고 있다는 건 공공연한 비밀이니까. 오미라가 죽지 않았다면 당신하고 내가 여기 서서 이렇게 사사로운 대사나 하고 있지도 않았겠지. 갈레아니까지 차꼬를 채워 이태리로 보내버리는 마당에."

핀치가 저도 모르게 미소를 지었다.

"이 음흉하고 찌질한 촌동네에서 서장님이 가장 음흉한 보안관이라는 얘긴 들었습니다. 정보원이 헛소리를 한 것 같지는 않군요."

토머스 커글린은 고개를 갸웃했다. 당혹스러운 표정이다.

"아무래도 잘못 알고 있는 것 같군, 핀치 요원. 이 동네는 찌질한 촌동네가 아니라오. 그보다는 타락한 매음굴에 가깝지. 아무튼 잘 가시오."

핀치는 차 옆에 서서 서장의 뒷모습을 지켜보았다. 그는 자신의 가장 위대한 재능이, 타인에게 본심을 드러내지 않는 데 있다고 믿는 사람들 중의 하나였다. 바로 그 점이 그를 위험한 동시에 무한히 가치 있는 인물로 만들었다.

'서장, 우린 다시 만날 거요. 맹세코, 만나게 될 거요.' 핀치는 다시 건물 안으로 들어가 계단을 올라갔다. 사무실에 남은 상자는 이제 하나뿐이었다.

4월 중순, 대니, 마크 덴튼, 케빈 맥레이는 경찰청장실로 출두하라는 명령을 받았다. 청장 비서인 스튜어트 니콜스를 따라 들어갔을 때 집무실은 비어 있었다. 비서는 세 사람을 두고 나가버렸다.

그들은 커티스 청장의 대형 책상 앞의 딱딱한 의자에 앉아 기다렸다. 밤 9시. 이따금 우박까지 몰아치는 심란한 밤이었다.

10분 후, 셋은 긴장을 풀기 시작했다. 맥레이는 창문으로 가 섰고 마크는 사지를 뻗고 늘어지게 하품을 했다. 대니는 사무실 끝에서 끝까지 어슬렁거렸다.

9시 20분. 대니와 마크가 창문에 서 있고 맥레이가 어슬렁댔다. 이따금 세 사람은 서로를 바라보며 분노를 삭이기도 했으나 아무도 입을 열지는 않았다.

9시 25분. 셋은 다시 의자에 앉았다. 그리고 그 순간 왼쪽 문이 열리며 에드윈 업튼 커티스가 들어왔다. 수석변호사 허버트 파커와 함께였다. 청장이 책상 안쪽으로 돌아가는 동안, 허버트 파커가 부지런히 세 경관 앞을 지나며 무릎 위에 종이 한 장씩을 내려놓았다.

대니가 종이를 내려다보았다.

"사인해."

커티스가 지시했다.

"이게 뭡니까?"

케빈 맥레이가 물었다.

"설명할 거요."

허버트 파커가 이렇게 말하곤 책상 안으로 돌아가 커티스 뒤에 팔짱을 끼고 섰다.

"자네들 봉급 인상이다. 소원대로 해주마."

커티스가 자리에 앉으며 말했다.

대니가 서류를 훑어보았다.

"연간 200?"

커티스가 고개를 끄덕였다.

"다른 요구에 대해서도 고려해 보겠다만 별로 기대는 않는 게 좋을 거야. 보니까 거의 배부른 소리들만 늘어놓았더군."

마크 덴튼은 한동안 할 말을 잊은 듯 보였다. 그는 서류를 귀 높이까지 들어 올렸다가 천천히 다시 무릎에 내려놓았다.

"이것으론 부족합니다."

"뭐라고 했나, 순경?"

"이것으론 부족합니다. 아시다시피, 연간 200은 1913년 수치입니다."

"당신들이 요구한 액수요."

파커가 대답했다. 대니가 고개를 저으며 항변했다.

"그건 1916년 협상에서 나왔던 얘기입니다. 그동안 생계비가……"

"오, 생계비, 맙소사!"

커티스가 탄성을 질렀다.

"……73퍼센트가 올랐죠. 7개월 동안에. 연간 200입니까? 의료보험도, 파출소의 위생조건도 그대로 두고?"

"잘 알겠지만 이것도 내가 위원회를 열어서 따낸 거야. 이제……"

"그 위원회는 각 지구 서장들로만 구성되었죠."

"그래서?"

"서장들이란 자기가 지휘하는 경찰서에 아무 문제가 없다고 해야 이익을 얻는 사람들입니다."

"자네 상관의 명예를 의심하는 건가?"

"아닙니다."

"그럼 경찰서의 명령체계를 모독하자는 거야?"

마크 덴튼이 대니 대신 대답했다.

"이 제안은 받아들일 수 없습니다."

"아니, 받아들이는 게 좋다."

커티스가 잘라 말했다.

"그보다, 이 문제를 다시 논의……"

"이 제안이 협상 테이블에 오르는 건 오늘 밤뿐이요. 이번에 거부하면 당신들은 저 추운 밖으로 쫓겨나고 문은 잠기게 될 겁니다. 물론 문고리도 제거하고."

허버트 파커가 말했다.

"인정 못합니다. 너무 작은 데다 또 너무 늦었어요."

대니가 서류를 흔들어 보이자 커티스가 고개를 저었다.

"내가 보기엔 충분하다. 파커 씨도 그렇게 생각하고. 그럼 충분한
거야."

"두 분 마음대로 말입니까?"

케빈 맥레이가 물었다.

"그렇소."

허버트 파커가 말했다. 커티스가 양 손바닥으로 책상을 쓰다듬
었다.

"우린 자네들을 언론으로 죽여 버릴 거야."

파커가 끄덕였다.

"우린 요구를 수락했지만 정작 당신들이 거절한 거니까."

"그건 사실이 아닙니다."

대니가 말했다.

"그거야 언론 하기에 따라 달라지겠지."

이제 대니, 케빈, 마크가 눈짓을 교환했다.

결국 마크가 커티스 청장을 돌아보았다.

"협상은 결렬입니다."

커티스가 의자에 등을 기댔다.

"잘 돌아가게, 제군들."

루터가 전차를 타기 위해 커글린 집 계단을 내려오는데, 에디 맥케나가 10미터 저쪽에서 허드슨 후드에 기대서 있는 게 보였다.

"그래, 건물 복구는 잘 되어가나?"

맥케나가 차를 벗어나 루터에게 다가왔다. 루터는 억지 미소를 지어 보였다.

"예, 잘 진행됩니다, 경위님. 좋습니다."

사실이었다. 그와 클레이튼은 최근에 죽어라 일했고 뉴잉글랜드 전역에 걸친 NAACP 사람들도 이따금 도와주었다. 기드로 부인이 용케 주말이나 주중 저녁 시간에 이따금 보스턴에 건너올 사람들을 찾아낸 덕분이었다. 그런 식으로 몇 주 전 철거를 끝내고 뜯어낸 벽과 건물 전체의 배선공사까지 마쳤다. 그리고 지금은 부엌과 욕실에서 갈라져 메인 수도관으로 이어지는 배관 공사를 하는 참이었다. 지하실에서 지붕까지의 배관은 이미 한 달 전에 끝냈다.

"문은 언제 열 생각인가?"

그건 최근에 루터도 궁금해 하던 문제였다. 파이프도 부족한 데다, 약속한 말총석회도 오지 않아 벽을 바르지 못하고 있는 형편이었다.

"잘 모르겠습니다, 경위님."

"억양이 좀 바뀐 모양이군, 루터. 겨울 초부터인가 다소 남부 억양이 짙어졌어."

"그럴 리가요."

루터가 대답했다. 이 남자도 전에 느꼈던 것보다 좀 더 날카로워진 인상이었다.

맥케나가 어깨를 으쓱였다.

"그래 얼마나 걸릴 것 같나?"

"끝날 때까지 말입니까? 몇 달은 더 있어야겠지만 변수가 너무 많습니다, 경위님."

"그렇겠지. 하지만 기드로 부부가 리본 커팅을 준비하는 모양이던데? 동지들도 규합하러 다니고?"

"저도 여름이 다 가기 전에는 끝내고 싶습니다."

맥케나가 커글린 저택 계단에서 굽어져 나온 철제 난간에 팔을 기댔다.

"자네가 구멍을 하나 파줬으면 좋겠는데."

"구멍이라뇨?"

맥케나가 끄덕였다. 따뜻한 봄바람에 트렌치코트 자락이 펄럭였다.

"사실은 지하 납골당 같은 거야. 날씨에 강해야 하니까, 조금 더 신경을 써서 아예 콘크리트를 붓고 싶긴 한데 말이야.

"그 납골당을 지으려는 곳이 어딥니까? 경위님 댁인가요?"

루터가 물었다.

맥케나는 그 말에 묘한 미소를 지으며 상체를 내밀었다.

"맙소사, 루터, 설마 내 집에 그런 걸 들이겠나?" 그가 소름이라도 끼친다는 듯 작은 한숨을 내쉬었다. 그리고 루터는 지금껏 자신을 상대했던 경위의 가면이 벗겨져나가는 걸 볼 수 있었다. 드디어 저의를 드러낼 준비가 끝난 것이다. "텔레그래프 힐의 납골당? 하! 아냐, 루터 납골당은 내 집이 아니라 자네가 그렇게 열심히 짓고 있는 그 사령부를 위한 거라고."

"NAACP에 납골당을 지으라는 겁니까?"

"그래. 바닥 밑에. 지난번에 갔을 때 보니, 동쪽 모퉁이 골방 바닥을 깔지 않았던데. 옛날에 부엌으로 쓰인 곳 맞지?"

지난번에 갔을 때?

"그런데요?"

"거기 구멍을 파. 사람 하나 들어갈 크기에 비바람을 막을 정도가 되면 좋겠어. 그 위에 바닥은 아무 거나 깔아도 되지만 쉽게 들어낼 수 있도록 하라고. 자네한테 어떻게 하라는 방법까지 일러줄 필요야 없겠지만, 그 점에선 아무래도 경첩이 편리하겠지? 잘 보이지 않는 손잡이도 달고?"

루터는 보도 위에 서서 기다렸다. 아직 핵심은 나오지도 않았다.

"무슨 말씀이신지 모르겠습니다, 경위님."

"지난 2년간 나한테 가장 확실한 정보원이 어디인지 알고 있나, 응?"

"모릅니다."

루터가 대답했다.

"에디슨. 사람의 행적을 추적하는 데는 기가 막힌 친구들이지." 맥케나가 도중에 꺼진 시거에 다시 불을 붙이고, 시거 든 손으로 허공을 휘저었다. "예를 들어, 자넨 9월에 콜럼버스의 전기를 끊었어. 그후 어디에서 다시 전기세를 냈는지 알아내는데 고생을 하기는 했지만 역시 그 친구들은 결국 찾아내고 말더군. 10월, 그리고 오클라호마 털사. 그래, 털사의 자네 주소엔 여전히 전기가 공급되고 있었어. 덕분에 그곳에 두고 온 여자가 있다는 사실 정도는 짐작할 수 있었지. 가족인가? 루터 자넨 도망 중이야. 처음 보는 순간부터 알았지만 확인까지 하니 기분이 좋지 뭔가. 털사 경찰서에 중요한 미제사건이 있는지 물었더니 검둥이 마을 나이트클럽 얘기를 하더라고. 누군가 엄청 총을 쏴서 세 명이나 죽었다며? 누군지 몰라도 대단한 놈이야.”

“무슨 말씀이신지 모르겠습니다, 경위님.”

“에이, 알기야 알겠지. 털사 경찰 말로는 검둥이끼리 총질한 거라 별로 관심이 없었다더군. 더욱이 죽은 검둥이한테 혐의가 떨어졌다니 게임은 끝난 셈이지, 뭐. 흑인 셋이 무덤에 들어간 것으로 사건도 종결되었으니까 아쉬울 것도 없고. 그래, 그렇게 따진다면야 너한테 혐의는 없는 거야. (그가 한 손가락을 세운다.) 그런데 말이야, 털사 경찰에 전화해서 물어본 게 하나 있어. 뭐, 전문적인 관례 같은 건데, 그 피웅덩이에서 살아남은 유일한 생존자가 궁금해졌거든. 그런데 거기 경찰과 얘기를 하던 중에, 루터 로렌스라는 친구가 이곳 보스턴에 살고 있다는 얘기가 나온 거지. 그래서 말인데? 아직도 달아날 곳이 많이 남아 있긴 한 거야?”

루터의 온몸에서 순식간에 전의가 빠져나갔다. 그냥 순식간에 증발해 버린 것이다.

“원하시는 게 뭡니까?”

“말했잖아, 납골당이 필요하다고. (다시 눈을 반짝이며) 오, 그리고

《크라이시스》발송 주소록도 필요해."

"예?"

"《크라이시스》. NAACP의 뉴스레터."

"그게 뭔지는 압니다. 하지만 그런 걸 제가 어디에서 구하죠?"

"에, 이사야 기드로가 담당자니까, 네가 집이라고 부르는 그 검둥이 부르주아의 궁전 어딘가에 복사본이 있겠지. 그걸 찾아내."

"납골당을 짓고 주소록을 가져다주면요?"

"루터, 그렇게 선택권이 있는 사람처럼 굴면 곤란하잖아."

"좋습니다. 그럼 이 납골당엔 뭘 넣을 거죠?"

"계속 질문만 해댈 거냐?" 맥케나가 루터의 어깨를 끌어안았다. "어쩌면 너일 수도 있어, 안 그래?"

무의미한 경우회 모임을 마치고 대니는 지친 몸을 이끌고 록스베리 크로싱의 전차 정거장으로 향했다. 스티브 코일이 따라붙기는 했으나 솔직히 예상했던 바였다. 스티브는 여전히 모임에 나와 장대하고 장엄한 야망을 토로했고 사람들은 여전히 그가 떨어져나가기를 바랐다. 대니는 4시에 근무보고를 해야 했기에, 머리를 베개에 기대고 하루 정도 푹 자고 싶은 생각뿐이었다.

"그 여자 아직 여기 있어."

스티브가 정거장 계단을 오르며 말했다.

"누구요?"

"테사 피카라. 잊었다 따위의 얘기라면 집어치워."

"아무 말도 안 했어요."

대니의 대답은 다소 신경질적으로 들렸다.

"아직 사람들한테 정보를 듣고 있다. 전에 순찰 일을 할 때 나한테 빚진 사람들이야."

스티브가 재빨리 덧붙였다.

대니는 그 사람들이 어떤 자들인지 궁금했다. 경찰들은 늘 사람들이 감사해 하고 빚을 갚으려고 한다는 착각에 빠져 있지만 그야말로 썩은 홍시에 이도 안 들어갈 개소리다.

"사람들하고 얘기하는 건 위험해요. 특히 노스엔드는."

"얘기했잖아. 나한테 빚진 게 있다고. 날 믿는 사람들이야. 어쨌거나, 그 여잔 노스엔드가 아니라 여기 록스베리에 있어."

전차가 시끄러운 브레이크 소리와 함께 승차장으로 들어왔다. 두 사람이 차에 올라 자리에 앉았다. 완전히 빈 차였다.

"록스베리요?"

"그래. 콜럼버스와 워렌 사이. 갈레아니가 뭔가 큰 건을 꾸미고 있다더군."

"콜럼버스와 워렌 사이의 땅보다 더 큰 일이랍니까?"

상승 궤도의 터널을 벗어나자 도시의 불빛이 갑자기 발 아래로 가라앉아 있었다.

"이봐, 그 친구 말이 50달러만 주면 정확한 위치를 알려주겠다고 했어."

"50달러?"

"왜 계속 같은 말을 반복하게 하는 거냐?"

대니가 한 손을 들어 보였다.

"피곤해서 그래요. 미안해요, 스티브, 나한텐 50달러가 없네요."

"알아, 알아."

"그건 2주 봉급이 넘는 금액이에요."

"이런, 안다고 했잖아."

"3달러 정도는 어떻게 해보죠. 아니면 4달러라도."

"그래, 그래. 네 사정도 잘 안다. 하지만 그년을 잡고 싶은 건 맞지?"

솔직히 말하면, 페데리코를 쏜 이후로, 대니는 테사 생각을 해본 적도 없었다. 이유는 모르겠지만 사실이 그랬다.

"우리가 못 잡으면 다른 사람이 잡을 거예요, 스티브. 그 여잔 연방 건이니까."

"난 조심할 테니까 걱정할 필요 없어."

문제는 그게 아니었지만, 대니도 어느 틈엔가 스티브가 초점을 비껴나가는 데 익숙해져 있었다. 그는 두 눈을 감고 머리를 창에 기댔다. 전차가 덜컹거리며 움직였다.

"4달러는 줄 수 있는 거야?"

스티브가 물었다. 대니는 그냥 눈을 감고 고개만 한 번 끄덕였다. 눈을 떴을 때 스티브가 그 안에 담긴 경멸을 볼까 두려웠다.

배터리마치 정거장. 대니는 술을 마시자는 스티브의 제안을 거절

하고 서로 제 갈 길로 떠났다. 대니가 살렘 스트리트에 도착할 때쯤
엔 헛것이 보이기까지 했다. 침대, 하얀 시트, 시원한 베개…….

"그래, 어떻게 지냈어요, 대니?"

노라가 길을 건너 다가오더니 마차와 툴툴거리는 싸구려 포드 자
동차 사이에 섰다. 포드 꼬리에선 잉크 색깔의 매연이 엄청나게 뿜어
나오고 있었다. 그녀가 연석에 다다를 때 그도 멈춰 서서 그녀를 향
해 돌아섰다. 그녀의 밝은 두 눈엔 거짓 웃음이 걸려 있었다. 전에도
즐겨 입던 여린 회색 블라우스와 무릎을 드러낸 청색 스커트 차림이
었다. 비록 날이 따뜻하긴 했지만 그래도 겉옷은 턱없이 얇아보였다.
광대뼈가 지나칠 정도로 튀어나온 데다 두 눈도 얼굴 깊숙이 파고들
어간 듯 보였다.

"노라."

그녀가 손을 내밀었다. 우스꽝스러울 정도로 형식적인 인사. 그래
서 그도 남자와 악수하듯 손을 잡고 흔들었다.

"어때요?"

그녀가 말했다. 여전히 두 눈엔 거짓 웃음이 걸려 있었다.

"어떻다니?"

"어떻게 지냈냐고 물었잖아요."

"아, 아주 잘 지내. 노라는?"

"최고예요."

"기쁜 소식이야."

"예, 그래요."

저녁 8시에도 노스엔드의 보도는 사람들로 번잡했다. 대니는 사람들한테 떠밀리기 싫어 노라의 팔꿈치를 잡고 근처의 조용한 카페로 데려갔다. 두 사람은 거리가 내다보이는 작은 창가에 자리를 잡았다.

앞치마 차림의 주인이 뒷방에서 나오자 그녀는 코트를 벗고 대니의 눈을 보았다.

"두에 카페, 페르 파보레.[1]"

"씨, 시뇨레, 베니레 아 데스트라 인 수[2]"

"그라지에[3]."

노라가 슬며시 미소를 주었다.

"그 재미를 잊고 살았네요."

"무슨 재미?"

"당신 이태리어. 그 소리 말이에요." 그녀는 카페를 둘러보고 다시 거리를 내다보았다. "편안해 보여요, 대니."

"편안해. 늘 그랬잖아."

대니가 하품을 억눌렀다.

"그래, 당밀 홍수는 어때요? 사람들 말로는 명백히 회사 잘못이라던데."

그녀는 모자를 벗어 의자 위에 올려놓고 머리를 매만졌다. 대니가 끄덕였다.

"그런 모양이야."

"아직도 악취가 나요."

그랬다. 노스엔드의 벽돌과 배수로와 자갈길 틈새마다 홍수의 잔재는 여전했다. 날씨가 더워질수록 악취도 심해지고, 벌레와 설치류의 수가 급증했으며 유아사망률 또한 폭등했다.

주인이 돌아와 두 사람 앞에 커피를 내려놓았다.

"퀴 안다테, 시뇨레, 시뇨라.[4]"

"그라지에 코지 탄토, 시뇨레.[5]"

"시에테 벤베누티, 시에테 페르 아베레 코지 벨로 포르투나토 우나 몰리에 시뇨레.[6]"

남자는 손뼉을 치고 크게 웃더니 카운터 뒤로 돌아갔다.

"무슨 얘기에요?"

노라가 물었다.

"멋진 밤이래. 그런데, 여긴 웬일이야?"

대니가 잔에 각설탕을 넣고 젓기 시작했다.

"산책 나왔어요."

"긴 산책이군."

그녀는 둘 사이에 놓인 설탕 그릇을 향해 손을 뻗었다.

"긴 산책인지는 어떻게 알죠? 내가 사는 곳을 알아요?"

그가 뮤라드 갑을 테이블 위에 올려놓았다. *망할, 피곤해 미치겠군.*

"이러지 말자."

"뭘요?"

"이런 식의 줄다리기."

그녀는 각설탕 두 개를 넣고 크림을 따랐다.

"조는 어때요?"

"잘 있어."

대니가 대답했다. 정말로 잘 있나? 집에 가본 지도 오래 되었다. 물론 일과 경우회 모임 때문이었지만 그 밖에도 이유는 있었다. 딱 꼬집을 수는 없지만……

그녀는 커피를 홀짝이며 행복해 죽겠다는 표정과 쑥 들어간 눈으로 그를 건너다보았다.

"한 번쯤 찾아올지도 모른다고 생각했어요."

"정말?"

그녀가 끄덕였다. 그녀의 얼굴에서 가짜 기쁨의 석고가 떨어져나가기 시작했다.

"내가 왜 그래야 하지, 노라?"

그녀가 다시 밝은 표정을 지었다. 석고상처럼 밝고 단단한.

"오, 그냥요. 그냥 그런 생각을 해본 거예요."

그가 끄덕였다.

"그냥 생각…… 그런데 아들 이름은 뭐야?"

그녀는 스푼을 어루만지고 두 손으로 체크무늬 테이블보를 쓰다듬었다.

"가브리엘. 내 아들이 아니에요. 말했잖아요."

그녀가 조용히 대답했다.

"나한테 한 말이 어디 한두 가진가? 하지만 퀜틴 핀이 나타날 때까지 아들 아닌 아들에 대한 얘기는 한 마디도 없었어."

대니가 말했다.

그녀가 두 눈을 들었을 땐 이미 석고가 다 깨진 후였다. 미소도 없었지만 그렇다고 화가 나거나 상처받은 것처럼 보이지도 않았다. 아무래도 기대감을 극복하는 방법을 터득한 모양이다.

"가브리엘이 누구 아인지는 몰라요. 퀜틴이 돼지우리로 데려갔을 때 벌써 거기 있었죠. 그때 여덟 살쯤이었는데 차라리 늑대를 길들이는 게 더 나을 정도였어요. 머리도 마음도 없는 아이. 예, 가브리엘은 그런 아이에요. 당신도 봤듯이, 퀜틴도 짐승에 가까웠지만, 가브리엘요? 그 앤 악마의 갈빗대로 만든 애가 분명했어요. 몇 시간씩 난로 옆에 앉아 불꽃을 노려보다가, 어느 순간 한마디도 없이 밖으로 나가 염소 눈을 뽑았으니까요. 그게 아홉 살의 가브리엘이었어요. 열두 살 땐 또 어땠는지 말해줄까요?"

가브리엘도 퀜틴도 노라의 과거도 전혀 알고 싶지 않았다. 그녀의 우울하고도 당혹스러운 과거. 그래, 정말로 그런가? 그녀는 타락한 여자다. 그녀를 자기 여자로 만든다면 어떻게 세상 사람들 눈을 똑바로 볼 수 있단 말인가.

노라는 커피 몇 모금을 홀짝이다가 그를 보았다. 그는 두 사람 사이의 모든 기억이 죽어가는 것을 알 수 있었다. 둘은 길을 잃었다. 이제 서로 아무 상관없는 새로운 삶을 향해 표류하게 될 것이다. 어느 날 두 사람은 사람들 사이를 지나치며 서로를 못 본 것처럼 행동하게 될 것이다.

그녀가 코트를 입었다. 둘은 아무 말도 하지 않았지만, 적어도 끝났다는 건 이해했다. 그녀가 의자에서 모자를 집어 들었다. 코트만큼이나 낡아빠진 모자. 문득 쇄골이 살을 뚫고 나올 것 같다는 생각이 들었다.

그는 테이블을 보았다.

"돈이 필요해?"

"뭐라고요?"

그녀의 속삭임은 갈라질 대로 갈라져 정말로 새소리처럼 들렸다.

그가 고개를 들었다. 그녀의 두 눈에 눈물이 가득했다. 그녀는 입을 앙다문 채로 천천히 고개를 저었다.

"내 말은……"

"세상에, 그럴 수가. 나한테 어떻게 그런 말을……"

"난 그저……"

"대니…… 당신이? 오, 세상에, 말도 안 돼."

그가 손을 내밀었으나 그녀는 주춤주춤 뒷걸음질 쳤다. 그리고 계속 고개를 젓더니 곧바로 번잡한 거리를 향해 뛰쳐 나가버렸다.

그는 붙잡지 않았다. 그냥 그녀를 보내주었다. 퀸틴을 두들겨 팬 후 아버지한테 어른이 될 거라고 말했었다. 그 말은 사실이었다. 현실과 빡빡하게 맞서는 것도 피곤했다. 커티스 청장은 현실에 맞서 봐야 아무 소용없다는 사실을 확실하게 가르쳐주었다. 그것도 단 반나절 만에. 세상은 아버지 같은 사람들이 세우고 통치하는 곳이다. 대니는 창밖으로 노스엔드의 거리를 내다보았다. 그래, 꽤 괜찮은 곳이잖아? 어쨌든 그럭저럭 돌아가는 것처럼 보였다. 다른 사람들이야 저 단단한 벽에 대고 피 터지도록 싸우라 그래라. 난 졌으니까. 노라의 거짓말과 더러운 과거는 그저 또 다른 유치한 환상에 불과했다. 그녀는 다른 곳으로 가서 또 다른 사내한테 거짓말을 할 것이며, 운이 좋으면 부자를 만나 그 거짓말이 퇴색되거나 요조숙녀의 예의범절로 대체될 때까지 살아갈 수도 있으리라.

대니는 과거 없는 여자를 만날 것이다. 함께 다녀도 쪽팔리지 않는 여인. 어차피 좋은 세상 아닌가. 그에 걸맞게, 어른이 되고 성실한 시민이 될 필요가 있다.

그리고 주머니에 손을 넣었는데 아무리 뒤져도 단추가 없었다. 그는 한동안 패닉에 빠졌다. 당장 뭐라도 해야 할 것만 같았다. 당장이라도 뛰쳐나가려는 듯 허리를 세우고 두 발까지 모았는데, 그 순간 오늘 아침 경대 위에 던져놓은 잔돈들 사이에서 단추를 본 것도 같았다. 그래 단추는 그곳에 있어. 안전하게. 그는 다시 앉아 커피를 마셨다. 이미 식을 대로 식은 커피.

4월 29일, 미 우체국 볼티모어 집배국. 우편감독관이 액체가 흘러나오는 갈색 마분지 상자를 찾아냈다. 미국 5구역 상고법원의 월프레드 애니스톤 앞으로 된 소포였다. 자세히 살펴보니 액체가 상자 모퉁이에 구멍을 뚫은 것이었다. 감독관은 볼티모어 경찰서에 신고했다. 그들은 폭발물 제거반을 급파하고 법무부에 보고했다.

저녁이 깊어갈 즈음, 당국은 모두 서른네 개의 폭발물을 찾아냈다. 수신자는 미첼 파머* 검찰총장, 케네소우 마운틴 랜디스 판사, 그리고 존 록펠러를 포함해 서른네 명이고, 모두 기업이나 정부기관에서 이민정책에 영향을 미치는 사람들이었다.

　같은 날 저녁 보스턴. 루이스 프라이나와 레트 노동자연합이 더들리 광장의 오페라하우스에서 프랭클린 파크까지 노동절을 알리는 퍼레이드 신청서를 접수했다.

　신청은 거부되었다.

THE GIVEN DAY

붉은 여름

26

노동절. 루터는 솔로몬 식당에서 아침을 먹고 서장의 집으로 향했다. 5시 30분에 집을 나와 콜럼버스 광장으로 가는데 맥케나 경위의 흑색 허드슨이 거리 맞은편 모퉁이에서 나와 그의 앞을 천천히 유턴했다. 루터는 놀라지 않았다. 겁을 먹지도 않았다. 사실, 거의 아무 느낌도 없었다.

솔로몬 식당 카운터에서 《스탠더드》를 집어 들었을 때 시선은 곧바로 헤드라인에 갔었다. '공산주의자들, 노동절 학살 음모.' 그는 계란을 먹으며 미국 우편물에서 발견된 서른네 개의 폭발물에 대한 기사를 읽었다. 암살 목표 명단 전체가 신문 2면에 수록되어 있었다. 백인 판사든 관료든 어차피 밥맛이었지만, 그럼에도 불구하고 루터는 피가 얼어붙는 기분이었다. 문득 애국적인 분노가 치밀기까지 했는데, 국민들을 사랑하지도 않고 정의를 지켜본 적도 없는 나라에 살면서, 그런 식의 애국심이 남아 있으리라고는 상상도 하지 못했었다. 하지만 콧수염만큼이나 지저분한 억양의 외국 이민자 빨갱이들이, 기어이 조국에 폭력을 가하고 전복시키려 하고 있었다. 그자들의 이빨을 박살낼 수만 있다면 루터 역시 어떤 폭도들과도 한편이 될 수 있을 것 같았다. 총을 달라고 외치고도 싶었다.

신문에 따르면, 빨갱이들은 전국적 반란의 날을 기획했다. 그러니 서른네 개의 압수된 폭탄 외에, 뇌관을 불태우는 폭발물이 수백 개가 더 있을지도 모를 일이 아닌가. 지난주 내내 도시 전역의 전봇대에 전단지가 나붙었는데 모두 같은 내용이었다.

그래, 해보자. 우릴 추방해라. 미국을 지배하는 늙다리 수구골통들,
너희들은 피를 보게 될 것이다! 이미 폭풍은 시작되었고
너희들을 피와 불로 심판하리라.
다이너마이트로 날려버리고 말리라!

어제 일자 《트래블러》엔 서른네 개의 폭탄 뉴스가 새어나오기 전부터, 미국 파괴분자들의 선동적인 논평 일부가 수록되기도 했다. '자본주의의 붕괴와 프롤레타리아 독재를 통한 사회주의 정부 수립'을 위한 잭 리드의 호소와, 지난 해 에마 골드먼의 징병 반대 연설 따위였다. 그녀는 그 연설에서 전국 노동자에게 '러시아의 본을 따를 것'을 주문했다.

'러시아의 본을 따르라고? 러시아가 그렇게 좋으면, 좆도, 거기 가서 살면 되겠네? 폭탄하고 양파 수프 냄새도 같이 가져가라, 미친년아!' 루터는 그런 생각을 했다. 불과 몇 시간 동안의 기이한 흥분이지만, 루터는 자신이 흑인이라는 사실도 잊고, 그런 상황엔 인종문제까지 끼어 있다는 사실도 생각지 못했다. 모든 것을 초월해 그 순간은 오직 단 하나의 이데올로기뿐이었다. '난 미국인이야.'

물론 그런 생각은 맥케나를 보는 순간 깨지고 말았다. 덩치 큰 경위는 허드슨에서 나오면서 미소부터 지었다. 그의 손에는 《스탠더드》한 부가 들려 있었다.

"이거 봤나?"

"예, 봤습니다."

루터가 말했다.

"내일은 아주 심각한 하루가 될 거다, 루터. 그래, 내 주소록은 어디 있나?"

그가 신문으로 루터의 가슴을 두 번 때렸다.

"우리 동족은 공산주의자가 아닙니다."

루터가 말했다.

"오, 이제 네 동족이 된 거냐, 응?"

젠장, 언제나 내 동족이었소.

"내 납골당은 짓고 있는 거지?"

맥케나는 거의 노래 부르듯 했다.

"작업 중입니다."

맥케나가 고갯짓을 했다.

"거짓말하는 건 아니야?"

루터가 고개를 저었다.

"내 주소록은 어디 있더냐?"

"금고 안에 있습니다."

"주소록 하나 가져다달라는 거잖아? 그게 왜 그렇게 어려운데?"

루터가 어깨를 으쓱했다.

"금고 여는 방법을 모릅니다."

맥케나가 고개를 끄덕였다. 정말로 합리적인 대답이라도 된다는 투였다.

"오늘 커글린 집 일이 끝난 후에 곧바로 가져와. 해안에 있는 코스텔로 식당 밖. 6시."

"불가능합니다. 금고를 깰 능력이 없어요."

사실, 금고 따위는 없었다. 기드로 부인은 주소록을 책상서랍에 보관했다. 잠그지도 않은 채.

맥케나가 생각이라도 하듯 신문으로 자기 허벅지를 때렸다.

"영감이 필요하다는 얘기군. 좋다, 루터. 창조적인 위인들은 모두 뮤즈를 필요로 하는 법이니까."

그가 무슨 생각을 하고 있는지는 모르겠지만 적어도 어투는 맘에 들지 않았다…… 쾌활하고 확신에 차 있는.

맥케나는 이번에도 어깨동무를 했다.

"축하한다."

"예?"

맥케나의 얼굴이 환하게 밝아졌다.

"네 결혼. 작년 가을 오클라호마 털사에서 릴라 워터스라는 아가씨와 결혼했다면서? 오하이오 콜럼버스 출신이라지? 대단한 제도야, 결혼이라는 건."

루터는 아무 말도 하지 않았지만 두 눈의 증오까지 감출 수는 없었다. 처음엔 목사, 이제 보스턴의 에디 맥케나 경위. 그가 어디에 가든지 빌어먹을 하느님은 그의 앞길에 악마들을 박아 넣고 있었다.

"웃기는 건, 콜럼버스를 뒤지자마자 네 신부한테 체포영장이 떨어져 있다는 사실부터 나오더라는 거야."

루터가 웃었다.

"그게 웃기냐?"

루터가 미소 지었다.

"맥케나 경위님, 제 아내를 아신다면 경위님도 웃으셨을 겁니다."

"그래 그랬겠지. 루터, 문제는 말이다. 이 영장이 진짜라는 거야. 네 아내와 제퍼슨 리즈(아는 놈이냐?)라는 놈팡이가 주인집을 계속해서 턴 모양이더라. 해먼드라는 가족인데. 네가 털사로 도망갈 때쯤 벌써 몇 년 동안 그 짓들을 해온 모양이야. 그런데 그 리즈라는 놈이 은식기와 현금 몇 푼 훔치다가 잡히자 모든 걸 네 와이프한테 떠넘겼더라고. 그 친구도 사업파트너가 자기 인생의 영화와 영락을 가른다고 생각한 거겠지. 어쨌든 지금은 중형을 얻어맞고 감옥에 있지만 네 아내도 수배 중인 건 사실이다. 임신했다지? 지금은, 어디 보자, 그래, 털사의 엘우드 스트리트 17번지에 살고 있고? 오븐에 빵이 가득 들었으니 어디 멀리 달아나지는 못할 테군그래." 맥케나가 미소를 지으며 루터의 얼굴을 두드렸다. "카운티 유치장에서 산파를 고용한다는 얘기 들어본 적 있나?"

루터는 입을 열수가 없었다.

맥케나가 미소 띤 표정으로 루터의 얼굴을 찰싹 때렸다.

"그 친구들이 그렇게까지 친절하지는 못해. 그것만은 장담할 수 있다. 어미한테 아기 얼굴이야 보여주겠지. 그러곤 곧바로 데려가서(어차피 흑인 새끼 아냐?) 카운티 고아원에 넘겨 버릴 거다. 아, 물론 아버지가 있다면야 그렇게까지 하겠냐만 네가 거기 있는 건 아니잖아? 넌 여기 있어."

"원하는 게 뭡니까……"

맥케나가 루터의 턱을 움켜잡아 가까이 끌어당겼다.

"말했잖아, 루터. 몰라서 또 묻는 거냐? 오늘 밤 6시, 주소록을 갖고 코스텔로에 오는 거다. 오늘 밤, 빨갱이 새끼들은(깜둥이 빨갱이도 포함해서) 모두 이 도시에서 퇴거명령을 받게 된다. 그리고 내일쯤엔 너도 나한테 감사하겠지. 이 동네가 다시 살 만한 고장으로 변할 테니까."

그가 두 팔을 펼치며 어깨를 으쓱해 보였다. 그리고 신문으로 다시 허벅지를 때리고 심각한 표정으로 고갯짓을 해보이곤 허드슨 쪽을 향해 몸을 돌렸다.

"실수하시는 겁니다."

루터가 말했다. 맥케나가 어깨 너머로 돌아보았다.

"무슨 소리야?"

"실수하시는 겁니다."

맥케나가 돌아와 루터의 배를 가격했다. 순간 뱃속의 공기가 삽시간에 빠져나가고 루터는 그만 무릎을 꿇고 말았다. 허겁지겁 숨을 삼키려 했으나 폐로 이어진 목구멍이 막히는 바람에 한참 동안 온몸이 진공상태로 버텨내야 했다. 그는 그렇게 죽나보다는 생각을 했다. 무릎을 꿇고, 신종독감 환자처럼 얼굴이 새파랗게 질린 채로.

호흡이 돌아오자, 이번엔 삽으로 목청을 내리찍기라도 한 듯 고통스러웠다. 최초의 호흡은 기차 바퀴 긁는 소리를 냈다. 그렇게 허겁지겁 숨을 집어삼키고 나서야 호흡은 간신히 정상을 되찾기 시작했다.

맥케나는 인내를 갖고 그를 내려다보았다.

"뭐라고 했냐?"

그가 차분한 목소리로 되물었다.

"NAACP 사람들은 빨갱이가 아닙니다. 설령 일부가 있을진 모르겠지만 그렇다 해도 건물을 날리거나 총을 쏴댈 사람들은 못 됩니다."

루터가 대답했다.

맥케나가 그의 뺨을 때렸다.

"잘 안 들린다!"

루터는 맥케나의 홍채에 박힌 자신의 쌍둥이 이미지를 보았다.

"무슨 생각을 하는 거죠? 흑인들이 무기를 들고 이 거리들을 휘젓고 다닐 거라고요? 그래서 당신네 흰둥이 쓰레기들한테 우리 모두를 죽일 구실을 준다는 얘깁니까? 우리가 죽고 싶어 환장한 놈들 같습니까?" 그가 경위를 보았다. 경위는 주먹을 단단히 쥐고 있었다. "혁명을 일으키려고 하는 사람들은 외국 태생의 개자식들입니다. 그러니 그 새끼들이나 잡아들이시죠. 개처럼 짓밟아도 상관없습니다. 그 새끼들한테 줄 동정 같은 건 나한테도 없으니까요. 다른 유색인종 놈들도 마찬가지입니다. 여긴 우리나라예요."

맥케나가 한 걸음 물러나 루터에게 비릿한 미소를 보냈다.

"뭐라고?"

루터가 땅바닥에 침을 뱉고 숨을 크게 들이켰다.

"여긴 우리나라라고 했습니다."

"꿈 깨라. 여긴 네놈들 나라가 아니야. 앞으로도 그렇게 안 될 거고."

그가 루터를 남겨두고 차에 올라탔다. 루터는 자리에서 일어나 욕지기가 가라앉을 때까지 계속해서 숨을 들이마셨다. 맥케나의 자동차 미등이 매사추세츠 애버뉴에서 오른쪽으로 꺾어 들어가는 게 보였다

"여긴 우리나라요."

그는 그 차를 바라보며 계속 중얼거렸다. 배수구에 침을 뱉고 나서도 다시 한 번 뇌까렸다.

"여긴 우리나라야."

그날 아침, 기자들이 록스베리의 09지구 경찰서에서 나오고 있었다. 더들리 오페라하우스 앞엔 사람들이 잔뜩 모였다. 다른 경찰서에도 모두 병력차출 요청이 들어갔으며 기마경찰들은 보스턴 마구간에 모여 말들을 보살폈다.

맥케나 경위의 지시에 따라, 각 지구 경찰들이 09지구에 몰려들었다. 맥케나는 그들 모두를 1층 로비의 프런트 앞에 모아놓고 자신은 2층 계단으로 꺾어 들어가는 층계참에서 연설을 시작했다.

"제군들은 소수 정예다! 레트들이 오페라하우스 앞에서 불법집회를 열겠다고 한다. 귀관들의 생각은 어떤가?"

질문 자체가 뜬구름 잡는 얘기라 아무도 대답하지 못했다.

"왓슨 순경?"

"옙!"

"불법집회에 대해 어떻게 생각하나?"

왓슨이 어깨를 바로 했다. 원래는 길고 발음도 어려운 폴란드 성이었는데 얼마 전 가족 모두가 왓슨으로 개명했다.

"놈들이 날짜를 잘못 잡았다고 생각합니다, 경위님!"

맥케나가 모두에게 한 손을 들어보였다.

"우리는 미국 시민들, 특히 보스턴 시민들을 향한 봉사와 보호에 최선을 다하기로 서약했다. 레트들…… (키득거린다.) ……레트, 그 자들은 시민이 아니다. 놈들은 야만인에 파괴분자들일 뿐이다. 게다가 놈들은 오페라하우스에서 더들리 스트리트를 따라 도체스터의 업햄까지의 가두시위를 불허한다는 시의 준엄한 지시를 무시했다. 놈들은 콜롬비아 로드에서 우회전해 프랭클린 파크까지 나아간 다음, 그곳에서 저들의 동지들, 그러니까, 헝가리, 바바리아, 그리스, 러시아의 동지들을 지지하는 집회를 열 것이다. 오늘 이 자리에 러시아 놈이 있는가?"

"없습니다."

누군가의 고함에 다른 동료들이 합창했다.

"볼셰비키는 있는가?"

"없습니다!"

"무신론의 파괴분자들은? 코카인 중독의 반미주의 매부리코 개자식은 없나?"

"없습니다!"

사람들이 고함을 치며 웃었다.

맥케나가 난간에 기대며 손수건으로 이마를 닦았다.

"3일 전, 시애틀 시장이 우편으로 폭발물을 받았다. 다행히 가정부가 먼저 받았는데, 덕분에 두 손을 모두 날리고 지금 병원에 입원했지. 그리고 다들 알겠지만, 어젯밤 우체국에서는 이 위대한 조국의 검찰총장을 비롯하여, 고명하신 판사님들과 기업 대표들을 살해할 목적으로 접수된 폭탄 34개를 압수했다. 오늘 온갖 종류의 급진파들이 (대개가 야만적인 볼셰비키들이다.) 이 금수강산의 주요 도시에서 반란의 날을 열기로 기획했다. 제군들, 제군들은 이런 나라에서 살고 싶은가?"

"아닙니다!"

150

경관들이 조금씩 대니 주위로 몰려들고 있었다.

"지금 저 뒷문으로 나가 파괴분자 놈들한테 항복하고, 제발 잠잘 땐 꼭 소등을 해달라고 사정할 텐가?"

"아닙니다!"

경관들은 신경질적으로 서로 어깨를 밀쳐댔다. 대니는 땀과 아직 덜 깬 술 냄새와 불에 탄 머리카락 냄새를 맡고, 분노와 두려움이 빚어낸 시큼한 악취를 맡았다.

"아니면, 그자들로부터 이 나라를 되돌려 받고 싶은가?"

"아닙니다!"

다들 그 대답에 익숙해진 터라 몇 명이 그렇게 고함을 치고 말았다.

맥케나가 경관들을 향해 한쪽 눈썹을 찡긋해 보였다.

"이 빌어먹을 나라를 되돌려 받고 싶은지 물었다!"

"예, 그렇습니다!"

대니를 포함해 경우회 멤버들 10여 명이 그 자리에 있는데, 전날 모임에 나와 본서로부터 당한 비열한 처사에 볼멘소리를 하던 친구들이었다. 거대자본에 대항하는 전 세계 노동자들에 대해 공감을 표현했다는 이유 때문이지만, 이 순간, 그런 감정은 통합과 공유된 목표의식이라는 독약에 모두 쓸려나가고 말았다.

"우리는 더들리 오페라하우스로 내려갈 것이다. 그리하여 파괴분자들, 저 간악한 공산주의자들과 무정부주의자들과 테러범들에게 즉시 해산을 명할 것이다!"

함성소리는 도무지 이해 못할 수준이었다. 집단 광증이 이런 건가?

"우린 단호하게 선언할 것이다. '절대 안 돼!'" 맥케나가 난간에 기대더니 목을 늘이고 턱을 앞으로 내밀었다. "그 말을 연호해 줄 수 있겠나, 귀관들?"

"절대 안 돼!"

경찰들이 외쳤다.

"다시 한 번!"

"절대 안 돼!"

"내 말에 찬성하나?"

"옙!"

"겁나는가?"

"아닙니다!"

"귀관들은 보스턴 경찰인가?"

"예, 그렇습니다!"

"48개 주에서 가장 유능한 경찰 맞나?"

"예, 그렇습니다!"

맥케나는 경관들을 노려보며, 천천히 한 쪽에서 반대쪽으로 고개를 돌렸다. 그의 얼굴에 유머라고는 없었다. 빈정거림도 없었다……. 오직 절대적인 확신뿐. 맥케나가 침묵을 방치하자 경관들이 좌우로 몸을 뒤척이며 바지 양쪽에 두 손을 닦거나 경찰봉 손잡이를 만지작거렸다.

"그럼, 가서 밥값을 하자."

맥케나가 이를 갈 듯 내뱉었다.

경찰들은 한꺼번에 여러 방향으로 움직였다. 그들은 이글거리는 눈으로 서로를 노려보고 서로의 얼굴을 향해 으르렁거렸다. 이윽고 누군가 출구가 어딘지 깨달았고 모두들 뒤쪽 복도 끝의 문을 향해 밀물처럼 쏟아져나갔다. 그들은 파출소 뒷마당으로 나와 골목을 따라 질주하면서 일부는 벌써 경찰봉으로 벽과 철제 쓰레기통 뚜껑을 두드리기 시작했다.

마크 덴튼은 무리 속에서 대니를 찾아냈다.

"모르겠어……"

"뭘요?"

"우리가 평화를 지키는 거야? 아니면 끝장내는 거야?"

대니가 그를 보았다.

"말 되네요."

오른쪽 더들리 광장으로 돌아들자, 오페라하우스의 계단 꼭대기에서 핸드마이크를 잡고 연설 중인 루이스 프라이나의 모습이 보였다. 군중은 200명 정도였다.

"……그들도 우리한테 권리가 있다고 말합니다……." 그는 경찰의 접근을 보고 마이크를 내렸다가 다시 올렸다. "그리고 여기 그들이 옵니다. 지배 계급의 사병들."

프라이나가 지적하자, 군중들이 돌아서서 그들을 향해 접근 중인 파란색 제복들을 보았다.

"동지 여러분, 부패한 사회가 스스로의 환각을 보존하기 위해 어떤 짓을 하는지 두 눈으로 만끽하십시오. 저들은 이 나라를 자유의 땅이라고 부릅니다. 하지만 저들에겐 연설하는 건 자유가 아닙니다. 집회도 자유가 아닙니다. 적어도, 오늘 우리를 위해서는 아닙니다. 우리는 절차를 따랐습니다. 행군의 권리를 위해 신청서를 접수했으나 허락조차 떨어지지 않았죠. 이유가 뭔지 아십니까?" 프라이나가 군중을 돌아보았다. "저들이 우릴 두려워하기 때문입니다."

레트 시위대들이 경찰을 돌아보았다. 계단 위 프라이나 옆에 네이든 비숍의 모습도 보였다. 대니의 기억보다 훨씬 왜소한 모습이다. 그때 비숍이 대니의 눈을 보더니 고개를 묘하게 기울였다. 네이든 비숍의 눈이 좁아졌다. 알아봤다는 얘기겠다. 그리고 순간 그 눈에 고통의 빛이 어리더니 다시 처절한 낙담으로 이어졌다.

대니가 고개를 떨어뜨렸다.

"저주의 헬멧을 쓴 저들을 보십시오. 곤봉과 총까지 들었지만 더이상 저들은 법의 집행자가 아닙니다. 저들은 억압 세력입니다. 그리고 두려워하고 있습니다. 겁을 먹고 있습니다, 동지들. 우리가 도덕적으로 우월하기 때문입니다. 우리가 옳습니다. 이 도시의 노동자들은 절대로 집으로 달아나지 않습니다, 여러분!"

경찰이 30미터 안으로 접근했을 때 맥케나가 핸드마이크를 들었다.

"여러분들은 무허가 집회를 금지하는 시 조례를 위반했습니다."

프라이나도 마이크를 들었다.

"너희들의 조례는 거짓말이다. 너희의 도시도 거짓말이다."

"당장 해산하세요. 지시를 거부하면 물리력을 사용할 수밖에 없습니다."

맥케나의 목소리가 아침 바람에 산산이 부서졌다.

경찰은 15미터 앞에서 간격을 넓히기 시작했다. 잔뜩 굳은 표정들. 대니는 그들의 눈에서 두려움을 찾으려 했으나 거의 볼 수 없었다.

"저들한테 있는 건 무력뿐이며, 무력은 고금 이래로 모든 독재자들이 선택한 무기입니다! 무력은 합리적 행동에 대한 비합리적 대답에 불과합니다. 우린 결코 법을 어긴 적이 없습니다!"

레트 시위대들이 경찰들을 향해 접근했다.

"여러분들은 조례를 위반했습니다. 11—4……"

"너희들이 우리 권리를 침해했다. 우리의 기본권을 짓밟았다."

"해산하지 않으면 체포합니다. 계단에서 내려와요!"

"이 계단에서 내려가느니……"

"명령입니다……"

"너희들한테 명령할 권리는 없다!"

"여러분은 법을 어기고 있습니다!"

두 세력이 충돌했다.

한동안 그 어느 쪽도 어떻게 해야 할지 모르는 것처럼 보였다. 경찰이 시위대와 얽히고 시위대가 경찰들과 마구잡이로 섞이고 말았다. 어떻게 그렇게 되었는지 아는 사람은 아무도 없었다. 비둘기 한 마리가 창턱에서 날아들었다. 대기에선 여전히 이슬 냄새가 나고, 더

들리 스트리트를 따라 이어진 지붕들엔 이른 아침의 안개가 여전했다. 이렇게 가까이 있으니, 대니는 누가 경찰이고 누가 시위대인지 구분하기가 쉽지 않았다. 그리고 그때 오페라하우스 옆에서 턱수염을 기른 일단의 레트들이 도끼 자루를 휘두르며 나타났다. 덩치. 한눈에 봐도 모두 러시아인들이었다. 의혹이라고는 한 줌도 없는 단호한 눈빛들.

그들 중 선두그룹이 무리에 다다르더니 도끼 자루를 휘두르기 시작했다.

"안 돼!"

하지만 프라이나의 외침은 04지구의 순경 제임스 헌만의 저주받은 헬멧을 바수는 소리에 묻혀버렸다. 헬멧이 허공으로 솟구치더니 이윽고 떨그렁 소리와 함께 길바닥에 떨어졌다. 헌만도 시야에서 사라졌다.

대니 바로 옆의 레트는 카이저수염에 트위드 모자의 깡마른 이태리 인이었다. 그 친구는 경찰과 이렇게 가까이 마주 섰다는 사실이 언뜻 믿기지 않는 눈치였다. 대니가 팔꿈치로 그의 입을 가격했다. 그는 이가 아니라 심장이라도 맞은 듯 놀란 표정을 짓더니 바닥에 쓰러졌다. 그 옆의 레트가 쓰러진 동료의 가슴을 밟고 대니에게 달려들었다. 대니가 경찰봉을 꺼내려는데 케빈 맥레이가 덩치 큰 레트 뒤에서 나와 그의 머리카락을 낚아채고는 대니한테 씩 웃어보였다. 그는 그자를 끌고 군중 밖으로 끌고나가 머리를 벽돌담에 짓이겨버렸다.

대니는 키 작은 대머리 러시아인과 몇 차례 주먹을 교환했다. 덩치는 작았지만 잽을 기막히게 요리하는 데다 양쪽 주먹에 격투용 쇳조각까지 끼운 자였다. 대니는 얼굴을 피하는 데만 급급한 탓에 몸 공격에는 거의 무방비 상태였다. 두 사람은 군중 왼쪽 옆구리를 따라 진퇴를 거듭했다. 대니는 카운터펀치를 노렸으나 놈은 미꾸라지처럼 빠져나갔다. 하지만 결국 그자는 자갈길의 균열을 헛디디는 바람에 삐긋하여 뒤쪽으로 넘어지고 말았다. 대니는 일어나려는 그자의 배를 짓밟고 얼굴을 걷어차 버렸다. 놈은 온 몸을 웅크리더니 옆으로 누운 채 토악질을 하기 시작했다.

기마경찰이 군중 속으로 뛰어들며 호각을 불어댔지만 말은 자꾸 뒷걸음치려고만 했다. 지금은 완전히 아수라장이었다. 레트들은 한데 얽힌 경찰들을 향해 몽둥이와 파이프와 곤봉, 심지어 아이스피크까지 휘두르고, 돌과 주먹을 날렸다. 경찰들도 흥분하기 시작해, 상대의 눈을 찌르고, 귀와 코를 물어뜯고, 도로에 머리를 짓이겼다. 누군가 총을 쐈는데, 말 한 마리가 뒷다리로 일어나며 기수가 떨어졌다. 말도 오른쪽으로 넘어지며 닥치는 대로 발길질을 해댔다.

레트 둘이 대니의 양쪽 팔을 잡고 그 중 하나가 그의 옆얼굴을 가격했다. 그러곤 다시 대니를 끌고나가 상점의 창살문에 들이받았다. 그의 경찰봉이 손에서 떨어져나갔다. 누군가 오른쪽 눈을 가격했다. 대니는 눈을 감은 채로 무릎으로 누군가의 사타구니를 때렸다. 사내가 헉 하고 숨을 내뱉었다. 대니는 팔을 휘둘러 그를 철문에 처박았다. 간신히 팔 하나를 빼내는데 다른 자가 어깨를 물어뜯었다. 대니는 그를 덮친 상대와 함께 한 바퀴 돌아 벽돌담에 등을 부딪쳤다. 이

빨이 어깨에서 떨어져나갔다. 그는 몇 걸음 앞으로 나왔다가 다시 등을 두 차례 강하게 벽에 들이받았다. 사내가 몸에서 떨어져나가자 대니는 몸을 돌리고 경찰봉을 집어 사내의 얼굴에 대고 휘둘렀다. 턱뼈 쪼개지는 소리가 쩍 하고 들렸다.

대니는 마지막으로 상대의 갈빗대를 한 차례 걷어차고 거리 중앙으로 복귀했다. 레트 한 명이 경찰 말을 빼앗아 타고 군중들 뒤쪽을 서성이며 헬멧을 향해 닥치는 대로 기다란 파이프를 휘둘러댔다. 주인을 잃고 헤매는 말도 몇 마리나 되었다. 거리 반대편에선 순경 둘이 10지구의 경사 프란시 스토다드를 적하장 위로 들어 올리는 게 보였다. 스토다드는 입에 거품을 물고 있었는데, 풀어 헤친 셔츠의 가슴 한가운데를 손바닥으로 누르고 있었다.

총소리가 몇 번 대기를 갈랐다. 그리고 06지구의 경사 폴 웰치가 자기 엉덩이를 붙잡고 돌다가 아수라장 속으로 사라졌다. 문득 달려오는 발자국소리에 돌아보니, 아이스피크를 든 레트 하나가 달려들고 있었다. 대니는 경찰봉으로 그자의 명치를 찔렀다. 사내는 자기연민과 굴욕의 표정을 짓더니 입 끝으로 침을 흘리고 바닥에 쓰러졌다. 대니는 아이스피크를 집어 가까운 지붕 위로 던져 올렸다.

누군가 말에 탄 레트의 발을 잡아당겨 군중들 속으로 끌어내렸다. 말은 전차장 쪽으로 달아나버렸다. 대니의 등에서 피가 흐르고 오른쪽 눈이 붓기 시작했다. 덕분에 시야도 흐릿해졌다. 누군가 머리에 못을 박아 넣은 듯 지끈거렸다. 결국 싸움에서 패하는 건 레트들일 수밖에 없다. 그건 의심의 여지가 없다. 하지만 지금 당장은 그들이 엄청난 점수 차로 이기는 것처럼 보였다. 경찰은 거리 여기저기 흩어져 있고, 거친 코삭 의복 차림의 건장한 레트들만이 무리들 속에 우뚝 서서 승리의 함성을 질러댔다.

대니는 무리 안으로 달려들어 경찰봉을 휘둘러댔다. 이런 일은 전혀 마음에 들지도 않았다. 대부분의 레트들보다 더 크고 빠르며, 주먹이든 경찰봉이든 한 방에 누구라도 박살낼 수 있다는 사실이 자랑스럽지도 않았다. 그가 여섯 번의 공격으로 네 명의 레트를 때려눕히자 무리들이 그에게 몰려들기 시작했다. 그때 그를 겨누는 피스톨이 있었다. 대니는 총구를 들여다보았다. 젊은 아이였다. 기껏해야 열아홉 살? 피스톨이 흔들리기는 했지만 그렇다고 안심할 수는 없었다. 아이는 불과 열다섯 발자국 앞이었고 사람들은 그가 실수하지 않도록 둘 사이에 길을 터놓기 시작했다. 대니는 리볼버를 꺼낼 수도 없었다. 어차피 늦을 수밖에 없었다.

방아쇠에 닿은 아이의 손가락이 창백했다. 실린더가 돌아가기 시작했다. 대니는 두 눈을 감으려고 했다. 그런데 그 순간 아이가 팔을 쳐들더니 하늘을 향해 방아쇠를 당기는 것이 아닌가.

네이든 비숍이 아이의 옆에 서서 손목을 어루만지고 있었다. 그가 아이의 팔꿈치를 쳐낸 것이다. 그는 상대적으로 싸움에 휘말리지 않은 것처럼 보였다. 다소 구겨지기는 했지만 거의 얼룩 하나 묻지 않은 정장만으로도, 이 흑색과 청색의 직물과 주먹질이 난무하는 아수라장에서 뭔가 커다란 의미를 보여주는 듯했다. 한쪽 안경유리에 금이 갔기 때문에 그는 깨지지 않은 렌즈를 통해 대니를 노려보았다. 대니는 안도감을 느꼈고 또 고마움도 느꼈다. 하지만 그 모든 것보다 수치심이 먼저였다. 이 형언할 수 없는 수치심이라니.

둘 사이에 말 한 마리가 뛰어 들어왔다. 푸르르 요동치는 검은 상체와 부드러운 옆구리. 뒤 이어 다른 말이 들어오고 다시 두 필이 더 따라 들어왔다. 모두 기수가 타고 있었다. 그리고 그 뒤로 일단의 청색 제복들이 따라 들어와 대니와 네이든 비숍 주변의 사람들을 에워쌌다. 모두 먼지 하나 묻지 않은 팔팔한 경관들이다. 총을 든 아이가 탈진했는지 그 자리에 무너져 내렸다. 몇몇 레트들이 모국에서의 게릴라전처럼 싸웠으나 대개는 줄행랑이 살길임을 잘 알고 있었다. 사람들이 미친 듯이 흩어지는 와중에 대니도 네이든 비숍을 놓치고 말았다. 잠시 후 레트들은 오페라하우스 너머로 달아나고 더들리 광장은 어느 순간 청색 제복들이 장악했다. 대니와 다른 동료들이 서로 영문을 모르겠다는 표정을 지었다. 지금 무슨 일이 있었나?

그때 거리와 벽에 쓰러져 있는 사람들이 보였다. 경찰들은 동료가 아닌 사람이라면 닥치는 대로 사냥하기 시작했다. 대항하든 않든 그런 건 아무 상관이 없었다. 군중들의 반대편 가장자리에서, 마지막 저항세력인 듯한 작은 무리가 더 많은 경찰과 말에 의해 박살나고 있었다. 경찰들은 곤봉으로 머리를 까부수고 무릎과 어깻죽지와 손과 허벅지와 검은 눈과 퉁퉁 분 타박상과 부러진 팔과 찢어진 입술 등을 두드렸다. 대니는 마크 덴튼이 두 발로 일어서는 것을 보고 그쪽으로 달려가 부축해 주었다. 마크가 오른발에 중심을 실으며 인상을 찌푸렸다.

"부러졌어요?"

대니가 물었다.

"삐었나봐."

마크는 대니의 어깨에 팔을 걸고 둘은 맞은편의 적하장 쪽으로 걸어갔다. 마크가 쉭 소리를 내며 숨을 삼켰다.

"괜찮겠어요?"

"괜찮아. 접질린 정도일 거야. 그보다, 망할, 헬멧을 잃어버렸어."

하지만 그의 헤어라인을 따라 생채기가 까맣게 말라 있는 데다 한손으로는 갈빗대를 누르고 있었다. 대니는 그를 벽에 기대주었다. 경찰 둘이 프란시 스토다드 옆에 무릎을 꿇고 있다가 그와 눈이 마주치자 고개를 저었다.

"뭐라고요?"

"죽었습니다. 숨을 쉬지 않아요."

경찰이 말했다.

"뭐라고? 도대체 어떻게……?"

마크도 말을 잇지 못했다.

"그냥 가슴을 움켜잡더라고요. 바로 여기 한가운데. 그리고 갑자기 얼굴이 빨개지더니 숨을 몰아쉬는 거예요. 그래서 이리로 데려왔는데…… (어깻짓) 심장마비입니다. 그게 말이 됩니까? 여기에서? 이런 상황에?"

경찰이 거리를 내다보았다.

그의 파트너는 여전히 스토다드의 손을 잡고 있었다.

"서른 살이 일 년도 남지 않았는데 망할 놈이 이렇게 가버려? 이런 식으로? 저 새끼들 때문에?"

그는 울고 있었다.

"맙소사."

마크가 속삭이며 스토다드의 구두 끝을 건드렸다. 두 사람은 5년 전 록스베리 크로싱에서 함께 일한 적이 있었다.

"놈들이 웰치의 허벅지를 쏘고 암스트롱의 머리를 쐈어요. 아이스 피크로 우릴 쑤셔대기도 했죠."

첫 번째 경찰이었다.

"처절하게 응징해야 해."

마크가 말했다.

"말 잘했소. 거기 수억 달러를 걸어도 좋아요."

경찰은 울음을 그치고 대신 이를 갈았다.

대니는 스토다드의 시신에서 시선을 돌렸다. 앰뷸런스 몇 대가 더 들리 스트리트를 따라 올라왔다. 광장 건너엔 경찰 한 명이 비틀거리며 일어나 눈의 피를 닦아내다가 다시 쓰러졌다. 경관 하나가 철제 쓰레기통을 비우더니 쓰러진 레트한테 집어던졌다. 하지만 정작 대니를 움직이게 한 것은 그 레트가 입고 있던 크림색 정장이었다. 대니가 다가가는 동안에도 경찰은 쓰러진 레트의 한쪽 발이 허공에 뜰 정도로 힘껏 걷어찼다.

네이든 비숍의 얼굴은 짓이긴 자두처럼 보였다. 턱 근처의 길바닥에 이빨 몇 개가 널브러져 있고 한쪽 귀는 반쯤 찢긴 터였다. 두 손

162

의 손가락이 모두 부러졌는지 아무렇게나 뒤틀려 있었다.

대니가 경찰의 어깨를 건드렸다. 특공대의 깡패 헨리 템플이었다.

"당신이 잡은 거야."

대니가 말했다.

템플이 적절한 대답을 찾으려는 듯 대니를 바라보다가 그냥 어깨를 으쓱이곤 다른 곳으로 가버렸다.

위생병 둘이 지나가기에 대니가 그들을 불렀다.

"여기도 한 명 있습니다."

위생병 하나가 인상부터 찌푸렸다.

"배지가 없잖아요. 해가 질 때까지 데리러 오면 천행인 줄 알라 그래요."

그들은 그냥 가버렸다. 네이든 비숍이 왼쪽 눈을 떴다. 황폐한 얼굴에 반해 놀랍도록 하얀 눈이었다. 대니는 미안하다고 말하고 싶었다. 용서해 달라고 말하고 싶었다. 하지만 아무 말도 할 수가 없었다. 네이든의 입술이 조금 벌어지며 쓸쓸한 미소를 그렸다.

"내 이름은 네이든 비숍이오만 당신은 누구요, 응?"

그가 다시 두 눈을 감았다. 대니가 고개를 떨어뜨렸다.

루터는 한 시간 정도 점심을 먹고 황급히 도버 스트리트의 다리를 건너 세인트 보톨프의 기드로 집으로 돌아갔다. 요즘 그곳은 보스턴 NAACP의 작전사령부로 사용 중이었다. 기드로 부인도 10여 명의 다른 여성들과 거의 매일 일했는데, 《크라이시스》가 인쇄되고 다른 지역으로 발송되는 것도 바로 그 지하실에서였다. 루터가 집에 돌아왔을 때는 빈집이었다. 당연한 일이다. 이렇게 청아한 날이니…… 날이 맑으면 여자들은 모두 몇 블록 떨어진 유니언 파크에서 점심식사를 했는데, 오늘이야말로, 근래의 심술궂은 날들 중 요행히 너무도 맑은 날씨였다. 루터는 기드로 부인의 사무실로 들어가 그녀의 책상에 앉아 서랍을 열었다. 그리고 주소록을 꺼내 30분 정도 앉아 있었다. 마침내 기드로 부인이 문을 열고 들어왔다.

그녀가 코트와 스카프를 걸었다.

"루터, 네가 여긴 웬일이니?"

루터가 손가락으로 장부를 두드렸다.

"장부를 경찰한테 안 넘기면 내 아내를 잡아가겠답니다. 아기는 태어나자마자 빼앗겠다고 하더군요."

기드로 부인의 미소가 얼어붙더니 곧바로 사라졌다.

"뭐라고 했지?"

루터가 다시 말했다.

기드로 부인이 그의 맞은편에 앉았다.

"있는 대로 얘기해 보려무나."

루터는 있는 대로 얘기했다. 쇼멋 애버뉴의 부엌 바닥 밑에 지어놓은 납골당을 빼놓기는 했지만, 그건 맥케나의 의도를 알 때까지 아무한테도 얘기할 생각이 없었다. 그가 얘기하는 동안 기드로 부인의 친절하고 온화한 얼굴엔 더 이상 친절도 평온도 없었다. 그저 묘비처럼 밋밋하고 담담할 뿐이었다.

그녀가 입을 연 것은 얘기를 모두 끝냈을 때였다.

"우리를 엮어 넣을 정보를 제공한 건 아니지? 그러니까, 밀정 노릇을 하지 않았느냐는 질문이다." 루터는 입을 벌린 채 그녀를 바라보기만 했다. "질문에 대답해라. 이건 애들 장난이 아냐."

"아뇨. 그자한테 준 건 아무것도 없습니다."

"그건 말이 안 돼."

루터는 다시 아무 말도 하지 않았다.

"너를 그런 식으로 흔들어대면서 뭐든 껄끄러운 일로 엮지 않을 리가 없어. 경찰들은 그런 식으로 일 안 한다. 이곳이나 아니면 새 건물 어딘가에 뭔가 심어두려고 했을 거야. 당연히 불법적인 일이겠지."

루터가 고개를 저었다.

그녀가 그를 보았다. 호흡이 부드럽고 규칙적이었다.

루터가 다시 고개를 저었다.

"루터."

결국 루터는 납골당 얘기까지 해야 했다.

그녀는 고통과 당혹의 시선으로 그를 보았다. 루터는 창밖으로 뛰어내리고 싶었다.

"그 사람이 접근했을 때 왜 곧바로 고백하지 않은 거니?"

"모르겠습니다."

루터가 대답했다. 그녀가 고개를 저었다.

"아무도 못 믿어서 그래? 아무도?"

루터는 입을 다물었다.

기드로 부인이 책상 위의 수화기를 집었다. 그리고 전화기의 고리를 한 번 때리고 귀 뒤로 머리카락을 넘긴 다음 대신 수화기를 가져갔다.

"에드나? 내 말 잘 들어라. 대회의장의 타자치는 애들을 모두 거실과 식당으로 보내주겠니? 그래, 지금 당장. 타자기도 다 가지고. 오, 그리고 에드나? 너한테 있는 전화번호부도 가져오렴. 아니, 보스턴을 이용할 순 없어. 너한테 필라델피아가 있지? 좋아, 그것도 올려 보내."

그녀가 전화를 끊고 손으로 가볍게 입술을 두드렸다. 그녀가 다시 루터를 보았을 때, 두 눈의 노기는 가벼운 흥분으로 가라앉은 터였다. 이윽고 그녀의 얼굴이 다시 어두워지고 손가락 놀음도 멈추었다.

"왜요?"

루터가 물었다.

"오늘 밤 뭘 가져가든 간에 그 자는 널 체포하거나 아니면 쏠 수도 있다."

"그 자가 왜요?"

그가 두 눈을 크게 뜨고 그녀를 보았다.

"그럴 능력이 있으니까. 거기에서부터 시작해 보자. 루터, 네가 주소록을 가져가면 그렇게 할 거야. 네가 감옥에 들어가야 아무한테도 고자질을 못할 것 아니겠니?"

"가져가지 않으면요?"

"오, 그럼 당연히 죽이겠지. 네 등을 쏴버릴 거야. 그러니 안 돼, 주소록을 가져가긴 해야 한단다."

166

그녀가 한숨을 쉬었다.

루터는 여전히 '죽일 거야.' 부분에서 허우적대고 있었다.

"몇 사람한테 전화를 걸 생각이다. 우선 뒤부아 박사. 그리고 뉴욕의 법률 팀하고 털사의 법률 팀도."

"털사?"

그녀가 그를 보았다. 그가 방 안에 있다는 사실을 새삼 깨달은 사람 같았다.

"이 일이 터지고, 그래서 경찰이 네 아내를 체포하러 간다면? 그럼 그 애가 카운티 교도소 계단에 다다르기 전에 변호사를 대기시켜야 하지 않겠니?"

"난…… 난…… 난……"

루터는 말을 이을 수가 없었다.

기드로 부인이 여리면서도 안타까운 미소를 지어 보였다.

"넌, 넌, 넌…… 루터, 네 본심은 착해. 동족을 파는 대신 거기 앉아 나를 기다렸잖니? 비겁한 인간이었다면 벌써 주소록을 갖고 거리를 달려가고 있었겠지. 그래, 그 점에 대해서는 고맙구나. 하지만 그래도 넌 아직 어려, 루터. 몇 달 전에 미리 얘기만 했어도, 이런 고생은 할 필요도 없었을 게다. 우리도 그렇고." 그녀가 책상 너머로 손을 뻗어 그의 손을 다독여주었다. "그래도 아직 괜찮다. 거대한 불곰도 한 때는 어린 새끼였단다."

그녀는 그를 사무실에서 거실로 데리고 나갔다. 10여 명이나 되는 여성이 타자기를 들고 들어왔는데 기계 무게에 모두들 낑낑거리는 눈치였다. 반은 흑인이고 나머지 절반은 백인이었다. 대개가 대학생들로 돈을 벌기 위해 왔을 것이다. 그들은 다소 두려운 시선으로 루터를 힐끔거렸다. 물론 다른 이유도 있겠으나 루터로서는 생각도 하기 싫었다.

"아가씨들, 반은 이곳에 있고 반은 저 방으로 들어가야겠다. 전화번호부가 누구한테 있지?"

타자기 위에 전화번호부를 들고 온 아가씨가 두 팔을 기울여 기드로 부인이 볼 수 있게 해주었다.

"그걸 갖고 가라, 캐럴."

"요거 어째야 돼요, 기드로 부인?"

"레지나, '이것으로 무엇을 할 건데요.' 다시 해보련?"

"이것으로 무엇을 할 건데요, 기드로 부인?"

레지나가 더듬더듬 말했다.

기드로 부인이 루터한테 미소를 지어 보였다.

"그걸 열두 개로 찢을 거다. 그래서 모두 타이핑하는 거야."

스스로 걸을 수 있는 경찰들은 09지구로 돌아가 의료반의 진료를 받았다. 더들리 오페라하우스를 .떠나기 전, 대니는 앰뷸런스 운전사들이 네이든 비숍과 다른 급진주의자 다섯 명을 자동차 뒤 칸에 아무렇게나 던져 넣는 것을 보았다. 앰뷸런스는 곧바로 떠나버렸다. 대니는 의료반이 있는 지하실에서 어깨를 소독하고 꿰맨 다음 눈에 댈 얼음주머니를 받았다. 하지만 이미 부을 대로 부은 터라 도움이 될 것 같지는 않았다. 아무 문제없다고 확신하던 동료 여섯이 중상으로 밝혀져, 계단 뒤쪽에서 응급치료를 받은 후, 앰뷸런스에 실려 매사추세츠 종합병원으로 후송되었다. 보급팀이 새 제복을 들고 나타나 경찰들한테 나눠주었다. 반스 서장은 다소 멋쩍은 표정으로 제복 비용이 봉급에서 빠져나갈 거라고 설명해 주었다. 상황이 상황이라, 이번만은 특별히 비용을 줄일 수 있는지 알아보겠다는 얘기를 덧붙이기는 했다.

모두 지하실에 모이자, 에디 맥케나 경위가 연단에 올랐다. 그의 목도 부상을 당해 처치를 받고 소독을 한 터였다. 하얀 칼라가 피로 검게 물들어 있었지만 그래도 붕대를 하지는 않았다. 목소리가 쉬어 속삭임에 불과한 수준이라 경관들은 접이의자에 앉은 채 고개를 잔뜩 내밀어야 했다.

"우리는 오늘 동료 한 명을 잃었다, 제군들. 진정한 경찰이자, 경찰 중의 경찰이었다. 우리는 한 명의 명예를 잃었다. 이 세상도 그 만큼의 명예를 잃었다." 그가 잠시 고개를 숙이더니 다시 부하들을 둘러보았다. 맑고 차가운 눈. "놈들은 우리 동료를 데려갔지만 우리의 자존심까지 앗아가지는 못했다. 우리 용기를 빼앗지도 못했고 기개를 꺾지도 못했다. 그저 동료 한 명을 빼앗아갔을 뿐이다."

"우리는 오늘 밤 그들의 지역으로 돌아갈 것이다. 반스 서장님과 내가 귀관들을 인솔한다. 특히 네 명을 찾아내라. 루이스 프라이나, 위첵 올라프스키, 표트르 라스토로프, 그리고 루이지 브론코나. 프라이나와 올라프스키는 사진이 있고, 다른 두 사람은 스케치가 있다.

물론 그 자들이 끝은 아니다. 우린 사정없이 공공의 적들을 진압해 나갈 것이다. 귀관들 모두 적들이 어떻게 생겼는지는 안다. 놈들도 우리와 마찬가지로 제복을 입고 있다. 우리 제복은 청색이지만 그자들의 제복은 더러운 옷과 지저분한 턱수염, 그리고 빵모자다. 그리고 두 눈엔 광기가 번득이고 있다. 우리는 이제 거리로 돌아가 그자들을 잡아들일 것이다." 그는 연단 양쪽을 잡고 왼쪽에서 오른쪽으로 경찰들을 둘러보았다. "이에 대해서는 그 어떠한 의심도 없다. 동지들이여, 오늘 밤 우리한테는 지위도 없다. 1년차 순경과 20년 베테랑의 차이 따위는 따지지 않는다. 왜냐하면 오늘 밤 우리는 이 검붉은 피와 파란 제복 아래 일치단결할 것이기 때문이다. 실수하지 마라. 우린 군인들이다. 어느 시인의 말처럼, '지나가는 이여, 가서 스파르타 군인들에게 말하라, 여기 그들의 법에 기꺼이 복종하겠노라고.' 그 말을 그대들의 기도로 삼아라. 그 말이 그대들의 나팔소리가 되게 하라."

그가 연단에서 내려와 간단하게 고갯짓을 해보이자, 군인들이 일제히 일어나 환호를 올렸다. 대니는 오늘 아침의 분노와 두려움의 혼돈과 비교해 보았으나, 이제 그런 건 어디에도 없었다. 맥케나의 바람에 따라, 경찰들은 스파르타 병정이 되고 공리주의자가 되고 그로부터 모호한 의무감을 이끌어냈다.

27

최초의 경찰 팀이 《혁명시대》 사무실에 나타났을 때 루이스 프라이나는 두 명의 변호사를 대동한 채 기다리고 있었다. 그는 수갑을 차고 험볼트 애버뉴의 웨이건으로 끌려갔고 변호사들도 동승했다.

이때쯤 석간신문들이 쏟아져 나온 터라, 오전의 경찰 습격사건에 대한 분노는 가로등 노랗게 이글거리는 저녁시간에 접어들면서 점점 더 강도를 더해가고 있었다. 대니를 포함해 20명으로 구성된 팀은 워렌과 세인트 제임스 거리 모퉁이에 내렸다. 팀을 이끄는 스탠 빌럽스가 4인 한 조로 흩어져 거리를 장악할 것을 지시했다. 대니는 매트 마치, 빌 하디, 그리고 12지구의 대니 제프리스와 한 조였다. 대니 제프리스는 처음 보는 얼굴인데 이름이 같은 사람을 만난 게 무슨 길조라도 된다는 듯 엄청나게 신나 했다. 보도를 따라 노동복 차림의 사내가 대여섯 서 있었다. 트위드 모자에 다 낡은 멜빵바지…… 부두 잡역부들. 그들도 술을 마시며 석간신문을 읽은 모양이었다.

"빨갱이 새끼들을 박살내버려!"

그 중 하나가 외치자 나머지가 환호를 보냈다. 하지만 그 뒤에 이어진 침묵은 난감하기만 했다. 아무도 원치 않는 파티에 참석한 이방인들의 기분이 그럴까? 그때 남자 셋이 몇 집 건너의 커피숍에서 나오고 있었다. 둘은 안경을 썼고 책을 들었다. 그리고 셋 모두 슬라브 이민자의 거친 옷차림이었다. 그 순간 대니는 상황이 어떻게 발전될지 알 수 있었다.

슬라브인 하나가 어깨 너머를 돌아보고 다른 둘이 손으로 우리를 가리켰다.

"어이, 거기 셋!"

매트 마치가 외쳤다. 그게 시작이었다.

세 남자가 달아나고 잡역부들이 뒤를 쫓았다. 하디와 제프리스도 열심히 달려갔다. 결국 슬라브인들은 반 블록 아래에서 잡역부들한테 잡혀 콘크리트 바닥에 짓눌려야 했다.

하디와 제프리스가 잡역부 하나를 끌어내더니, 경찰봉으로 슬라브인의 머리를 힘껏 가격했다. 가로등 불에 경찰봉이 번쩍였다.

"이봐!"

대니가 외쳤으나 매트가 그의 팔을 잡았다.

"대니, 기다려!"

"뭐야?"

마치가 그를 무표정한 눈으로 바라보았다.

"스토다드를 위한 복수야."

대니가 팔을 잡아챘다.

"저 사람들이 볼셰비키라는 증거도 없잖아."

"아니라는 증거도 없어."

마치가 자신의 경찰봉을 꺼내며 대니한테·미소 지었다.

대니는 고개를 저으며 현장을 향해 걸어갔다.

"이봐, 깐깐하게 굴 것 없어."

그가 다다랐을 때 잡역부들이 돌아오고 있었다. 희생자 둘이 거리에서 엉금엉금 기었고 세 번째는 길 위에 쓰러진 채 꼼짝도 못했다. 그의 머리카락은 피로 시꺼메진 데다 부러진 팔목은 가슴 위에 맥없이 놓여 있었다.

"맙소사."

대니가 탄성을 질렀다.

"음흠."

하디는 무슨 대수냐는 표정이었다.

"도대체 무슨 짓들인가? 앰뷸런스 불러!"

"앰뷸런스는 무슨. 엿 먹으라 그래요. 앰뷸런스? 원하신다면 비상 전화를 찾아 직접 부르시든가."

제프리스가 쓰러진 희생자한테 침을 뱉었다.

거리 위쪽에서 빌럽스 경사가 나타났다. 그는 마차와 얘기하고 대니의 눈을 돌아보더니 그에게 다가왔다. 부두잡역부들은 보이지 않았으나 한두 블록 너머에서 고함소리와 유리잔 부딪치는 소리가 들렸다.

빌럽스는 바닥에 쓰러진 사내를 보고 다시 대니를 보았다.

"무슨 문제 있나, 대니?"

"앰뷸런스를 불러야 합니다."

빌럽스가 다시 남자를 내려다보았다.

"내가 보기엔 괜찮아."

"괜찮지 못합니다."

빌럽스가 남자한테 다가섰다.

"얘야, 어디 아프냐?"

남자는 아무 말도 않고 부러진 팔목만 가슴 위로 끌어당겼다.

빌럽스가 구두 뒤꿈치로 남자의 발목을 짓밟았다. 피해자는 온몸을 비틀며 박살난 이빨 사이로 신음을 흘렸다.

"안 들린다, 보리스. 뭐라고 한 거냐?"

대니가 빌럽스의 팔을 잡았으나 그는 대니의 손을 찰싹 때려 뿌리쳤다.

뼈가 부러지는 소리가 들리더니 남자가 당혹스러운 한숨을 내뱉었다.

"이제 안 아프지?"

빌럽스가 자기 발을 떼어내자 남자가 몸을 굴리고는 얼굴을 자갈길에 대고 헐떡거렸다. 빌럽스가 대니의 어깨를 두르더니 몇 발짝 끌고 갔다.

"경사님, 이해는 합니다. 다들 대가리 몇 개를 까부수고 싶을 테니까요. 저도 같은 심정입니다. 하지만 애꿎은 희생자는 곤란하지 않습니까? 우린 심지어……"

"오늘 오후 네가 적들을 도와주려 했다는 얘긴 들었다, 대니. 좋아, 내 말 똑똑히 들어. 네놈이 커글린의 아들임을 내세워 건방을 떠는 건 좋다. 하지만 계속 빨갱이 후장이나 핥고 다니면? 네놈이 커글린 아들이든 아니든, 나도 두고 보지만은 않을 거다." 그가 경찰봉으로 대니의 제복을 가볍게 두드렸다. "이건 명령이다. 거리로 돌아가 빨갱이 놈들을 응징해. 그게 싫으면 눈앞에서 당장 꺼지든가."

174

대니가 돌아섰을 때 제프리스가 바로 뒤에 서서 키득거렸다. 대니는 그와 하디를 지나 거리로 돌아갔다. 마치가 어깨를 으쓱해 보였다. 그래도 대니는 계속 걷기만 했다. 모퉁이를 막 돌아서자, 블록 끝에 호송차 석 대가 대기 중이었고, 동료 경관들은 턱수염이나 빵모자들을 닥치는 대로 잡아넣고 있었다.

그는 몇 블록 정도 더 걸어갔다. 경찰들과 애국자연하는 노동자들이 로어 록스베리 사회주의 연맹 본부의 집회에서 빠져 나오던 10여 명의 남자들을 공격하고 있었다. 폭도들은 그들을 건물 문까지 밀어붙였다. 남자들도 저항했으나 그때 등 뒤의 문이 열리는 바람에 몇 명은 뒤로 넘어지고, 열심히 맞붙어 싸우던 사람들도 두 팔을 허우적거리는 게 고작이었다. 왼쪽 문이 경첩에서 뜯겨나가자, 폭도들은 그들을 짓밟고 건물 안으로 쇄도해 들어갔다. 대니는 안타까운 심정으로 지켜보았으나, 결국 할 수 있는 일은 아무것도 없었다. 아무것도. 사람들의 끔찍한 편협함은 그의 능력보다도 컸다. 아니, 그 무엇보다도 컸다.

루터는 커머셜부두의 코스텔로 주점 밖에서 기다렸다. 백인 전용이기 때문에 안으로 들어갈 수는 없었다. 맥케나는 나타나지 않았다. 한 시간?

오른손엔 노라한테 주기 위해 커글린 저택에서 몰래 빼낸 과일 가방이 들려 있었다. 물론 맥케나가 오늘 밤 그를 쏘거나 체포하지 않을 경우의 얘기겠다. 필라델피아의 전화 사용자 5000명의 '주소록'은 왼쪽 겨드랑이에 낀 채였다.

두 시간.

그래도 맥케나는 나타나지 않았다.

루터는 부두를 떠나 스콜레이 광장으로 걸어갔다. 어쩌면 근무 중 부상을 당했거나 심장발작을 일으켰을지도 모를 일이다. 아니면 앙심을 품은 동네 건달의 총에 맞아 죽었거나. 그 생각만으로도 절로 휘파람이 나왔다.

대니는 정처 없이 거리를 방황하다 어느덧 유스티스 거리를 따라 워싱턴 쪽으로 가고 있었다. 그는 워싱턴에서 오른쪽으로 방향을 잡고 노스엔드까지 갔다. 01지구에 들러 퇴근 신고를 할 생각은 없었다. 경찰복을 갈아입을 마음도 없었다. 그는 부드러운 밤공기를 뚫고 록스베리를 지났다. 봄보다는 여름 냄새가 짙은 밤, 주변 어디에나 법의 폭력이 활개를 치고 있었다. 볼셰비키, 무정부주의자, 슬라브 인종, 이태리 인, 유대인 비슷하게 생긴 사람들은 누구든 그 대가를 지불해야 했다. 사람들은 갓길, 계단에 널브러지고 가로등에 기대앉았다. 시멘트와 타르 위에서 자신이 흘린 피와 뱉어낸 이빨을 깔고 앉아야 했다. 한 남자가 한 블록 위의 교차로 안으로 달려 들어가 온 몸으로 순찰차를 막았다. 차에 치인 사내는 공중에 떠서 허우적거리다가 땅에 떨어졌다. 그러자 경찰 셋이 차에서 내려 그의 팔을 붙잡았고 차바퀴는 그의 손을 밟고 지나갔다.

살렘 스트리트의 숙소로 돌아가 리볼버의 총구를 입 안에 물까

하는 생각도 했다. 사실 전쟁에서는 수백만 단위로 죽는다. 단지 땅 몇 점 때문에. 그리고 지금 이 세상의 거리에서 똑같은 싸움이 이어졌다. 오늘은 보스턴. 내일은 다른 곳. 없는 자끼리의 싸움. 늘 해왔던 대로. 늘 조종당한 대로. 그런 상황은 절대 바뀌지 않을 것이다. 이제 알겠다. 이건 불멸의 진리다.

그는 어두운 하늘을 올려다보았다. 별들이 소금알갱이처럼 점점이 뿌려진 하늘. 그뿐이다. 더 이상은 없다. 행여 하느님이 있어 별들을 움직였는지는 모르겠지만 더 이상은 아니다. 하느님은 죽었다. 그는 온순한 인간들에게 지상을 모두 물려주겠다고 약속했지만, 결국 그들이 경작한 건 손바닥만 한 땅뙈기에 불과했다.

약속은 농담이었다.

네이든 비숍은 잔뜩 얼어터진 얼굴로 대니를 바라보며 누구냐고 물었다. 그때의 수치심, 스스로의 본성에 대한 두려움이라니. 그는 가로등에 기댔다. '더 이상은 못하겠어. 그 사람은 형제였어. 피를 나눈 건 아니지만, 마음과 철학을 공유한 형제였다고! 심지어 생명까지 구해줬건만, 난 그에게 적절한 진료조차 제공하지 못한 거야. 난 개새끼야. 제기랄, 이젠 죽어도 못하겠어.' 대니는 하늘에 대고 중얼거렸다.

거리 맞은편에서 또 한 무리의 경찰과 노동자들이 주민들에게 욕설을 퍼부었다. 그래도 최소한의 인정이 있는 자들인지, 피해자들한테서 임산부를 골라내 무사히 지나가게 해주기는 했다. 검은 숄로 얼굴을 가린 여자는 두 어깨를 잔뜩 웅크린 채 황급히 인도를 따라 올라갔다. 그리고 대니는 다시 살렘 스트리트의 집과 총지갑에 든 리볼버와 스카치 병을 생각했다.

여인은 그를 지나쳐 모퉁이를 돌아갔다. 뒤에서만 보면 임신했다는 사실 자체가 믿기지 않았다. 걸음걸이로만 보면 젊은 처녀가 분명하건만. 몸 동작이 어색하기는 했다. 저 걸음걸이는 격무, 임신, 낙담 따위의 무게에 전혀 짓눌리지 않은…… 그녀는…….

테사.

머릿속에 그 이름이 떠오르기 전에 대니는 이미 거리를 건너고 있었다.

테사.

어떻게 알았는지는 모르지만 어쨌든 알았다. 그는 길 맞은편으로 건너가 한 블록 정도 뒤에서 그녀를 쫓기 시작했다. 저 피곤한 듯하면서도 단호한 걸음걸이를 볼수록 확신도 점점 커졌다. 비상전화기도 여러 대 지나쳤으나 지원요청을 해야겠다는 생각은 들지 않았다. 어차피 본서엔 아무도 없을 것이다. 모두 보복 진압을 위해 거리로 나갔을 테니까. 그는 헬멧과 코트를 벗어 오른쪽 겨드랑이에 끼워 총을 가리고 다시 반대편 보도로 건너갔다. 때문에 그녀가 쇼멋 애버뉴에서 뒤를 돌아보았을 때 그는 그 자리에 없었다. 그녀는 아무것도 모르고 있었으나 대니는 모든 것을 확인할 수 있었다. 테사가 분명했다. 짙은 색 피부. 조각한 듯 선명하게 돌출된 입.

그녀가 쇼멋 모퉁이에서 오른쪽으로 돌아가고 대니는 잠시 그곳에서 지체하기로 했다. 넓은 지역인 탓에 너무 일찍 다다를 경우, 장님이 아닌 이상 백발백중 들킬 수밖에 없기 때문이다. 그는 다섯부터 세어 내려간 후 다시 걷기 시작했다. 모퉁이에서 살펴보니 그녀는 한 블록 아래의 해먼드 거리로 돌아가고 있었다.

투어링카(당시 유행했던 5~6인승의 포장형 관광자동차 — 옮긴이)의 뒷좌석에 앉은 남자 셋이 그녀를 돌아보았고 앞좌석 남자들은 대니를 보았다. 차의 속도가 줄어들면서 그들도 그의 청색바지와 겨드랑이에 끼운 청색 코트를 알아볼 수 있었다. 승객들은 모두 짙은 턱수염을 길렀고 빵모자를 썼다. 뒷좌석의 사내들이 지팡이를 휘두르기 시작했다. 그리고 앞좌석의 승객이 새우 눈으로 대니를 노려보았다. 대니도 그를 알아보았다. 표트르 글라비아치. 모국에서도 가장 과격한 레트 전쟁의 베테랑이다. 대니를 자본주의 억압에 대항하는 동료이자 동지이며 전우로 인정해 주었던 사나이.

대니도 폭력과 폭력의 위협이 세상의 발전을 더디게 하고, 모든 움직임을 억제할 때가 있다는 정도는 알고 있다. 하지만 폭력이 똑딱거리는 시계 소리보다 더 빠르게 움직인 적도 많았으며, 지금이 바로 그때였다. 그와 글라비아치가 서로를 알아보는 순간 차가 멈추고 사람들이 쏟아져 나왔다. 대니는 총을 뽑으려 했다. 하지만 코트에 개머리가 걸리고 그 틈에 글라비아치는 두 팔로 대니를 끌어안고 옆구리 쪽으로 돌렸다. 그리고 그를 번쩍 들어 올리더니 보도를 가로질러가 돌 벽에 힘껏 등을 들이받았다.

누군가의 몽둥이가 멍든 눈을 때렸다.

"뭐든 말해 봐."

글라비아치가 그의 얼굴에 침을 뱉고 두 팔에 더욱 힘을 가했다.

대니는 숨이 막혀 말을 못하고 대신 거인의 수염투성이 얼굴에 침을 뱉었다. 그의 눈에 박힌 가래침엔 벌써 피가 배어 있었다.

글라비아치가 머리로 대니의 코를 박았다. 그의 두개골이 노란 불꽃과 함께 터지고 주변으로 온통 새까만 그림자가 내려앉았다. 하늘이라도 무너져 내린 기분이었다. 누군가 다시 몽둥이로 머리를 내리쳤다.

"우리 동지, 네이든, 오늘 어떤 일 있었는지 아나? 한쪽 귀 잃었다. 자칫 시력도 하나 잃는다. 그런데, 넌 뭘 잃지?"

글라비아치가 어린애를 다루듯 대니의 몸을 마구 흔들어댔다.

두 손으로 총을 움켜쥐고는 있었으나 팔이 마비된 터라 어떻게 해볼 도리가 없었다. 이윽고 그의 상체와 등과 목으로 수없이 주먹이 내리꽂혔다. 그 순간 대니는 더할 나위 없이 평화로웠다. 그는 그 거리에서 죽음을 보았다. 죽음의 감미로운 목소리도 들었다. 괜찮아. 이제 때가 된 거야. 죽음은 그렇게 말했다. 바지주머니가 뜯어져나간 통에 잔돈이 모두 보도 위로 떨어졌다. 단추도 떨어졌다. 갓길로 굴러가 하수도에 떨어져 내리는 단추를 바라보며 그는 터무니없는 상실감과 싸워야 했다.

노라. 망할. 노라!

머릿속에 온통 노라의 이름뿐이었다.

일을 마친 후, 표트르 글라비아치는 배수구에서 리볼버를 찾아내 의식을 잃은 경찰의 가슴 위에 던져놓았다. 표트르는 지난 수년간 일

대일로 싸워 죽인 사람들 모두를 떠올렸다. 모두 열네 명. 불타는 밀밭 한가운데 가둬놓은 차르 친위대 병력을 제외한 숫자인데, 7년이 지난 지금도 그는 당시의 냄새를 맡았다. 불꽃이 머리와 눈을 파먹기 시작하면서 아기처럼 울어대던 목소리도 들을 수 있었다. 코에서 그 냄새를 지우고 귀로부터 그 소리를 없애는 건 불가능하다. 그 어느 것도 원래대로 돌릴 수도, 씻어낼 수도 없었다. 그는 살인에 지쳤다. 미국에 온 것도 그 때문이었다. 지쳤기 때문에. 살인은 늘 더 많은 살인으로 이끌었다.

그는 배신자 경찰에게 두 번 더 침을 뱉은 다음, 동료들과 함께 투어링카로 돌아가 차를 몰고 가버렸다.

루터는 노라의 하숙집을 몰래 드나드는 데 익숙해졌다. 조용하려고 노력할수록 소리가 더 커진다는 사실도 깨달았다. 그래서 지금은 바깥의 동정을 살필 때만 어느 정도 조심하고, 일단 밖에 아무도 없음을 확신하고 나면, 재빨리 문을 열고 밖으로 빠져나와 방문이 딸깍 소리를 내며 닫히기 전에 후다닥 골목으로 빠져나가는 문을 열었다. 그 정도면 안정권이다. 스콜레이 광장의 건물에서 나오는 흑인이 문제될 건 없었다. 건물이 문제가 아니라 백인 여자 방에서 나오는 흑인이 문제였다. 죽음의 보증수표란 바로 그런 것이다.

노동절 밤, 그는 그녀와 30분 정도 앉아 있다가 과일 봉지를 두고 나왔다. 그녀의 눈썹이 계속 내려앉더니 결국 그대로 감기고 말았기 때문이다. 루터는 불안했다. 회사에서 근무시간을 줄였음에도 불구하고 그녀는 더욱 피곤해 했다. 물론 먹을 것도 함께 줄여야 했기 때문이다. 분명 무언가 결핍 증세가 있건만, 의사가 아닌 탓에 그게 무엇인지 알 도리가 없었다. 그녀는 늘 피곤해 했다. 점점 더 탈진하고 창백해졌으며 이도 흔들리기 시작했다. 커글린 집에서 과일을 가져온 것도 그 때문이었다. 어떻게, 왜인지는 몰라도, 그래야 할 것 같았던 것이다.

그는 잠든 노라를 뒤로 하고 골목으로 빠져나왔다. 그리고 골목 끝으로 나왔을 때, 그린 스트리트를 가로질러 다가오는 대니와 만났다. 아니 대니가 아니었다. 대니의 지옥 버전이 저럴까? 대포에서 발사되어 얼음구덩이에 처박힌 대니. 피투성이가 된 채 걸어 다니는…… 아니 비틀거리는 대니.

거리 한가운데서 대니가 한 무릎을 꿇었다.

"어이 이봐요, 괜찮아요? 납니다, 루터."

대니가 그를 올려다보았는데 누군가 그의 얼굴에 망치의 강도를 실험한 것 같았다. 한쪽 눈이 시꺼멓게 탔지만 오히려 그쪽이 성한 쪽이었다. 다른 눈은 부을 대로 부어 바늘로 꿰맨 것처럼 보일 정도였다. 위아래 입술 모두 평소의 두 배 크기였다. 루터는 그 입에 대해 뭐라고 농담이라도 하고 싶었으나 아무래도 그럴 분위기는 못 되었다.

"그래서…… 아직도 나한테 화난 거야?"

대니가 게임의 시작을 알리듯 한 손을 들어보였다.

이런, 아직 서로의 앙금을 정리하지 못했건만 이 사내는 여전히 제멋대로였다. 스콜레이 광장의 어느 똥통 거리 한가운데에서 복날 개

182

처럼 두들겨 맞아놓고 그게 무슨 대수냐는 듯 지껄여대는 사내. 마치 일주일에 한 번 정도는 이런 일을 겪는다는 투다.

"지금은 아닙니다. 그렇다고 감정이 풀어진 건 아니죠."

루터가 대답했다.

"그래, 다들 그러더군."

대니가 말하곤 길거리에 피를 토했다.

그 모양도 소리도 맘에 들지 않았다. 루터는 대니의 손을 잡고 일으켜 세우려 했다.

"오, 아니, 제발 그러지 마. 이대로 무릎 꿇고 있을래. 아니, 그보단 기어가는 게 좋겠다. 저기 연석까지. 루터, 나 기어갈래."

대니는 정말로 길 한가운데에서 갓길까지 기어갔다. 그리고 연석 위로 올라가 보도에 뻗어버렸다. 루터도 그 옆에 앉았다. 잠시 후 대니가 있는 힘을 다해 일어나 앉았는데, 무릎을 꿇은 모양새가 지구에서 떨어질까 봐 안절부절못하는 사람처럼 보였다.

"망할, 형편없이 두드려 맞았어. 혹시 손수건 가진 것 있나?"

대니는 찢어진 입술로 미소를 그렸다. 숨 쉴 때마다 고음의 김새는 소리가 새어나왔다.

루터는 주머니에서 손수건을 꺼내 그에게 건넸다.

"고맙다."

"천만에요."

루터가 말했다. 그 대답이 왜 웃기는지는 모르겠으나, 두 사람은 동시에 키득거리며 웃기 시작했다.

대니가 얼굴의 피를 찍어내자, 손수건은 금세 걸레가 되고 말았다.

"노라를 보러 왔어. 할 말이 있어서."

루터는 대니의 어깨를 끌어안았다. 백인을 상대로 한 어깨동무란 상상도 못할 일이었지만 상황이 상황이라 너무도 자연스럽게 느껴졌다.

"노라는 좀 자야 해요. 당신은 병원에 가야 하고."

"그녀를 봐야겠어."

"피를 좀 더 토한 다음에 말해요."

"싫어. 그녀를 만날 거야."

루터가 상체를 기울였다.

"지금 숨소리가 어떤지는 압니까?" 대니가 고개를 저었다. "딱 죽어가는 카나리아요. 가슴에 녹탄을 맞은 카나리아. 대니는 지금 죽어가고 있어요."

대니가 고개를 젓더니 허리를 굽히고 어깨를 들먹였다. 피는 나오지 않았다. 그가 다시 어깨를 들먹였으나 이번에도 소리뿐이었다. 루터가 총 맞은 새의 절박한 고음이라고 묘사했던 바로 그 소리.

이윽고 대니가 배수구에 피를 좀 더 토해내는 데 성공했다.

"여기서 매사추세츠 종합병원이 먼가? 얼마나 얻어맞았는지 정신이 하나도 없네."

"여섯 블록 정도."

루터가 대답했다. 대니가 키득거리며 다시 침을 뱉어내고 몸을 움찔했다.

"이런. 먼 거리로군. 아무래도 갈빗대 몇 개가 부러졌나봐."

"어느 쪽이죠?"

"양쪽 모두. 죽고 싶도록 아프다, 루터."

루터가 몸을 돌려 대니 뒤쪽으로 기어갔다.

"내가 일으켜줄게요."

"그럼 고맙지."

"셋에?"

"좋아."

"하나, 둘, 셋."

루터는 대니의 등에 어깨를 밀착시킨 후 힘껏 밀어 올렸다. 대니는 연신 신음을 내뱉고 비명까지 질렀지만, 어쨌든 두 발로 서기는 했다. 비틀비틀.

루터가 안쪽으로 파고 들어가 대니의 왼팔을 어깨에 얹었다.

"병원도 만원일 거야. 니미럴, 오늘은 내 동료 경찰들께서 도시 전역의 응급실을 만원으로 만들어주고 있거든."

"누구를요?"

"러시아 인들. 아니면 유대인들."

"바틀과 챔버스 거리에 흑인 전용 병원이 있어요. 흑인의사가 치료하는데 불만 같은 건 없겠죠?"

"모르핀부터 주사하라고 해. 아파서 미칠 것 같으니까."

두 사람이 걷기 시작했다.

"그렇게 할게요. 어쨌든 침대에 앉으면 사람들한테 먼저 '나리'라고 부르지 말라고 해요. 믿어도 되는 사람임을 보여주는 겁니다."

"넌 정말 개자식이야." 대니가 키득거리자, 입에서 다시 피가 터졌다. "그래서 여긴 무슨 일로 온 거야?"

"신경 안 써도 돼요."

대니가 심하게 흔들리는 바람에 하마터면 둘 다 넘어질 뻔했다. 그가 한 손을 들어 루터가 걸음을 멈췄다. 대니가 크게 심호흡을 했다.

"아니, 신경 쓰여. 노라는 괜찮은 거지?"

"아니, 괜찮지 못해요. 그 잘난 가문에 무슨 잘못을 저질렀든, 그 정도면 충분히 대가를 지불한 겁니다."

대니가 고개를 기울여 그를 보았다.

"호, 노라를 좋아하나?"

루터가 그 표정을 살폈다.

"그런 식으로요?"

"그런 식으로."

"이런, 그럴 리가. 당근 아니죠."

피 묻은 미소.

"확실해?"

"몇 군데 더 부러지고 싶어요? 예, 확실합니다. 당신도 취향이 있듯 나도 있다고요."

"노라는 네 취향이 아니야?"

"백인여자들은 다 싫어요. 주근깨? 손바닥만 한 엉덩이? 앙상한 뼈다귀와 쑥대머리? 아뇨, 난 사양하겠수다."

루터가 인상을 찌푸리며 고개를 저었다.

대니가 멍든 눈으로 루터를 보았다

"그런데……?"

"그런데는 무슨. 노라는 친구예요. 그래서 돌보는 거죠."

루터는 공연히 약이 올랐다.

"왜?"

루터가 한참 동안 대니를 지켜보았다.

"아니면? 누가 돌보죠?"

대니의 깨진 입에 커다란 미소가 걸렸다.

"좋아, 그럼."

"누가 이렇게 만든 겁니까? 대니 같은 거구를 이 지경으로 만들 인물이 많지는 않을 텐데."

"볼셰비키. 저기 록스베리에서. 여기까지 스무 블록은 걸어온 거야. 자업자득이었지." 대니는 가쁜 숨을 몇 번 쉬다가 고개를 옆으로 기울여 피를 토했다. 루터가 구두나 바짓단에 피가 튈까 봐 두 발을 이동하는 통에 자세가 영 어정쩡해졌다. 반은 옆으로 기울고 반쯤은 대니의 등에 착 달라붙은 꼴이었으니 말이다. 그래도 다행이라면, 루터가 걱정했던 것보다 피가 붉지는 않다는 사실이었다. 대니는 각혈을 끝내고 소매로 입을 닦아냈다. "살 것 같군."

루터는 한 블록을 걸은 후에 다시 대니를 쉬게 해주었다. 가로등에 기대주자 그는 등을 대고 두 눈을 감았다. 얼굴이 땀으로 번들거렸다.

잠시 후 대니가 멍든 눈을 뜨고 하늘을 올려다보았다. 하늘에서 뭔가를 찾는 사람 같았다.

"그거 아나, 루터? 올핸 정말 지랄 같은 한 해였어."

루터도 자신의 한 해를 곱씹어보다가 그만 웃음을 터뜨렸다. 허리까지 굽히고 미친·듯이 웃어댔다. 1년 전…… 이런, 젠장. 거의 한평생이 지난 것 같지 않은가!

"왜?"

대니가 물었다.

루터가 한 손을 들어보였다.

"나도 마찬가지라서요."

"평생을 지켜온 게 모조리 지랄 같은 거짓말이라면 넌 어떻게 하겠나?"

"새 출발해야죠." 대니가 그 말에 한쪽 눈썹을 치켜떴다. "오, 온몸이 피투성이가 돼서 그러는 겁니까? 동정을 원해요?" 루터는 대니 뒤로 돌아갔다. 대니는 가로등이 이 세상에 남은 유일한 친구라는 듯 등을 기대고 서 있었다. "당신한테 줄 동정 같은 건 없습니다. 괴로운 일이 뭔지는 모르지만 던져버려요. 하늘도 상관하지 않을 테니까. 아니, 누가 신경이나 쓴답니까? 고통에서 벗어나 편히 살 수만 있다면, 그게 뭐든 하는 겁니다. 그게 내 동정의 말이요."

대니가 다시 씩 웃었다. 반쯤 꺼멓게 탈색된 입술.

"그렇게 쉬운 거야?"

루터가 고개를 저었다.

188

"쉽지는 않아요. 하지만 간단하죠. 예."

"나도 그랬으면……"

"당신은 피를 토하면서 스무 블록을 왔어요. 한 사람을 만나기 위해서. 그보다 더 어떻게 확실한 진실이 필요한지는 모르겠지만, 아마 그런 건 세상에 존재하지 않을 겁니다."

루터가 큰 소리로 웃었다.

대니는 아무 말도 않고 퉁퉁 분 눈으로 루터를 보기만 했다. 루터도 대니를 보았다. 이윽고 대니가 가등주(街燈柱)에서 떨어져 나와 한쪽 팔을 뻗자 루터가 그를 부축해 의료원까지 걸어갔다.

28

대니는 밤새도록 의료원에 누워 있었다. 루터가 언제 떠났는지도 기억나지 않았다. 침대 협탁에 종이 한 묶음을 놓아둔 건 알겠다.

"당신 삼촌한테 주려고 한 거예요. 약속장소에 안 나타났더군요."

"무척 바빴을 거야."

"예, 어쨌든 꼭 전해줘요. 전에 약속한 대로 그 사람 좀 떼어내 주면 더 좋겠지만."

"그러지."

대니가 손을 내밀어 두 사람은 악수를 했고, 곧바로 대니는 흑백의 세계로 침몰해 들어갔다. 꿈속에선 사람들이 모두 잿더미에 묻혀 있었다.

어느 순간 깨어보니 흑인 의사가 침대 옆에 앉아 있었다. 차분한 분위기에 피아니스트의 섬세한 손가락을 지닌 젊은 의사였는데, 그의 말에 의하면 갈비뼈 일곱 대가 부러지고 나머지도 심한 골절 상태란다. 부러진 갈비 하나가 혈관을 찔러 결국 살을 잘라내는 수술을 했으며, 피를 토한 것도 그 때문이었다. 루터가 아니었으면 저 세상 사람이 되었을 것이라는 사실도 더욱 확실해졌다. 병원 사람들은 붕대로 상체를 단단히 묶더니 대니한테 뇌진탕 증세가 있고 신장에 가해진 충격으로 며칠 동안 피오줌을 쌀 거라는 협박까지 추가로 발표했다. 대니는 의사한테 감사했지만 그의 말은 혈관에 넣은 약물 탓에 자꾸만 미끄러지더니 결국 그는 다시 의식을 잃고 말았다.

아침에 깨었을 때 아버지와 코너가 침대 옆에 앉아 있었다. 아버지가 그의 두 손을 감싸며 가볍게 미소 지었다.

"이제 일어났구나."

코너가 신문을 접고 대니를 보며 고개를 저었다.

"누가 이런 거야?"

대니가 일어나 앉으려 했으나 갈빗대가 비명을 질렀다.

"내가 여기 있는 건 어떻게 알았죠?"

"여기 흑인이 알려줬다……. 의사라던가? 네 배지번호를 보고 본부에 전화를 했다더군. 또 다른 흑인이 여기로 데려왔다면서. 이런 곳에서 그런 꼴이라니, 장관이 따로 없구나."

아버지 반대편 침대엔 한 노인이 깁스한 발을 붕대에 걸어둔 채 천장을 올려다보고 있었다.

"어떻게 된 거야?"

코너가 물었다.

"레트 무리한테 걸렸어. 날 데려온 흑인은 루터고 내 목숨을 구해준 거야."

노인이 깁스 위쪽을 긁기 시작했다.

"유치장마다 레트와 빨갱이들이 넘쳐난다. 나중에 훑어봐라. 이 짓을 한 놈을 찾아내면 입건하기 전에 반쯤 죽여 놓을 테니."

아버지였다.

"물?"

코너가 창턱의 주전자로 잔을 채워 대니한테 가져다주었다.

"사실 입건할 필요도 없다. 무슨 말인지 알겠지?"

아버지가 다시 덧붙였다.

"무슨 말인지는 알아요. 문제는 그자들을 못 봤다는 거죠."

대니가 물을 마셨다.

"뭐?"

"순식간에 달려들어 내 코트로 머리를 뒤집어씌운 다음 일을 치렀으니까."

"어떻게 그걸 모를 수가……"

"테사 피카라를 쫓고 있었거든요."

"그년이 여기 있어?"

아버지가 물었다.

"어젯밤엔."

"맙소사, 그럼 지원요청을 했어야지."

"다들 록스베리에서 난장판을 벌이고 있지 않았던가요?"

아버지가 턱을 어루만졌다.

"그래서 놓친 거냐?"

"물 고맙다, 코너."

그가 코너한테 미소 지었다. 코너가 키득거렸다.

"형, 진짜 볼 만하다. 진짜야."

"예, 놓쳤어요. 테사가 해먼드 거리로 꺾어들자마자 러시안 패거리가 등장했죠. 그래서 이제 어떻게 하실 생각이세요?"

"글쎄, 일단 핀치와 수사국에 알려야겠지. 지금으로서는 해먼드 인근을 샅샅이 뒤지는 게 최선이겠다만, 아직까지 그곳에 어슬렁거리지는 않을 게다." 아버지가 《모닝 스탠더드》를 들어보였다. "이거, 헤드라인을 봐라, 대니."

대니는 침대에 일어나 앉았다. 갈빗대가 조금 더 울부짖었다. 그는 눈물을 찔끔거리며 고통을 참아내고 헤드라인을 보았다.

'경찰, 좌파와의 전쟁 선포.'

"어머니는요?"

"집에. 설마 엄마한테 이 꼴을 보이고 싶지는 않겠지? 처음엔 살루테이션이더니 또 이 꼴이냐? 이러니 네 엄마인들 제 명에 죽겠냐, 응?"

"노라는 어때요? 노라도 아니요?"

192

아버지가 고개를 갸우뚱했다.

"왜 그 애가 알아야 하지? 더 이상 연락도 안 하는데?"

"노라도 알았으면 좋겠어요."

토머스 커글린이 코너를 보고 다시 대니를 돌아보았다.

"에이든, 그 애 이름은 입에 올리지도 마라. 꼴도 보기 싫으니까."

"그럴 수는 없어요."

대니가 대답했다.

"뭐라고? 그 여잔 우리를 속였어, 형. 우리 가족을 엿 먹인 거야, 맙소사."

이번엔 코너였다. 그가 아버지 뒤로 다가섰다.

대니가 한숨을 내쉬었다.

"노라는 오랫동안 우리 가족이었다."

"그래서 가족처럼 대해줬다. 그런데 이런 식으로 보답한 것 아니냐. 이제 그 문제는 접어두자, 에이든."

아버지가 말했다.

대니는 그래도 고집을 버리지 않았다.

"두 사람은 그렇게 해요. 전, 모르겠습니다." 그가 몸에서 시트를 벗겨내고 침대 밖으로 두 다리를 내밀었다. 오, 그 무모한 행동의 대가라니! 가슴이 말 그대로 폭파하는 듯했다. 그는 두 사람이 눈치 못 챘기만을 바랐다. "코너, 거기 내 바지 좀 줄래?"

코너가 바지를 가져다주었다. 어둡고 당혹스러운 표정이다.

대니가 바지를 입었다. 셔츠는 침대 발치에 걸려 있었다. 그는 한 번에 한 팔씩 조심스럽게 옷을 입은 후 가만히 아버지와 동생을 바라보았다.

"그동안, 두 사람 방식대로 놀아줬어요. 하지만 더 이상은 못 해요. 죽어도."

"못 하다니? 그건 또 웬 헛소리냐?"

아버지는 설명이라도 찾듯 다리 부러진 흑인을 돌아보았으나 노인은 눈을 감고만 있었다.

대니가 어깨를 으쓱였다.

"예, 헛소리예요. 어제 뭘 느꼈는지 아세요? 마침내 깨달은 게 뭔지 아십니까? 지금껏 내 인생에서 말 되는 게 쥐꼬리만큼도 없었다는 겁니다……"

"이런, 말조심해라."

"……다 개소리였죠. 모조리. 의미라면 오직 그녀뿐이었습니다."

아버지의 얼굴이 하얗게 변했다.

"구두 좀 줘, 코너."

대니가 말했다.

"형이 직접 가져가."

그가 고개를 젓더니 두 손을 들어보였다. 배신과 무기력한 고통에 대한 하소연인 셈이다.

"코너."

코너가 다시 고개를 저었다

"싫어."

"코너, 제발."

"그래, 제발! 형이 어떻게 이럴 수 있지? 나한테? 응?"

코너가 두 손을 떨어뜨리는데 두 눈에 눈물이 고였다. 그는 다시 대니와 온 병실을 향해 고개를 젓더니 그대로 방을 나가버렸다.

대니는 조용히 구두를 꺼내 바닥에 놓았다.

"동생의 가슴을 찢어놓을 참이냐? 네 엄마도? 나도?"

아버지가 속삭였다.

대니는 신발을 신으며 아버지를 보았다.

"식구들하고는 상관없어요, 아버지. 그냥 내 인생을 살겠다는 것뿐이에요."

아버지가 한 손을 가슴으로 가져갔다.

"오 네 세속적인 즐거움을 시기할 생각은 전혀 없다, 아들아. 하늘에 맹세하마."

대니가 미소 지었다.

아버지는 미소 짓지 않았다.

"그래 가족들 모두에게 등을 돌렸다. 이제 넌 혼자다, 에이든. 네 자신의 주인이지. 어때, 기분이 좋으냐?"

대니는 아무 말도 하지 않았다.

아버지가 일어나 서장 모자를 쓰고 챙을 어루만졌다.

"네 세대가 품은 그 잘나빠진 낭만주의…… 네가 무슨 선구자라도 되는 줄 알겠지?"

"아뇨. 그리고 마지막도 아닐 겁니다."

"어쩌면. 하지만 결국 외톨이가 되고 말 거다."

"그럼, 외톨이가 되죠."

아버지가 입술을 삐죽 내밀고 고개를 끄덕였다.

"잘 있어라, 에이든."

"안녕히 가세요."

대니가 손을 내밀었지만 아버지는 무시했다.

대니는 어깨를 으쓱이고 손을 내렸다. 그는 등 뒤로 손을 뻗어 어젯밤 루터가 두고 간 종이 뭉치를 집어 아버지의 가슴에 던져 올렸다. 아버지가 종이를 잡고 내려다보았다.

"맥케나가 NAACP에서 빼달라고 한 주소록이에요."

아버지가 잠시 눈을 동그랗게 떴다.

"이걸 왜 나한테 주는 거지?"

"전해주세요." 토머스가 여린 미소와 함께 뭉치를 겨드랑이에 꼈다. "언제나 우편물 발송 명부 타령 아니었던가요?" 대니가 물었다. 아버지는 아무 말도 하지 않았다. "그걸 팔아넘길 생각이죠? 각 회사마다?"

아버지가 그의 눈을 마주 보았다.

"노동자들의 성향을 알 권리가 있는 사람들이다."

대니가 고개를 끄덕였다.

"그래서 조합을 만들기 전에 해고해 버리라고요? 그래서, 아버지 명단은 다 팔아넘긴 겁니까?"

"그 목록 어디에도 아일랜드 인이 없다는 데 내 목숨은 걸 수 있다."

"아일랜드 얘기가 아니에요."

대니가 따졌다.

아버지가 천장을 올려다보았다. 그곳에서 거미집이라도 본 사람 같았다. 그가 다시 입술을 삐죽이며 아들을 보았다. 턱이 파르르 떨렸으나 그도 더 이상 말은 하지 않았다.

"내가 손 뗀 다음엔 누가 레트 목록을 넘겼죠?"

"운 좋게도, 어제 기습에서 그 건을 처리할 수 있었다."

대니가 끄덕였다.

"아."

"또 할 말이 있더냐?"

"예, 있어요. 루터가 내 목숨을 구했습니다."

"그래서, 봉급이라도 올려주랴?"

"아뇨. 아버지 개나 불러들이세요."

대니가 말했다.

"내 개?"

"맥케나 삼촌."

"그 일에 대해선 아무것도 모른다."

"그냥 불러들이면 됩니다. 내 목숨을 구해준 애예요, 아버지."

아버지는 침대의 노인에게 돌아서서 그의 깁스를 쓰다듬다가 그가 눈을 뜨자 윙크까지 해보였다.

"아, 노인은 곧 회복될 거요. 신께 맹세하리다."

"예, 나리."

"정말이요."

토머스는 노인에게 환히 웃어 보인 다음, 곧바로 등 뒤의 창문들을 하나씩 훑어보았다. 이윽고 그가 한 번 고개를 끄덕이더니 방을 나섰다.

대니는 벽에 걸린 코트를 꺼내 입었다.

"아버지요?" 노인이 묻자 대니가 끄덕였다. "나라면 한동안 눈에 띄지 않을 거외다."

"나한텐 별로 선택의 여지가 없습니다."

대니가 대답했다.

"오, 당신 아버진 돌아올 거요. 그런 사람들은 늘 돌아온다오. 시계만큼이나 정확하게. 그리고 늘 이기지."

노인이 말했다.

대니는 코트 단추를 마저 채웠다.

"더 이상 이길 것도 없습니다."

노인이 대니에게 슬픈 미소를 짓고 두 눈을 감았다.

"당신 아버지 생각은 달라요. 그래서 늘 이기는 거라오. 예, 그래요."

병원을 떠난 후, 다시 병원 네 곳을 뒤진 다음에야 네이든 비숍이 끌려간 곳을 찾아냈다. 그도 대니처럼 병원에 머물러 있지는 않았다. 다른 점이 있다면, 탈출을 위해 무장경관 둘을 따돌렸다는 사실이다.

탈출 전에 그를 치료한 의사는 대니의 누더기 제복과 검은 핏자국을 보며 이렇게 말했다.

"행여 두 번째 복수를 위해 오신 거라면, 그가 어떤 상황인지……"

"지금 이곳에 없다는 거 압니다."

"귀 하나를 잃었죠."

의사가 말했다.

"그 얘기도 들었습니다. 눈은 어떤가요?"

"모르겠군요. 정밀 진단을 해보기도 전에 떠났으니까."

"어디로 갔습니까?"

의사는 시계를 힐끗 보고 주머니에 집어넣었다.

"다른 환자를 봐야 합니다."

"어디로 간 겁니까?"

한숨.

"도시에서 멀리 달아났을 거요. 그를 감시하던 경찰 둘한테도 그렇게 말했죠. 욕실 창문을 넘어간 이상 어딘들 못 가겠습니까? 하지만 그와 함께 지낸 바에 비추어, 5~6년의 인생을 보스턴 감옥에서 보낼 생각은 없는 것 같더군요."

의사는 두 손을 주머니에 넣고 아무 말 없이 돌아서서 가버렸다. 대니도 병원을 나섰다. 통증이 만만치 않은 탓에 헌팅턴 애버뉴의 전차역으로 가는 걸음은 거북이에 진배없었다.

그날 밤 노라와 만났다. 직장에서 하숙집으로 돌아오던 참이었다.

그는 그녀의 계단에 등을 기대고 서 있었다. 앉는 게 고통스러워서가 아니라 다시 일어설 수가 없기 때문이었다. 노라는 어둑한 거리의 흐린 가로등 불들을 지나쳤는데, 그녀의 얼굴이 그림자에서 흐린 불빛으로 바뀔 때마다 대니는 숨을 멈추어야 했다.

마침내 그녀도 그를 보았다.

"오, 하느님 맙소사 세상에. 이게 어떻게 된 거예요?"

"어떤 면에서?"

두꺼운 붕대가 이마를 동여매고 두 눈은 시꺼멓게 멍들어 있었다.

"모든 면에서요."

그녀가 그를 살펴보았는데 장난 같기도 하고 두려움 같기도 한 그런 표정이다.

"듣지 못했어?"

그가 고개를 갸웃했다. 그녀 역시 좋아보이지는 않았다. 일그러지고 처진 얼굴. 두 눈 또한 너무 크고 공허했다.

"경찰들하고 볼셰비키들이 싸웠다는 얘기요. 하지만……"

그녀는 그의 앞에 다가가 한 손을 들었다. 그의 불어터진 눈을 만지려는 듯했지만 갑자기 멈칫하더니 두 손을 든 그 자세로 한 걸음 뒤로 물러섰다.

"단추를 잃어버렸어."

그가 말했다.

"단추라뇨?"

"곰 눈." 그녀가 난감하다는 듯 고개를 갸우뚱했다. "난타스켓. 잊

200

었어?"

"봉제 곰이요? 그 방에 있던?" 그가 끄덕였다. "그 눈을 갖고 있었다고요?"

"에, 사실 단추이긴 했지만…… 그래, 갖고 있었지. 한 번도 주머니 밖을 떠나본 적이 없으니까."

그녀는 그 얘기에 어떻게 반응해야 할지 난감해하고 있었다.

"나를 만나러 온 그날 밤……" 그녀가 팔짱을 꼈다. "내가 그냥 보낸 이유는……" 그녀는 아무 말도 하지 않았다. "나한테 힘이 없기 때문이었어."

"그래서 친구도 돌봐줄 수 없었다는 얘긴가요?"

"우린 친구가 아니야, 노라."

"그럼, 뭐죠, 대니?"

그녀는 포장도로를 내려다보았다. 얼마나 긴장했는지 그녀의 살갗에 소름이 돋고 목엔 힘줄이 팽팽해졌다.

"나를 봐, 제발."

대니가 사정했다. 그녀는 고개를 들지 않았다.

"제발, 날 좀 봐."

그가 다시 말했다. 그녀가 그의 눈을 보았다.

"지금처럼 이런 식으로 서로를 볼 때, 그게 어떤 건지는 모르겠어. 하지만 '친구'는 너무 밋밋한 단어 아냐?

"오, 이런, 당신은 늘 달변가였죠. 사람들이 당신을 제대로 알았다면 별명을 사탕발림 대니라고……"

"그러지 마. 지금 농담하는 거 아냐, 노라. 절대로."

"지금 뭐 하자는 거죠? 맙소사, 대니, 또 뭐예요? 나한테 남편이 있다는 얘기 못 들었어요? 게다가 당신은 어른 몸을 한 철부지잖아요. 늘 달아나기만 하는…… 당신은……"

"남편이 있다고?"

그가 키득거렸다.

"이 사람, 웃는 것 좀 봐."

노라는 길거리에 고자질하고 커다란 한숨을 내쉬었다.

"그래, 웃었어." 대니는 손을 들어 그녀의 목 바로 아래에 갖다 댔다. 그러고는 그녀의 분노가 치미는 것을 보며 황급히 얼굴의 웃음기를 지웠다. "난 다만…… 노라, 다만…… 그러니까 우리 둘? 버젓하게 살고 싶다고? 그게 우리 개념이었지?"

"당신이 떠난 후, 나한텐 비빌 언덕이 필요했어요. 나한텐……"

그녀의 표정은 여전히 돌처럼 굳어 있었으나 그 눈에서 대니는 한 줄기 빛을 볼 수 있었다.

그러자 문득 그의 내부에서 폭소가 터져 나왔다. 걷잡을 수 없는 광소. 그로 인한 격통이 갈빗대를 휩쓸고 올라오는 데도 그렇게 기분이 좋을 수가 없었다. 실로 오랜만이었다.

"비빌 언덕?"

그녀가 주먹으로 그의 가슴을 때렸다.

"그래요. 훌륭한 미국 여자가 되고 싶었고 안정된 시민이 되고 싶었죠."

"그래, 그건 기가 막히게 먹혀든 것 같아."

"그만 좀 웃어요."

"그게 안 돼."

"왜요?"

결국 웃음은 그녀의 목소리까지 침범했다.

"왜냐하면, 왜냐하면……" 그가 그녀의 두 어깨를 잡았다. 폭소도 마침내 조금씩 잦아들었다. 그는 손바닥으로 그녀의 두 팔을 쓰다듬고 다시 두 손을 잡았다. 이번엔 그녀도 내버려두었다. "왜냐하면 코너와 함께 있던 내내, 넌 나와 함께 있고 싶어 했으니까."

"야비한 인간. 정말이에요, 대니 커글린. 당신은 야비해요."

그는 그녀의 두 손을 잡고 허리를 숙여 눈높이를 맞추었다.

"그리고 그동안 내내 난 너와 함께 있고 싶었어, 노라. 우리 둘 다 너무 많은 시간을 낭비한 거야. 아무 의미 없는 허깨비를 쫓느라."

그가 절박한 눈으로 하늘을 올려다보았다.

"난 유부녀예요."

"상관없어. 더 이상 아무것도 상관없어, 노라. 오직 지금 여기, 이 순간만 중요해."

그녀가 고개를 저었다.

"당신 가족처럼 당신도 날 버릴 거예요."

"내가?"

"가족을 사랑하잖아요."

"그래, 그래. 그건 사실이야. 하지만 나한텐 네가 필요해, 노라. 진심이야."

그는 그렇게 속삭이며 자신의 이마를 그녀에 이마에 갖다 댔다.

"그럼 온 세상이 당신을 버릴 거예요."

노라의 속삭임엔 물기가 배어나왔다.

"그년하고는 이미 끝났어."

노라가 목멘 소리로 웃었다.

"교회에서 결혼할 수도 없을 거라고요."

"그년하고도 끝냈으니까 걱정 마."

두 사람은 그 자리에 오랫동안 서 있었다. 거리에선 초저녁 비 냄새가 났다.

"울고 있네요. 눈물이 느껴져요."

노라가 말했다. 그가 이마를 떼어냈다. 무슨 말이든 하고 싶었지만 아무 말도 나오지 않았다. 눈물이 턱 밑으로 굴러 떨어졌다.

그녀가 손가락으로 눈물 한 방울을 받아냈다.

"아파서 우는 거 아니죠?"

그녀가 눈물을 입에 넣었다.

"그래, 아파서 우는 거 아니야."

대니는 다시 그녀와 이마를 맞댔다.

루터가 커글린 저택에서 돌아온 지 하루가 지났다. 그 전날 서장이 그를 서재로 불렀었다. 그곳에서 일을 시작한 후 두 번째였다.

"거기 앉아라."

서장은 정복 코트를 벗어 책상 안쪽의 코트걸이에 걸었다.

루터는 의자에 앉았다.

서장이 위스키 두 잔을 들고 책상 앞으로 돌아 나와 한 잔을 루터한테 건넸다.

"에이든 얘기는 들었다. 아들 목숨을 구해준 데 대해 고맙다는 인사를 하고 싶어서 불렀다."

그가 두꺼운 유리잔을 부딪쳐왔다.

"별일 아닙니다, 서장님."

"스콜레이 광장."

"예?"

"스콜레이 광장. 에이든을 만난 게 그곳이었지?"

"어, 예, 서장님, 그렇습니다."

"그곳엔 웬일로 간 거냐? 웨스트엔드엔 친구가 없다고 했잖아?"

"예, 없습니다."

"그리고 넌 사우스엔드에 산다. 일은 여기서 하고."

서장은 두 손으로 잔을 돌렸다.

"에, 남자들이 스콜레이 광장에 왜 가시는지 아시잖습니까."

그가 음흉한 미소를 시도했다.

"그래, 안다. 알고말고. 하지만 스콜레이 광장에도 인종적인 원칙은 있지. 그래서 마마 헤니건의 집에 간 거냐? 내가 알기로 흑인을 받는 집은 그곳뿐인데?"

"예, 서장님."

서장은 담배상자에서 시가 두 개를 꺼내 끝을 잘라낸 다음 하나를 루터한테 건넸다.

"에디가 널 힘들게 했다며?"

"어, 글쎄요. 제가 뭐라고 말씀드려야 할지……"

"에이든한테 들었다."

"오."

"에디한테 잘 얘기해 뒀다. 아들을 구해준 보답은 해야지."

"감사합니다, 서장님."

"에디도 더 이상 부담을 주진 않을 게야."

"정말로 감사드립니다, 서장님."

서장은 다시 등 뒤로 손을 뻗어 흰 봉투를 꺼내 자기 허벅지에 대고 두드렸다.

"그래. 아, 헬렌 그래디가 이 집에서 맡은 역할이 가정부 맞지?"

"오, 예, 서장님."

"그녀의 능력이나 근무 윤리엔 문제없는 건가?"

"당연히 없습니다, 서장님."

5개월 전 처음 왔을 때부터 내내 자신에게 싸늘했지만 그래도 일은 하잖아, 안 그래?

"그 얘길 들으니 기쁘군. 이제부터 두 사람 몫의 일을 해야 할 사람이니까."

서장이 루터에게 봉투를 넘겼다.

봉투를 열어보니 지폐 몇 장이 들어있었다.

"2주 분의 해고 수당이다, 루터. 마마 헤니건은 지난주에 불법 영업으로 문을 닫았다. 네가 스콜레이 광장에서 아는 유일한 인물은 전에 이 집에서 일했었지. 어쨌든 지난 몇 개월간 찬방에서 사라진 식량들은 그래서 설명이 되더구나. 몇 주 전에 헬렌 그래디가 얘기해서 알았다. 내 집에서 도둑질이라니. 나한테 그 자리에서 너를 쏴죽일 권리가 있다는 사실은 알겠지?"

그는 스카치 잔을 비우면서까지 루터를 노려보았다.

루터는 대답하지 않았다. 그 대신 그는 잔을 책상 끝에 놓고 일어나 손을 내밀었다. 서장은 잠시 그 손을 바라보다가 시거를 재떨이에 내려놓고 악수에 응했다.

"잘 가라, 루터."

서장이 가벼운 목소리로 말했다.

"안녕히 계십시오."

그가 보틀프로 돌아왔을 때 집엔 아무도 없었으나 부엌 식탁에 메모지 한 장이 그를 맞이했다.

루터,

일은 잘 끝냈니? 이건 너한테 온 거다. 먹을 건 아이스박스에 넣어두었다.

이사야

노트 밑에 노란색의 긴 봉투가 놓여 있었는데, 그 위에 아내의 필체로 그의 이름이 적혀 있었다. 루터는 얼마 전 봉투를 열었을 때 당한 일을 생각하곤 잠시 머뭇거렸다.

"오, 빌어먹을."

마침내 그가 봉투를 집어 들었다. 이베트의 부엌에서 욕을 했다는 게 왠지 미안하다는 생각이 들었다.

그는 조심스럽게 봉투를 열고 노끈으로 묶은 마분지 두 장을 꺼냈다. 노끈 밑에 접은 쪽지도 한 장 들어 있었다. 루터는 쪽지를 읽고 떨리는 손으로 테이블에 내려놓은 다음 노끈을 풀어 마분지 안에 든 내용물을 보았다.

그는 한참 동안 그대로 서 있었다. 그리고 언제부턴가 울기 시작했다. 그럼에도 불구하고 그런 식의 기쁨은 난생처음이었다.

그는 스콜레이 광장을 지나 노라의 집으로 이어진 골목으로 들어 갔다가 곧바로 녹색 뒷문을 통과했다. 요즘은 4분의 1정도의 확률로 잠겨 있었지만 다행히 지금은 아니었다. 그는 재빨리 그녀의 방으로 다가가 문을 두드렸다. 그때 방 안에서 이상한 소리가 들렸다. 키득거리는 웃음소리? 노라의 집에선 가당치도 않은 소리였다.

이번엔 속닥이는 소리와 "쉿, 쉿"하는 소리가 이어졌다. 그가 다시 노크했다.

"누구예요?"

"루터입니다."

그가 대답하고 목청을 가다듬었다.

문을 열어준 건 대니였다. 검은 머리가 이마 위로 흘러내렸고 멜빵 하나가 풀어진 데다 속셔츠의 단추는 세 개나 풀린 터였다. 노라도 뒤에 서서 머리를 다듬고 옷을 여몄다. 그녀의 두 뺨이 발그레했다.

대니가 씩 하고 웃어 보였다. 무슨 짓을 했는지는 물어볼 필요도 없었다.

"다시 오죠."

그가 말했다.

"뭐? 아니, 아니야." 대니는 노라가 단장을 끝냈는지 확인한 다음 문을 활짝 열어주었다. "들어와."

좁은 방으로 들어서며 왠지 바보가 된 기분이었다. 도대체 이게 뭐 하는 짓이람? 사우스엔드의 식탁에서 일어나자마자 대봉투를 겨드랑이에 끼우고 여기까지 황급히 달려온 이유가 뭐였지?

노라가 다가왔다. 발은 맨발에, 얼굴엔 방해 받은 섹스로 인한 홍조가 여전했다. 아니, 그보다 더 깊은 홍조였다. 그건 평화와 사랑의 홍조였다.

그녀는 루터의 손을 잡고 그의 얼굴에 자기 뺨을 갖다 댔다.

"고마워요. 저 사람을 구해줘서. 정말 고마워요."

그 순간 그는 처음으로 고향에 돌아온 느낌이 들었다.

"술?"

대니가 물었다.

"예, 좋죠."

루터가 대답했다.

대니는 작은 테이블로 건너갔다. 바로 어제 과일을 두었던 자리엔 이제 술병 하나와 싸구려 잔 네 개가 놓여 있었다. 그는 잔 세 개를 위스키로 채워 하나를 루터에게 건넸다.

"우린 지금 막 사랑에 빠졌다."

대니가 잔을 들었다.

"그래요? 드디어 깨달은 겁니까?"

루터가 되물었다.

"늘 사랑에 빠져 있었어요. 이제 겨우 그 사실을 직면한 거죠."

"에, 그 말 어디서 베낀 거죠?"

노라가 웃고 대니의 미소도 커졌다. 셋은 건배를 하고 술을 마셨다.

"겨드랑이에 그건 뭐야?"

대니가 물었다.

"예? 오, 이거요." 루터는 테이블에 술잔을 내려놓고 봉투를 열었다. 그저 마분지를 꺼낼 뿐이건만 다시 손이 떨리기 시작했다. 그는 두 손으로 마분지를 잡고 노라에게 건넸다. "여기 왜 왔는지 모르겠군요. 왜 노라한테 이걸 보여주고 싶었는지도…… 난 다만……"

그가 어깨를 으쓱였다.

노라가 손을 내밀어 그의 팔을 다독여주었다.

"괜찮아요."

"누구한테든 보여줘야 할 것 같았어요. 특히 노라한테."

대니도 술잔을 내려놓고 노라 곁으로 다가왔다. 그녀가 마분지 커버를 열자 두 사람의 눈이 동시에 커졌다. 노라는 대니의 팔짱을 끼고 그의 팔에 뺨을 비볐다.

"예쁘네."

대니가 속삭이자 루터가 고개를 끄덕였다. 얼굴이 뜨거웠다.

"내 아들이에요."

29

스티브 코일은 술에 취한 상태였지만 그래도 말끔히 목욕하고 공증인 자격으로 대니 커글린과 노라 오셔의 결혼을 주례했다. 1919년 6월 3일의 일이다.

전날 밤, 워싱턴의 검찰총장 파머의 집에서 폭탄이 터졌다. 폭발은 파머의 정문에서 몇 미터 밖에 있던 범인까지 날려버렸다. 네 블록 밖의 어느 지붕에서 남자의 머리를 회수하긴 했으나 다리와 팔은 온데간데없었다. 시커멓게 타버린 머리만으로 신원을 확인하려는 시도도 실패였다. 폭발은 파머의 집 앞쪽을 모두 부수고 거리에 마주한 유리창들도 모두 박살냈다. 거실, 응접실, 현관홀, 식당도 못쓰게 되었다. 파머는 집 안쪽의 부엌에 있었지만 거의 다친 데 없이 잔해더미 안에 묻혀 있었다. 그를 찾아낸 사람은 길 건너에 살던 해군차관보 프랭클린 루즈벨트였다. 적어도 범인이 무정부주의자인 것만은 분명했다. 그가 들고 있던 팸플릿들이 폭파 순간 R 스트리트를 떠돌다가 이내 세 블록에 걸친 거리와 건물 안으로 휩쓸려 들어갔다. '경고'

라는 제하의 메시지는 7주 전 전봇대마다 붙었던 내용과 대동소이
했다.

너희들은 우리한테 선택의 여지를 남기지 않았다.
결국 피바람이 몰아칠 것이다.
이 세상의 모든 억압 기관들을 파괴하고 제거할 것이다.
사회혁명 만세. 독재 타도.
무정부주의 전사들

검찰총장 파머는 《워싱턴 포스트》와의 인터뷰에서, "당황했지만
두렵지는 않았다"고 술회하며, 오히려 그 덕분에 지금까지의 노력을
배가하고 결심을 더욱 확고히 다질 수 있었다고 덧붙였다. 그는 미국
내의 모든 좌파들에게 다음과 같이 경고했다.

"고통의 여름이 될 것이다. 하지만 그건 조국이 아니라, 조국의 적
들이 갖게 될 고통이다."

대니와 노라의 피로연은 대니의 하숙집 지붕에서 열렸다. 참석한
경찰들은 모두 계급이 낮고 대부분 보스턴 경우회의 열성회원들이었
다. 일부는 부부 동반이었고 나머지는 여자 친구를 대동했다. 대니가
루터를 '그의 목숨을 구해 준 사나이'로 소개한 덕분에 다들 루터에
게 호의적이었다. 물론 몇몇 사람들은 루터가 가까이 갈 때마다 지갑
을 감추거나 여자를 뒤로 빼돌리기는 했다.

어쨌든 유쾌한 시간이었다. 건물에 세 들어 사는 젊은 이태리 남

자가 내내 바이올린을 연주했다. 나중엔 루터도 그의 팔이 떨어져나가기를 바랄 정도였으나 오히려 저녁이 되자 아코디언을 든 경찰까지 끼어들었다. 먹을거리와 와인과 위스키도 충분했고 얼음에 채운 픽윅 에일도 한 양동이 가득이었다. 백인들은 춤을 추고 웃고 건배했다. 나중에는 하늘과 땅에까지 건배했는데 밤이 깊어가면서 둘 다 파란색으로 물들고 있었다.

자정쯤, 대니는 지붕 난간에 앉아 있는 루터를 찾아 그 옆자리를 차지했다.

"네가 춤을 신청하지 않는다고 신부가 살짝 삐친 모양이더라." 루터가 웃었다. "왜?"

"지붕에서 춤을 추는 흑인 남자와 백인 여자? 예, 기가 막히겠군요."

"기막힐 게 뭐 있냐? 노라가 직접 부탁한 건데. 결혼식에 신부를 슬프게 하면 어떻게 되는지 알아? 그러니, 당장 가보라고."

대니의 혀는 살짝 꼬부라져 있었다.

루터가 그를 보았다.

"선이라는 게 있어요, 대니. 아무리 이곳이라 해도 건너서는 안 되는 선이 있답니다."

"선 따위는 꺼지라 그래."

"말이야 쉽죠. 예, 정말 쉬워요."

"좋아, 좋아."

두 사람은 한참 동안 서로를 바라보았다.

"왜?"

결국 대니가 물었다.

"질문이 너무 많네요."

루터가 투덜댔다.

대니는 뮤라드 갑을 꺼내 루터에게 한 개비를 건넸다. 루터가 담배를 받자 대니가 불을 붙여주고 자기 담뱃불도 붙였다. 대니가 천천히 파란 연기를 내뿜었다.

"NAACP의 집행부 대다수가 백인 여자들이라는 얘기 들었어."

대니가 왜 그런 얘기를 꺼내는지 짐작도 가지 않았다.

"어느 정도는 사실이에요. 하지만 뒤부아가 바꾸려고 한다더군요. 변화야 늘 늦은 법이니까."

"음흠." 대니는 발밑에서 위스키 병을 집어 한 모금 빨고 루터에게 넘겼다. "내가 거기 백인 여자들 같다고 생각해?"

대니의 경찰 친구 하나가 루터가 술병을 입술에 대는 모습을 지켜보고 있었다. 모르긴 몰라도 오늘 밤 그 병 위스키만은 절대 마시지 않을 것이다.

"그런 거야, 루터? 내가 뭔가를 증명하려 한다고 생각하나? 내가 얼마나 생각이 트인 백인인지 보여주려 한다고?"

"대니가 뭘 하고 있는지도 모르는 걸요."

루터가 병을 돌려주었다. 대니가 다시 한 모금을 마셨다

"난 아무것도 안 해. 그저 결혼식 날 내 친구와 내 신부가 춤추게 해주려는 것뿐이라고. 신부가 부탁한 일이니까."

술기운이 루터의 목구멍을 간질였다.

"대니. 현실은 현실이에요."

"현실?"

대니가 한쪽 눈썹을 치켜떴다. 루터가 고개를 끄덕였다.

"늘 그랬죠. 그리고 당신이 바란다고 해서 현실이 달라지지는 않아요."

노라가 그쪽으로 다가왔다. 비틀거리는 것으로 보아 다소 취한 모양이었다. 한 손엔 샴페인 잔이 아무렇게나 들려 있고 다른 손엔 담배가 보였다.

루터가 입을 열기 전에 대니가 먼저 말했다.

"춤 안 춘대."

그 말에 노라가 아랫입술을 삐죽거렸다. 지금은 은색 반짝이로 장식한 진주 빛의 얇은 메살린(부드럽고 얇은 능직으로 만든 옷 — 옮긴이) 차림이었다. 허리치마는 잔뜩 구겨지고 전체적으로도 단정치 못한 매무새였다. 하지만 눈만은 여전했다. 그 표정만으로도 루터는 평화를 생각하고 고향을 생각했다.

"울고 싶어. 우우."

그녀의 눈이 알코올기로 밝게 빛났다.

루터가 키득거렸다. 우려했던 대로 많은 사람들이 그들을 보고 있었다.

그가 눈을 굴리고 노라의 손을 잡자 그녀가 그를 일으켜 세웠다. 바이올린과 아코디언도 연주를 시작했다. 그녀는 그를 데리고 반달

아래 지붕 한가운데로 이끌었다. 노라의 손이 따뜻했다. 그는 다른 손으로 그녀의 허리춤을 찾았다. 그는 그곳 살갗과 턱에서 발산되는 열기와 목의 맥박을 느낄 수 있었다. 그녀에게서 알코올과 재스민, 그리고 처음 그녀를 안았을 때 느꼈던 거부할 수 없는 순결의 냄새가 났다. 마치 아침 이슬조차 건드려보지 못한 양 가냘프면서도 딱딱한 냄새.

"이상한 세상이죠?"

그녀가 물었다.

"너무나."

알코올 기운에 그녀의 아일랜드 사투리가 더욱 심해졌다.

"나 때문에 일자리 잃게 되서 미안해요."

"안 잃었어요. 새 일을 구했죠."

"정말?"

그가 끄덕였다.

"가축장. 내일모레부터."

루터가 팔을 들자 그녀가 한 바퀴 돌아 그의 가슴에 등을 기댔다.

"루터는 내 평생 가장 진실한 친구예요."

그녀가 다시 한 바퀴 돌았다. 여름처럼 가벼운 몸짓.

루터가 웃었다.

"취했군요."

그녀도 환히 웃었다.

"그래요. 그래도 당신은 가족이에요, 루터. 내 가족. (대니에게 고갯짓을 하며) 또 그의 가족이죠. 우리가 당신 가족인 것 맞죠, 루터?"

루터가 그녀의 얼굴을 들여다보았다. 오직 그녀뿐. 다른 건 모두 증발해 버렸다. 이상한 여자. 이상한 남자. 이상한 세상.

"물론이에요, 노라. 당연하죠."

장남이 결혼하는 날 토머스는 본서에 출근했다. 행정경찰의 접수 카운터 바깥 전실에서 레이미 핀치 요원이 그를 기다리고 있었다.

"불만 접수하러 온 거요?"

핀치가 일어섰다. 손엔 밀짚 맥고모자가 들려있었다.

"드릴 말씀이 있어서요."

토머스는 그를 데리고 집합실을 통해 사무실로 들어갔다. 그는 코트와 모자를 벗어 파일캐비닛 옆 옷걸이에 걸고 핀치한테 커피를 마실 것인지 물었다.

"고맙습니다."

토머스가 인터콤 단추를 눌렀다.

"스탠, 커피 두 잔 부탁해. (핀치를 보며) 아무튼 잘 오셨소. 오래 묵을 거요?"

핀치는 애매하게 어깨를 으쓱였다.

토머스는 스카프도 벗어 옷걸이 코트 위에 걸쳐놓고 책상 왼쪽의 잉크 압지(押紙) 밑에서 어젯밤 사건보고서 뭉치를 꺼냈다. 스탠 벡이 커피를 가져와 토머스가 한 잔을 책상 너머 핀치에게 건넸다.

"크림, 설탕?"

"아무것도 안 넣습니다."

핀치가 고갯짓을 하고 잔을 받았다.

토머스는 자기 잔에 크림을 넣었다.

"웬일이요?"

"보스턴의 급진 단체들 모임에 부하들을 파견하시는 걸로 알고 있습니다. 아예 위장 침투도 하신다고요?" 핀치가 커피를 불고 조금 홀짝거리다가 뜨거운지 입술을 핥았다. "저한테야 부인하셨지만 리스트를 작성하고 있다는 것 정도는 저도 압니다."

토머스가 자리에 앉아 커피를 조금 마셨다.

"이해력이 야심에 못 미치는 분이로군. 핀치 요원."

그 말에 핀치가 엷은 미소를 지었다.

"그 리스트를 갖고 싶습니다."

"가져?"

"복사."

"아."

"문제가 있나요?"

토머스가 등을 기대고 두 발을 책상 위에 올렸다.

"지금으로서는 기관의 협조가 보스턴 경찰에 어떤 도움이 되는지 잘 모르겠구려."

"시야를 좀 더 넓혀 보시죠."

"시야야 충분히 넓다고 생각하오만 그래도 새로운 관점이라면 언제나 환영이오."

핀치가 토머스의 책상 끝에 성냥을 때려 담뱃불을 붙였다.

"보스턴 경찰청의 막나가는 한 지구경찰서가 급진조직의 명단과 주소록을 연방정부와 공유하지 않고 대신에 회사들에 대가를 받고 넘기고 있다는 소문이 돌면 그 파장이 어떨지 생각해 보시죠."

"한 가지 사소한 오류를 잡아주고 싶군."

"제 정보는 정확합니다."

토머스가 두 손을 겹쳐 배 위에 놓았다.

"내 말은 그 '막나가는'이라는 단어요. 우린 절대 막나가지 않소. 솔직히 말해서, 여러분이 나나 이 도시에서 나와 협조하는 누군가를 지목하는 순간, 핀치 요원, 10여 개의 손가락이 다시 여러분들을 지목할 것임을 명심해야 하오. 후버 씨, 파머 검찰총장, 그리고 그쪽의 가난뱅이 애송이 요원들까지 모두. 그래서 말인데, 내 신성한 구역에서 협박을 할 땐 조심하는 게 좋을 거요."

토머스가 다시 커피 잔을 향해 손을 내밀었다.

핀치는 다리를 꼬고 의자 옆 재떨이에 담뱃재를 털었다.

"알아 모십죠."

"그럼 고맙겠소만."

"그건 그렇고 아드님 말입니다. 테러리스트를 살해한…… 그 친구는 등을 돌린 모양이더군요."

토머스가 끄덕였다.

"지금은 경찰 노조 일을 하오. 아주 골수지."

"제가 알기론 아드님이 한 분 더 있죠?"

토머스가 목덜미를 주물렀다.

"가족에 대해 얘기할 때도 조심하는 게 좋소, 핀치 요원. 그렇잖아도 지금 불난 서커스에서 외줄 타는 형국이니까."

핀치가 한 손을 들었다.

"얘기나 들어보시죠. 리스트를 넘기세요. 서장의 특전을 빼앗자는게 아닙니다. 그보다 리스트를 공유한다면 향후 검사 아드님께서 알짜배기 사건을 맡게 될 겁니다."

토머스가 고개를 저었다.

"그 아인 지방검사실 소속이오."

이번엔 핀치가 고개를 저었다.

"보스가 실라스 펜더가스트죠? 그자는 토호들의 창녀입니다. 서장님이 그자를 움직이고 있다는 걸 모르는 사람도 있습니까?"

토머스가 두 손을 내밀었다.

"어디 증명해 보지그래."

"당밀탱크 폭파가 테러였다는 가설은 우리한테 축복이었죠. 간단히 말해서 나라 전체가 이제 테러에 신물이 났으니까요."

"하지만 테러가 아니었소."

핀치가 키득거렸다.

"그래도 분노는 남습니다. 사실 우리보다 놀란 사람은 없습니다. 당밀홍수 판결로 솔직히 다 죽었다고 생각했거든요. 그런데 그 반대였죠. 사람들은 진실을 원치 않습니다. 확신을 원하죠. (어깻짓) 아니면 확신에 대한 환상이나."

220

"그리고 당신과 파머 총장은 그 조류에 기꺼이 편승하시겠지."

핀치가 담배를 비벼 껐다.

"지금 내 임무는 조국에 반대하는 급진적 음모를 모두 국외로 추방하는 겁니다. 이 문제에 대한 일반적인 판단이라면야, 국외추방이 당연히 연방 권한이어야 하겠지만, 파머 검찰총장, 후버 씨, 그리고 나 자신은 주 정부와 지방 당국이 추방에 좀 더 실질적으로 협조할 수 있다는 사실을 깨닫게 되었죠. 방법을 알고 싶습니까?"

토머스가 천장을 올려다보았다.

"반조합법*을 밀어붙이는 것 아니겠소?"

핀치가 그를 바라보았다.

"어떻게 그런 결론이 나온 겁니까?"

"결론이 아니라 기본적인 상식이요. 법안은 이미 올라가 있고 몇 년째 계류 중이니까."

"설마 워싱턴에서 일할 생각을 하는 건 아니시죠?"

핀치가 묻자 토머스가 손가락 관절로 창문을 두드렸다.

"저 밖이 보이오, 핀치 요원? 저기 거리의 사람들?"

"예."

"여기까지 오기 위해 아일랜드에서 15년, 바다에서 또 한 달이 걸렸소. 난 고향을 버렸소. 그리고 고향을 포기한 자는 뭐든 포기할 수 있다오."

핀치가 중절모로 자기 무릎을 두드렸다.

"정말 특이한 분이시군요."

토머스는 핀치에게 손바닥을 들어보였다.

"부인하진 않겠소…… 아무튼 반조합법은?"

"일단 국외추방 절차의 문은 열렸습니다."

"지역 차원으로?"

"주정부 차원이기도 하죠."

"그래서 연방의 무력을 동원할 참이로군."

핀치가 끄덕였다.

"그리고 아드님도 참여했으면 합니다."

"코너?"

"예."

토머스가 커피를 조금 홀짝였다.

"어느 정도로?"

"에, 법무성 율사와의 협조나 지역……"

"땡. 그 아인 보스턴에서도 대표 교섭자로 사건을 담당하고 있소. 부러울 게 없잖소."

"아드님은 젊습니다."

"당신네 후버 씨보다야 나이가 많지."

핀치가 머뭇거리며 사무실을 둘러보았다.

"아드님한테 이번 기차를 잡으라고 하세요. 평생 탈선하지 않을 궤도이니까."

"아, 문제는 앞쪽 객차냐 아니면 뒤쪽이냐인 거요. 아무래도 앞쪽이 전망도 더 좋지 않겠소, 응?"

"다른 조건도 있습니까?"

"물론. 그 아일 워싱턴으로 부를 때 사진기자들을 대기시켜요."

"그럼, 교환조건으로, 파머 검찰총장의 팀과 리스트를 공유하는 겁니다."

"구체적인 요구에 국한하고 또 반드시 내 검토를 거친다는 조건이라면…… 좋소."

핀치는 마치 선택의 여지가 있기라도 한 듯 잠시 고민하는 척했다.

"좋습니다."

토머스가 일어나 책상 너머로 손을 내밀었다.

핀치도 일어나 둘은 악수를 교환했다.

"그럼 합의한 겁니다."

"이건 거래요, 핀치 요원. 거래는 신성한 거라오."

토머스가 핀치의 손을 단단히 잡았다.

루터는 많은 점에서 보스턴이 미국 중서부 지역과 다르다고 생각했었다. 예를 들어, 이 도시에선 누구나 옷을 자랑하고 매일 매일 디너파티나 쇼를 보러 가는 것처럼 차려 입었다. 하지만 가축시장은 역시 가축시장이었다. 똑같은 진창, 똑같은 악취, 똑같은 소음. 그리고 흑인들이 하는 일도 똑같았다. 제일 더러운 일. 이사야의 친구 월터 그레인지는 그곳에서 15년을 일한 덕에 축사 관리자로 임명되었지만, 백인이 15년을 일했다면 지금쯤 목장 매니저가 되었을 터였다.

월터는 브리튼의 마켓 스트리트 꼭대기의 전차 승강장에서 루터를 맞아주었다. 덩치가 작고, 하얀 구레나룻으로 휑하니 머리가 빠진 정수리를 보상한 사내였다. 가슴이 사과 통처럼 튀어나왔는데, 마켓 스트리트로 안내할 때 보니 다리도 짧고 바깥쪽으로 휘어 있었다. 뭉툭한 두 팔은 엉덩이와 같은 방향으로 흔들며 걸었다.

"기드로 씨 말로는 중서부에서 왔다며?"

루터가 끄덕였다.

"신시내티의 방목장에서 일했습니다."

"음, 신시내티가 어떤지는 모르지만 브리튼은 온통 목장마을이다. 여기 마켓 거리를 따라 보이는 게 모두 소 관련 장사들이지."

그는 마켓과 워싱턴 스트리트 모퉁이의 캐틀맨 호텔과 그 건너편의 경쟁시설인 스톡야드암스 호텔을 가리켰고, 포장가게와 통조림 공장들, 세 개의 정육점, 그리고 노동자와 장사치들을 위한 다양한 하숙집과 싸구려 여인숙들을 보여주었다.

"너도 악취엔 익숙해져 있겠지? 나한텐 더 이상 냄새도 나지 않는다."

그가 말했다.

신시내티에서 루터도 악취를 의식하지 못할 수준은 되었었다. 하지만 지금은 어떻게 그럴 수 있었는지조차 기억나지 않았다. 굴뚝마다 검은 연기가 하늘로 치솟고 하늘은 다시 연기를 불어내, 기름진 바람에서 피와 지방과 다 타버린 고기 냄새가 났다. 화학약품과 거름과 건초와 진흙 냄새도 났다. 마켓 스트리트는 파누일 거리를 가로지르면서 평지로 변했고 거기에서부터가 방목장 구역이었다. 목장들은 거리 좌우로 몇 블록씩 이어졌으며, 어느 목장이든 기찻길이 중앙을 가로질렀다. 똥 냄새는 더욱 독해진 데다 더운 김처럼 훅 하고 한꺼번에 밀려들었다. 꼭대기까지 철망을 친 울타리들이 여기저기 솟아오르더니, 세상은 불현 듯 먼지와 호각소리와 말소리와 소 울음소리와 다른 가축들의 삑삑 소리로 가득 차 버렸다. 월터 그레인지는 나무 대문을 풀고 루터를 안으로 이끌었다. 바닥도 점점 검은 진창이 되었다.

"여긴 수많은 사람들이 목장에 목을 매고 있다. 피라미 소몰이꾼과 소떼를 몰고 다니는 거상들을 비롯해서, 소매상과 도매상들, 브로커와 대출업자들이 있지. 거기에 철도 사람, 통신사, 올가미꾼, 말 조련사, 그리고 팔린 가축들을 운반해 주는 몰이꾼도 있다. 백정들은 아침에 소를 사서 곧바로 도살장으로 끌고 가 내일 정오까지는 스테이크로 팔아치우지. 그뿐이 아니야. 시장 소식을 전하는 사람들도 있고, 정문지기, 목장지기, 축사지기, 저울지기도 있고 중개상들도 도저히 셀 수 없을 정도로 많다. 아무 기술 없는 일꾼들은 아예 세지도 않은 게 그 정도야. 바로 너 같은 놈들이지."

그가 루터에게 한쪽 눈썹을 찡긋했다.

루터가 주변을 돌아보았다. 다시 신시내티에 돌아온 기분이나 이미 많은 것을 잊었을 것이다. 축사들은 모두 규모가 대단했다. 나무 축사들 사이로 진창의 통로가 복잡하게 이어져 있고, 축사 안에는 온갖 짐승들이 코를 쿵쿵거렸다. 소, 돼지, 염소, 양. 사람들도 사방으로 뛰어다녔다. 일부는 장화에 목장 노동자의 작업복을 입었지만 다른 사람들은 여전히 체크무늬 셔츠에 카우보이 모자였다. 보스턴에서 카우보이 모자라니! 그는 콜럼버스의 집만큼 키가 큰 저울을 지나 쳤다. 아니, 넓이도 그 정도는 되겠다. 한 사내가 겁먹은 표정의 어린 소를 그 위에 올리고, 저울 옆에 종이와 연필을 들고 서 있는 남자한 테 손을 들어보였다.

"소를 싹쓸이하는 건가, 조지."

"미안하이, 라이어넬. 이제 자네 차례야."

남자는 소를 두 마리나 저울 위로 올리고 다음 소까지 재촉했다. 도대체 저 저울은 어느 정도까지 무게를 잴 수 있는 걸까? 모르긴 몰 라도 배와 승객들까지 그 위에 올릴 수 있을 것 같았다.

월터가 벌써 저만치 가는 바람에 루터가 황급히 뒤를 쫓았다. 그 는 축사 사이의 통로를 따라 오른쪽으로 굽이돌고 있었다. 루터가 따 라잡았을 때 월터가 말했다.

"십장은 기차에서 내리는 모든 가축을 책임진다. 그게 나야. 축사 까지 몰고 가서 놈들이 팔릴 때까지 지키고 먹이고 씻기는 거야. 그 러다가 누군가 매도증을 가져오면 가축을 넘기면 되는 거고."

그는 다음 모퉁이에 멈추더니 루터에게 삽을 건넸다.

루터가 씁쓸한 미소를 지었다.

"예, 이건 기억나네요."

"그럼 쓸데없이 아가리 놀릴 필요도 없겠군. 우린 19번에서 57번까 지 축사를 맡는다. 무슨 말인지 알겠지?"

루터가 끄덕였다.

"내가 하나를 비우면 넌 깨끗이 치우고 건초를 깔고 물을 가는 거다. 그리고 일주일에 세 번, 하루 일과가 끝나면 곧바로 저기로 간다. (손가락으로 가리키며) 일은 저기도 똑같다."

그가 가리키는 곳을 따라가 보니 가축시장 서쪽 끝으로 낮은 지붕의 갈색 건물이 하나 보였다. 그곳이 뭘 하는 곳인지는 뻔했다. 무미건조하기 짝이 없는 데다 철저히 기능적으로 보이는 건물, 그 어디에도 살가운 구석이라곤 없었다.

"도살장이군요."

루터가 말했다.

"그게 문제가 되나?"

루터가 고개를 저었다.

"직업인 걸요."

월터 그레인지가 한숨을 쉬며 루터의 등을 두드렸다.

"그래, 직업이지."

대니와 노라의 결혼식 이틀 후, 코너는 워싱턴 디시에 있는 파머 검찰총장의 집을 찾았다. 창은 모두 널빤지를 대고 정문 쪽 방들은 완전히 붕괴된 그대로였다. 지붕도 모두 주저앉아 있었다. 입구 바로 안쪽의 계단은 반밖에 남아 있지 않았는데, 아래쪽 반은 깨진 잡석에 섞여 사라지고 위쪽 부분만 입구에 매달려 있는 꼴이었다. 디시 경찰과 연방 요원들은 과거 거실로 사용했던 공간에 지휘본부를 설치하고 마음껏 집 안을 누비고 다녔다. 미첼 파머의 시종이 코너를 안쪽의 사무실로 안내했다.

그곳엔 세 명의 남자가 그를 기다리고 있었다. 나이와 살집이 제일 많은 사람이 미첼 파머인 줄은 한 눈에 알 수 있었다. 그는 둥근 형이긴 해도 그렇다고 뒤룩뒤룩 살이 찐 정도는 아니었다. 그중에서도 입술이 제일 두터웠는데, 마치 얼굴에서 장미꽃이 한 송이 핀 것처럼 보였다. 그가 코너와 악수를 나누며 와줘서 고맙다는 인사를 한 다음, 레이미 핀치라는 비쩍 마른 수사국 요원과 검은 눈에 검은 머리의 존 후버에게 소개시켜 주었다. 그는 법무성 변호사라고 했다.

파머가 그의 눈을 보았다.

"파괴분자들이 어떤 짓을 했는지는 잘 봤겠군."

"예, 총장님."

"하지만 난 절대 이사하지 않을 걸세. 놈들한테 지지 않아."

"정말 용감하십니다, 총장님."

파머가 의자를 가볍게 좌우로 돌리자 후버와 핀치도 그의 양옆에 자리를 잡고 앉았다.

"커글린 검사, 이 나라가 돌아가는 꼬락서니가 맘에 드나?"

코너는 대니와 그의 창녀가 결혼식 날 춤을 추고 더러운 침대에서 그 짓을 하는 장면을 그려보았다.

"아닙니다, 총장님."

"왜 아닌가?"

"우리가 놈들한테 꼼짝없이 끌려 다니는 꼴이니까요."

"말 잘했네, 커글린. 우리를 도와 이 상황을 극복할 의사가 있나?"

"물론입니다."

228

파머는 의자를 돌려 창문의 균열들을 보았다.

"법이란 평온기를 위한 것이다. 자네가 보기에 지금이 평온기인가?"

코너가 고개를 저었다.

"아닙니다, 총장님."

"그럼, 지금이 위기상황이라면……?"

"특별한 결단이 필요합니다."

"됐나, 후버 군?"

존 후버는 바지를 무릎까지 끌어올리고 상체를 내밀었다.

"검찰총장님은 이 나라의 중심부에서 악을 '발본색원'하실 생각이요. 그 목적을 위해 수사국에 새로운 부서를 창설하고 내게 위임하셨지. 지금부터 종합정보과, 즉 GID로 불리게 될 부서요. 이름이 말해주듯, 우리 의무는 급진주의자들에 대한 정보를 모으는 겁니다. 공산주의자와 볼셰비키, 무정부주의자들과 갈레아니스트 등등, 요컨대 자유와 정의사회의 모든 적들 말이요. 당신은?"

"예?"

후버가 눈을 부라렸다.

"당신은? 당신은 어떻소?"

"무슨 말씀이신지……"

"당신, 커글린 말이요. 예, 당신은 그 중 어느 편이요?"

"전 어느 편도 아닙니다."

코너가 대답했다. 목소리가 어찌나 단호한지 그도 놀랄 정도였다.

"그럼, 우리 편이 되어주게, 커글린 군."

미첼 파머가 창에서 돌아서서 테이블 너머 손을 내밀었다.

코너가 일어나 그 손을 잡았다.

"영광입니다, 총장님."

"진심으로 환영하네."

루터가 클레이튼 톰스와 함께 쇼멋 애버뉴 건물 1층의 회벽을 칠하고 있을 때였다. 밖에서 차 문 닫히는 소리가 연이어 세 번 들리더니 맥케나와 두 명의 사복 경찰이 검은색 허드슨에서 내려 건물 계단을 오르고 있었다.

방 안에 들어올 때 보니, 맥케나의 눈빛은 보통의 오만과 모멸감을 초월해 있었다. 지하 감옥의 쇠사슬에나 묶여 있어야 할 분노가 빠져나온 것이다.

함께 온 경찰 둘이 방 양쪽으로 흩어졌다. 그 중 하나는 연장통을 들었는데 어깨에서 내리는 모양새로 보아 꽤 무거운 듯했다. 그는 상자를 부엌 문 옆의 바닥에 내려놓았다.

맥케나가 모자를 벗어 클레이튼을 향해 흔들었다.

"다시 만나서 반갑군."

"예, 나리."

맥케나는 루터 옆으로 다가와 둘 사이의 석회통을 내려다보았다.

"루터, 사적인 질문 하나 해도 괜찮겠지?"

대니와 서장한테 기댈 생각은 하지도 말라는 얘기로군.

230

"에, 예, 물론입니다."

"자네의 뿌리가 어디까지 이어지는지 궁금해서 그래. 아프리카? 아이티? 아니면 호주인가? 그쪽 원주민이 조상일 수도 있잖아, 응? 혹시 알고 있나?"

"무슨 말씀이신지요?"

"출신이 어디야?"

"미국입니다. 바로 이곳 미합중국이죠."

맥케나가 고개를 저었다.

"여긴 내가 사는 데야. 너희 종족들이 도대체 어디서 온 거냐고 묻는 거잖아, 응? 몰라?"

루터는 포기하기로 했다.

"예, 모릅니다, 경위님."

그가 루터의 어깨를 주물렀다.

"난 안다. 일단 어디를 봐야 할지 알면, 사람들이 어디에서 넘어왔는지는 뻔히 보이거든. 루터, 루터 너희들 코와 그 뻣뻣하고 비비 꼬인 머리, 그리고 트럭 타이어 같은 입술을 보면, 네 증조 할아비는 사하라 이남 아프리카가 분명해. 로디지아 근방 어디겠지. 하지만 넌 피부가 그 정도로 까맣지는 않다. 그리고 광대뼈 주변의 주근깨는 맹세코 서인도 쪽이야. 따라서 네 증조할아비는 원숭이 족속이고 증조할미는 섬나라 촌년인 거야. 그러다가 신세계에 노예로 팔려와 네 할아비를 낳고 네 할아비는 아비를 낳고 그 아비가 네놈을 낳은 게지. 하지만 그때의 신세계가 지금의 미국은 아니잖아, 응? 네놈들이 이 나라에 있는 건 인정하겠다. 하지만 아무리 그래도 이 나라 국민이 될 수는 없어."

"왜 그렇습니까?"

루터는 남자의 영혼 없는 눈을 마주 보았다.

"흑인이니까. 껌둥이니까. 하얀 세계를 더럽힌 검은 얼룩이니까. 다시 말해줄까, 루터? 네놈들은 네놈들 땅에 처박혀 있었어야 했어."

"우리가 원해서 온 게 아닙니다."

"그럼, 더 피터지게 싸웠어야지. 이 세상에서 네놈들이 있어야 할 곳, 루터? 그건 바로 네놈들이 떠나온 바로 그곳이야."

"마커스 가비 씨(자메이카 출신 이민자로 아프리카에 흑인 독립국의 창설을 주장 ─ 옮긴이)도 비슷한 얘기를 하더군요."

루터가 말했다.

"나를 가비 따위와 비교하는 거냐? 아니, 뭐, 상관없다. 그래 커글린 집에서 일하는 게 맘에 들더냐?"

맥케나는 다소 몽상적인 미소를 지으며 어깨를 으쓱해 보였다.

"과거 얘깁니다."

경찰 하나가 어슬렁어슬렁 루터의 등 뒤로 접근했다.

"그래, 깜빡했군…… 네가 쫓겨난 걸. 털사에서 사람들을 죽이고, 아내와 아이까지 버리고 도망 온 주제에 경찰서장 집에서 일하더니, 그것마저 완전히 말아먹었지. 네놈 목숨이 열 개라도 살아남기 어려울 게다."

루터는 클레이튼의 시선을 느낄 수 있었다. 그도 털사 소문 정도는 들었겠으나 친구가 연루되었으리라고는 상상도 못했을 것이다. 루터는 해명하고 싶었지만 지금은 맥케나를 상대하는 것 외에 다른 도리가 없었다.

"또 뭘 원하시는 겁니까? 그게 목적이시죠? 경위님께 뭔가를 가져다 드리는 것?"

맥케나가 플라스크 병을 들어보였다.

"잘 되냐?"

"예?"

루터가 되물었다.

"이 건물. 리모델링."

맥케나가 바닥에서 쇠지레를 집어 들었다.

"예, 대충."

"보아하니, 다 끝나가는 모양이로군. 적어도 이 바닥은 그래. 이러면 어때? 도움이 되나?"

그는 쇠지레로 창틀 두 개를 박살냈다.

유리 조각이 바닥에 좌르르 쏟아져 내렸다. 루터는 사람들이 저렇듯 기꺼이 증오를 키우려 하는 이유가 뭘까 하는 생각을 했다.

루터 등 뒤의 경찰이 조용히 키득거렸다. 그는 옆으로 빠져나와 경찰봉으로 루터의 가슴을 훑었다. 경찰의 두 뺨이 무척이나 까칠해 보였는데 그 때문인지 들판에 너무 오래 버려둔 순무처럼 보였다. 그에게서 위스키 냄새가 났다.

다른 경찰이 연장통을 들고 와 루터와 맥케나 사이에 놓았다.

"우린 약속을 했다. 그런데 토머스 커글린과 싸가지 없는 아들놈한
테 쪼르르 달려가? 그런다고 네 놈이 무사할 줄 알았다냐? 오, 천만
에! 그래봐야 네놈 신세만 더 꼽게 되는 거야."

그가 어찌나 세게 때렸는지 루터는 그 자리에서 한 바퀴 돌아 엉
덩방아를 찧고 말았다.

"일어나!"

루터가 일어났다.

맥케나는 이번엔 정강이를 걷어찼고, 루터는 넘어지지 않기 위해
다른 다리로 버텨야 했다.

"겁 대가리 없이 날 모함해? 그 잘나빠진 커글린 부자한테 부탁해
서 날 떼어내겠다고?"

맥케나가 근무용 리볼버를 꺼내 루터의 이마에 박아 넣었다.

"난 보스턴 경찰청의 에드워드 맥케나다. 내가 우습게 보이냐? 내
가 그 인간들 따까리로 보여? 내가 바로 에드워드 맥케나 경위란 말
이야, 이 깜둥이 새끼야!"

루터가 두 눈을 치켜떴다. 검은 총구가 그의 머리에서 맥케나의 손
까지 뿌리로 이어진 것처럼 보였다.

"예, 나리."

"나한테 '나리'라고 하지 마라."

맥케나가 개머리로 루터의 머리를 때렸다.

루터는 반쯤 무릎을 꿇었으나 땅에 완전히 닿기 전에 얼른 중심을
잡고 일어섰다.

"예, 나리."

그가 다시 말했다.

맥케나는 팔을 뻗어 루터의 미간에 다시 총구를 박았다. 그가 공이를 젖혔다. 그리고 다시 풀었다가 다시 젖히고는 루터에게 호박색이를 드러내며 씩 웃어보였다.

루터는 피곤했다. 뼈까지 피로하고 영혼까지 피로했다. 땀에 젖은 클레이튼의 얼굴에서 공포가 묻어나왔다. 루터는 그의 두려움도 이해하고 공감도 했지만, 받아들일 수는 없었다. 아직은 아니다. 공포는 지금 그의 문제가 아니었다. 지쳤다는 게 더 문제였다. 그는 달아나는데 지쳤고, 두 발로 서기 시작한 이후 벌여왔던 이 모든 게임에 지쳤다. 경찰에 지치고 권력에 지치고 이 세상에 지쳤다.

"어쩌자는 겁니까, 경위님. 망할, 하고 싶은 게 있으면 그냥 해치우시죠."

맥케나가 끄덕였다. 맥케나가 미소 지었다. 맥케나가 무기를 지갑에 집어넣었다.

총구는 루터의 이마에 흔적을 남겼다. 루터는 그 자국을 느낄 수 있었다. 간지러웠다. 그는 한 걸음 물러나 흔적을 문질러 없애고 싶은 욕망을 간신히 참아냈다.

"그래, 커글린 부자의 일은 참으로 당혹스러웠다. 나같이 야심만만한 사람한테 당혹감은 안 될 말이거든. 그냥 싫어."

그가 두 팔을 활짝 벌렸다.

"알겠습니다."

"아, 이건 알겠다는 말로 끝낼 일이 못 돼. 너도 대가를 치러야지. (연장통을 가리키며) 저놈을 네가 지은 납골당에 넣어라. 그 정도는 할 수 있겠지?"

루터는 어머니가 위에서 지켜보고 있다는 생각을 했다. 하나밖에 없는 아들이 이 지경에 빠진 것을 보시고 가슴에 못이 박히셨겠지?

"뭐가 들었죠?"

"나쁜 것들. 아주 아주 나쁜 것들이야. 루터, 그걸 네가 알아줬으면 좋겠구나. 네가 할 일이 바로 네가 사랑하는 사람들을 크게 다치게 할 끔찍한 일이라는 걸. 네가 자초한 일이야. 또 하나, 너나 네 여편네가 달아날 구멍이 어디에도 없다는 사실을 알아줘야겠다."

맥케나가 총을 머리에 댔을 때 루터도 한 가지 느낀 게 있었다. 맥케나는 이 일이 끝나기 전 그를 죽일 것이다. 죽이고 모든 것을 잊는 것이다. 릴라는 건드리지 않겠지만, 그건 분노의 근원이 죽은 마당에 수천 킬로미터 떨어진 깜둥이까지 건드리는 게 아무 의미가 없기 때문이다. 루터도 그 정도는 알았다. 안 돼, 루터. 사랑하는 사람들을 위험에 빠뜨릴 수는 없어.

"동족을 팔 수는 없습니다. NAACP 건물에 그런 걸 심을 생각도 없습니다. 그냥 엿이나 드시죠."

클레이튼이 헉 하고 공포의 신음을 흘렸다.

하지만 맥케나는 이미 결과를 짐작한 듯 보였다.

"그래?"

루터는 연장통을 보고 다시 맥케나를 올려다보았다.

"그렇습니다. 절대로……."

맥케나는 잘 들리지 않는다는 듯 한 손을 귀에 대더니 벨트에서 리볼버를 꺼내 클레이튼 톰스의 가슴을 쏘았다.

클레이튼은 한 손을 들어 손바닥을 밖으로 향하게 하고, 작업복 구멍에서 말려 올라오는 연기를 내려다보았다. 연기는 이내 검붉은 색의 진한 액체로 바뀌었다. 클레이튼은 그 아래 손을 갖다 대고는 그대로 몸을 돌려 조심조심 석회통 쪽으로 다가갔다. 루터와 함께 앉아 식사하고 담배 피우고 수다를 떨던 곳이다. 그는 손으로 통을 어루만진 다음에 자리에 앉았다.

"도대체……?"

그는 말을 채 못 잇고 벽에 머리를 기댔다.

맥케나는 두 손을 사타구니 위로 가져가서는 피스톨 총구로 자기 허벅지를 두드렸다.

"뭐라고 했냐, 루터?"

루터의 입술이 떨리고 뜨거운 눈물이 얼굴을 흘러내렸다. 대기에서 화약 냄새가 나고 겨울바람에 사방 벽이 흔들렸다.

"이런 씨발, 도대체 왜 이러는 겁니까? 도대체 당신 어떻게 된……?"

맥케나가 다시 총을 발사했다. 클레이튼의 눈이 더 커졌다. 그의 입에서 불신의 단말마가 터져 나오더니 마침내 총구멍이 나타나기 시작했다. 목청 바로 아래. 그는 입에 맞지 않는 음식을 씹기라도 한 듯 잔뜩 인상을 찌푸리고 루터를 향해 손을 내밀었다. 하지만 이내 두 눈을 뒤집더니 손이 무릎 위로 떨어져 내렸다. 그가 두 눈을 감고 몇 번 가쁜 숨을 삼켰다. 그리고 모든 것이 멈추고 말았다.

맥케나가 플라스크에서 다시 한 모금을 마셨다.

"날 봐라, 루터."

루터는 클레이튼을 보았다. 조금 전까지만 해도 얼마 남지 않은 마감에 대해 얘기하고 함께 샌드위치를 먹었건만. 눈물이 루터의 입 안으로 들어갔다.

"도대체 왜 이러는 거죠? 저 친구가 무슨 잘못을 했다고. 저 앤 한 번도……"

"네가 원숭이 쇼를 거부했기 때문이다. 네놈은 원숭이야. 알겠냐?"

맥케나는 총구를 루터의 입 안으로 밀어 넣었다. 혓바닥을 지질만큼 여전히 뜨거웠다. 그가 욱 하고 욕지기를 하자 맥케나가 공이를 젖혔다.

"저놈도 미국인이 못 되었지. 아니, 인간의 개념으로 받아들일 종자 자체가 아니었어. 그저 노예이자 짓밟을 발판일 뿐이었어. 기껏해야 짐을 지어 나르는 짐승에 불과했다. 내가 그를 처리한 건 그걸 증명하기 위해서다, 루터. 네 종자들의 죽음보다 발판의 고장이 더 안타깝다는 사실을 말이다. 이사야 기드로와 저 옷 입은 오랑우탄 뒤부아가 내 종족을 잡종으로 만들려고 하는데 그냥 한가로이 구경만 할 줄 알았냐? 이 미친놈아?" 그가 루터의 입에서 총을 빼내 벽을 겨냥했다. "이 건물은 이 나라의 고귀한 가치에 대한 모독이다. 지금부터 20년 후 사람들은 우리가 네놈들을 자유인으로 살게 해줬다는 사실에 경악할 거다. 네놈들한테 대가를 지불하고 우리와 대화하고 우리 음식에 손을 대게 했다는 데 혀를 내두를 거야. 난 내 이상을 위해 기꺼이 죽을 생각이다. 네놈은 어때?"

그는 총을 집어넣은 후 루터의 어깨를 잡고 힘껏 주물렀다.

루터는 아무 말도 하지 않았다. 아무 생각도 나지 않았다. 그저 클레이튼한테 달려가 그의 손을 잡고만 싶었다. 비록 죽었다 해도 덜 외롭게 해줄 수는 있을 것 같았다.

"네가 이 일을 다른 사람들한테 내뱉을 경우, 이베트 기드로를 죽이겠다. 어느 날 오후, 그년이 유니언 파크에서 점심을 먹고 난 후에. 네놈한테 내린 지시를 정확히 이행하지 않을 경우, 그게 언제 어떤 지시이든 매주 한 놈씩 이 도시의 껌둥이를 죽여주마. 왼쪽 눈을 쏘아 네놈들의 애꾸눈 신한테 가도록 해줄 테니 내가 한 일임을 모르지는 않을 게다. 그리고 그자들의 죽음이 모두 네 머리통에 새겨지겠지, 루터 로렌스. 오직 네 머리에. 무슨 말인지 알겠나?"

그가 루터를 놓고 뒤로 물러섰다.

"응?"

루터가 고개를 끄덕였다.

"착한 깜둥이로군. 이제 해밀턴 경관과 템플 경관과 내가 너를 지켜볼 생각이다. 그러니까…… 내 말 듣고 있는 거냐?"

클레이튼의 몸이 석회통에서 떨어져 바닥으로 쓰러졌다. 한 팔이 문을 향한 자세였다. 루터가 고개를 돌렸다.

"우린 저놈을 뒷마당에 묻는다. 저 연장통은 지하 웅덩이에 집어넣고. 그리고 네가 에이미 바겐펠트한테 떠들어야 할 얘기를 만들어내야겠지. 톰스 군이 어린 백인 소녀와 달아나기 전에 네가 마지막으로 봤으니, 당연히 경찰이 조사 나오지 않겠어? 그 모든 일을 마친 후엔 이곳 개소식 리본커팅 선언만 기다리는 거야. 그러니 그 날짜를 알아내는 대로 나한테 전화해라. 아니면……"

"아니면……"

"깜둥이 하나가 죽는 거지." 맥케나는 루터의 머리를 흔들어 고개를 끄덕이게 했다. "아직 이해 못하는 부분이 남아 있는 거냐?"

루터가 남자의 눈을 들여다보았다.

"아뇨."

그가 루터를 놔주고 자기 코트를 벗었다.

"장하군. 이봐, 둘 다 코트 벗어. 루터를 도와 이 석회부터 처리해야지, 안 그런가? 사나이가 모든 걸 혼자 할 필요는 없는 법이라고."

30

K 스트리트의 집은 저절로 오그라들었다. 방들은 좁아지고 지붕은 꺼졌으며 노라 대신 들어온 정적도 혐오스럽기만 했다. 그 집은 봄날 내내 그런 식이다가 대니가 노라를 아내로 맞이했다는 소식이 전해지면서 더욱 깊어졌다. 조의 모친은 편두통을 호소하며 자기 방에 틀어박혔다. 최근에 24시간 내내 일만 하던 코너는, 어쩌다가 일

손을 놓을 때면 예외 없이 지독한 알코올 냄새를 풍겼다. 성질도 까다로워져 같은 방에 있을 때면 조는 으레 멀리 달아났다. 아버지는 더욱 심했다. 조가 고개를 들어보면 어김없이 그가 내려다보고 있었는데, 번들거리는 눈빛으로 보아 그런 식으로 꽤나 오랫동안 보고 있었던 게 분명했다. 세 번째는 부엌에서였는데 결국 조도 참을 수가 없었다.

"왜요?" 아버지가 눈을 깜빡거렸다. "날 봤잖아요."

"말조심해라, 꼬마."

조가 눈을 깔았다. 평생 아버지의 눈길을 그렇게 오래 마주 본 것도 처음이었다.

"예."

"아, 네놈도 형하고 똑같군."

아버지는 그렇게 내뱉곤 시끄러운 소리를 내며 아침 서류를 펼쳤다.

아버지가 어느 형을 말하는지는 되물을 필요도 없었다. 결혼식 이후 대니의 이름도 노라의 이름과 함께 절대 거론해서는 안 되는 목록에 올랐다. 비록 열두 살밖에 되지 않았지만, 조 역시 그 목록이 그가 태어나기 훨씬 전에 만들어졌고 또 커글린 가문의 미스터리를 거의 모두 담고 있다는 정도는 너무 잘 알고 있었다. 그 목록이 거론되지 못하는 이유는 목록의 어느 한 항목이 바로 목록 그 자체이기 때문이었지만, 조는 그 항목이야말로 그 어느 것보다도 가문을 당혹스럽게 만들 수 있음도 알고 있었다. 사람들 앞에서 툭하면 술주정을 부린 친척(마이크 삼촌), 교회의 결혼 허가를 받지 못한 친척(사촌 에드), 범죄를 저지른 친척(캘리포니아에 사는 이오인 사촌), 자살한 사촌 (또 다른 이오인 사촌), 그리고 미혼모가 된 친척(밴쿠버의 고모는 가문에서 완전히 떨어져나가 조는 이름조차 듣지 못했다. 지금은 문틈으로 몰래 스며들어온 작은 연기 자락 같은 존재에 불과했다.) 하지만 그 목록의 제일 꼭대기에 가장 두꺼운 고딕체로 찍혀 있는 건 바로 섹스, 그리고 섹스와 관련된 모든 항목이었다. 섹스에 대해 생각하면서도 행여 그 생각을 한다는 티를 내는 것조차 집에서는 허용되지 않았다.

그밖에 돈 얘기, 또는 일탈적인 견해 및 근대적인 도덕관도 허용되지 않았다. 모두 반가톨릭적이고 반아일랜드적으로 여겨졌기 때문이다. 목록에는 다른 항목들도 십여 개나 되었지만 언급하기 전까지는 그게 무엇인지조차 알 수 없다. 다만 그 순간 지뢰밭을 밟았다는 사실까지 뼈저리게 깨닫게 되는 것이다.

대니의 부재에 대해 조가 가장 서글퍼하는 대목도 바로 그 점이었다. 그만이 금지 목록을 개의치 않았다는 것. 그는 목록 자체를 믿지 않았다. 저녁식사 중에 여자의 참정권 얘기를 하고, 여자의 치마 길이에 대한 최근의 논쟁을 소개했으며 남부에서의 흑인 린치가 증가하는 데 대해 아버지의 의견을 묻거나, 심지어 1800년 전 가톨릭교회가 왜 메어리를 처녀로 만들었는지 모르겠다는 얘기까지 서슴지 않았다.

"그만 해라."

대니가 그런 말을 할 때면 엄마는 울고 말았다. 두 눈에 눈물까지

고였다.

"이제 속 시원하냐?"

아버지가 대니한테 따졌다.

대단한 호기였다. 한 방에 목록에 들어 있는 가장 심각하고, 께름칙한 항목 두 개를 건드렸으니 말이다. 섹스와 교회의 실패.

"미안해요, 엄마."

대니는 대충 사과하고 조에게 윙크했다.

맙소사. 그 윙크가 너무 보고 싶어.

결혼 이틀 후, 대니가 천국의 계단 교회에 모습을 나타내기는 했다. 조는 친구들과 성당을 나서면서 형을 보았다. 대니는 사복 차림으로 철제 울타리에 기대 서 있었다. 조는 아무렇지도 않은 척하려 했으나, 열기는 순식간에 목에서 두 발목까지 휩쓸고 말았다. 그는 친구들과 대문을 나서며, 최대한 눈치 못 채게 형 쪽으로 다가섰다.

"소시지 사줄까, 동생?"

전에는 한 번도 동생이라고 부른 적이 없었다. 호칭은 늘 꼬마였다. 새 호칭은 모든 것을 바꿔놓았다. 조는 키가 한 자는 더 큰 기분이었지만, 그렇다 해도 옛날로 돌아갔으면 하는 마음까지 포기한 건 아니었다.

"좋아."

둘은 웨스트 브로드웨이를 걸어 올라가 C 스트리트 모퉁이에 있는 솔의 식당차로 갔다. 최근에 프랑크소시지를 메뉴에 더한 곳이다. 이름이 너무 독일식이라, 대부분의 다른 식당들과 마찬가지로, 이곳 역시 전쟁 중에는 프랑크소시지의 이름을 '자유 소시지'로 바꿔 메뉴에 적어 넣었었다. 어쨌든 이제 독일군은 패배했고 사우스 보스턴에서만큼은 이름에 대한 거부감도 없었기에, 지금은 다들 조 앤 니모 레스토랑(1909년에 개업한 핫도그 체인점 — 옮긴이)이 인기몰이 해놓은 유행을 따라잡느라 여념이 없었다. 그렇다고 해도, 시민들은 여전히 스스로의 애국심을 한 번쯤 되새겨보기는 했다.

대니는 소시지 두 개와 청량음료를 사와 식당차 앞의 돌로 된 피크닉 벤치에 동생과 함께 앉아 나눠먹었다. 웨스트 브로드웨이에서는 차들이 말 사이를 빠져나가고 말이 자동차 틈새를 달렸다. 바람에서 때 이른 여름 냄새가 났다.

"너도 들었지?"

대니의 질문에 조가 끄덕였다.

"노라하고 결혼했다며?"

"그래, 그랬다." 그가 소시지를 한 입 물고 눈썹을 치켜뜨더니 갑자기 웃음을 터뜨렸다. "너도 참석했으면 좋았을 텐데."

"정말?"

"그래, 우리 둘 다 아쉬워했다."

"그래."

"하지만 식구들이 허락하지 않았겠지."

"알아."

"안다고?"

조가 어깨를 으쓱였다.

"언젠가는 이해할 거야."

대니가 고개를 저었다.

"아니, 그렇지 않아, 동생. 절대로 이해 못 할 사람들이다."

조는 울고 싶었지만 대신 미소를 지은 다음 소시지를 조금 삼키고 음료를 마셨다.

"아냐, 이해할 거야. 두고 봐."

대니는 조의 옆얼굴을 가볍게 건드렸다. 조는 어떻게 대응해야 할지 난감했다. 이런 행동은 처음이었기 때문이다. 서로의 어깨를 때리고, 갈빗대에 잽을 먹인 적은 있지만, 이런 건 없었다. 대니는 자애로운 눈으로 동생을 내려다보았다.

"한동안 그 집에서 혼자 버텨야겠다, 동생."

"놀러가도 돼? 형하고 노라 집에?"

조의 목소리가 갈라져 나왔다. 프랑크소시지를 내려다보았지만 다행히 눈물은 떨어지지 않았다.

"물론. 하지만 그러다 잡히면 깡패들과 함께 개집에 갇히게 될 거다."

"전에도 개집에 들어가 봤어. 아주 많이. 이제 개처럼 짖을 수도 있는걸."

그 말에 대니가 웃었다. 거의 개 짖는 소리 같은 웃음이었다.

"넌 대단한 아이다, 조."

조가 고개를 끄덕였지만 얼굴이 화끈거렸다.

"그런데, 어떻게 날 버릴 수 있어?"

대니가 손가락으로 동생의 턱을 튕겼다.

"널 버린 게 아니다. 내가 뭐라고 했지? 언제든 놀러 와도 좋아."

"알았어."

"조, 조. 이건 진심이야. 넌 내 동생이야. 내가 가족을 버린 게 아니라 가족이 날 버린 거라고. 노라 때문에."

"아버지와 코너 형이 그러는데 형이 빨갱이래."

"뭐? 너한테 그런 소리를 다 해?"

조가 고개를 저었다.

"밤에 하는 얘기를 들었어. 낡은 집이라 다 들리잖아. 형이 흑인처럼 군다고 했고, 이태리 사람들이랑 흑인들을 좋아해서 머리가 돌았다던걸? 다들 술에 취해 있었어."

"그건 어떻게 알지?"

"끝에는 노래까지 불렀어."

"정말? 설마 「대니보이」?"

조가 끄덕였다.

"그리고 「킬거리 산」과 「그녀는 시장을 돌아다녔네」(둘 다 아일랜드 민요임—옮긴이)도."

"그 노래를 자주 듣는 건 아니겠지?"

"아빠가 완전히 맛이 갔을 때만."

대니는 웃으면서 동생을 끌어안았고 조가 뿌리쳤다.

"흑인 편이 된 거야, 형?"

대니가 그의 이마에 키스했다. 진짜 입맞춤. 어쩌면 대니도 취했는지 모르겠다.

"그래, 그런 것 같다, 조."

대니가 대답했다.

"이탈리아 사람들을 좋아해?"

대니가 어깻짓을 했다.

"싫어할 이유가 없는걸. 넌?"

"나도 좋아. 노스엔드도 좋고. 형처럼."

대니가 주먹으로 가볍게 동생의 무릎을 때렸다.

"그래, 그럼 된 거야."

"하지만 코너 형은 그 사람들을 미워해."

"그래. 코너는 마음속에 증오심이 너무 많아서 그래."

조가 두 번째 프랑크소시지를 마저 먹었다.

"왜?"

조의 질문에 대니가 어깻짓을 했다.

"어쩌면 당혹스러운 일이 일어날 때 당장 그 해답을 알려고 해서일 거야. 눈앞의 대답이 올바르지 않다고 해도, 거기 매달려 해답으로 여기려는 사람들이 있단다. (다시 어깻짓) 솔직히 나도 모르겠다. 코너는 태어난 순간부터 스스로 안달복달하는 면이 있었지."

둘은 잠시 아무 말 없이 앉아 있었다. 조는 벤치 끝에서 두 발을 흔들었다. 헤이마켓에서 하루를 보낸 노점상 마차가 돌아와 갓길에 멈춰 섰다. 한 남자가 마차에서 내려 지친 듯 코로 몇 번 호흡을 고르더니, 마차 앞으로 돌아가 말의 왼쪽 다리를 들었다. 말은 가볍게 콧김을 내뿜고 꼬리를 흔들어 파리들을 쫓았다. 남자가 말굽에 박힌 자갈을 빼내 웨스트 브로드웨이 거리에 내던지고 말 다리를 내려놓은 다음 말의 귀를 간질이며 속삭여주었다. 남자가 다시 마차에 오르자 말이 조금 더 콧김을 내뿜었는데 눈이 어둡고 피곤해 보였다. 잠시 후 노점상이 조용히 휘파람을 불자 말이 다시 때각거리며 거리로 접어들었다. 그때 놈의 엉덩이 밑으로 커다란 똥덩이가 떨어지더니, 말이 자랑스럽게 고개를 숙여 그 똥을 내려다보았다. 조는 문득 알 수 없는 즐거움을 느꼈다.

대니도 말똥을 보고 중얼거렸다.

"망할, 모자만 하네."

"아냐, 광주리만 해."

조가 항변했다.

"그래, 네 말이 맞는 것 같다."

대니의 항복에 둘 다 웃었다.

이윽고 포트 포인트 해협 주변의 임대주택 불빛이 무디어졌다. 대기에서는 밀물의 냄새가 나기 시작했다. 미국 제당회사의 케케묵은 악취와 보스턴 맥주회사의 가스 냄새도 났다. 사람들은 삼삼오오 브로드웨이 다리를 건너왔고, 질렛 회사와 보스턴 제빙회사, 그리고 폐면 공장에서도 노동자들이 몰려나와, 떼 지어 술집들로 직행했다. 동네에 복권을 파는 넘버스러너들도 살롱을 들락거리기 시작했다. 해협 건너편에서도 하루 일과의 종말을 고하는 또 다른 호각소리가 들려왔다. 조는 영원히 그곳에 머물고 싶었다. 비록 교복차림이지만, 형과 함께 있으니 웨스트 브로드웨이의 돌 벤치도 좋고 어두워져가는 하루도 좋았다.

"살아가면서 두 개의 가족을 얻게 된다, 조. 하나는 네가 태어난 가족이고 하나는 앞으로 만들어야 할 가족이야."

"두 개의 가족."

조가 형을 보며 되뇌었다. 대니가 끄덕였다.

"첫 번째 가족은 피로 맺은 가족이니, 당연히 늘 진실해야겠지. 그건 중요하단다. 하지만 또 하나의 가족은 세상에 나가 찾아내야 하는 거야. 이따금 우연히 만나는 경우도 있지만, 그래도 그들 역시 첫 번째 가족만큼이나 소중하단다. 어쩌면 더욱 소중할 수도 있고. 왜냐하면 널 찾을 필요도 없고 널 사랑할 필요도 없는데, 그러기로 결심한 사람들이니까 말이야."

"형하고 루터도 그런 거야? 서로를 선택했어?"

대니가 고개를 갸웃했다.

"나와 노라 얘기를 하는 중이다만, 그렇게 얘기하니 루터도 그런 것 같구나."

"두 개의 가족."

조가 말했다.

"그것도 운이 좋아야 해."

조는 잠시 그 생각을 해보았다. 갑자기 마음 한구석이 허물어지고 둥둥 떠다니는 기분이 들었다.

"우린 어느 쪽이야?"

조가 물었다.

"최고의 가족이지. 우리 둘 다."

대니가 미소 지었다.

집은 점점 더 엉망이 되어갔다. 코너는 얘기를 할 때마다, 무정부
주의자, 볼셰비키, 갈레아니스트, 그리고 그 주동자 격인 이민자들에
대한 폭언을 빼놓지 않았다. 유대인들이 자금을 대고 슬라브 놈들과
이태리 놈들이 더러운 일들을 처리한다는 말도 했다. 그들은 또 남부
검둥이들을 꼬드기고 동부 백인 노동자들의 정신을 망가뜨리고 있
었다. 그들이 코너의 상사인 미합중국 검찰총장을 죽이려 했다는 말
도 했다. 그것도 두 번씩이나. 겉으로는 노조와 노동자의 권리에 대해
말하지만 정말로 원하는 건 전국 규모의 폭력과 독재국가의 건설이
라는데, 일단 그 주제가 거론되면 도무지 멈출 수가 없는 모양이었다.
그리고 그가 막 소진되어 갈 즈음에 화제는 다시 경찰 파업의 가능
성으로 접어들었다.

그건 여름 내내 커글린 저택을 떠돌던 소문이었다. 대니의 이름은
거론되지 않았지만 조 역시 형도 연루되어 있다는 사실 정도는 알고
있었다. 아버지가 코너에게 한 말에 의하면, 보스턴 경우회는 전미 노
동총연맹의 새뮤얼 곰퍼스와 지부설립에 대해 논의 중이었다. 그렇게
된다면 그들은 전국적인 노조와 연대를 맺은 미국 최초의 경찰이 될
것이며, 그건 역사를 바꾸는 대사건이었다. 아버지는 그렇게 말하며
손으로 두 눈을 가렸다.

아버지는 그 해 여름 동안 5년은 더 늙어보였다. 언제나 지친 표정에 눈가엔 잉크 같은 검은 그림자가 드리워졌으며, 머리는 잿빛으로 변했다.

아버지가 권력의 일부를 빼앗겼고 그 범인이 커티스 경찰청장이라는 건 조도 알고 있었다. 이름이 언급될 때마다 아버지가 독기를 품는 사람이다. 아버지 역시 싸우는 데 지친 데다 대니와의 절연으로 돌이킬 수 없는 타격을 입은 게 분명해 보였다.

방학하는 날, 집에 돌아와 보니, 아버지와 코너가 부엌에 있었다. 코너는 워싱턴에서 막 돌아왔는데도 이미 상당히 취해 있었다. 테이블엔 위스키 병이 있고 그 옆에 코르크가 놓여 있었다.

"그건 폭동입니다."

"오, 이런, 얘야. 너무 비화할 필요는 없다."

"그자들은 법의 수호자예요, 아버지. 국가 수호의 첨병이라고요. 그 임무를 포기한다는 얘기만으로도 반역일 수밖에 없습니다. 전쟁터에서 달아나는 부대원들과 뭐가 다르죠?"

"그렇게 볼 수만은 없다."

아버지는 지친 목소리였다.

코너가 고개를 들었을 때 조가 방에 들어갔다. 그럼 대개는 그런 식으로 얘기는 끝이 났다. 하지만 이번엔 코너가 물고 늘어졌다. 두 눈이 어둡고 초점이 풀려 있었다.

"모두 잡아넣어야 합니다. 당장. 그냥 다음 경우회 집회에 가서 건물에 쇠고랑을 채우는 겁니다."

"그 다음엔? 그들을 처형해?"

아버지의 미소가 오랜만에 돌아왔건만 너무나도 흐렸다.

코너가 어깻짓을 하며 자기 잔에 위스키를 따랐다.

"우리 막내가 표정이 심각하네."

조가 가방을 카운터에 내려놓을 즈음에야 아버지가 조를 알아보았다.

"전선에서 탈영하는 군인은 즉결처분입니다."

코너가 말했다.

아버지는 위스키 병을 보았지만 손을 내밀지는 않았다.

"아이들의 파업 계획에 동의할 수 없다만 그들한테도 합법적인 이유는 있다. 저임금 문제는 분명……"

"그럼 그만 두고 다른 일자릴 알아봐야죠."

"……게다가 숙소는 비위생적이고 초과근무도 위태로운 수준이야."

"아버지도 그자들한테 공감하는 겁니까?"

"그들의 주장을 이해할 뿐이다."

"그들은 방직공장 직원이 아니라 비상요원들이에요."

"네 형이야."

"이젠 아니에요. 빨갱이에 반역자일 뿐이죠."

"오, 맙소사. 너 정말 미쳤구나."

아버지가 탄성을 질렀다.

"대니가 이 일의 배후이고 그자들이 파업을 일으킨다면요? 그럼 응분의 대가를 받게 될 겁니다."

그는 이 말을 하면서 조를 건너다보곤 잔 속의 술을 흔들었다. 조가 둘째 형의 얼굴에서 본 것은 경멸과 두려움과 일그러진 오만뿐이었다.

"나한테 할 말 있냐, 꼬마 터프가이?"

코너가 잔을 홀짝였다.

조는 잠시 고민했다. 대니 형에 대해 변호하고 싶었다. 뭔가 그럴듯한 말로. 하지만 맘에 드는 말이 떠오르지 않았다. 그래서 결국 생각나는 대로 내뱉고 말았다.

"형은 개새끼야."

아무도 움직이지 않았다. 모두가 도자기가 된 것 같았다. 부엌까지 모두.

이윽고 코너가 잔을 싱크대에 집어 던지고 조에게 달려왔다. 아버지가 손으로 그의 가슴을 막았으나 코너는 이미 그를 지나 조의 머리채를 낚아채버렸다. 조는 몸을 비틀다가 바닥에 쓰러지고 말았다. 코너는 조를 한 차례 걷어차기까지 했다.

"봐요. 봐! 저 새끼가 뭐라고 했는지 들었잖아요!"

조는 바닥에 누운 채 코너가 잡아 당겼던 머리를 쓰다듬었다.

코너는 아버지의 어깨 너머로 조를 가리켰다.

"이 꼬마 새꺄! 아버지만 없었으면 넌 죽었어, 인마!"

조는 바닥에서 일어나 둘째 형의 분노를 마주 받았다. 그의 얼굴을 똑바로 쳐다보았지만 신기하게도 감동도 두려움도 없었다.

"대니 형이 처형되어야 한다고?"

그가 물었다. 아버지가 그를 가리켰다.

"입 닥쳐라, 조."

"정말로 그렇게 생각하는 거야?"

"아버지 말 들어라, 꼬마."

코너가 미소를 지으려고 했다.

"좆까, 병신아."

조가 내뱉었다.

조는 코너의 눈이 커지는 것을 보았다. 하지만 아버지가 그에게 돌아서는 건 보지 못했다. 아버지는 놀랍도록 빠른 사내다. 대니보다 빠르고 코너보다 빠르고, 물론 조보다는 훨씬, 훨씬 빨랐다. 때문에 아버지의 손등이 그의 입을 때리는 것도 전혀 알지 못했다. 그의 두 발이 허공으로 떠올랐다가 바닥에 내동댕이쳐졌을 때도 아버지는 이미 그를 깔고 앉았다. 그는 아이를 바닥에서 들어 올려 등을 벽에 밀어붙였고 그래서 둘은 얼굴을 마주보게 되었다. 조의 신발 두 개가 50센티미터 허공에서 대롱거렸다.

아버지의 두 눈이 튀어나올 듯 붉거져 나왔다. 너무나도 빨간 두 눈. 아버지는 이를 부드득 갈며 거칠게 콧김을 내뱉었다. 새로 새치가 생긴 머리카락 한 타래가 이마 위로 흘러내렸다. 그는 조의 어깨를 손으로 짓눌렀는데 마치 그대로 벽 속에 처박으려는 사람 같았다.

"내 집에서 그런 쌍소리를 해? 내 집에서?" 조는 대답하지 않았다. "내 집에서? 널 먹이고 입히고 좋은 학교에 보내줬는데, 여기서 그런 욕을 해? 네가 쌍놈의 새끼냐?" 그가 조의 어깨를 벽에 부딪쳤다. 그리고 다시 손힘을 풀었다가 쾅 하고 조의 등을 벽에 부딪쳤다. "네가 개새끼야? 네놈의 혀를 잘라 내줄까?"

"아버지."

코너가 불렀다.

"네 엄마의 집에서?"

"아버지."

코너가 다시 불렀다.

아버지는 고개를 기울이더니 붉은 눈으로 조를 쏘아보았다. 그리고 어깨에서 한 손을 빼내 아이의 목을 조르기 시작했다.

"맙소사, 아버지."

아버지가 손을 더 높이 들어 조는 그의 붉은 얼굴을 내려다보아야 했다.

"오늘은 종일 빨래비누만 빨아먹겠지만 그 전에 한 가지만 분명히 해두겠다, 조지프. 널 이 세상에 데려온 건 나다. 때문에 난 네놈을 다시 세상 밖으로 보낼 수도 있다. '예, 알겠습니다.'라고 대답해."

목이 조인 탓에 쉽지는 않았지만 조는 어쨌든 시키는 대로 했다.

"예, 알겠습니다."

코너가 아버지의 어깨를 잡으려다가 멈칫했다. 그의 손이 허공에서 머뭇거렸다. 아버지의 눈을 바라보던 조도 그가 코너의 손을 느끼고 물러나게 만들었음을 알 수 있었다. 아버지의 어깨를 건드렸을 경우 어떤 일이 일어날지 아무도 모를 일이었다. 결국 코너는 손을 주머니에 넣고 한 걸음 물러서야 했다.

아버지는 눈을 깜빡이며 크게 콧김을 들이마셨다. 그가 어깨 너머로 코너를 돌아보았다.

"그리고 너. 다시는 내 앞에서 반역 얘기도 경찰서 얘기도 하지 마라. 절대로. 알아듣겠냐?"

"예, 아버지."

코너가 자기 구두를 내려 보았다.

"검사라는 놈이……" 그가 조를 돌아보았다. "숨 쉬는 건 괜찮냐, 조."

눈물이 두 뺨 위로 하염없이 흘러내렸다. 목소리도 잔뜩 갈라졌다.

"괜찮습니다."

아버지는 마침내 손을 내려 얼굴을 마주 보게 했다.

"내 집에서 다시 그런 단어를 쓰면 이렇게 쉽게 끝내지 않을 게다, 조지프. 절대로. 이 말이 정확히 무슨 뜻인지 알겠느냐, 아들?"

"예, 아버지."

아버지가 한 손을 들어 주먹을 쥐고 아이의 얼굴 15센티미터 앞에서 흔들어보였다. 아버지는 한참 동안 조가 주먹을 지켜보게 했다. 깊은 골과 색 바랜 흉터, 다른 사람보다 두 배는 더 큰 손가락 관절까지. 아버지는 고개를 한 번 끄덕이고 조를 바닥에 떨어뜨렸다.

"두 놈 다 지겹다."

그는 테이블로 건너가 위스키 병에 코르크를 막은 다음 겨드랑이에 끼우고 방을 나섰다.

입에서는 아직도 비누 맛이 나고 엉덩이도 얼얼했다. 30분 전 아버지가 다시 서재에서 나와 미친 듯이 매질을 했었다. 조는 베개커버에 옷 몇 개를 넣은 다음, 침실 창문을 빠져나와 사우스 보스턴의 밤거리로 걸어 들어갔다. 따뜻한 밤. 거리 끝에서 바다 냄새가 나고 가로등불은 노란 빛을 뿌렸다. 이렇게 늦은 시간에 혼자 거리에 나선 적은 처음이다. 너무나 조용한 덕에 발자국 소리가 마치 살아있는 짐승의 메아리처럼 들렸다. 집을 가출하다니. 후일 전설이 된 사람들만이 들려줄 수 있는 얘기이리라.

"무슨 얘깁니까? 집을 나가다니? 언제요?"

대니가 물었다.

"어젯밤에. 시간은 나도 모르겠다."

아버지가 대답했다.

대니가 집에 갔을 때 아버지는 계단에 앉아 있었다. 그리고 대니가 제일 먼저 알아본 것은 부쩍 여윈 몸이었고 두 번째는 잿빛으로 변한 머리였다.

"이젠 네 관할서에 보고하지 않아도 되는 거냐?"

"요즘엔 관할이 없습니다. 커티스가 닥치는 대로 파업현장에 던져버리거든요. 오늘은 몰든에서 보냈죠."

"구두공장?"

대니가 끄덕였다.

아버지가 어설픈 미소를 지었다.

"요즘 같으면 파업에 안 나가는 경찰도 없으니까."

"납치가 아니라고 확신할 이유는 있는 건가요?"

대니가 물었다.

"아니, 그건 아니다."

"그럼, 가출할 이유가 있다는 얘기군요."

아버지가 어깨를 으쓱했다.

"그래, 그런 것 같다."

대니는 계단에 발 하나를 올려놓고 코트 단추를 풀었다. 하루 종일 그 안에서 익어가고 있던 참이었다.

"그러니까…… 매질을 한 거군요."

아버지가 그를 올려다보다가 햇살에 눈을 찌푸렸다.

"너한테도 매를 아껴본 적이 없다만 네가 먼저 포기한 적은 한 번도 없었다." 대니가 기다리자 아버지가 한 손을 내쳤다. "그래, 평소보다 좀 더 무정했다는 건 인정한다."

"애가 무슨 짓을 했는데요?"

"'좆까'라는 욕을 했지."

"엄마 앞에서요?"

아버지가 고개를 저었다.

"내 앞에서."

대니가 고개를 저었다.

"그건 단어에 불과해요, 아버지."

"그냥 단어가 아니다, 에이든. 그건 거리의 단어고 부랑자들의 단어야. 누구나 자기 가정을 안식처로 꾸리고 싶어 한다. 안식처에 거리를 끌어들이는 건 용납 못해."

대니가 한숨을 내쉬었다.

"그래서 어떻게 했죠?"

이제 고개를 흔드는 건 아버지의 차례였다.

"네 동생이 저기 거리 어딘가에 있다. 부하들은 풀어놓았다. 가출아나 땡땡이꾼들 찾는데 일가견이 있는 애들이지만 여름이라 더 어렵구나. 거리에 아이들이 너무 많아. 게다가 24시간 내내 일거리가 있는 탓에 구별하기도 쉽지 않고."

"여긴 왜 오신 겁니까?"

"몰라서 묻는 거냐? 아이는 널 숭배해. 여기 와 있을지도 모른다고 생각했다."

대니가 고개를 저었다.

"왔다 해도 내가 없었어요. 지금까지 72시간을 연속해서 일했고 지금도 겨우 얻은 비번인걸요."

"그 애는 어떻지……?"

아버지가 고개를 기울여 건물을 올려다보았다.

"누구요?"

"누군지 알잖아."

"이름을 부르세요."

"바보같이 굴지 마라."

"이름을 불러요."

아버지가 눈을 굴렸다.

"노라. 이제 됐냐? 노라가 아이를 봤을까?"

"가서 물어보시죠."

아버지가 움찔하더니 대니가 그를 지나쳐 현관 계단을 오르는 동안에도 꿈쩍하지 않았다. 대니가 자물쇠에 열쇠를 밀어 넣고 노인을 돌아보았다.

"조를 찾으실 겁니까, 아닙니까?"

아버지가 계단에서 일어나 바지를 털고 바지주름을 바로 했다. 그리고 서장 모자를 겨드랑이에 끼우고 뒤로 돌아섰다.

"이런다고 바뀔 건 없다."

"걱정 붙들어 매시죠."

대니가 한 손으로 가슴을 두드려보였다. 그 모습에 아버지가 인상을 찌푸렸으나 대니는 아랑곳 않고 문을 열고 현관으로 들어갔다. 계단은 열기로 끈적거렸다. 두 사람은 천천히 계단을 올랐는데, 대니는 잠시나마 저 층계참에라도 누워 눈을 붙이고 싶은 심정이었다. 3일 연속 파업과 싸운 후가 아닌가.

"핀치한테서 연락은 오나요?"

대니가 물었다.

"이따금 전화만 받는다. 지금은 워싱턴에 돌아가 있지."

"내가 테사를 봤다고 말했습니까?"

"언급은 했다. 관심이 큰 것처럼 보였다. 그가 원하는 건 갈레아니지만, 그 이태리 놈은 교활하게 이곳에서 사람들을 훈련시키곤, 주 밖으로 내보내 악행을 저지르도록 하고 있다."

대니는 씁쓸한 미소를 지었다.

"그 여잔 테러리스트입니다. 이 도시에 폭발물을 심고 다니지만 또 누가 알겠습니까? 그런데도 더 큰 고기만 노리겠다는 건가요?"

아버지가 어깨를 으쓱해 보였다.

"일이라는 게 원래 그렇다. 테러리스트가 당밀탱크 폭발의 주범이라고 확신만 안 했던들 상황이 달라졌을 수도 있겠지. 하지만 결국 그놈의 당밀이 그들 얼굴 위에 쏟아져 버린 거야. 지금 보스턴은 당혹스러워하고 있지만, 너와 네 경우회가 상황을 더 악화시키고 있잖니."

"오, 그렇죠. 그것도 우리 탓인가요?"

"순교자처럼 굴지마라. 다 너희들 탓이라고 하지 않았다. 우리 서가 연방법을 집행하는 과정에 약간의 오점이 있다고 말한 것뿐이야. 그리고 그 일부는 탱크 폭발을 둘러싼 위험천만한 히스테리 때문이고, 일부는 너희들이 파업을 일으킴으로써 국가를 혼란에 빠뜨릴 것이라는 불안감 때문이다."

"아직 파업 얘기를 하는 사람은 없어요, 아버지."

아버지는 3층 층계참에서 멈춰 섰다.

"아직이겠지. 맙소사, 여긴 끔찍하게 덥구나." 그는 홀 창문을 보았다. 숯검정과 기름 때로 짙게 덮인 창문. "게다가 3층이나 올라왔는데 내 도시가 하나도 보이지 않아."

"아버지 도시요?"

대니가 키득거렸다. 아버지도 가벼운 미소로 대꾸했다.

"내 도시다, 에이든. 이 서를 세운 건 청장들이 아니라 나와 에디 같은 사람들이야. 비록 존경은 한다만 오미라도, 커티스도 아니다. 그건 나다. 내 덕분에 경찰도 움직이고 이 도시도 움직이는 거라고. (손수건으로 이마를 훔치며) 오, 네 애비가 잠시 타격을 받고는 있다만 곧 두 번째 바람을 탈 거다. 그건 분명해."

두 사람은 마지막 두 층을 아무 말 없이 올랐다. 대니가 방 열쇠를 꽂는 동안 아버지는 연거푸 가쁜 심호흡을 내뱉었다.

그가 열쇠를 돌리기 전에 노라가 먼저 문을 열었다. 하지만 그의 뒤에 서 있는 사람을 보곤, 그녀의 미소와 투명한 눈이 순식간에 잿빛으로 변하고 말았다.

"무슨 일이죠?"

그녀가 물었다.

"조를 찾고 있다."

아버지가 말했다.

그녀는 그 말을 들은 척도 않고 대니만 보았다.

"자기가 데려온 거예요?"

"아버지가 찾아왔어."

"나도 여기 오고 싶은 생각은 추호도……"

"'창녀'였어요. 이 사람한테서 마지막으로 들은 단어가. 그걸 다짐이라도 하듯 자기 마룻바닥에 침까지 뱉었다고요."

"조가 사라졌대."

대니가 말했다.

그 말을 듣고도 노라는 꿈쩍도 않고 살을 에일 듯한 분노로 대니를 노려보았다. 물론 아버지를 향한 분노였지만 그를 자기 집으로 데려온 데 대한 원망도 그에 못지않다는 얘기다. 마침내 그녀가 눈을 깜빡이며 토머스를 돌아보았다.

"그 애에게 뭐라고 했기에 집을 나간 건가요?"

그녀가 물었다.

"애가 왔는지만 얘기해라."

"아뇨, 난 조가 왜 달아났는지 알고 싶어요."

"잠시 문제가 있었을 뿐이야."

그녀가 고개를 뒤로 젖혔다.

"아, 어린 조와의 문제를 어떻게 해결하시는지는 저도 잘 알아요. 당연히 매질이 들어갔겠죠?"

아버지가 대니를 돌아보았다.

"이런 굴욕을 내가 얼마나 더 참아야 하는 거냐?"

"맙소사, 두 사람 모두. 조가 없어졌는데…… 노라?"

그녀는 입을 앙다물었다. 두 눈은 여전히 잿빛이었다. 그래도 그녀는 문에서 물러나 대니와 아버지가 들어올 수 있게 해주었다.

대니는 코트를 벗고 어깨의 멜빵도 끌어내렸다. 아버지는 재빨리 방 안을 둘러보았다. 새 커튼, 새 침대커버, 창가 테이블의 화분.

노라는 침대 발치에 서 있었다. 아직 공장 작업복 차림이었다. 베이지색 블라우스 위에 거친 줄무늬 덧옷. 그녀는 오른손으로 자기 왼쪽 팔목을 잡고 있었다. 대니는 위스키 세 잔을 따라 각자에게 한 잔씩 건넸다. 노라가 독한 술을 마시는 모습에 아버지의 눈썹이 가볍게 올라갔다.

"담배도 피운답니다."

노라가 대답했다. 대니는 아버지의 입술이 파르르 떨리는 걸 보았는데, 아마도 미소를 참는 것이리라.

두 사람은 얼른 술을 마셨지만 아버지가 노라보다 한 방울 정도 더 빨랐다. 그리고 둘 다 잔을 내밀어 대니가 다시 채워주었다. 아버지는 술잔과 모자를 테이블에 놓고 자리에 앉았다.

"디마시 부인이 오늘 오후에 아이가 왔었다고 했어요."

노라가 말했다.

"뭐라고?"

아버지가 되물었다.

"이름을 남기지는 않았다고 하더군요. 아이가 우리 집 초인종을 누르고 창문을 올려다봤는데, 부인이 계단에 나타나니까 달아났다더군요."

"다른 건?"

노라가 위스키를 조금 더 마셨다.

"대니와 판박이라고 했어요."

대니는 술을 조금 마시는 아버지의 어깨와 목에서 긴장이 빨려나가는 걸 볼 수 있었다.

마침내 그가 목청을 가다듬었다.

"고맙다, 노라."

"나한테 고마워할 필요 없어요, 커글린 서장님. 나도 조를 사랑하니까. 하지만 보답으로 부탁 하나는 들어주셔야겠네요."

아버지가 코트주머니에서 손수건을 꺼냈다.

"그러지. 뭔지 말해 봐라."

"죄송하지만 술잔을 당장 비우고, 꺼져주시죠."

31

이틀 후, 6월 어느 토요일. 토머스 커글린은 K 스트리트의 집을 나서 코슨 비치까지 걸어갔다. 도시의 미래와 관련된 모임 때문이다. 가벼운 정장과 청색과 백색의 무명 셔츠 차림에 소매도 짧았건만 열기는 살갗까지 파고들었다. 작은 가죽가방도 200미터 정도 움직일 때마다 점점 더 무거워지는 듯했다. 가방 운반을 하기엔 늦은 감이 없지 않으나 그렇다고 이 특별한 가방을 다른 사람한테 맡길 수도 없었다. 민감한 시기엔 바람도 한순간에 방향을 바꿀 수 있기 때문이다. 사랑하는 커먼웰스 지구도 지금은 공화당 주지사의 지배를 받아야 했다. 지방색이든 지역사회든, 처음부터 이곳과 일말의 연관도 애정도 없는 버몬트 출신, 이른 바 굴러들어온 돌이었다. 경찰청장도 속 좁은 밴댕이에 아일랜드 인과 가톨릭교도들을 증오했다. 당연히 이 도시의 원천이자 민주당 전통 기반인 이곳을 좋아할 리도 없었다. 청장의 증오를 이해 못하는 바는 아니었다. 청장은 타협과 후원의 개념을 이해하지 못한다. 70년 전에 들여와 지금껏 다듬어 온 이 마을 특유의 일 처리 방식이 아니던가. 피터스 시장은 무기력의 전형이었다. 그가 선거에서 이긴 이유는 선거구장들이 방심한 데다, 진짜 시장 후보 두 명인 컬리와 걸리반의 경쟁이 너무 치열해지는 바람에 결국 세 번째 선택 가능성을 열어두었기 때문이었다. 결국 피터스가 11월의 트로피를 거머쥐기는 했으나, 선거 후 지금껏 아무것도 해놓은 일이 없었다. 아무것도. 그동안 그의 관리들은 얼굴에 철판을 깔다시피 하고 공급을 횡령했다. 그 약탈이 신문 헤드라인을 장식하고, 유사 이래로 정치의 천적인 계몽운동을 낳는 것도 시간문제이리라.

토머스는 K 스트리트 끝의 커다란 느릅나무 그늘로 들어가 코트를 벗은 다음 타이를 느슨하게 풀고 가방도 발밑에 내려놓았다. 바다까지는 불과 10여 미터 거리였다. 밀물 때였음에도 불구하고 바람은 산만하고 공기는 끈적거리기만 했다. 그는 사람들의 시선을 느꼈다. 그를 알아보지만 함부로 접근하지 못하는 사람들. 그는 뿌듯한 자부심을 느끼며 잠시 두 눈을 감고 시원한 그늘 바람을 상상했다. 오래전 이 마을을 떠맡으면서 그들의 수호자이자 친구이자 후원자가 되겠다고 맹세했었다. 뭐든 필요한 게 있으면 토머스 커글린을 찾아라. 그럼 그가 알아서 처리해 줄 것이다. 물론 그렇게 했다. 하지만 토요일만은 절대, 절대 금물이었다. 토요일이면 '토미' 커글린을 내버려 둘 지어다. 그도 그의 가족을 돌봐야 할 테니까. 그의 아들 셋과 사랑하는 아내.

266

그때는 사람들이 그를 문어발 '토미'라고 불렀다. 동네 감초라는 뜻의 호칭이겠으나, 워싱턴 스트리트 인근의 유대인 모피가게에서 나오는 복시 루소와 팁스 모런과 건달 셋을 혼자 붙잡은 후 확실하게 굳어지고 말았었다. 당시엔 순경 신분이었다. 그리고 놈들을 제압한 후("그래, 그렇게 많은 놈들하고 싸우려면 문어발이어야 하겠지!") 둘씩 묶어놓고 호송마차를 기다렸다. 사실, 몰래 다가가 경찰봉으로 복시 루소의 뒤통수를 강타하자 다른 놈들도 맥을 추지 못했었다. 두목 놈이 들고 있던 금고의 한쪽 끝을 놓자 다른 셋도 그럴 수밖에 없었고 그로 인해 발 네 개와 발목 두 개가 부러졌기 때문이었다.

그는 그 시절을 떠올리며 미소 지었다. 그 때는 더 단순한 시대였다. 그런 걸 좋은 시절이라고 부르던가? 그도 젊었고 힘도 자신감도 넘쳐났다. 실제로 팀원 중 가장 동작이 빠르기도 했다. 그와 에디 맥케나는 찰스타운과 노스엔드, 그리고 사우스 보스턴의 부두에서 일했는데, 경찰에게 그곳보다 더 이상 위험천만한 곳도 없을 것이다. 하지만 반면에 더 부유한 동네도 없었다. 큰손이 단순한 위협으로 이둘을 떨쳐낼 수 없다고 판단하면 그 다음은 타협안을 제시해 왔다. 결국 보스턴은 항구도시고 물건의 진입을 막는 게 있다면 그게 무엇이든 사업에 지장이 될 수밖에 없기 때문이다. 어릴 적 코르크 카운티의 클로나킬티 시절부터 사무치게 깨닫고 있었지만 사업의 핵심은 언제나 타협이었다.

그가 눈을 뜨자 바다의 푸르른 광채가 두 눈을 가득 채웠다. 그는 다시 몸을 추스르고 제방길을 따라 카슨 비치를 향해 걸어갔다. 무더위는 덜했다고 하나, 이번 여름은 이미 악몽의 분위기를 띠고 있었다. 경찰 내부의 불화는 사랑하는 팀의 파업 가능성까지 점치고 있고, 그 와중의 대니는 부자의 연까지 끊고 말았다. 그것도 처음 집에 들였을 때 더러운 피부와 빠진 이빨밖에 남은 게 없던 매춘부 때문에 말이다. 물론 그년은 도니골 출신이다. 그것만으로도 빤한 노릇이었다. 절대 도니골 인간들을 믿지 말 것. 하나같이 유명한 거짓말쟁이들에 불평분자들뿐이니 말이다. 이틀째 실종 상태인 조는 도시 어딘가에 숨어 그를 찾으려는 모든 시도를 조롱하고 있었다. 그 애는 대니와 닮아도 너무 닮았다. 토머스 자신의 형 리암과도 닮았다. 세상을 깨부수려 했으나 결국 스스로가 깨지고 만 남자. 리암, 그는 죽었다. 28년 전 어느 날. 그는 코르크 시의 골목에서 피를 흘리고 쓰러져 있었다. 범인은 잡지 못했고 주머니는 텅 빈 채였다. 여인 아니면 노름빚 때문이겠지만, 손해 보는 장사라는 점에서는 어느 것이나 마찬가지였다. 그도 쌍둥이 형 리암을 사랑했다. 그건 대니를 사랑하고 조를 사랑하듯, 당혹감과 감탄과 멸시가 복잡하게 얽힌 그런 사랑이었다. 그 셋은 이성을 비웃고 감성을 먹고 사는 풍차와 싸우는 돈키호테들이다. 리암이 그랬듯, 토머스의 아버지가 그랬듯, 술이 그들을 마실 때까지 술을 마시는 그런 부류들이다.

패트릭 도네건과 클로드 메스플레드는 작은 노대에 앉아 바다를 보고 있었다. 그 너머가 암녹색의 낚시용 잔교인데 낮에는 거의 비어 있었다. 그가 손을 들자 그들도 손을 들어 응답했다. 그는 터벅터벅 백사장을 걷기 시작했다. 집의 열기를 피해 백사장의 열기를 찾은 가족들이 그를 지나쳐갔다. 한가롭게 바닷가에 드러눕거나, 온가족을 이런 식의 집단적 태만으로 내모는 아버지들을 죽어도 이해할 수 없었다. 로마인들이 태양의 신을 받든다는 핑계로 시작했던 짓들이겠지만, 이제 사람들은 짐말보다 게으를 팔자가 못 되었다. 나태는 변덕스러운 사고와 비도덕적 가능성을 용인하고, 회의주의자를 양산한다. 할 수만 있다면 저 사내놈들을 걷어차 버리고 싶었다. 게으른 가족들을 백사장에서 내쫓아 모두 일터로 돌려보내고 싶었다.

패트릭 도네건과 클로드 메스플레드는 미소 띤 얼굴로 그를 지켜보았다. 늘 미소가 가득한 자들이다. 마치 한 사람처럼 움직이는 파트너. 도네건은 6지구의 선거구장이고 메스플레드는 구의원인데, 지난 18년간 수많은 시장, 주지사, 경찰서장, 경찰청장, 대통령들을 거치면서도, 그들은 끝끝내 그 지위를 지켜냈다. 아무도 들여다볼 엄두조차 못 내는 도시 심장부에 깊이 틀어박혀, 바로 그 심장부를 경영한 덕택이었다. 물론 그 일엔 주요 위원회의 핵심보직을 움켜쥐고 지역구와 살롱과 건물계약과 지역 특혜를 관할하는, 몇몇 다른 지역의 선거구장 및 각 계층 지방의원들의 협력이 있었다. 그런 사업들을 통제한다면, 당연히 범죄를 통제하고 법을 통제하고 궁극적으로 동일 지역의 만사, 즉 도시를 움직이는 모든 것을 통제한다는 얘기다. 법원, 선거구, 지역구, 도박장, 여자, 사업, 노조, 투표 등, 그야말로 모든 것이다. 그 중에서 투표야말로 파생력이 가장 큰 원동력이자 황금알을 낳는 거위에 다름 아니다. 그것도 무한 재생산이 가능한.

그 시스템이 유치할 정도로 단순함에도 불구하고, 이 지상에서 고작 백년밖에 허락되지 않은 삶을 가진 인간으로서는 결코 이해하지 못할 것이며, 그 이유는 알기를 원치 않기 때문이다.

토머스는 전망대 안으로 들어가 내벽에 기댔다. 나무판은 뜨겁고 백열의 태양은 매부리처럼 이마 한가운데를 쪼아댔다.

"식구들은 어떤가, 토머스?"

토머스가 도네건에게 소형가방을 내밀었다.

"좋아요, 패트릭, 아주. 부인은요?"

"괜찮아. 마블헤드에 짓고 있는 집 때문에 건축가들을 열심히 물어뜯고 있을 거야."

도네건이 가방을 열고 안을 들여다보았다.

"클로드는 어떻게 지냈어요?"

"장남 앙드레가 변호사 시험을 통과했다오."

"오, 축하해요. 여기?"

"뉴욕. 콜롬비아를 졸업했죠."

"자랑스럽겠군요."

"예, 물론이요, 토머스. 고마워요."

도네건이 내용물을 대충 뒤척였다.

"우리가 원한 리스트 모두인가?"

토머스가 끄덕였다.

"그 이상이죠. NAACP를 보너스로 넣었으니까."

"아, 당신 능력엔 탄복하지 않을 수가 없다니까."

토머스가 어깨를 으쓱였다.

"이번엔 거의 에디 공이죠."

클로드가 토머스에게 소형잡낭을 건넸다. 토머스가 열어보니 안에는 돈 뭉치 두 다발이 들어 있었다. 둘 다 종이로 감싸고 테이프로 봉한 터였다. 그런 식의 거래엔 일가견이 있기 때문에 두께만으로도 그와 에디를 위한 대가가 약속보다 훨씬 큰 몫임을 알 수 있었다. 그가 클로드에게 한쪽 눈을 찡긋해 보였다.

"회사 하나가 더 가입했소. 그 때문에 배당금이 늘었지."

"잠시 걷겠나, 토머스? 여긴 너무 더워."

도네건이 제안했다.

"예, 그게 좋겠군요."

그들은 재킷을 벗고 잔교 쪽으로 천천히 걸어갔다. 한낮이라 낚시꾼은 거의 없었다. 나머지들도 낚시보다는 발밑의 맥주 양동이에 관심이 많은 부류일 것이다.

그들은 난간에 기대 대서양을 내다보았다. 클로드 메스플레드가 담배를 말아, 양손으로 바닷바람을 막고 불을 붙였다.

"하숙집으로 개조할 살롱들 목록을 완성했죠(금주법의 영향으로 살롱은 숙박업으로 업종변경을 하지만, 숙박업을 빙자한 밀주와 매춘은 더 큰 사회 문제를 일으키고 마피아의 세력을 키워주는 계기가 된다. 때문에 종종 법망의 감시를 받았다 — 옮긴이)."

토머스 커글린이 고개를 끄덕였다.

"담당자 중에 배신할 만한 자는 없습니까?"

"전혀."

"우려할 만한 전과자도?"

"확실해요."

토머스가 고개를 끄덕이며 재킷 안주머니에서 시거를 꺼내 끝을 자르고 불을 붙였다.

"다들 지하실은 있겠죠?"

"그야 말하나마나죠."

"그럼, 문제없습니다."

토머스가 천천히 시거를 뿜어댔다.

"부두와 관련된 문제가 하나 있긴 해요."

"내 관할은 아니군요."

"캐나다인들 부두야."

도네건이 말했다.

토머스가 도네건을 보고, 다시 클로드를 보았다.

"우리가 조처(措處)하고 있네."

다시 도네건.

"신속해야 합니다."

"토머스."

토머스가 클로드를 돌아보며 물었다.

"기점과 배달을 통제 못하면 어떤 일이 일어날지 알기나 해요?"

"물론."

클로드가 대답했다.

"정말?"

"안다고 했잖소."

"정신 나간 아일랜드 놈들과 이태리 놈들이 조직을 결성하려고 해요. 이제 더 이상 길거리 광견들이 아니라 노조들이 문제란 말이요. 놈들이 항만노동자들과 트럭운전사들을 통제할 텐데 그건 곧 운송을 장악한다는 뜻이죠. 그럼 이제 놈들과 계약해야 해요."

"그런 일은 절대 일어나지 않소."

토머스가 시거 끝의 재를 의식하고 시거를 바람에 내맡겼다. 바람이 재를 갉아먹으면서 그 안의 이글거리는 불꽃을 드러냈다. 그는 불꽃이 청색에서 적색으로 변하기를 기다렸다가 다시 입을 열었다.

"놈들이 통제권을 쥐면 상황은 완전히 뒤집어져요. 놈들이 우릴 통제하는 겁니다. 우리가 통제하는 게 아니라. 당신은 캐나다에 친구들을 관리하고 있잖소, 클로드."

"그리고 당신은 보스턴 경찰을 관리하고 있지. 사실 파업에 대한 얘기도 듣고 있소, 토머스."

"주제를 흐리지 맙시다."

"그게 주제요."

토머스가 그를 보았다. 클로드는 바다를 향해 담뱃재를 털고 다시 힘껏 담배를 빨아들였다. 토머스는 고개를 저어 치미는 화를 달래고 잠시 바다 쪽으로 몸을 돌렸다.

"파업이 없을 거라고 말하는 거요? 장담할 수 있소? 노동절에 돌아가는 꼬락서니를 보아하니, 그쪽에도 깽판을 놓는 애들이 있더군. 패싸움을 좋아하는. 그런데 당신이 통제할 수 있다고?"

"시장의 관심을 끌어달라고 작년 내내 사정했잖소. 그래서 어떻게 됐죠?"

"나한테 책임을 돌리자는 거요, 토머스?"

"책임을 돌리는 게 아니요. 시장 입장을 묻는 거지."

클로드가 도네건을 돌아보다가 다시 바다를 향해 담뱃재를 털었다.

"이런, 피터스는 허수아비요. 그 정도는 알잖소. 임기 내내 열네 살짜리 첩하고 뒹굴기만 했더군. 알아보니 그것도 사촌이랍니다. 게다가 그동안 그의 모리배 놈들은 율리시스 그랜트(미국 18대 대통령 ─ 옮긴이)의 날강도 내각이 무색할 정도로 발광을 했소. 당신 부하들도 딱하지 않은 건 아니지만, 솔직히 말해서 주어진 기회를 날려버린 건 그 자들 자신 아니요?"

"언제?"

"4월. 연간 200의 인상분을 거절했소."

"맙소사, 생계비가 73퍼센트나 오른 후에? 무려 73퍼센트요!"

토머스가 탄성을 질렀다.

"숫자는 나도 아오."

"연간 200은 전쟁 전의 약속이었소. 연간 최저생계비가 1500인데 대개의 경찰은 그보다 훨씬 못한 형편이요. 그 아이들은 경찰이에요, 클로드. 그런데 검둥이와 여자들보다 저임금으로 일하고 있단 말입니다."

클로드가 고개를 끄덕이며 토머스의 어깨에 한 손을 얹고 가볍게 다독여주었다.

"그건 우리도 인정하는 바요. 하지만 시청과 청장실 분위기는 비상요원이라는 이유를 들어 그들을 근무태만 리스트에 올리겠다는 쪽이 더군. 노조 결성이 불가능하기 때문에 파업도 안 된다는 얘기였소."

"아니, 가능합니다."

"아니, 토머스. 불가능해요. 패트릭이 구역을 돌며 비공식 여론을 확인했소. 패트릭?"

도네건이 난간 너머로 두 손을 내밀었다.

"토머스, 이렇게 보자고…… 유권자들하고 얘기해 봤는데, 경찰이 파업을 일으킬 경우, 이 도시는 분노를 한꺼번에 터뜨리고 말 거야. 실업률, 치솟는 생계비, 전쟁, 일거리 빼앗는 남부 출신의 흑인들, 하루아침에 치솟는 물가…… 그 불만을 모조리 쏟아 붓는 거야."

"도시는 폭동에 휩싸일 거요. 몬트리올 꼴이 나는 거지. 그리고 사람들이 내면의 폭도 기질을 확인하면 어떻게 되는지 압니까? 그럼, 희생자를 골라요. 즉, 선거요, 토머스. 선거를 망치는 거라고."

토머스가 한숨을 내쉬고 시거를 빨았다. 바닷가엔 어느새 소형요트 한 척이 떠다니고 있었다. 갑판 위에서 세 명의 그림자를 확인할 수 있었다. 남쪽의 짙은 먹구름이 서서히 태양을 향해 접근하기 시작했다.

"자네 애들이 파업을 해? 그래 봐야 이기는 건 늘 대기업이야. 그들은 파업을 노조 박살용 몽둥이로 이용하니까. 아일랜드 깽깽이들, 민주당 놈들…… 이 나라에서 버젓한 일과에 버젓한 일당이 가당하다고 여기는 인간들 모두를 박살내는 거야. 그자들이 원하는 대로 될 테니 두고 보라고. 노동자들은 30년 전으로 곤두박질치고 말 테니까."

토머스가 그 말에 미소를 지었다.

"그게 어디 내 잘못뿐입니까? 오미라가 함께 있다고 해도 결과를 장담하지 못했을 겁니다. 하지만 커티스요? 그 개자식은 이 도시를 뿌리까지 날려서 지역은 물론 지역 토호들까지 덮어버리고 말 겁니다."

"당신 아들은?"

클로드가 물었다. 토머스가 고개를 돌리자 시거 끝이 클로드의 코를 겨냥했다.

"예?"

"당신 아들이 보스턴 경우회와 한 패잖소. 아버지처럼 아주 달변이라더군."

토머스가 시거를 빼냈다.

"가족 얘기는 뺍시다, 클로드. 그게 규칙 아니요?"

"좋은 시절 얘기지. 지금은 당신 아들이 끼어 있소, 토머스. 그것도 아주 깊이. 들은 바로는, 날마다 인기가 치솟고 있는 데다 연설도 이젠 불꽃이 튈 정도라더군. 적어도 그 아이하고 얘기는 해봐야……"

클로드가 어깨를 으쓱이며 말꼬리를 흐렸다.

"지금은 그럴 정도로 살가운 관계가 못 되오. 일이 좀 있어서."

클로드가 두 눈을 치켜뜨고 잠시 그 얘기를 되새기더니 가볍게 아랫입술을 핥았다.

"그럼, 그 일을 수습해요. 누군가 누구든 설득해 어리석은 일을 못하게 해야지 않겠소? 난 시장과 그의 깡패새끼들을 맡고, 패트릭은 민심을 추스를 거요. 신문에도 호의적인 기사 몇 줄 넣을 생각이요. 하지만 토머스, 당신은 아들부터 챙겨요."

토머스가 패트릭을 건너다보았다. 패트릭이 고개를 끄덕였다.

"설마 벌써 발을 빼고 싶은 건 아니겠지, 토머스?"

토머스는 그 말에 대답하지 않고 시거만 입에 물었다. 그리고 셋은 다시 난간에 기대 바다를 내다보았다.

구름이 다가와 그림자로 배를 덮어버렸다.

"나도 내내 저런 보트를 생각했지. 물론 더 작은 거지만."

패트릭 도네건이었다. 클로드가 웃었다.

"왜 웃나?"

"물에 집을 짓는 시대입니다. 보트로 뭘 하시게요?"

"배를 타고 내 집 주변을 돌아보면 되지."

패트릭이 말했다. 비록 어두운 분위기였지만 토머스는 저도 모르게 씩 웃었다. 클로드도 키득거리며 놀렸다.

"아무래도 여물통에 중독된 모양입니다."

패트릭은 그 말에도 어깨만 으쓱였다.

"난 여물통이 좋아. 그래, 인정해. 여물통을 신뢰하지. 하지만 그건 작은 여물통이야. 교도소 같은 데나 있는. 저 사람들? 그들은 나라를 몇 개 합쳐놓은 크기의 여물통을 원한다고. 끝 간 데를 모르는 자들이니까."

구름이 덮치자 요트 위 그림자들의 몸짓도 빨라지기 시작했다.

클로드가 손뼉을 치고 두 손을 비볐다.

"자, 남의 눈에 띄고 싶은 생각은 없겠죠? 게다가 비도 내릴 모양입니다, 여러분."

"그래. 비 냄새가 나는군그래."

패트릭의 말을 신호로 그들은 잔교를 벗어났다.

토머스가 집에 다다를 때쯤엔 비가 퍼붓고 있었다. 하늘이 꺼지기라도 한 듯한 폭우였다. 비록 땀처럼 미적지근하고 또 습도까지 끈적거렸지만, 원래 뜨거운 햇볕을 싫어하는 체질이라 덕분에 어느 정도 기운을 회복할 수 있었다. 마지막 몇 블록은 여유로운 산책을 즐기듯 걸음까지 늦추고 하늘을 올려다보기까지 했다. 그는 뒷문을 통해 들어가 건물 옆 통로의 화단으로 향했다. 꽃들도 비의 선물에 토머스만큼이나 기쁜 표정이었다. 엘렌은 부엌문으로 들어오는 남편을 보고 화들짝 놀라고 말았다. 마치 교도소를 탈출한 죄수처럼 보였으니 말이다.

"맙소사, 여보!"

"놀라기는."

그가 미소 지었다. 아내에게 웃어준 게 언제였더라? 그녀도 웃어보였다. 마찬가지로 그녀의 미소를 본 게 언제였는지 잘 기억이 나지 않았다.

"흠뻑 젖었네요."

"그러고 싶었어."

"여기 앉아요. 수건 가져올 테니."

"난 괜찮아요, 여보."

그녀는 벽장에서 면수건을 들고 돌아왔다.

"조의 소식을 들었어요."

그녀의 눈이 촉촉하게 빛났다. 그녀는 타월로 남편의 머리를 덮고 열심히 문질렀다.

"제발, 어서 얘기해 봐, 엘렌."

"에이든의 집에 돌아왔다네요."

그녀는 마치 잃어버린 고양이를 얘기하듯 했다.

조가 달아나기 전, 그녀는 대니의 결혼으로 인한 충격으로 방 안에 칩거해 버렸다. 조가 집을 나간 후엔 다시 밖으로 나와 미친 듯이 청소를 시작했다. 그리고는 토머스한테 자기가 옛날 모습으로 돌아왔으니 이제 아들을 찾으면 기뻐해 줄 것인지 물었다. 청소를 하지 않을 때면 여기저기 우왕좌왕하거나 뜨개질을 했으며, 내내 토머스에게 조를 찾고 있는지 물었다. 물론 걱정 많은 엄마의 잔소리였다. 하지만 동시에 걱정 많은 엄마가 하숙생한테 하는 말투이기도 했다. 지난 몇 년 전부터 그녀와의 관계는 모두 끊어진 셈이었다. 그저 이따금 목소리에 비치는 애정에 기꺼워하기는 했으나 그녀의 눈은 거의 언제나 싸늘하기만 했다. 물론 눈빛이 완전히 꺼져버린 탓이었다. 그녀는 언제나 두 눈을 살짝 치켜뜨고 있었다. 그러니까 항상 자기 자신과만 대화하는 사람처럼 말이다. 그는 아내에 대해 아는 게 없었다. 당연히 아내를 사랑한다고 확신하기는 했다. 함께 지낸 세월이 어디 한두 해던가. 하지만 실제로 시간은 습관에 기초한 관계만 남겨두고 두 사람에게서 서로를 앗아가기만 했다. 살롱 주인과 단골손님의 관계처럼 말이다. 습관적인 사랑에 선택권 따위가 있을 리 없었다.

하지만 두 사람의 결혼이 실패한 데에는 그의 책임이 컸다. 그건 그도 인정하는 바이다. 결혼 당시 아내는 어린 소녀에 불과했다. 그래서 그도 아이 다루듯 했다. 그런데 세월이 흐르고, 어느 날 아침, 소녀가 아닌 여인을 필요로 했을 땐 이미 때가 늦은 후였다. 늦어도 너무 늦었다. 그래서 그는 기억 속의 그녀를 사랑했다. 이미 오래 전에 지나버린 자기 자신의 모습으로 그녀를 사랑했다. 그녀가 전혀 변하지 않았기 때문이다. 그래도 아직 그를 사랑하기는 할 것이다(사실, 사랑한다고 해도 더 이상 알 도리는 없었다.). 그녀의 환상을 감내해 주는 남편인데 어찌 아니겠는가.

피곤해. 그녀가 머리에서 수건을 벗겨냈을 때 문득 그런 생각이 들었으나 정작 입에서 나온 말은 달랐다.

"에이든 집에 있다고?"

"예. 에이든이 전화했어요."

"언제?"

"조금 전에요. 아이는 안전해요, 토머스." 그녀는 남편의 이마에 입을 맞추고 몸을 일으켜 세웠다. 최근의 그녀답지 않은 또 하나의 이질적인 행동인 셈이다. "차 드려요?"

"에이든이 데려온다고 하던가? 우리 아들을?"

"조가 그곳에서 자고 싶다고 했대요. 에이든도 나가야 할 모임이 있고."

"모임이라."

그녀가 찻잔을 찾기 위해 캐비닛을 열었다.

"아침에 데려다준다고 했어요."

토머스는 입구의 전화로 가서 웨스트 4번가의 마티 케닐리 집에 전화했다. 잡낭은 전화 테이블 아래 내려놓았다. 마티는 세 번째 벨소리에 수화기를 들고 언제나처럼 고함부터 질러댔다.

"여보세요? 예, 여보세요?"

"마티, 나 커글린 서장이다."

"아, 서장님이십니까?"

토머스가 아는 한 자기 말고 마티한테 전화하는 사람은 아무도 없었다.

"나야, 마티. 차를 준비해야겠다."

"이런 비에는 차도 쉬어야 합니다, 서장님."

"차를 쉬게 하는 중인지 물은 게 아니잖아. 10분 후까지 이곳으로 가져와."

"예, 알겠습니다."

마티의 고함소리를 들으며 토머스가 전화를 끊었다.

그가 부엌으로 돌아왔을 때 주전자가 막 끓기 시작했다. 그는 셔츠를 벗고 수건으로 두 팔과 상체를 문질렀다. 가슴의 털이 어찌나 하얗게 새었던지 자신의 묘비석이라도 본 듯 기분이 우울했다. 하지만 곧바로 그런 감상을 떨쳐내기는 했다. 아직 복근이 단단하고 상박 또한 알통이 만만치 않음을 확인했기 때문이다. 대니라면 몰라도, 지금도 팔씨름이라면 두려운 상대가 없을 정도였다.

리암, 형은 이미 28년 전에 무덤에 들어갔지만 난 아직 건장해.

엘렌이 스토브에서 돌아오다가 그의 벗은 상체를 보더니 얼른 시선을 돌렸다. 토머스는 한숨을 내쉬고 두 눈을 굴렸다.

"맙소사, 여보, 나야. 당신 남편이라고."

"어서 옷 입어요, 토머스. 이웃사람들 볼까 두렵네요."

이웃사람들? 그녀가 아는 이웃 같은 건 거의 없었다. 더군다나 아는 사람들조차도 요즘 그녀가 어떤 원칙에 매달리는지 감도 잡지 못한 터였다.

세상에, 어떻게 한 집에 사는 부부가 서로를 이다지도 모를 수 있다는 말인가. 토머스는 침실로 들어가 깨끗한 셔츠로 갈아입으며 그런 생각을 했다.

한 때 그에게도 여자가 있었다. 약 6년 동안 파커 하우스에 살면서 그의 돈을 제멋대로 쓰고 다녔지만 그래도 그가 문을 들어설 때면 늘 술을 내오고, 얘기하거나 섹스를 할 땐 그의 눈을 들여다보았다. 그러다가 1909년 가을, 그녀는 호텔보이와 사랑에 빠져 볼티모어로 떠났다. 디디 구드윈. 그래 그 이름이었다. 그녀의 벗은 가슴에 머리를 기댈 때면 무슨 말이라도 할 수 있을 것 같았다. 두 눈을 감으면 뭐든 될 수 있을 것도 같았다.

부엌으로 돌아가자 아내가 차를 내왔다. 그는 선 채로 차를 마셨다.

"서에 가시게요? 토요일에?"

그가 끄덕였다.

"오늘은 집에 있을 줄 알았는데…… 함께 있으면 안 돼요, 여보?"

'그래서 뭘 하게?' 그는 그렇게 묻고 싶었다. '몇 년째 얼굴도 보지 못한 올드소드의 친척 얘기나 떠들어대게? 내가 얘기를 시작하려 하면 벌떡 일어나 청소를 하고? 그리고 아무 말 없이 저녁을 먹은 다음엔 당신은 당신 방으로 사라지겠지?'

"조를 데리러 가는 거야."

"그 아인 에이든이……"

"에이든이 뭐라고 했던 상관없어. 그 앤 내 아들이니 집에 데려와야지."

"난 조 셔츠나 빨아야겠네요."

그녀가 말했다.

그가 고개를 끄덕이고 넥타이를 매만졌다. 밖은 비가 그쳐 있었다. 집에선 비 냄새가 나고 뒷마당의 나뭇잎들에서도 비 떨어지는 소리가 들렸지만 하늘은 어쨌든 밝아지고 있었다.

그는 상체를 숙여 아내의 뺨에 키스했다.

"아이만 데리고 돌아올 거야."

그녀가 고개를 끄덕였다.

"아직 차도 다 안 마셨어요."

그가 잔을 들고 마저 비웠다. 잔을 내려놓은 다음엔 모자걸이에서 밀짚 맥고모자를 꺼내 머리에 썼다.

"멋져 보여요."

그녀가 말했다.

"당신도 여전히 케리 카운티에서 최고로 예쁜 소녀야."

그녀가 슬픈 미소를 짓고 고개를 끄덕였다.

그가 부엌을 벗어나는데 그녀가 그를 불렀다.

"여보?"

그가 돌아보았다.

"응?"

"아이한테 너무 심하게 대하진 말아요."

갑자기 짜증이 치밀었지만 그는 대신 미소로 대처했다.

"무사한 것만으로도 고마운 일이요."

그녀가 고개를 끄덕였다. 문득 그녀의 두 눈에서 다시 남편을 아는 듯한 눈빛이 스치고 지나갔다. 그는 고개를 들고 더욱 크게 웃어 보였다. 가슴에서 다시 희망이 퍼덕이기 시작했다.

"아이를 때리지나 말아요."

그녀가 아무렇지도 않게 내뱉고 다시 찻잔으로 돌아갔다.

그를 방해한 건 노라였다. 그녀는 5층 창문을 열어 계단 위에 서 있는 그에게 이렇게 외쳤다.

"조는 오늘 밤 이 집에서 잘 거예요, 커글린 씨."

284

이태리 얼간이들이 등 뒤와 보도와 거리를 가득 채우고 있는 판에, 계단에서 위를 향해 고함을 치는 게 영 마뜩찮았다. 게다가 공기에선 똥 냄새와 썩은 과일과 하수구 냄새가 진동했다.

"아들을 데려가겠다."

"말했잖아요. 오늘밤은 조가 여기서 자고 싶어 한다고."

"내가 조한테 말해보겠다."

그녀가 고개를 저었다. 그는 여자의 머리채를 잡아 창문 밖으로 끌어내는 상상을 해야 했다.

"노라."

"창문 닫아야겠어요."

"난 경찰서장이야."

"어떤 분이신지는 잘 압니다."

"올라갈 수도 있다."

"장관이겠네요. 다들 서장님 난동에 대해 쑥덕거릴 텐데요?"

그녀가 지분댔다.

오, 저런 죽일 년 같으니.

"에이든은 어디 있냐?"

"모임에 갔어요."

"어떤 모임?"

"어떤 모임이겠어요? 조심히 돌아가세요, 커글린 서장님."

그녀가 창문을 쾅 하고 닫았다.

토머스가 계단을 내려와 악취 나는 이태리 놈들을 헤치고 나가자

마티가 차문을 열고 다시 돌아와 운전석으로 들어갔다.

"이제 어디로 모실까요, 서장님? 댁으로 가시겠습니까?"

토머스가 고개를 저었다.

"예, 서장님. 그럼 09지구입니까?"

토머스가 다시 고개를 저었다.

"페이홀이다, 마티."

마티가 클러치를 풀자 차가 비틀거리다 잠시 진정했지만, 가속페달에 다시 툴툴거리기 시작했다.

"거긴 보스턴 경우회 사령부입니다, 서장님."

"뭐 하는 곳인지는 잘 안다, 마티. 어서 그곳으로 데려다주기나 해."

"손 좀 들어봅시다. 이 방에서 우리가 파업을 논하거나 그 단어를 거론하는 걸 들어본 사람이 있습니까?"

대니가 물었다. 홀에는 1000명이 넘는 남자들이 모였으나 손을 드는 사람은 아무도 없었다 .

"그런데 그 얘기가 어디에서 나온 거죠? 우리가 파업을 계획하고 있다고 신문이 떠들어대는 이유가 뭡니까?" 그가 사람들을 둘러보다가 홀 뒤쪽에 서 있는 토머스를 보았다. "우리가 파업할 거라고 전 도시에 광고해서 이익을 볼 자가 누굽니까?"

몇 명이 토머스 커글린을 돌아보았다. 그가 미소를 짓고 손을 흔들어보였다. 그러자 사람들이 키득거리며 웃기 시작했다.

대니는 웃지 않았다. 그는 한창 열이 오른 터였다. 연단에 오른 아들을 보고 토머스는 대단한 자부심을 피할 도리가 없었다. 아들이 세상의 지도자로서 자리를 찾게 될 거라는 사실을 의심해 본 적은 한 번도 없었다. 다만 토머스가 찬성할 만한 전쟁터가 아니라는 게 문제일 뿐이었다.

"그들은 정당한 대가를 거부하고 있습니다. 우리가 가족을 먹여 살리는 걸 원치도 않습니다. 우리가 버젓한 보금자리를 마련하고 자식들을 교육시키는 것도 거부합니다. 그래서 우리가 항의하면? 저들이 우릴 사람처럼 대우합니까? 우리와 협상을 합니까? 아뇨. 저들은 우리를 공산주의자에 파괴분자로 몰아붙이기 위한 언론플레이만 합니다. 저들은 우리가 파업을 일으킬 것이라는 말로 시민들을 협박하고 있습니다. 그러다가 정말로 그 지경에 이르면 이렇게 말하겠죠. '어때, 우리 말이 맞지?' 저들은 우리가 자신들을 위해 피를 흘리기를 원합니다. 그리고 피를 흘리면 싸구려 붕대를 던져주고 쥐꼬리 봉급에서 붕대 값을 빼내가죠."

그 말에 홀이 들끓기 시작했다. 토머스도 이제 아무도 웃지 않는다는 사실을 깨달았다.

그가 아들을 바라보며 머릿속으로 외쳤다. '바로 이때야!'

"저들이 이기는 길은 우리가 저들의 함정에 걸리는 것뿐입니다. 단 한 순간이라도 저들의 간악한 거짓말을 믿으면 안 됩니다. 우리가 잘못 한다고 생각해서도 안 되고, 기본적 인권의 요구를 파괴적 선동으로 몰아붙이는 거짓에 넘어가서도 안 됩니다. 우리의 봉급은 빈곤선에도 못 미칩니다, 여러분. 그 수준도 아니고, 그 수준을 살짝 넘어서는 것도 아니고 그 훨씬 아래라는 말입니다. 노조를 결성할 수도 없고 노동총연맹과 제휴해서도 안 된다고 주장하는 이유는 우리가 '없어서는 안 될' 도시 공무원이기 때문입니다. 하지만 아무리 중요하면 뭘 합니까? 저들이 언제 우리를 중요한 인력으로 대접했던가요? 예를 들어 전차 운전사가 우리보다 두 배는 더 소중합니다. 그러니까 우리보다 두 배를 버는 겁니다. 게다가 운전사는 가족을 부양하면서도 연이어 15일을 일하지는 않습니다. 그들은 72시간 근무제로 일합니다. 심지어 마지막으로 확인했을 땐 총 맞은 사람도 없더군요."

다시 사람들이 웃었다. 대니도 슬며시 미소를 흘렸다.

"지난주엔 필즈코너에서 칼 맥클라리가 당했습니다. 하지만 전차 운전사는 칼에 찔리지도 않고 죽도록 얻어터지지도 않습니다. 안 그렇습니까? 노동절 폭동 때 폴 웰치처럼 총에 맞지도 않습니다. 아닙니까? 신종독감 때 우리 모두 그랬듯, 매 시간 목숨을 걸지도 않는다 이겁니다. 제 말이 틀렸습니까?"

"옳소!"

사람들이 고함을 지르고 주먹을 휘둘러댔다.

"우리는 이 도시의 더러운 일을 모두 도맡아 합니다, 여러분. 그렇다고 특별 대접을 원하는 것도 아닙니다. 정당하고 동등한 대접 외에 그 어떤 것도 바라지 않습니다. 버젓하게 일하고 사람답게 사는 것. 말이나 개가 아니라 사람으로 취급받는 것…… 오직 그뿐입니다."

사람들이 숙연해졌다. 기침 하나 숨소리 하나 없었다.

"모두 아시다시피, 경찰노조의 지부를 인정하지 않는 건 전미 노동총연맹의 뿌리 깊은 정책입니다. 모두 아시다시피, 우리의 마크 덴튼이 지난 해, 총연맹의 새뮤얼 곰퍼스에게 여러 번 제안했으나 모두 거부당했습니다." 대니는 등 뒤에 앉아 있는 덴튼을 돌아보고 미소를 지었다. 그가 청중을 돌아보았다. "적어도 오늘까지는."

그 말이 청중들에게 인식되는 데는 얼마간의 시간이 필요했다. 토머스 자신도 그 말을 여러 차례 머릿속에서 되뇐 후에야 그 엄청난 파장을 느낄 수 있었다. 경관들이 서로를 보면서 속닥이더니, 이내 홀 전체가 웅성거리기 시작했다.

대니가 크게 웃어보였다.

"무슨 말인지 아시겠습니까? 전미 노동총연맹은 보스턴 경우회를 위해 정강을 수정했습니다. 우리에게 지부를 허락한 겁니다. 월요일 아침까지는 모든 경찰서에 가입청원서가 전달될 것입니다. 우리는 이제 미합중국 최대 전국노조의 노조원입니다!"

대니의 목소리가 홀을 쩌렁쩌렁 울렸다.

경관들이 일어나자 의자들이 쓰러지고 환호가 홀을 가득 메웠다.

토머스는 아들이 무대 위에서 마크 덴튼을 끌어안는 것을 보았고, 두 사람이 군중을 향해 돌아서서 수백 동료들의 손에 화답하려 하는 모습을 보았고, 대니가 스스로의 대견함에 크게 고무되어 있음을 보았다. 그런 상황이라면, 벅차지 않는 게 도리어 이상할 것이다. 토머스는 문득 그런 생각이 들었다.

'내가 호랑이 새끼를 낳았군.'

밖은 다시 비가 내렸지만 안개와 가랑비 중간 정도의 가벼운 비였다. 사람들이 홀을 나서며 대니와 마크 덴튼에게 축하와 악수와 격려를 보냈다.

몇 명은 토머스에게 윙크를 하거나 모자를 건드려 인사했고 그도 가볍게 응대했다. 그들이 그를 적으로 보지 않음을 알기 때문이다. 사실 울타리 어느 쪽에 고정되기엔 그는 너무나도 교활했다. 그렇다고 그들이 그를 믿는 건 아니었다. 당연한 일이다. 하지만 그들의 눈에서 그는 감탄의 빛을 보았다. 감탄과 어느 정도의 두려움. 그래도 증오는 없었다.

그는 보스턴 경찰청의 거물이나 쓸데없이 어깨에 힘을 준 적은 없었다. 허영을 드러내는 건 결국 하급 신들의 전매특허 아니던가.

대니가 운전사까지 딸린 차를 타고 그와 동행할 리는 없었다. 그래서 토머스는 마티를 노스엔드로 보내고 대니와 함께 전차를 타고 도시를 가로질러 돌아왔다. 그들이 내린 곳은 배터리마치 역이었는데 당밀 홍수 때 파괴된 가대가 아직 수리 중이었기 때문이다.

집으로 돌아가는 도중 토머스가 먼저 물었다.

"아이는 어떻더냐? 너한테 무슨 말을 하더냐?"

"누군가에게 맞은 모양이에요. 뒤에서 목을 졸랐다더군요." 대니가 담뱃불을 붙이고 갑을 아버지에게 건넸다. 아버지도 한 개비를 뽑고는 함께 부드러운 안개비를 뚫고 걸었다. "그 말을 믿는 건 아니지만 어떻게 하겠어요? 사실이라고 우기는데. 이틀 밤을 거리에서 잔 애예요. 그 정도면 어느 아이든 겁에 질릴 겁니다."

두 사람은 한 블록을 더 걸었다.

"그래, 이제 젊은 세네카(로마의 웅변가이자 철학자 — 옮긴이)가 되었더구나. 그 위에 선 모습이 아주 당당해보였다. 솔직하게 인정하마."

대니가 쓸쓸한 미소를 지어 보였다.

"고마워요."

"이제 전국노조에 가입한 거냐?"

"그만두세요."

대니가 말했다.

"그만두다니?"

"이런 식의 논쟁 말입니다."

"노동총연맹은 압력이 가중되면 신생 노조부터 말라죽게 하는 곳이다."

"그만두자고 했잖아요."

"좋아, 알았다."

아버지가 양보했다.

"감사합니다."

"내가 어떻게 하면 되겠니?"

아버지가 물었다.

"잘 아시잖아요."

"모른다. 정말로. 네가 말해 보렴."

대니가 고개를 돌렸다. 분노로 가득했던 대니의 두 눈은 점차 장난기로 대체되었다. 대니는 아버지의 아이러니를 눈치 챌 수 있는 유일한 아들이었다. 세 아들 모두 유머가 있으나(그 점에서라면 꽤나 유서 깊은 가문이다.) 분위기는 모두 달랐다. 조는 시건방진 꼬마다웠다. 코너는 유머를 즐기지 않았지만 필요할 경우엔 항상 광범위하고 아슬아슬한 보드빌 풍이었다. 대니는 어느 쪽에도 강했으나, 무엇보다, 유일하게 토머스의 은밀하고 어두운 농을 이해했다. 요컨대 가장 끔찍한 순간에조차 허허실실 웃을 수 있는 아이라는 얘기다. 그리고 그건 그 어떠한 견해차이로도 깨뜨릴 수 없는 둘 사이의 유대감이기도 했다. 지난 세월 자식들을 믿지 않는다는 수많은 아버지와 어머니들을 만나보았다. 개소리들. 완전히 개소리들이다. 감정은 감정이다. 이성이 뭐라고 하든 감정은 스스로의 애인을 선택할 수밖에 없다. 토머스가 가장 좋아하는 아들은 분명했다. 에이든이다. 당연한 얘기다. 그 아이만이 그를 뼛속까지 이해했기 때문이다. 토머스 자신한테 늘 이로운 일은 아니었지만 그도 언제나 에이든을 이해했다. 그렇다면 서로 공평한 셈이 아닌가, 응?

"나한테 총이 있다면 아버지를 쐈을 겁니다."

"빗나갔을 거다. 네가 총 쏘는 걸 본 적이 있다, 대니."

토머스는 또다시 노라의 적대적인 환대를 받아야 했다. 그녀는 마실 것도 앉을 자리도 권하지 않았다. 그녀와 대니는 방구석으로 자리를 피하고, 토머스 혼자 창가 테이블에 앉아 있는 막내아들한테 다가갔다.

아이는 아버지가 다가오는 것을 지켜보았다. 토머스는 조의 텅 빈 두 눈을 보고 이내 마음이 흔들렸다. 아들한테서 뭔가 빠져나간 듯 보였기 때문이다. 그의 오른쪽 귀 바로 위에 검은 딱지가 보였다. 더욱 더 안타까운 사실은, 토머스의 손이 만들어낸 붉은 자국이 아직도 아들의 목을 조르고 있었고, 반지에 맞은 입술도 퉁퉁 부르튼 채였다는 것이다.

"조지프."

그가 아들 이름을 불렀다.

조는 멍하니 바라보기만 했다.

토머스는 아들 옆에 한쪽 무릎을 꿇고 두 손으로 얼굴을 감싼 다음 이마와 머리에 입을 맞추고 가슴으로 끌어안았다.

"오, 맙소사, 조지프." 그는 탄성을 내뱉고 두 눈을 감았다. 문득 지난 이틀 동안 심장을 옥죄었던 두려움들이 일순 피와 근육과 뼈를 통해 터져나가는 기분이었다. 그가 아들의 귀에 입술을 대고 속삭였다. "사랑한다, 조."

조가 그의 품 안에서 움찔했다.

토머스는 손을 떼고 뒤로 물러났다가 이번엔 두 손으로 아들의 뺨을 쓸어내렸다.

"얼마나 걱정했는지 모른다."

"예."

조가 중얼거렸다.

토머스는 아들에게서 평소의 모습을 찾았으나 그를 보고 있는 건 여전히 낯선 소년이었다.

"무슨 일이 있었니, 얘야? 괜찮아?"

"괜찮아요. 아이들한테 몇 대 맞은 것뿐이에요. 조차장에서."

아들의 살과 피가 두들겨 맞았다는 생각에 잠시 분노가 치밀었다. 토머스는 하마터면 또다시 아들을 때릴 뻔했다. 이런 일로 며칠 동안 두려움과 불면에 시달리게 하다니. 하지만 그는 잘 이겨냈고 충동도 지나갔다.

"정말이니? 애들한테 맞은 게?"

"예, 그렇습니다."

맙소사! 아이한테서 묻어나는 이 한기라니! 그건 아내가 '울적한 시기'에 내뿜는 한기이고, 일이 잘 풀리지 않을 때의 코너의 한기였다. 커글린 가문의 것은 아니었다. 그것만은 분명했다.

"그 아이들 중 아는 애가 있니?"

조가 고개를 저었다.

"그게 전부야? 다른 일은 없었고?"

조가 끄덕였다.

"집에 데려가려고 왔다, 조지프."

"예, 알겠습니다."

조가 일어나더니 아버지를 지나쳐 문으로 갔다. 아이 특유의 자기연민도 없고, 분노나 기쁨은 물론 어떤 종류의 감정도 보이지 않았다.

내면의 뭔가가 끊어져나간 거야.

토머스는 다시 아들의 한기를 느껴야 했다. *혹시 내 잘못인 걸까?* *사랑하는 사람들의 마음을 오히려 병들게 만든 걸까? 그들의 몸을* *보호하겠다는 구실로 감정을 유린했다는 말인가?*

그는 대니와 노라한테 걱정 말라는 미소를 지어 보였다.

"자, 그럼 떠나마."

노라는 그에게 처절한 혐오와 경멸의 시선을 쏘아 보냈다. 그의 관할구역 최악의 개자식한테라도 감히 보이지 못할 그런 표정이었다. 그녀의 눈총이 그의 오장육부를 후벼 팠다.

그녀가 조의 얼굴을 쓰다듬고 이마에 입을 맞추었다.

"잘 가, 조."

"안녕."

"가요. 두 사람을 바래다줄 테니."

대니가 조용히 말했다.

세 사람이 거리로 내려갔을 때 마티 케닐리가 차에서 내려 뒷문을 열어주었고 조가 올라탔다. 대니는 차 안으로 고개를 디밀어 작별인사를 한 다음 토머스와 함께 잠시 보도에 서 있었다. 차분한 밤이었다. 도시와 거리의 여름에선 오늘 오후에 내린 비 냄새가 났다. 토머스가 좋아하는 냄새였다. 그가 장남에게 손을 내밀었다.

대니가 악수를 받았다.

"그들이 널 추적할 거다."

"누가요?"

대니가 물었다.

"네 눈엔 보이지 않는 사람들이야."

"노조 때문에?"

아버지가 끄덕였다.

"아니면 뭐겠니?"

대니가 손을 내리며 키득거렸다.

"맘대로 하라고 하세요."

토머스가 고개를 저었다.

"그렇게 말하지 마라. 그런 식으로 신들을 자극해선 안 돼. 절대로. 에이든, 절대로 안 된다."

대니가 어깨를 으쓱였다.

"엿 먹으라고 전해줘요. 그런다고 뭘 어쩌겠습니까?"

토머스는 계단 끝에 한 발을 올렸다.

"명분도 정당성도 있으니까 그것으로 충분하다고 생각하겠지? 착한 놈하고 붙으면 나도 언제든 자신 있다. 그런 자는 사각을 보지 못하니까."

"사각이라뇨?"

"너로서는 상상도 못하는 부분이 있어."

"아버지, 날 협박하실 생각이라면……"

"널 구하려는 거야, 이 멍청한 놈아. 아직도 정정당당한 싸움을 믿는 거야? 내 아들로 있으면서 뭘 배운 거냐? 그들은 네 이름을 알고 있다. 네 존재를 눈여겨보고 있단 말이야."

"그럼 덤비라고 하세요. 그럼 내가……"

"네놈은 그들이 치고 들어오는 것도 보지 못해. 그건 아무도 못한다. 내가 하고 싶은 얘기가 바로 그거야. 그들하고 싸우겠다고? 맙소사, 이놈아, 차라리 평생 피 흘릴 각오나 하는 게 빠를 게다."

아버지의 말이었다.

그는 화가 나서 미치겠다는 듯 손을 휘젓고 아들 곁을 떠났다.

"조심하세요, 아버지."

마티가 돌아와 문을 열어주었다. 토머스는 잠시 문에 기대 있다가 아들을 돌아보았다. 너무도 강하고 오만하고 아무것도 모르는 아들.

"테사."

"예?"

대니가 물었다. 그가 문에 기댄 채 아들을 바라보았다.

"그들은 테사를 이용해 널 잡으려 할 거야."

대니는 잠시 아무 말도 못했다.

"테사?"

토머스가 문을 두드렸다.

"처음엔 내가 그럴 생각이었으니까."

그가 아들에게 모자를 건드려보이곤 조의 옆자리에 올라타 마티에게 곧바로 집으로 갈 것을 지시했다.

THE GIVEN DAY

베이비 베이브와
여름날의 슬럼프

32

미친 여름이었다. 예측도 불가했다. 어느 정도 감 잡았다 싶으면 상
황은 손가락 사이로 빠져나가 도끼 냄새를 맡은 집돼지처럼 미친 듯
이 달아났다. 검찰총장의 집이 폭파되고, 파업과 태업이 사방을 휩쓸
더니 워싱턴 디시와 시카고에서는 연이어 인종폭동*까지 일어났다.
시카고의 흑인들은 실제로 인종폭동을 인종전쟁으로 만들어 전국을
공포의 도가니로 몰아넣기까지 했다.

그렇다고 나쁜 일만 있었던 것도 아니다. 그건 절대 아니었다. 베이
브가 처음 백색 공을 상대하면서 어떤 결과를 낳을지 누가 알았겠는
가? 아무도. 아무도 알지 못했다. 그는 기가 막힌 5월을 보냈다. 너무

큰 스윙을 남발했고 그런데도 다섯 게임마다 한 번씩은 공을 던져야 했다. 결국 타율은 바닥을 훑고 말았다. 1할 8푼. 맙소사. 오하이오에서의 '어떤' 시합 이후 1할 8푼은 상상도 못했었다. 그때 배로 감독이 다음 지시 때까지 투수로 선발하는 것을 중지했고 베이브도 스윙 패턴을 조절했다. 타이밍을 조금 일찍 끊고 대신 스윙 속도를 늦추면서, 몸이 반쯤 돌아간 후에 풀스윙으로 접어드는 방식이다.

그래서 6월은 찬란했다.

하지만 7월은? 7월은 가히 폭발적이라고 하겠다.

7월의 시작은 등줄기를 스멀거리는 불안감과 함께였다. 빌어먹을 파괴분자들과 볼셰비키들이 독립기념일에 또 한 번의 전국적 학살을 계획했다는 소문이 나돌기 때문이었다. 보스턴의 연방 기관은 모두 군인들이 에워싸고, 시카고에서는 경찰병력이 공공빌딩을 경호하는 데 투입되었다. 하지만 국경일이 끝날 때까지 뉴잉글랜드의 어부노조 태업을 제외하고는 아무 일도 일어나지 않았다. 어쨌든 베이브하고는 상관없는 일이다. 제 발로 걷지 못하는 짐승을 먹어본 적은 한 번도 없기 때문이다.

다음날 그는 한 게임에서 두 개의 홈런을 날렸다. 엄청난 대형 홈런 두 방. 평생 처음의 쾌거였다. 1주일 후, 그는 시즌 열한 번째 홈런으로 시카고의 하늘을 갈랐고 화이트삭스 팬들까지 환호를 질렀다. 지난해만 해도 11호 홈런만으로 리그를 우승으로 이끌었지만, 올해는 아직 시동도 걸리지 않은 터였다. 팬들도 알고 있었다. 7월 중순, 클리블랜드에서도 9회에 연타석 홈런을 때렸다. 그 자체로도 인상적인 홈런이었지만, 이번엔 결승타에 만루 홈런이기까지 했다. 그런데 홈구장의 관중들은 환호조차 보내지 않았다. 베이브는 믿을 수가 없었다. 그는 불안감에 수명이 절반으로 줄어들 것만 같았는데, 그가 베이스를 향해 발걸음을 떼는 순간 스탠드의 관중들이 일제히 일어나 그의 이름을 연호하기 시작했다. 홈을 밟고 난 후에도 관중들은 주먹으로 허공을 가르며 그의 이름을 불러댔다.

베이브.

베이브.

베이브······.

3일 후 디트로이트. 베이브는 0-2 완봉승을 건지고 디트로이트 역사상 최장거리의 홈런을 때렸다. 언제나 팬들보다 한두 발짝 늦기는 하지만, 마침내 신문들도 깨닫기 시작했다. 1902년 삭스 세이볼드가 세운 전미 리그 단일시즌 홈런 신기록은 열여섯 개였다. 베이브는 기적의 7월 셋째 주에 접어들면서 이미 열네 개를 때려냈다. 이제 그는 홈구장인 보스턴으로, 사랑하는 펜웨이로 돌아가고 있었다. 미안하오, 삭스, 사람들이 당신을 기억하기를 원한다면 다른 일을 해보시구려. 왜냐하면 내가 당신의 찌질한 기록을 찢어내 시거를 말아 태워버릴 것이기 때문이요.

그는 홈구장으로 돌아와 양키스를 상대로 열다섯 번째 홈런을 빼앗았다. 라이트 필드 관중석 상단을 넘는 타구였다. 그는 1루를 향해 터벅터벅 달려가며 관중들이 음식이나 일자리를 쫓듯 공을 차지하기 위해 싸우는 장면을 구경했다. 구장은 연일 관중들로 만원이었다.

작년 월드시리즈 관중의 두 배를 훌쩍 넘는 인파였다. 관중들은 지금 완전히 다른 차원에 들어와 있다. 그야말로 경천동지의 세상이 아니던가. 그들에게 우승팀에 대한 환상 따위는 없었다. 팬들을 관중석으로 불러들이는 유일한 요인은 베이브와 그의 홈런포뿐이었다.

그리고 맙소사, 그때가 왔다. 며칠 후 팀이 디트로이트에 패했음에도 불구하고 아쉬워하는 사람은 없었다. 베이브가 그 해의 열여섯 번째 홈런을 날렸기 때문이다. 열여섯 번째 홈런. 불쌍한 삭스 세이볼드에게 동료가 생긴 것이다. 그 주 전차운전사들과 전화교환수들은 일손을 놓았지만(베이브는 그해 두 번째로 빌어먹을 세상 전체가 노동자들을 내쫓고 있다는 생각을 했다.) 스탠드는 관중들로 넘쳐났고, 그 다음날 베이브는 인심 좋은 타이거스를 상대로 행운의 열일곱 번째 홈런을 뽑아냈다.

사실 더그아웃에 있을 때부터 느낄 수 있었다. 오시 비트가 타석에 오르고 스코트가 다음 차례였다. 베이브는 3번 타순이었다. 그는 걸레로 방망이를 닦아내며 용기를 내어 더그아웃 밖을 내다보았다. 관중석의 시선 절반은 벌써 눈을 끔벅이며 베이브를 향하고 있었다. 야구의 신을 한 번이라도 더 보려는 것이다. 하지만 그는 얼른 안으로 몸을 숨겼다. 온몸에 소름이 돌았다. 섬뜩한 한기. 죽어서 관에 들어가기 직전에나 느낄 수 있을 법한 한기였다. 그러니까 영혼이 빠져나와 아직 숨을 쉬고 있다고 생각할 때 말이다. 상황을 깨닫는 데는 몇 초 정도가 필요했다. 오시 비트가 땅볼을 때려 베이브가 타자 대기석에 올랐다. 도대체 뭣 때문이지? 그의 수족과 영혼으로부터 자신감을 완전히 고갈시켜, 나머지 시즌 내내 방망이에 공을 맞추지 못할 거라는 두려움을 줄 수 있는 존재가 여기 있다. 과연 그는 누구란 말인가.

루터.

베이브는 대기석에서 다시 곁눈질을 했다. 그의 눈이 더그아웃 바로 옆줄을 훑었다. 첫 번째 열. 일등석. 흑인은 앉을 수 없는 자리다. 역사상 그런 일은 없었기에 하필 지금 있을 이유도 없었다. 묘한 착시에 착각일 것이다. 심리적 부담일 수도 있겠다. 여태껏 미처 깨닫지 못했던 무의식적 압박. 멍청하기는. 하필 이럴 때……

아니 분명 그였다. 여름만큼이나 확실하고 땅거미만큼이나 구체적인 존재. 루터 로렌스. 얼굴에 가벼운 흉터도 같았고 심각한 눈빛도 그대로였다. 이제 그 눈이 베이브를 똑바로 바라보고 있었다. 당신을 알고 있다는 미소까지 가득 담은 채. 아니, 심지어 모자챙을 건드려 베이브에게 인사까지 건네지 않는가!

베이브는 미소를 되돌려주려 했으나 안면 근육이 말을 듣지 않았다. 스코트가 짧은 플라이아웃으로 물러나자 아나운서가 베이브의 이름을 불렀다. 그는 타석으로 들어가면서 내내 루터의 뜨거운 눈빛을 의식해야 했다. 타석에 들어서자마자 첫 번째 공에 손을 댔지만 공은 투수의 글러브 안으로 곧바로 빨려 들어가 버렸다.

"그러니까 클레이튼 톰스가 네 친구였다고?"

대니는 땅콩 장사의 눈을 보며 손가락 두 개를 들어보였다.

루터가 고개를 끄덕였다.

"예. 아마도 역마살이 있었던 모양이에요. 나한테 한 마디도 않고 짐을 챙겨 떠나버렸죠."

"흠. 나도 몇 번 봤지만 그럴 사람으로 보이지 않던데. 오히려 선량 같았어. 착하디착한 순둥이……"

땅콩이 담긴 갈색 봉투 두 개가 허공으로 날아왔다. 대니는 첫 번째를 잡고 두 번째는 내버려두었다. 두 번째는 루터가 낚아채 무릎에 내려놓았다.

"네가 야구깨나 한다는 생각은 했었다."

대니가 관중들 너머로 동전을 건네자 마지막 남자가 돈을 받아 땅콩 장사한테 전해주었다.

"좋아는 하죠." 루터는 봉지에서 땅콩 하나를 꺼내 야구공처럼 손목을 꺾어 던졌다. 땅콩은 대니의 목젖에 맞고 그의 셔츠 안으로 들어갔다. "바겐펠트 부인은 뭐라던가요?"

"그냥 너희 흑인들이 다 그렇지 하는 식이야. 곧바로 다른 하인을 구했더군."

대니가 셔츠 안으로 손을 집어넣으며 대답했다.

"흑인?"

"아니. 너와 클레이튼이 그만 둔 이후로 동부지역에 흑인을 하인으로 쓰지 않는 새로운 바람이 불고 있는 모양이다."

"여기 구장처럼요?"

대니가 키득거렸다. 그날 펜웨이의 2500명 중 루터를 제외하면 야구공보다 까만 사람은 하나도 없는 것 같았다. 베이브가 공을 투수에게 연결해 준 후 곧바로 공수가 교체되었다. 베이브는 총총걸음으로 뛰어나와 좌측 외야로 향했다. 어깨를 잔뜩 움츠린 게 누군가한테 등이라도 얻어맞을까봐 불안한 사람처럼 보였다. 베이브가 그를 알아본건 분명했다. 그리고 그로 인해 흔들리는 것도 같았다. 수치심이 물감처럼 그의 얼굴에 번지지 않았던가. 루터는 문득 측은하다는 생각도들었으나 오하이오에서의 시합을 떠올렸다. 저 백인 선수들이 야구의소박한 아름다움을 어떻게 더럽혔는지. 그리고 그는 생각했다. '쪽팔린가? 그럼 쪽팔릴 짓을 하지 말았어야지, 안 그래, 백인 친구?'

"내가 도울 일은 없냐?"

대니가 물었다.

"돕다뇨?"

루터가 되물었다.

"뭐든. 여름 내내 널 괴롭히는 일 말이다. 눈치 챈 건 나뿐만이 아냐. 노라도 염려하고 있어."

루터가 고개를 끄덕였다.

"별 일 아니에요."

"난 경찰이야. 알잖아."

그가 루터에게 땅콩껍질을 던지고 루터는 허벅지에서 껍질을 털어냈다.

"아직도 안 잘렸어요?"

대니가 그 말에 씁쓸하게 웃었다.

"하긴 그렇지?"

디트로이트 타자가 왼쪽을 가로지르는 장타를 쳤는데 타구는 점수판에 부딪쳐 커다란 굉음을 터뜨렸다. 베이브가 타이밍을 놓치는 바람에 공은 글러브를 넘어가 버렸고 덕분에 그는 뒤뚱거리며 공을 쫓아다녀야 했다. 그가 공을 회수해 내야로 던질 때쯤, 단타는 3루타로 변질되고 점수도 하나 내주고 말았다.

"정말로 저 친구하고 시합한 거야?"

"그럼 꿈이라도 꾼 줄 압니까?"

루터가 따졌다.

"아니, 베이브 루스의 심정이 네가 늘 말하던 그 가시식물처럼 껄끄러웠을 거라는 생각이 들어서 그래."

"선인장."

"그래."

루터가 좌측 외야를 보았다. 베이브가 소매로 얼굴의 땀을 닦아내고 있었다.

"예, 저 사람하고 시합했죠. 다른 선수들하고 시카고 컵스도 몇 명 있었어요."

"이겼어?"

루터가 고개를 저었다.

"그런 사람들을 이길 순 없어요. 하늘이 녹색이라고 우기더니 친구들도 그 말에 동의하게 만들더군요. 그런 식으로 몇 번 하고 나면 거짓도 결국 사실이 되는 겁니다. 그런 사람들하고 어떻게 싸워 이기겠어요? 그때부터 나한테도 하늘은 녹색인데 말이죠."

그가 어깨를 으쓱였다.

"경찰청장하고 시장 얘기를 하는 것 같군."

"사람들이 온통 경찰들이 파업을 할 거라더군요. 빨갱이들이라면
서."

"우린 파업 안 해. 그저 공정한 대우를 원할 뿐이야."

루터가 키득거렸다.

"이런 세상에서?"

"세상은 변한다, 루터. 약자라고 마냥 엎어져 있지만은 않아."

"세상은 안 변해요. 영원히 안 변할 겁니다. 하늘이 녹색이라고 우
기면 결국 '그래요, 하늘은 녹색이에요.'라고 인정하게 되니까요. 그럼,
그들이 하늘을 소유하는 거예요, 대니. 그 아래 있는 것들까지 모두."

"지금껏 냉소적인 건 난 줄 알았는데?"

"냉소적이 아니라 현실에 눈을 뜬 겁니다. 시카고? 흑인 꼬마 아이
가 백인들이 수영하는 곳으로 헤엄쳐 건너갔다가 돌에 맞아죽었어
요. 대니, 물 때문에요. 단지 자기들이 물의 주인이라고 생각하기 때
문에 도시 전체가 완전히 돌아버린 겁니다. 그런데 그들 말이 옳아요.
그들이 주인이니까요."

"흑인들은 왜 맞서 싸우지 않는 거지?"

"그래서 뭐 하게요? 어제, 백인 넷이 블랙벨트에서 흑인 여섯한테
총격을 당했다더군요. 그 뉴스 들었죠?"

대니가 끄덕였다.

"그래, 들었어."

"사람들이 하는 얘기는 흑인 여섯이 어떻게 백인 넷을 학살했느냐 뿐이에요. 백인들의 차엔 빌어먹을 기관총이 들어 있었죠. 기관총이. 그들이 흑인들에게 기관총을 쐈는데도 그 얘기는 어디론가 쏙 들어가 버렸어요. 오직 미친 깜둥이 새끼들 때문에 백인들의 피가 흘렀다 뿐이죠. 백인이 물의 주인이고 하늘은 녹색이에요, 대니. 그런데 뭘 어쩌라는 겁니까?"

"그 말은 인정 못한다."

"대니가 착해서 그래요. 하지만 착한 것만으론 부족하답니다."

"우리 아버지처럼 말하는군."

"내가 말하는 것보다는 낫겠죠." 루터가 대니를 보았다. 이 덩치 크고 심지 굳은 경찰은 지난번에 세상이 그를 등졌던 사실조차 기억 못하는 모양이었다. "파업을 하지 않는다고요? 뭐, 그러시죠. 하지만 도시는 물론 흑인들까지 경찰이 파업할 거라고 생각해요. 게다가 그 놈의 공정한 대우는 누가 해주는 거죠? 그 사람들은 우리보다 최소 두 수 앞은 내다볼 거예요. 그들한테 문제는 돈이 아니에요. 당신들이 분수를 잊고 선을 넘으려 한다는 데 있는 거죠. 절대 용납하지 않을 겁니다."

"그들한테도 선택의 여지가 없을 거야."

대니가 말했다.

"그 사람들한텐 선택도 문제가 아니에요. 권리도 정당한 대우도 뭣도 문제가 아니라고요. 그 사람들의 허세에 도전하겠다는 거죠? 문제는 그 사람들, 전혀 허세가 아니라는 겁니다."

루터가 등을 기대고 대니도 기댔다. 그리고 둘은 나머지 땅콩을 먹고 5회에는 맥주 두 캔과 핫도그 두 개를 먹고, 베이브가 아메리칸리그 홈런 신기록을 깨는지 지켜보았다. 베이브는 홈런을 때리지 못했다. 4회까지 무안타에 에러도 두 개나 저질렀다. 그에게는 내내 난감한 경기였다. 관중들도 그에게 무슨 일이 있거나 아니면 어젯밤에 과음을 한 모양이라고 중얼거리기 시작했다.

펜웨이에서 돌아가는 길에 루터의 가슴이 또다시 뛰기 시작했다. 여름 내내 그런 식이었다. 가슴으로 뜨거운 물이 차오르더니 쿵, 쿵, 쿵, 심장이 미친 듯이 폭주하고 마는 것이다.

매사추세츠 애버뉴를 따라 걸을 때였다. 대니를 보니, 그도 그를 불안한 눈으로 쳐다보고 있었다.

"마음의 준비되면 언제든 연락해."

대니가 말했다.

루터는 잠시 걸음을 멈췄다. 그도 지쳤다. 혼자 짊어지기엔 너무도 벅찬 짐이 아닌가. 그가 다시 대니를 보았다.

"지금껏 아무도 지우지 않았을 끔찍한 짐을 떠맡는 꼴이 될 수도 있어요."

"다른 사람이 모두 외면했을 때 노라를 돌봐줬잖아. 그건 내 생명을 구한 것보다도 더 큰 의미다. 내가 너무 어리석어서 엄두도 못 냈을 때 내 아내를 대신 사랑해 준 거야, 루터. 내게 뭘 원하든, 그건 다네 거다."

대니가 툭 하고 그의 가슴을 쳤다.

한 시간 후, 두 사람은 쇼멋 애버뉴 건물 뒷마당에 섰다. 클레이튼 톰스의 시체가 묻힌 작은 구릉 위였다.

"네 말이 맞다, 루터. 이건 장난이 아니야."

대니의 말이었다.

두 사람은 텅 빈 바닥에 앉았다. 공사는 거의 다 끝난 터였다. 남은 공정이라면 마무리와 페인트칠 정도. 루터는 모든 얘기를 털어놓았다. 하나도 빠짐없이. 지난 달 맥케나가 넘긴 연장통의 자물쇠를 뜯어내던 일까지 모두. 자물쇠 작업은 20분 정도 걸렸지만 그 안을 한 번 들여다보는 것만으로 모든 걸 알 수 있었다.

상자가 무거운 것도 당연했다.

피스톨.

하나하나 확인한 결과 새것은 아니나 모두 기름칠도 충분하고 상태도 좋았으며, 장전까지 되어 있었다. 모두 열두 정. 보스턴 경찰이 NAACP를 급습하는 날에 발견되어야 할 총들이다. 그 총들은 흑인들이 인종 전쟁을 준비하는 것으로 보이게 만들 것이다.

대니는 한참 동안 아무 말 없이 앉아 플라스크의 술을 마셨다. 그가 루터에게 술을 건넸다.

"어쨌든 널 죽일 거야."

312

"알아요. 내가 걱정하는 건 내가 아니라 이베트예요. 나한테 엄마 같은 분이죠. 알죠? 단순히 재미로 사람을 죽일 자라는 거? 그녀가 소위 '검둥이 부르주아'라는 사실 때문에라도 그자는 이베트를 죽일 거예요. 어쨌든 감옥에 넣고 싶어 하니까. 저 총을 준 이유는 그것 때문이에요." 대니가 끄덕였다. "그가 대니한테 가족이나 마찬가지라는 건 압니다."

대니가 한 손을 들고는 두 눈을 감고 잠시 흔들렸다.

"그가 저 애를 죽였다고? 아무 죄 없이?"

"살아 있는 흑인이라는 게 죄가 아니라면요."

대니가 눈을 떴다.

"이 순간부터 우리가 무슨 짓을 하든…… 무슨 말인지 알겠지?"

루터가 고개를 끄덕였다.

"무덤까지 가져가야죠."

코너가 처음 맡은 대형 연방사건은 마시모 파르디라는 철골공 관련 사건이었다. 파르디는 12호 지부인 로슬린데일 철골노조의 집회에 참가해, 베이스테이트 제련소의 부족한 안전시설을 개선하지 않을 경우 회사가 '철근처럼 녹아 무너지고 말 것'이라고 선언했다. 그때 함께 있던 4인, 브라이언 설리번, 로버트 민튼, 듀카 스키너, 그리고 루이 페리에르는 큰 소리로 환호를 지르고 그를 무등 태워 방 안을 한 바퀴 돌았다. 파르디의 운명을 결정한 것은 바로 그 행동과 그 친구들이었다. 1 더하기 4는 신디컬리즘(노동운동을 통해 자본가사회의 붕괴를 기획하는 운동. 19세기 말에 시작되었다 — 옮긴이) 너무도 간단하고 명료했다.

코너는 지방법원에서 마시모 파르디의 국외추방을 구형하고, 파르디가 매사추세츠의 반신디컬리즘 법, 간첩 및 선동 조항을 위반했으므로 즉시 칼라브리아로 추방하여, 그곳 치안판사로 하여금 여죄 여부를 추궁하게 해야 한다고 주장했다.

판사가 동의했을 때에는 코너 자신도 놀랐다.

하지만 그 다음은 아니었다. 그 후로는 전혀 놀라지 않았다.

코너가 마침내 깨달은 사실은(그리고 법을 집행하는 동안 그에게 유리하게 돌아가기를 바라마지 않는 사실은) 최고의 변론은 감정과 열정적인 수사를 철저히 배제한 변론이라는 것이다. 법에 충실하고, 논쟁거리를 피하라. 판례로 하여금 대신 말하게 하고, 상대 변호인이 항소를 통해 그 법의 적법성과 싸울지 여부를 결정하게 하라. 상대 변호인이 흥분하고 호령하고 주먹을 휘두르는 식으로 재판관의 짜증을 돋우는 반면, 코너는 차분하게 정의의 논리적 엄정함을 지적했다. 그도 판사들의 눈을 통해 그들이 그 점을 좋아하지도 또 동의하지도 않음을 알고 있었다. 그들의 고루한 심정은 피고를 응원했다. 하지만 그들의 지성은 진실을 알아보았다.

마시모 파르디 사건은 후일 상징적인 판례가 되었다. 허풍쟁이 철공공은 징역 1년에 처해졌고(이미 3개월 복역함) 추방 명령서도 즉시 제출되었다. 형기가 끝나기 전 물리적 국외 추방이 이뤄진다면 그가 대양을 건너는 즉시 미국은 관대히 남은 형량을 감해 줄 것이다. 하지만 그는 남은 9개월 동안 수감되는 쪽을 선택했다. 코너도 그 사내에게 연민을 느끼기는 했다. 전체적으로 보아 파르디는 무해한 편에 속했다. 게다가 가을에 결혼까지 예정된 근면한 노동자였다. 하지만 그가 상징하는 의미, 즉 테러리즘으로 가는 첫 단계로서의 의미는 극도로 위험했다. 미첼 파머와 미국 정부는 온 세상에 메시지를 전하고 싶었다. 우린 더 이상 너희들을 두려워하지 않는다, 이제 너희들이 우리를 두려워하며 살 것이다. 그리고 그 메시지는 조용히, 단호하게, 그리고 지속적으로 전달되었다.

그 여름 몇 개월 동안 코너는 자신의 분노까지 잊을 수 있었다.

디트로이트 전 이후 시카고 화이트삭스가 원정을 왔다. 어느 날 밤 베이브는 그 중 마이너리그 시절의 옛 친구 몇과 함께 외출했다. 그들은 베이브에게 시카고는 질서를 회복했다고 자랑했다. 군대가 흑인들을 한 방에 진압해 버렸다는 얘기였지만 그 싸움이 끝이 없을 거라는 점은 그들도 인정해야 했다. 나흘간의 총질과 약탈과 방화가, 기껏 흑인 아이 한 명이 금지구역으로 수영해 들어갔기 때문이라니. 그렇다고 어디 백인들은 아이를 돌로 죽일 생각이었겠어? 그저 몰아내기 위해 물속에 바위를 던졌을 뿐이었겠지. 아이가 수영에 서툰 게 어디 그들 잘못인가?

그런데, 백인 열다섯이 죽었어. 그게 말이나 돼? 열다섯이라니. 흑인들이 합법적인 추모행사를 치르겠다면, 좋아, 까짓것. 하지만 백인을 열다섯이나 죽여? 이거야 세상이 뒤집어질 노릇이지.

베이브도 심각했다. 루터를 본 이후로 완전히 물방망이가 된 것이다. 직구도 못 때리고 커브도 마찬가지였다. 야구공을 줄에 매달아 시속 30킬로미터로 보낸다 해도 그는 손조차 대지 못할 것이다. 이건 최악의 슬럼프였다. 워싱턴 디시와 시카고의 흑인들은 제자리로 돌아오고, 무정부주의자들도 조용해진 듯 보였다. 그리하여 간신히 나라의 숨통이 조금 트일 만할 즈음에, 선동과 동요는 가장 무관할 것 같은 집단에서 튀어나왔다. 경찰.

경찰이라니, 맙소사!

하필 베이브가 슬럼프에 허덕이던 시기였다. 위기도 점점 더 고조되어만 갔고, 보스턴 시는 언제라도 솔기가 터질 것만 같았다. 신문들도 매일 시애틀의 파업을 시범경기로 보이게 만들 정도의 동조파업에 대한 소문을 퍼뜨려댔다. 시애틀에서도 공무원이지만 기껏해야 청소부들과 공공운송 노동자 수준이었다. 들리는 말로는, 보스턴은 소방관들이 선두였다. 경관이 근무를 거부하면? 하느님 맙소사! 도시는 폐허와 잿더미만 남게 될 것이다.

베이브는 요즘 버크민스터 호텔에서 캣 로슨과 정기적인 관계를 갖고 있었다. 어느 날 밤 그는 잠자는 그녀를 남겨두고 나가는 길에 잠시 바에 들렀다. 화이트삭스 1루수 칙 갠딜이 친구 둘과 함께 바에 있었다. 베이브가 다가갔으나 순간 칙의 눈에서 접근하지 말라는 신호를 읽고 다른 쪽 끝에 자리를 잡았다. 그는 더블 스카치를 주문했다. 칙이 얘기를 나누는 친구들도 아는 자들이긴 했다. 스포트 설리번과 에이브 아텔, 둘 다 아놀드 로스스타인(도박사이자 뉴욕의 갱 두

목, 블랙삭스 스캔들의 배후로 지목된 인물이다 — 옮긴이)의 똘마니다.

베이브 생각은 이랬다. '오호, 이거 뭔가 터지겠어.'

베이브의 세 번째 스카치가 도착할 즈음, 스포트 설리번과 에이브 아텔이 의자 등에서 코트를 빼내 앞문으로 빠져나가고, 칙 갠딜이 자기 더블 스카치를 갖고 베이브 옆으로 건너오더니 대뜸 큰 한숨부터 내쉬었다.

"기제."

"베이브예요."

"오, 그래, 그래, 베이브. 어떻게 지내?"

"똥개들하고 어울리진 않아요. 그러니까 잘 지내는 셈이죠."

"똥개들이라니?"

베이브가 갠딜을 보았다.

"몰라서 묻는 거요? 스포트 설리번? 에이브 아텔 개자식? 그 새 끼들은 로스스타인 똘마니들이고 로스스타인이야말로 똥개 중의 똥개 아뇨? 그런 똥개 두 마리하고 도대체 무슨 개수작을 꾸미는 거요, 칙?"

"이런, 엄마, 다음부턴 허락 받고 놀게요."

"그 새끼들은 뒷간보다 더러운 족속이요, 갠딜. 그건 선배도 알고 눈이 있는 사람이라면 모두 알아요. 그런데 그런 쓰레기들하고 놀다가 걸리면 아무리 선배라고 예쁘게 봐주겠습니까?"

"내가 왜 여기서 그 자를 만나겠냐? 여긴 시카고가 아니야. 은밀하고 조용한 곳이잖아. 아무도 눈치 못 챈다, 베이브. 네놈의 검둥이 입술만 꼭 잠그고 있으면 말이야." 갠딜이 미소 짓고 술을 마신 후 카운터 위에 술잔을 내려놓았다. "간다, 베이브. 계속해서 휘둘러봐. 혹시 아냐? 이번 달엔 하나라도 때려넣을지, 응?"*

그가 베이브의 등을 때리고 주점을 빠져나갔다.

검둥이 입술? 이런, 빌어먹을.

베이브는 한 잔을 더 주문했다.

파업을 얘기하는 경찰, 유명한 도박사와 밀담을 나누는 야구선수. 오하이오에서 딱 한 번 본 흑인 때문에 열여섯에서 묶인 홈런 경쟁.

니미럴, 뭐 하나 제대로 되는 게 없으니.

보스턴 경찰, 파업하다

OLICE VOTE TO STRIKE
WALKOUT AT 5:45 P.M.

Cast at Enthusiastic Meetings Following Commissioner's Verdict of Gu
es of Violating Rules by Joining Union — Governor, Mayor and Commi
rtis Says He Is Ready — Strenuous Efforts Being Made to Avert Wal

COBB'S BOSTON TEA CO.

33

8월 첫째 주 목요일, 대니는 보스턴 중앙노조(전미 노동총연맹에서는
주요 산업도시마다 중앙노조를 설립해서 활동하게 했다 ― 옮긴이) 본부에
서 랠프 라펠슨과 만났다. 라펠슨은 키가 어찌나 큰지, 악수를 하면
서 대니가 얼굴을 올려다봐야 할 정도였다. 몸은 손가락만큼 가늘고
성긴 금발머리가 가파른 두개골을 비껴 흘러내렸다. 그는 대니에게
의자를 권하고 자신도 책상 안쪽의 의자에 앉았다. 창문 너머 베이
지색 구름으로부터 뜨거운 비가 내리고 거리에서는 뭉근한 스튜 냄
새가 났다.

"확실한 것부터 시작해 봅시다. 뭐든 걸리는 게 있거나 짚고 넘어

갈 사항이 있으면 지금 얘기해요."

대니는 잠시 생각하는 척하다가 아무 문제없다고 대답했다.

라펠슨이 두 손을 펼쳐보였다.

"대단히 고맙군요. 그래, 우리가 보스턴 경찰서를 위해 뭘 해드리면 되죠, 커글린 경관님?"

"전 보스턴 경우회를 대표합니다. 우리는 전미 노동총연맹의 노조 지부로……"

"당신이 누군지는 압니다, 경관. 그리고 보스턴 경우회에 대해서도 충분히 조사했죠. 조금 더 편하게 얘기한다면…… 우리도 돕고 싶습니다."

"라펠슨 씨……"

"랠프."

"랠프, 제가 누군지 아신다면, 이곳 소속의 일부 그룹과 대화한 것도 아시겠군요."

"오, 물론, 압니다. 매우 설득력 있는 분이라고 들었습니다."

대니의 첫 번째 생각. '내가?' 그는 코트에 묻은 빗방울을 털었다.

"우리가 불가피하게 파업을 선택할 수밖에 없다면, 중앙노조에서 지원해 줄 수 있습니까?"

"구두로? 그야 물론이죠."

"물리적으로는?"

"동조 파업 말씀인가요?"

대니가 그의 눈을 보았다.

"예, 그렇습니다."

라펠슨이 손등으로 턱을 문질렀다.

"보스턴 중앙노조가 얼마나 많은 사람들을 대변하고 있는지 아시죠?"

"8만 명이 조금 못 된다고 들었습니다."

"조금 넘죠. 서부 록스베리의 연관노조가 조금 전 가입했으니까요."

"그럼 조금 넘겠군요."

"80명이 모여 어떤 일에 합의했다는 얘기를 들은 적이 있습니까?"

"아뇨, 거의."

"게다가 우리의 8만 명은 계층도 다양합니다. 소방관, 연관공, 전화교환수, 기계공, 트럭운전사, 보일러공, 공공운송. 그런데 그 사람들 모두를 동조 파업에 동의하게 해달라는 겁니까? 그것도 그들이 파업할 때 곤봉으로 두드려 패는 사람들을 위해서?"

"예."

"그게 가능합니까?"

"아닐 이유는 뭐죠?" 그 말에 라펠슨의 눈에 미소가 그려졌다. 하지만 입술은 아니었다. "왜 안 됩니까? 봉급이 일반 생계비를 넘는 경관이 있습니까? 가족을 부양하고 잠자리에서 아이들한테 책을 읽어줄 여유가 있는 경관이 있던가요? 못합니다, 랠프. 그들은 노동자가 아니라, 노예 취급을 받고 있어요."

라펠슨이 두 손을 깍지 끼어 머리 뒤로 돌리고 대니를 바라보았다.

"감정에 호소하는 능력이 대단하시군요, 커글린. 아주 대단해요."

"감사합니다."

"칭찬이 아닙니다. 내가 다루는 건 실질적인 내용이에요. 노동 계급의 본질적 존엄성이라는 정서 따위는 개나 줘버려요. 그래서? 우리 8만 노조가 돌아갈 일자리가 있다고 생각합니까? 최근의 실업률을 봤습니까? 그 사람들이 우리 노조원들의 일자리를 빼앗지 않을 이유가 어디 있죠? 당신네 파업이 장기화되면? 그래서 마침내 경관들이 집에 돌아가 아이에게 자장가를 들려줄 여가를 확보하면? 그 사이 그럼 우리 노조원들의 가족은 누가 먹여 살리죠? 그 사람들 아이도 배를 쫄쫄 굶고 있지만, 오 할렐루야, 그들한테도 들려줄 동화는 있답니다. 왜 안 되나 물었나요? 예, 그 대답은 8만 가지가 넘습니다. 그리고 그 가족들도 왜 안 되느냐고 묻겠죠."

사무실은 춥고 어두웠다. 블라인드도 반밖에 열지 않았지만 흐린 날이라 조명이라곤 라펠슨의 무릎 옆에 있는 작은 책상 램프가 전부라고 해도 과언이 아니었다. 대니는 라펠슨의 눈을 바라보며 다음 말을 기다렸다. 그 남자한테서 감춰둔 기대감을 보았기 때문이었다.

라펠슨이 한숨을 내쉬었다.

"예, 좋습니다. 인정하죠. 관심은 있습니다."

대니가 상체를 내밀었다.

"그럼 왜냐고 묻는 건 내 차례겠군요."

라펠슨이 창문 블라인드를 만져 축축한 바깥 풍경이 조금 더 드러나게 했다.

"노동조합은 전환점에 와 있습니다. 지난 20년간 몇 가지 발전을 이룰 수 있었던 건 일부 대도시의 큰손들을 놀라게 했기 때문이죠. 하지만 최근에는? 큰손들도 머리가 좋아졌습니다. 그 자들은 언어를 지배하는 방식으로 토론을 장악하고 있어요. 넌 볼셰비키. 넌 파괴분자. 주당 80시간이 맘에 안 든다고? 그럼 넌 무정부주의자. 장애수당을 주장해? 그건 공산주의자들이나 하는 얘기 아냐?" 그가 창문을 향해 손짓을 해보였다. "침대에서 듣는 동화를 좋아하는 건 애들뿐만이 아닙니다, 커글린. 우리 모두 그래요. 단순하고 속편한 이야기를 좋아하죠. 그리고 지금 큰손들이 노동자들한테 들려주는 게 바로 그런 이야기들입니다. 그것도 훨씬 더 솔깃한 동화들이죠. (미소를 지으며) 어쩌면 우리한테 동화를 개작할 기회가 온 건지도 모르겠군요."

"멋진 얘기입니다."

대니가 동의했다. 라펠슨이 책상 너머로 긴 팔을 내밀었다.

"연락드리죠."

대니가 악수를 받았다.

"감사합니다."

"아직 감사는 이릅니다만 아까 말하셨듯…… (창밖의 비를 보며) 안 될 것도 없겠죠."

에드윈 업튼 커티스는 인쇄소 사환에게 동전 한 닢을 던져주고 박스를 모두 그의 책상으로 운반하게 했다. 벽돌 크기의 상자가 모두 4개. 그는 하나를 잉크 압지 한가운데 놓고 마분지 뚜껑을 열어 내용물을 물끄러미 바라보았다. 결혼 청첩장처럼 생긴 물건에, 문득 외동딸 메어리의 시무룩하고 슬픈 표정을 떠올리고 말았다. 태어날 때부터 포동포동하고 흐리멍덩한 아이였지만 지금은 덕지덕지 역겨운 나태함만 남은 노처녀로 늙어가고 있는 터였다.

그는 제일 위의 종이 하나를 집어냈다. 인쇄 문구는 무척 깔끔했다. 가독성이 높은 고딕체에 종이는 두꺼운 미색 아트지였다. 그는 인쇄물을 다시 원래 자리에 돌려놓았다. 인쇄소에는 개인적으로 감사 편지를 보낼 생각이다. 번잡한 러시아워에 일을 깔끔하게 해준 데 대한 대가인 셈이다.

허버트 파커가 옆방 자기 사무실에서 건너와 둘은 아무 말 없이 잉크 압지대에 놓인 인쇄 다발을 내려다보았다.

보스턴 경관

_____ 귀하

경찰청장으로 내게 주어진 권한에 따라, 귀하를 보스턴 경찰서에서 해촉하는 바입니다. 해촉은 이 통지서를 받는 즉시 효력을 발생합니다. 해촉의 원인과 이유는 아래와 같습니다.

해촉사유_____

에드윈 업튼 커티스

"누가 한 겁니까?"

파커가 물었다.

"인쇄소."

"어느 인쇄소죠?"

"스쿨 스트리트의 프리만."

"프리만, 유대인?"

"내가 알기론 스코틀랜드야."

"일을 잘 하는군요."

"그렇지?"

페이홀은 인산인해였다. 비번 경관은 하나도 빠짐없이 나왔고 근무 중인데도 나온 사람들도 적지 않았다. 방에서는 미지근한 비 냄새와 수십 년은 묵었음직한 땀 냄새와 체취, 시거와 담배 연기가 진동했다. 악취가 어찌나 심한지 마치 덧칠한 페인트처럼 벽마다 주르르 흘러내릴 지경이었다.

마크 덴튼은 무대 한 구석에서, 지금 막 도착한 전미 노동총연맹의 뉴잉글랜드 조직책 프랭크 맥카시와 얘기 중이었다. 대니는 다른 쪽 끝에서 02지구의 순경 팀 로즈와 얘기 중이었다. 그는 시청과 신문사 거리 주변을 돌고 온 터였다.

"이 얘기를 어디서 들었지?"

대니가 물었다.

"프리만한테서 직접."

"아버지?"

"아니, 아들. 아버지는 주정뱅이에 중독자라, 지금은 아들이 일을 하고 있지."

"1000장의 해촉통지서라고?"

팀이 고개를 저었다.

"해촉통지서 500장. 정직통지서 500장."

"인쇄가 끝났고?"

팀이 끄덕였다.

"오늘 오전 정각 8시에 커티스한테 배달까지 완료했대."

대니는 턱을 잡아당기며 고개를 끄덕이려다가 우뚝 멈췄다. 아버지한테서 물려받은 또 하나의 버릇이다. 그는 팀에게 걱정 말라는 투의 미소를 지어 보였다.

"흠, 아무래도 저들이 본격적으로 해볼 모양이로군."

"아무래도 그렇겠지?" 팀이 턱으로 마크 덴튼과 프랭크 맥카시를 가리켰다. "덴튼하고 있는 저 멋쟁인 누구야?"

"노동총연맹 조직책."

팀이 새우 눈을 했다.

"지부를 인정하겠대?"

"그건 이미 끝났어, 팀."

"그럼 우리도 본격적으로 싸우는 건가?"

팀의 얼굴 위로 환한 미소가 번졌다.

"그래, 기어이 성공했지."

대니가 그의 어깨를 두드릴 때 마크 덴튼이 바닥의 마이크를 집어 연단으로 올라갔다.

대니도 무대로 건너갔다. 마크 덴튼은 가장자리에서 대니에게 귀를 기울였고 대니는 해고와 정직 통지서에 대한 얘기를 전했다.

"확실해?"

"예. 오늘 아침 8시에 사무실로 배달됐습니다. 정확한 정보예요."

마크가 고개를 저었다.

"자넨 훌륭한 부위원장이 되겠어."

대니가 한 걸음 물러섰다.

"예?"

덴튼이 교활한 미소를 지으며 연단으로 올라갔다.

"동지 여러분. 와주셔서 감사합니다. 제 옆에 계시는 분은 프랭크 맥카시 씨입니다. 노동총연맹의 뉴잉글랜드 지부장이죠. 우리한테 전할 말씀이 있으시답니다."

맥카시가 연단에 올라 마이크를 잡자, 케빈 맥레이와 몇몇 다른 경관들이 각 줄 앞에 서더니 열을 따라 올라가며 투표용지를 나눠주었다.

"보스턴 경찰 여러분, 여러분이 투표용지에 찬반을 표시하면, 보스턴 경우회 회원으로 남을 것인지 아니면 제가 가져 온 이 지부를 받아들여 보스턴 경찰 노조로서 전미 노동총연맹의 16,807번째 멤버가 될 것인지 결정될 것입니다. 보스턴 경우회의 관념 및 이름과 작별하는 건 아쉽겠지만 그 대신 총 200만 노조원의 형제가 될 것입니다. 200만 노조. 여러분, 한 번 생각해 보십시오. 이제 다시는 외로워하실 필요 없습니다. 더 이상 나약하지도 않고, 상사들의 손아귀에 덜덜 떨지 않아도 됩니다. 아무리 시장이라 해도 여러분을 함부로 대하지 못할 테니까요."

"그 새낀 지금도 함부로 못해요!"

누군가 소리치자 웃음이 실내에 번져나갔다.

초조한 웃음이야. 대니의 느낌은 그랬다. 다들 중요한 결정을 앞두고 있음을 의식한다는 얘기다. 후퇴는 없다. 드디어 그들의 권리를 존중해 주지 않는 세상과 결별하는 것이다. 하지만 어느 정도의 명예 손실도 각오는 해야 할 것이다. 지금껏 든든한 기반이 되어 주었건만…… 이제 얻게 될 새 기반은 완전히 다른 차원의 일이다. 이질적인 기반. 그건 맥카시가 아무리 동지애를 들먹여도, 외로운 기반일 수밖에 없다. 낯설기 때문에 외롭고 서먹하기 때문에 외로울 것이다. 게다가 불명예와 참사의 잠재력은 어디에나 있을 것이며, 장내의 경찰들 모두 그 사실을 느끼고 있었다.

투표용지가 열을 따라 되돌아왔다. 던 슬래털리가 교회의 헌금수금원처럼 한데 모인 1400장의 용지 다발을 건네받아 대니한테 가져왔다. 그의 발걸음은 다소 무겁고 얼굴엔 핏기가 가셨다.

대니가 그의 손에서 투표용지를 인수했다.

"무섭지?"

슬래털리가 말했다.

대니가 어색한 미소를 지으며 끄덕였다.

"여러분, 성실하게 투표하고 서명까지 마치셨습니까? 손 한 번 들어보세요."

프랭크 맥카시가 외쳤다.

모두가 손을 들었다.

"여기 젊은 경관님께 개표의 수고를 덜어주기 위해서라도, 얼마나 많은 분이 이 지부를 받아들이고 전미 노동총연맹에 가입하는 데 찬성했는지 확인해 볼 수 있겠죠? 자, 찬성에 표하신 분들, 그 자리에서 일어나주십시오."

대니가 손에 든 투표용지를 내려다보다가 눈을 들었다. 1400개의 의자가 뒤로 밀리고 1400명의 경관이 자리에서 일어났다.

맥카시가 다시 마이크를 들었다.

"전미 노동총연맹의 식구가 되신 걸 축하드립니다."

페이홀에 터진 함성에, 섬뜩한 전율이 대니의 척추를 훑고 머리를 하얀 빛으로 가득 채웠다. 마크 덴튼이 투표용지 무더기를 집어 머리 높이 던져 올렸다. 투표지들은 허공을 맴돌다가 춤을 추듯 아래로 떨어졌다. 마크가 대니를 들어 올리더니 그의 뺨에 키스하고 뼈가 으스러질 정도로 끌어안았다.

"우리가 해냈어! 젠장, 해냈단 말이야!"

눈물이 마크의 얼굴 위로 흘러내렸다.

대니는 허공을 떠도는 투표용지들 사이로 동료들을 바라보았다. 의자를 넘어뜨리고 끌어안고 울부짖고 비명을 지르는 동료들. 그리고 손으로 마크의 머리카락을 헤집으며 그들과 함께 함성을 질렀다.

마크가 그를 내려놓자, 이번엔 동료들이 몰려들었다. 사람들이 모두 무대로 몰려들었다. 누군가 맥카시의 손에서 지부설립 허가서를 빼앗아 무대를 빙빙 돌기 시작했다. 사람들은 대니를 머리 위로 들어 올려 뒤쪽으로 전달하기 시작했다. 대니는 파도를 타며 웃었다. 그러나 문득 불길한 의문 하나가 떠오르고 말았다.

우리가 잘못하고 있는 건 아닐까?

집회가 끝난 후, 스티브 코일이 밖에서 대니를 기다리고 있었다. 보스턴 경찰노조 16,807지부의 부위원장에 만장일치로 선출된 게 불과 한 시간도 안 된 터라 잔뜩 들뜬 기분에도 불구하고, 스티브의 등장엔 어쩔 수 없이 해묵은 불안감을 느껴야 했다. 그는 이제 늘 취해 있는 데다 마치 타인에게서 자신의 옛 삶을 찾으려는 듯 노골적으로 눈을 노려보기까지 했다.

"그년이 돌아왔다."

그가 대니한테 말했다.

"누구요?"

"테사. 노스엔드야."

그는 낡은 코트 주머니에서 플라스크를 꺼냈으나 뚜껑을 벗기는 것도 어려워보였다. 뚜껑을 잡는 데만도 실눈을 하고 깊은 숨을 들이마셔야 했다.

"오늘 식사는 했습니까?"

대니가 물었다.

"내 말 들었냐? 테사가 노스엔드에 돌아왔다니까."

"들었어요. 선배 정보원이 그러던가요?"

"그래."

대니가 옛 동료의 어깨에 손을 얹었다.

"요기 거리 좀 사드릴게요. 수프라도."

"수프 같은 건 필요 없어. 그년이 옛날 본거지로 돌아왔대잖아. 파업 때문에."

"우린 파업 안 해요. 이제 막 노동총연맹에 가입한 걸요."

스티브는 아예 귀를 막아버린 듯했다.

"다들 돌아오고 있어. 동해안의 파괴분자들 모두가 죽창을 들고 모여들고 있는 거야. 우리가 파업을 하면……"

우리?

"……그야말로 무사통과라고 생각하는 거라고. 상트페테스부르크. 그 자들은 용광로 같은 불덩어리를 휘저을 거야. 게다가……"

"그래, 그 여잔 정확히 어디 있는 거죠?"

대니가 간신히 화를 억누르며 물었다.

"정보원이 말을 안 해."

"말을 안 하는 겁니까? 공짜로는 안 하는 겁니까?"

"그래, 공짜로는 안 하는 거야."

"이번엔 얼마나 달랍니까? 선배 정보원이?"

스티브가 보도를 돌아보았다.

"20불."

"겨우 한 주 봉급인가요, 예?"

스티브가 고개를 갸웃했다.

"좋아, 커글린, 네가 그년을 찾고 싶지 않다면 나도 상관없다."

대니가 어깨를 으쓱였다.

"지금은 그것 말고도 골치 아픈 일이 너무 많아서 그래요, 선배. 이해해 주세요."

스티브가 연신 고개를 끄덕였다.

"그래, 이제 거물이니까."

그가 이렇게 말하고 등을 돌렸다.

다음날 아침, 경우회가 전미 노동총연맹에 만장일치로 가입했다는 소식을 들은 에드윈 업튼 커티스는 서장, 경위, 경사에게 모두 휴가를 취소하라는 비상 명령을 하달했다.

그는 크로울리 본부장을 사무실로 불러 데스크 앞에 차렷 자세로 서 있게 하고 30분 동안 창밖만 바라보았다.

"어젯밤 새 노조 임원들을 뽑았다고?"

마침내 그가 돌아서서 물었다.

크로울리가 고개를 끄덕였다.

"그렇다고 들었습니다, 청장님."

"그자들 이름이 필요해."

"예, 청장님, 지금 즉시 준비하겠습니다."

"각 서에 설문지를 배달한 놈들 명단도."

"예?"

커티스가 눈썹을 찡그렸다. 오래 전 커티스가 시장으로 있을 때 늘 먹혀들었던 전략이다.

"듣자하니, 지난주에 노동총연맹 지부를 인정하는 경찰이 얼마나 많은지 파악하기 위해 설문지를 돌렸다고 하더군. 맞나?"

"예, 청장님."

"그러니까 그 설문지 배달한 놈들 명단을 가져오란 말이야."

"그건 좀 시간이 걸릴 겁니다."

"그럼 시간을 들여서라도 해. 가도 좋다."

크로울리가 정자세로 돌아서서 문을 향해 걸어갔다.

"본부장."

"예, 청장님."

그가 돌아섰다.

"그 친구들 일에 공감하는 건 아니겠지?"

크로울리는 에드윈 업튼 커티스의 머리 1미터쯤 위를 올려다보았다.

"아닙니다, 총장님."

"내 눈을 보고 말해주겠나?"

크로울리가 그의 눈을 보았다.

"불참자는 몇 명이었지?"

"예?"

"어젯밤 투표 말이야."

"없는 걸로 알고 있습니다."

커티스가 끄덕였다.

"반대표는?"

"없다고 들었습니다."

에드윈 업튼 커티스는 가슴이 답답했다. 만성 협심증 때문이겠지만 커다란 슬픔이 밀려들기도 했다. 이럴 수는 없었다. 그자들한테 친절하게 대했고, 또 공정한 봉급인상까지 약속했다. 위원회를 열어 경관들의 불만을 검토하기도 했다. 하지만 그들은 그 이상의 것을 원했다. 언제나 그랬다. 생일을 맞은 애들처럼, 도무지 만족을 모르는 놈들이 아니던가.

아무도 없다고? 단 한 명의 반대표도?

매를 아끼면, 애들 버릇만 나빠진다지?

"그만 하면 됐다, 본부장."

노라가 거친 신음소리를 토하고는 무너지듯 대니에게서 떨어져 나와 자기 베개에 이마를 박았다. 그 속에 파묻히기라도 하려는 사람 같았다.

대니가 손바닥으로 그녀의 등을 쓸어내렸다.

"좋았어?"

그녀는 베개에 대고 웃음을 흘리다가 턱을 돌려 그를 바라보았다.

"자기 앞에서 '좆나게'라고 해도 돼요?"

"지금 했잖아."

"기분 안 상해요?"

"기분이 왜 상해? 담배나 하나 피워야겠어. 또 나가봐야 하니까. 맙소사, 자기 좀 봐."

"예?"

"자긴 정말……" 그는 그녀의 발꿈치에서 허벅지까지, 그리고 엉덩이에서 다시 등으로 손바닥을 쓸어 올렸다. "진짜 좆나게 아름다워."

"이젠 자기가 좆나게라고 했어요."

"난 늘 좆나게라고 말해."

그는 그녀의 어깨와 귓불에 차례로 키스했다.

"그런데 왜 좆나게라고 말하고 싶은 거야?"

그녀가 그의 목을 깨물었다.

"위대한 부위원장님과의 섹스가 좆나게 좋으니까요."

"그렇게 말하니까 비서랑 놀아난 간부 같잖아."

그녀가 그의 가슴을 찰싹 때렸다.

"자긴 자신이 자랑스럽지 않아요?"

그가 일어나 앉아 협탁에서 뮤라드 갑을 집어 담배에 불을 붙였다.

"솔직하게 말해줘?"

"물론이죠."

"사실…… 영광이지. 투표에서 내 이름을 호명할 때…… 하지만, 그러니까, 난 그런 게 있다는 것도 몰랐어."

"응?"

그녀는 혓바닥으로 그의 배를 핥고 그의 손에서 담배를 빼앗아 한 모금 피운 다음 돌려주었다.

"제1차 투표가 있기 전에 덴튼이 언뜻 말하기는 했지만…… 망할, 난 입후보하지도 않은 임원선거에서 승리한 거야. 말도 안 돼."

그녀가 다시 그를 타고 앉았다. 그는 그곳을 누르는 그녀의 중량감이 맘에 들었다.

"그러니까 영광이지만 자랑스럽지는 않으시다?"

"두려워."

그가 대답했다.

그녀가 웃으며 다시 담배를 빼앗았다.

"에이든, 에이든. 자기는 두려운 게 없는 사람이에요."

그녀가 속삭였다.

"아니, 난 겁이 많아. 늘 두려워하는 걸. 이젠 자기도 두려워."

그녀가 그의 입에 담배를 물려주었다.

"내가 두렵다고요?"

그가 그녀의 옆얼굴을 쓰다듬다 머리카락을 헤집었다.

"무서워. 자기를 실망시킬까봐."

그녀가 그의 손에 키스했다.

"자긴 절대 실망시키지 않을 거예요."

"그들도 그렇게 생각할 거야."

"그럼 도대체 뭐가 무서운 건대요?"

"만일 그 판단이 틀렸으면 어쩌지?"

8월 11일. 더운 비가 사무실 창문을 흘러내렸다. 에드윈 업튼 커

338

티스 청장은 보스턴 경찰의 규칙과 규범의 수정안을 작성했다. 규칙 35, 19항의 수정안 일부는 이런 식이다.

경찰서 외부의 여타 조직, 클럽, 단체의 전부 또는 일부와 연관된 현 소속원 및 전 소속원이 결성한 여타 조직, 클럽 및 단체에의 가입은 어느 경우에도 허락되지 않는다.

커티스 청장은 통칭 규칙 35조로 불리게 될 초안을 작성하자마자 허버트 파커에게 보여주었다.

파커는 초안을 읽은 후 좀 더 강경한 어조를 원했다. 하지만 지금은 나라의 격동기다. 자유무역의 적으로 공식 선언된 노조이든 볼셰비키들이든, 구워삶을 필요가 있었다. 당분간만이라도.

"사인하시죠, 청장님."

커티스는 좀 더 과장된 반응을 기대했지만 어쨌든 사인했다. 그리고 창문을 타고 내리는 물줄기를 보며 한숨을 내쉬었다.

"난 비가 싫다."

"여름비가 최악입니다."

한 시간 후, 커티스는 새로 사인한 수정안을 신문매체에 돌렸다.

토머스와 열일곱 명의 서장들은 펨퍼튼 광장의 크로울리 본부장 사무실 밖 전실에서 만났다. 그들은 둥글게 모여 서서는 코트와 모자에 묻은 빗방울을 털어내며, 저마다 운전사와 교통정체와 끔찍한 날씨에 대해 불평했다.

토머스는 비컨 힐의 03지구를 관할하는 돈 이스트만 옆에 서게 되었다. 이스트만이 젖은 소맷부리를 바로 잡으며 낮은 목소리로 속삭였다.

"신문지상에 광고를 때릴 거라더군요."

"소문이라고 다 믿지는 맙시다."

"채용 공고예요, 토머스. 무장 자원경찰이래요."

"말했잖소, 소문이라고."

"소문이든 아니든, 토머스, 애들이 파업하면 우리도 엄청 고달프게 될 건 분명해요. 이 방에 있는 사람들도 누구든 똥통에 발을 담가야 하지 않겠습니까?"

"기차 타고 토끼지 않는 한은 어쩔 수 없겠지."

버나드 킹. 14지구 서장이 대리석 바닥에 담배를 짓이기며 말했다.

"다들 조용."

토머스가 조용히 경고했다.

크로울리의 사무실 문이 열리고 덩치 큰 크로울리가 직접 걸어 나왔다. 그는 사람들에게 대충 손짓으로 복도 아래쪽으로 따라올 것을 지시했다.

그들은 지시대로 했다. 몇몇은 비로 인해 여전히 코를 훌쩍거렸다. 크로울리는 복도 끝의 회의실로 들어갔다. 서장들도 뒤를 쫓아 중앙의 긴 테이블에 각자의 자리를 잡았다. 실내엔 커피포트도 차 항아리도 보이지 않았다. 케이크 조각이나 사탕 접시를 포함해, 이런 식의 회의에 늘 따라붙던 사소한 배려 따위는 어디에도 없었다. 사실, 웨이터나 하급 직원도 없이, 오직 마이클 크로울리 본부장과 열여덟 명의 서장들뿐이었다. 회의록을 기록할 비서조차 없었다.

크로울리가 커다란 창문을 등지고 일어섰다. 창에선 비와 습기로 인해 김이 모락모락 피어오르고, 대형 건물의 윤곽들도 어느 순간 증발하기라도 할 것처럼 모호하게 흔들렸다. 하이애니스에서의 휴가를 중도에 포기하고 돌아온 터라 크로울리의 얼굴이 붉게 그슬렸는데 그 바람에 치아는 더욱 더 하얗게만 보였다.

"규칙 35조가 근무 코드에 추가되었소. 그에 따라 전국노조 가입은 불법이고, 노동총연맹에 가입한 1400명 전원은 해고될 수 있소." 그는 눈 사이의 콧잔등을 문지르다가 한 손을 들어 질문을 봉쇄했다. "3년 전 우리는 지금의 곤봉으로 바꾸었지만, 제복에 어울린다는 이유로 대부분 과거의 야경봉을 소지하고 있는 것으로 아오. 오늘 이후로 각 지구의 서장들은 야경봉들을 모두 회수하시오. 주말까지 모두."

맙소사. 정말로 자원자들을 무장시키려는 거야.

"18개의 관할구역별로, 노동총연맹 가입 용지가 배달되었소. 가입 용지 전달을 책임진 경관의 신원을 확보하시오." 크로울리가 창문을 돌아보았다. 여전히 습기로 흐릿하기만 했다. "청장님께서 오늘 내로 내가 개인적으로 면담해야 할 요원 명단을 보내시겠다고 했소. 근무 태만과 연관이 있다던데 그 명단엔 스무 명이 넘는 이름이 들어 있다 더군."

그가 돌아서서 두 손으로 의자 등받이를 잡았다. 부드러운 인상의 거인. 그의 눈 밑으로 피로감이 뚜렷하게 드러났다. 사람들은 마이클 크로울리를 두고 기껏 순경에나 어울릴 사람이 실수로 고급 장교복을 입었다고 중얼댔다. 밑바닥에서부터 하나하나 진급한 경찰 중의 경찰이라, 열여덟 개 지구의 직원들 이름은 물론 쓰레기통을 비우고 바닥을 청소하는 관리인들의 이름까지 모두 꿰고 있기도 했다. 젊은 경사 시절에 트렁크 살인사건을 해결했는데 당시만 해도 헤드라인감이었다. 결국 그 인기로 인해, (말 그대로 어쩔 도리 없이) 경찰서 고위직으로 수직상승해 버린 것이다. 인간의 추악한 본성에 대해 누구보다 회의적인 토머스조차, 마이클 크로울리가 부하들을 사랑하며, 계급이 낮을수록 그 사랑이 더 크다는 사실만은 인정했다.

그가 서장들의 눈을 보았다.

"경관들한테 불만이 있고 또 그 불만이 정당하다는 사실을 처음 알아낸 게 바로 나였소. 하지만 움직이는 물체가 더 거대한 물질과 밀도의 벽을 뚫을 수는 없는 법이요. 불가능하니까. 그리고 이 시점에서, 커티스 청장이 바로 그 벽이요. 아이들이 저항을 멈추지 않는다면 결국 돌아오지 못할 다리를 건너게 될 거외다."

"죄송합니다만, 마이클, 우리가 어떻게 했으면 좋겠습니까?"

돈 이스트만이었다.

"대화해요. 당신 부하들하고. 직접. 청장을 끝내 궁지로 몰아넣겠다면 누가 이기든 서로 상처밖에 남지 않는다는 점을 설득하란 말이요. 이젠 더 이상 보스턴만의 문제가 아니요."

빌리 쿠건이 그 말에 손사래를 쳤다.

"아, 마이클, 물론, 그렇긴 합니다만 이러다가 결국 흐지부지되고 말 겁니다."

대책 없는 아첨꾼 놈.

크로울리가 쓸쓸한 미소를 지어보였다.

"빌리, 미안하지만 틀렸소. 런던과 리버풀의 경찰도 우리의 동요에서 실마리를 얻었다는 얘기를 들었소. 리버풀이 폭동에 휩싸였다는 소리도 못 들었소? 폭도를 진압하기 위해 영국 전함을 불렀다더군. 빌리, 전함 말이요. 뉴저지 시와 워싱턴 디시가 노동총연맹과 협상이 진행 중이라는 보고서도 올라와 있소. 그리고 바로 여기, 브록턴, 스프링필드, 뉴베드포드, 로렌스, 우스터의 경찰들도 우리의 행동을 지켜보고 있소. 빌리, 정말로 미안하지만, 이건 더 이상 보스턴만의 문제가 아니라오. 망할 놈의 세상이 모두 우릴 지켜보고 있단 말이요. (의자에 털썩 주저앉는다.) 올해 지금까지 이 나라에 일어난 노조파업은 2000건이 넘어요. 그 숫자를 한 번 생각해 보시오. 하루에 10건. 그런데 파업노동자들 중에 잘 풀린 사람이 얼마나 되는지 알고 싶소?"

아무도 대답하지 못했다.

크로울리가 그들의 침묵을 향해 고개를 끄덕이고 손으로 이마를 주물렀다.

"아이들하고 얘기해 봐요, 여러분. 브레이크가 다 타버리기 전에 이놈의 폭주기관차를 세워요. 늦기 전에 말이요. 아니면 우린 모두 함께 날아가 버리고 말 테니."

워싱턴 9번가와 D 스트리트의 모퉁이 카페 하얀 궁전에서 레이미 핀치와 존 후버가 만나 아침식사를 했다. 펜실베이니아 애버뉴에서 별로 멀지 않은 곳인데, 핀치가 수사국 일로 외부에 나가지 않는 한, 두 사람은 매주 한 번은 그곳에서 만났다. 그리고 그 때마다 후버는 음식이나 음료에 트집을 잡아 되돌려 보냈다. 이번엔 차였다. 너무 묽어 입맛에 맞지 않는다는 얘기다. 여급이 새 차를 들고 왔을 때 그는 그녀를 기다리게 해놓고, 차를 잔에 따르고 찻물이 탁해질 정도로 밀크를 저은 다음 먼저 조금 맛보았다.

"이 정도면 됐어."

후버가 그녀에게 손등으로 꺼지라는 신호를 보내자, 여급은 증오의 시선을 쏘아주고 자기 자리로 돌아갔다.

핀치는 후버가 호모라고 확신했다. 차를 마실 때 새끼손가락을 편다거나, 대체적으로 까다롭고, 어머니와 함께 사는 등…… 그런 게 다 징후들이다. 물론 후버 같은 자에 대해 확신할 수 있는 건 아무것도 없다. 사실 그가 얼굴을 흑인처럼 칠하고 가스펠을 부르면서 깜둥이 입에 사정하는 장면을 목격했다 해도 핀치는 놀라지 않았을 것이다. 더 이상 그는 어느 것에도 놀라지 않는다. 수사국에서 일하는 동안 다른 건 몰라도 인간에 대해 배운 게 하나 있었다. 인간은 역겨운 존재라는 것. 머릿속까지 썩고 심장까지 썩고, 영혼까지 썩은 존재라는 것.

"보스턴."

후버가 차를 저으며 말했다.

"보스턴이라니?"

"거기 짭새 놈들이 몬트리올과 리버풀 파업 사건에서 배운 게 털끝만큼도 없나 봐요."

"그런가 보더군. 정말 그자들이 파업을 일으킬 것 같아?"

후버가 보일 듯 말 듯 어깨를 으쓱해 보였다.

"아일랜드 종자들 아닙니까. 이성이나 신중함하고는 애당초 거리가 먼 자들이죠. 역사적으로도 아일랜드 놈들은 파멸을 두려워하지 않았는데 보스턴이라고 달라질 건 없다고 봅니다."

핀치가 커피를 홀짝였다.

"갈레아니가 들쑤셔놓기엔 최적의 기회로군."

후버가 끄덕였다.

"갈레아니뿐이겠습니까? 어중이떠중이 파괴분자들이 모조리 몰려들겠죠. 모르긴 몰라도 온갖 범죄가 모여 화려한 운동회를 열 겁니다."

"우리도 끼어들어야 하는 거야?"

후버가 특유의 예리하면서도 깊이 없는 눈으로 그를 바라보았다.

"미쳤습니까? 이건 시애틀보다도 상황이 나빠요. 우리나라 역사상 최악일 겁니다. 게다가 지역 차원이든 주 차원이든, 자체 치안 능력에 의문을 갖기 시작한다면 사람들이 과연 누굴 의지하려 들겠습니까?"

핀치가 맥없이 픽 하고 웃었다. 존 후버에 대해 뭐라던 간에, 그의 이 뺀질뺀질한 정신 하나만큼은 기가 막혔다. 그가 출세를 위해 샛길로 새려고 마음을 먹는다 해도, 아무도 막을 수 없을 것이다.

"연방정부."

핀치가 대답했다.

후버가 끄덕였다.

"예, 연방정부가 우리를 위해 아스팔트를 깔아줄 겁니다. 우린 타르가 마를 때까지 기다렸다가 느긋하게 달려 올라가면 되는 거죠."

34

대니는 집합실에서 전화 통화 중이었다. 02지구의 딥시 피기스와 오늘밤 집회에 필요한 여분의 의자를 논의 중이었는데, 그때 케빈 맥레이가 터벅터벅 걸어 들어왔다. 손에 종이 한 장을 들고 있었는데 무척이나 혼란스러워 보였다. 그러니까 지하실에서 오래 전에 죽은 친척이나 캥거루를 본 듯한 그런 표정이다.

"케빈?" 케빈이 네가 누구냐는 표정으로 대니를 건너다보았다. "무슨 일이야?"

대니가 물었다.

맥레이가 그에게 다가오더니, 마치 수건으로 머리를 말리듯 종이로 머리를 마구 문질러댔다.

"대니, 나 정직 당했어. 세상에, 정직이라니! 그게 말이나 돼? 커티스 말로는 우리가 근무태만으로 재판을 받아야 할 거라더군."

"모두? 정직이 얼마나 되지?"

대니가 물었다.

"열아홉. 내가 듣기론. 씨발, 도대체 어떻게 해야 하지? 이건 내 인생이라고!"

그가 집합실을 향해 서류를 흔들어댔다. 목소리는 거의 속삭임 수준이고 얼굴 표정은 토요일 시장에서 길을 잃은 아이 같았다.

이제 막 태동한 전미 노동총연맹—보스턴 경찰노조의 주요 임원들이 대니만 빼고 모두 정직에 처해졌다. 총연맹 가입원서를 나눠주고 걷어 들인 노조원들도 마찬가지였지만 오직 대니만 예외였다.

그가 아버지한테 전화했다.

"난 왜 뺐죠?"

"네 생각은 어떻냐?"

"모릅니다. 그래서 전화한 거예요, 아버지."

술잔의 조각얼음이 달그락거리는 소리가 들리더니 아버지가 한숨을 내쉬며 한 모금 들이켰다.

"너한테 체스를 가르쳐주려고 평생 네 뒤를 쫓아다녔다."

"나한테 피아노를 가르쳐주려고 평생 제 뒤를 쫓기도 하셨죠."

"그건 네 엄마였다. 난 그저 응원했을 뿐이야. 하지만 에이든, 체스는 이럴 때 도움이 됐을 거다. (다시 한숨) 재즈를 연주하는 것보다 훨씬 더. 네 친구들은 뭐라던?"

"뭐에 대해서요?"

"너만 빠진 데 대해. 그 애들은 모두 커티스 앞에 나가 정직 통고를 받겠지만, 노조 부위원장인 너만 펄펄 날아다니잖아. 네가 그들이라면 과연 아무것도 의심하지 않겠냐?"

대니는 디마시 부인이 현관홀 테이블에 놓아 둔 전화를 쓰는 중이었다. 그는 아버지가 술을 다시 채우고 잔에 얼음 몇 개를 넣는 소리를 들으며 자기도 술이 있으면 좋겠다는 생각을 했다.

"내가 그 친구들이라면요? 그래도 난 내 일을 할 겁니다. 아버지 아들이니까요."

"그게 바로 커티스가 노리는 거야. 네가 내 아들임을 깨닫게 만드는 것."

대니는 벽에 옆머리를 기대고 눈을 감았다. 아버지가 시거에 불을 붙인 후 열심히 빨아대는 소리가 들렸다.

"그게 게임이었군요. 분열 작전. 갈라놓고 정복하라."

아버지가 껄껄거리며 웃었다.

"이런, 이봐, 아직 게임은 시작도 안 했어. 그건 그냥 예고편이라고. 에이든, 이 어리석고, 어리석은 아이야. 널 사랑한단다. 하지만 칭찬해 줄 수는 없구나. 만일 신문지상에서 노조 임원 하나만 정직을 면했다는 사실을 알면 어떻게 나올 것 같냐? 우선 청장이 합리적인 사람이고 시 역시 공명정대하며, 또 부위원장이 정직당하지 않았으니까, 나머지 19인의 징계경찰은 분명 문제가 있는 사람들이라고 보도할 거야."

대니는 순간 그 암울함 속에서도 한 줄기 희망을 볼 수 있었다.

"하지만 그렇게 되면 이쪽도 책략임을 알 겁니다. 그럼 나야말로 공명정대의 상징임을 확신하고 더욱 더……"

그때 전화기 저쪽에서 쿵 하는 구두소리가 들렸다. 아버지가 책상 가장자리에서 바닥으로 내려선 것이다.

"이런, 이런 멍청한 놈. 에이든, 일단 매체들이 호기심을 갖고 파들어 올 거다. 네가 경찰서장 아들이라는 정보는 그냥 나오는 거야. 놈들은 하루 정도 그 얘기를 하다가 조금 더 파보기로 마음을 정하겠지. 그리고 조만간 꼬장꼬장한 기자 하나가 순진해 보이는 데스크 담당 경찰을 만나고, 그 경찰은 마치 우연처럼 '그 사건'을 툭 던져주는 거야. 그래서 기자가 '그 사건이라뇨?'라고 물으면 데스크 담당은 '무슨 얘기를 하는지 모르겠네요.'라고 너스레를 떨 테고. 그럼 기자는 정말로 본격적으로 파고드는 거다, 멍청아. 우리는 모두 네 최근의 행각들이 내부 감찰을 버텨냈다는 사실을 알고 있다. 커티스는 널 희생양으로 삼은 거야, 대니. 숲속의 야수들은 벌써 네 냄새를 맡고 코를 킁킁거리기 시작했어."

"그럼 이 멍청이는 어떻게 해야 하는 겁니까, 아버지?"

"무조건 항복."

"말도 안 돼요."

"아니, 말 돼. 넌 아직도 사각을 보지 못하고 있어. 약속하마. 기회는 올 거다. 네 생각만큼은 아니지만 그들도 네 노조를 두려워하고는 있다. 그건 분명해. 그러니 그걸 이용해라. 에이든, 그들은 절대 노동총연맹 가입 따위에 굴복하지 않아. 애초에 말이 안 되니까. 하지만 그 칩을 잘만 이용한다면 다른 곳에서 양보를 얻어낼 수 있을 거다."

"아버지, 우리가 노동총연맹과의 연대를 포기한다면 지금까지 해 온 모든 게 물거품이……"

"내 말을 곰곰이 생각해 봐라, 아들. 이만 끊자. 신들이 함께 하길 빈다."

아버지가 전화를 끊었다.

앤드루 J. 피터스 시장도 확실하게 믿는 이론이 하나 있기는 했다. 일이란 때가 되면 알아서 해결되기 마련이라는 것.

운명을 통제할 수 있다는 개소리 때문에 다들 소중한 시간과 에너지를 탕진하고 있지만, 사실 사람들이 끼어들든 말든, 제멋대로 꼬이고 제멋대로 풀리는 게 세상일이라는 거다. 까놓고 말해서, 외국의 저 끔찍한 전쟁만 돌아보더라도 성급한 결정이라는 게 얼마나 어리석은지 알 수 있지 않은가. 아니, 결정이라는 게 어차피 다 그 모양이다. 앤드루 피터스라면 어제 오후, 스타에게 이런 식으로 말했을 것이다. 프란츠 페르디난트(오스트리아의 황태자 — 옮긴이)가 죽은 후 오스트리아군이 기병대를 들쑤시지 않고 세르비아도 흥분하지 않았다고 한들, 달라질 게 뭐가 있었겠느냐고 말이다. 또 하나, 애초에 그 대책 없는 가브릴로 프린치프가 황태자를 암살한 게 얼마나 무의미했는지를 보라! 이제 그들 모두 죽고 세상은 포화로 뒤덮였다. 그래서 얻은 건? 조금 더 냉정한 지도자가 많았다면, 그래서 국민들이 모두 잊을 때까지 행동을 자제하고 다른 생각과 다른 일에 매진했다면, 오늘 우리는 훨씬 더 나은 세상을 살고 있었으리라.

그렇게 많은 젊은이들을 민족자결주의의 오만으로 오염시킨 것이 바로 전쟁이었다. 사회동요를 조장한 주요 원인도 올여름 해외에서 싸웠던 흑인들이었고, 그로 인해 워싱턴, 오마하, 시카고 등에서 수많은 동족의 학살을 초래하고 말았다. 그들을 죽인 백인들의 행동을 변명하자는 게 아니다. 절대로. 하지만 그 일이 어떻게 일어났는지는 볼 수 있지 않은가. 그런 식으로 시스템을 뒤집어엎으려는 흑인들. 사람들은 변화를 원치 않는다. 시스템이 뒤집히는 것도 싫어한다. 그들이 원하는 건, 더운 날 차가운 맥주와 제때에 제공되는 끼니뿐이다.

"민족자결주의라."

그가 갑판 위에서 중얼거렸다. 그의 옆에서 긴 의자 위에 배를 깔고 누워 있던 스타가 가볍게 꿈틀거렸다.

"그게 뭔데요, 파파?"

그가 상체를 기울여 그녀의 어깨에 키스했다. 바지를 벗을까 하는 생각도 있었지만, 구름이 몰려오고 하늘과 바다가 어두워진 것이 꼭 와인과 슬픔에 취한 자기 모습처럼 보여 흥이 나지 않았다.

"아무것도 아니다."

스타가 눈을 감았다. 예쁜 아이. 너무도 예쁜. 잘 익은 사과처럼 팽팽한 두 볼. 그에 못지않은 엉덩이. 그 사이의 모든 것이 어찌나 관능적이고 건강한지 그녀의 몸 안에 들어갈 때면, 제 아무리 위대한 보스턴 시의 시장 앤드루 J. 피터스라 해도 고대 그리스나 로마인이 된 기분이 들었다. 스타 페이스풀. 얼마나 적절한 이름이란 말인가. 그의 연인, 그의 사촌. 올해 열네 살에 불과했지만 여비서 마르사의 전성기 때보다 훨씬 성숙하고 도발적이었다.

벌거벗은 스타가 옆에 누워 있으니 에덴동산이 따로 없었다. 첫 번째 빗방울이 그녀의 척추를 때릴 때 그는 맥고모자를 벗어 그녀의 엉덩이에 올려주었다. 그녀는 키득거리며 비를 좋아한다고 했다. 그러고는 고개를 돌려 그의 허리띠를 향해 손을 내밀며 사실은 비를 사랑한다고 고쳐 말했다. 그리고 그 순간 그녀의 눈 속을 흐르는 바다만큼이나 어둡고 충격적인 눈빛을 보았다. 생각? 아니, 그건 생각이 아니라 회의였다. 그는 마음이 불안했다. 그녀에게 회의 따위가 있을 리 없었다. 로마 황제들의 첩들은 절대 그럴 수 없다. 그녀가 혁대를 풀어 내릴 때 그는 불길하면서도 혹독한 상실감에 젖고 말았다. 바지가 발목 아래로 흘러내렸다. 그리고 결국 보스턴으로 돌아가는 게 좋겠다는 생각을 했다. 아무래도 사람들을 설득이라도 해볼 생각이다.

그가 바다를 내다보았다. 저 끝없는 바다.

"그래, 결국 시장은 나니까."

스타가 미소를 지으며 그를 올려다보았다.

"알아요, 파파. 그것도 최고의 시장이죠."

19인의 정직 경관에 대한 청문회는 26일 펨퍼튼의 커티스 경찰청장 사무실에서 있었다. 대니도 참석했고 커티스의 오른팔 허버트 파커도 자리했다. 클라렌스 로울리와 제임스 바헤이는 19인의 피고 모두를 위한 변호인 자격으로 커티스 앞에 앉았다. 기자들은 《글로브》,

《트랜스크립트》, 《스탠더드》에서 각각 1인씩만 입장이 허용되었다. 그게 다였다. 과거 청문회에선 서장 셋과 청장이 징계위원회를 구성했지만, 커티스의 지배 하에선 오직 커티스만이 판관이었다.

커티스가 먼저 기자들에게 브리핑했다.

"보시다시피, 정직과 무관한 노동총연맹 불법노조원 경찰 한 명을 참여케 했습니다. 따라서 그 누구도 이 청문회가 편파적이라고 주장할 수 없을 겁니다. 또한 피고인들은 명망 있는 변호사 두 분이 변호하고 있습니다. 바헤이 씨와 로울리 씨. 지금까지 노동계의 이익을 폭넓게 지지해 오셨던 분들이시죠. 그 반대로 내 편엔 변호사가 하나도 없군요."

"죄송하지만, 재판을 받는 분은 청장님이 아닙니다."

대니가 항변했다.

기자 하나가 그 말에 크게 고개를 끄덕이며 메모지에 뭔가를 적었다. 커티스가 대니를 향해 무심한 눈을 깜빡이다가, 뒤쪽의 다 낡은 나무의자에 앉아 있는 열아홉 명을 건너다보았다.

"귀관들은 근무태만으로 기소되었다. 법의 수호자가 범할 수 있는 최악의 범죄다. 구체적으로 말한다면, 귀관들은 보스턴 경찰 근무규칙 35조를 위반했으며, 그 조항은 경찰신분으로 보스턴 경찰청에 속하지 않은 어떤 조직에도 가입할 수 없다고 규정하고 있다."

"청장님, 그 기준으로 본다면, 베테랑 그룹이나 경찰 공제조합에도 가입이 불가능합니다."

클라렌스 로울리가 따졌다.

기자 둘과 경관 하나가 키득거렸다.

커티스는 물 잔을 집어 들었다.

"아직 내 말은 안 끝났습니다. 로울리 씨. 죄송하지만, 이곳은 형사 법원이 아니라, 보스턴 경찰청의 내부 징계위원회에 불과합니다. 규칙 35조의 법적근거를 따지실 생각이라면, 서퍽 상급법원에 소장을 제출하셔야 할 겁니다. 오늘 이곳에서 거론될 사항은 법 자체의 합법성이 아니라, 여기 피고들이 35조를 위반했느냐 아니냐의 여부뿐입니다. (피고들을 향해) 우선 덴튼 순경, 일어나게."

정복 차림의 마크 덴튼이 일어났다. 경찰모는 겨드랑이에 끼고 있었다.

"덴튼 순경, 귀관은 전미 노동총연맹 보스턴 경찰 노조 16807번에 가입했는가?"

"그렇습니다."

"귀관은 상기 노조의 위원장이 아닌가?"

"영광스럽게도 그렇습니다."

"자네의 영광은 이 위원회와 무관하네."

"위원회요?"

마크 덴튼이 되물으며 커티스의 좌우를 살폈다.

커티스가 물을 홀짝였다.

"그리고 귀관은 전술한 전미 노동총연맹 가입을 독려하는 가입 용지를 귀관의 파출소에 배포한 바 있지?"

"역시 영광스럽게도 그렇습니다."

덴튼이 대답했다.

"앉아도 좋네, 순경. 케빈 맥레이, 기립하게……"

청문회는 그런 식으로 두 시간 이상 진행되었다. 커티스가 단조로운 어투로 똑같은 질문을 던지면 경찰들은 다양하게 불쾌감, 모멸감, 또는 숙연함 등으로 대꾸했다.

마침내 변호인단의 변론 차례가 되었을 때 제임스 바헤이가 나섰다. 미국 도시전차 노동자의 법률자문으로 일하고 있으며, 대니가 태어나기 오래 전부터 명성이 높은 인물이었다. 불과 2주 전 새뮤얼 곰퍼스의 추천으로 그를 이 싸움에 불러들인 건 마크 덴튼의 쾌거였다. 변호사는 뒤쪽에서 운동선수 같은 유연함으로 걸어 나와 먼저 19인의 피고를 향해 가벼우면서도 확신에 찬 미소를 짓고 커티스를 돌아보았다.

"오늘 이 자리가 규칙 35조의 적법성을 따지는 곳이 아니라는 점에는 동의합니다. 하나 상기 규칙의 저자인 청장님 본인이 그 법의 모호한 성격을 인정하시는 것만은 분명한데, 당신께서 만든 규칙에 대한 확신도 없으시면서 우리보고 뭘 어쩌라는 건지 모르겠군요. 그럼 그 법의 본질을 우리가 해석해도 된다는 겁니까? 그 법이야말로 인간의 자유에 대한 최악의 침해이며……"

커티스가 망치를 몇 번 두드렸다.

"……인간의 자유로운 행동을 규제하려는 유사 이래 가장 무모한 시도라고 할 수 있습니다."

커티스가 다시 망치를 들었으나 바헤이는 곧바로 그의 얼굴을 가리켰다.

"청장님, 당신은 이 사람들에게서 노동자로서의 가장 기본적인 인권을 강탈했습니다. 최저생계비 이상의 급여를 제공할 의무와, 근무와 숙식을 위해 안전하고 위생적인 막사를 제공할 의무를 지속적으로 거부하면서도, 그들의 안전뿐 아니라 시민의 안전까지 위험으로 몰아넣을 수준의 치명적인 근무시간을 강요했습니다. 그런데 지금 청장께서는 그렇게 단독판사처럼 앉아, 이들의 책임을 혼란에 빠뜨리려고 시도하고 있습니다. 그건 비열한 행동입니다, 청장님. 아주 비열하고 비겁한 행동입니다. 청장께서 오늘 하신 말씀 중 그 어느 것도, 이들이 이 위대한 도시의 시민들을 위한 임무를 방기했다는 증거는 없습니다. 근무지를 이탈한 것도 아니고 호출에 불응한 적도 없습니다. 단 한 번도, 법을 수호하고 보스턴 시민들을 보호하거나 보필하는 본연의 임무를 거부한 적도 없습니다. 물론 그렇다는 증거를 제시하실 수는 있겠죠. 지금쯤 얼마든지 조작해 내셨을 테니까. 그보다, 이 분들한테 죄가 있다면(기록을 위해 일부러 그 용어를 사용합니다만), 그건 이들이 전미 노동총연맹에 가입하지 않았으면 하는 청장님의 바람에 굴복하지 않았다는 것뿐입니다. 단지 그뿐이죠. 더욱이 규칙 35조를 서둘러 삽입했다는 의혹을 염두에 둔다면, 오늘 우리가 이 자리에서 분명히 목격했듯, 이 땅의 어느 판사라 해도 그 규칙이 이들의 권리를 탄압하려는 노골적인 음모임을 간파해 낼 것입니다." 그가 피고들과 그 너머 기자들을 돌아보는데, 정장과 위엄과 순백의 머리카락이 환한 빛을 발했다. 이윽고 그가 떠나갈 듯이 장내를 호령했다. "내가 이 경관들을 변호하지 않은 이유는 변호할 게 없기 때문입니다. 오늘 이 방에서 제기된 애국심이나 미국 정신을 가져야 하는 건 이 친구들이 아닙니다. 그건, 청장, 바로 당신이요!"

커티스가 망치를 계속 두드리고 파커도 정숙을 외쳤지만, 경관들은 자리에서 일어나 환호를 지르고 박수갈채를 보냈다.

대니는 랠프 라펠슨이 감정적 수사에 대해 한 말을 떠올려보았다. 그 역시 바헤이의 연설에 누구보다도 감명 받고 흔들렸지만, 그 연설이 불꽃을 지피는 것 외에 또 이룬 것이 있는지는 사실 자신이 없었다.

바헤이가 자리에 돌아와 앉자 경찰들도 앉았다. 이제 대니의 차례였다. 그는 얼굴이 잔뜩 상기된 커티스 앞에 섰다.

"간단하게 말씀드리겠습니다. 제가 보기에, 오늘 우리가 다루는 주제는, 전미 노동총연맹과의 연대가 경찰 근무의 효율성을 떨어뜨리느냐의 여부입니다. 커티스 청장님, 자신 있게 말씀드립니다만 절대로 그건 아닙니다. 제출된 자료에 나오는 18개 관할 지구의 체포기록과 총 범죄율만 비교해 보아도, 그 내용이 근거 없는 기우임을 알 수 있을 것입니다. 또한 분명히 말씀 드리지만 앞으로도 그럴 것입니다. 우리는 근본적으로 경찰이며, 법을 수호하고 평화를 지키겠다고 서약한 공무원들입니다. 그 역시 절대 변하지 않습니다. 우리가 지키고 있는 한은."

대니가 자리에 앉자 사람들이 박수를 쳤다. 커티스가 자리에서 일어났다. 그는 흔들리고 있었고 얼굴도 유령처럼 창백했다. 넥타이는 늘어지고 머리카락도 헝클어진 터였다. 그가 두 손으로 책상 가장자리를 단단히 움켜쥐었다.

"오늘 나온 얘기들 모두를 신중히 고려하죠. 안녕히 돌아가시길, 신사분들."

그 말을 끝으로 그와 허버트 파커는 방을 빠져나갔다.

건장한 남성 모집

보스턴 경찰청에서, 전 경찰본부장 윌리엄 피어스의 지휘 하에
활약할 자원 경찰 인력을 모집합니다.
백인이어야 하며, 전쟁 경험 및 운동능력 우선 고려.
관심 있는 응모자는 월요일에서 금요일 오전 9시에서
오후 5시까지 커먼웰스 본부에 신청바랍니다.

루터는 원래 있던 자리에 신문을 내려놓았다. 자원경찰이라. 너무 멍청해 정규직을 구할 수 없거나, 아니면 좋은 직장을 떠나서라도 스스로의 마초 기질을 증명하고 싶어 열불이 난 백인들을 불러 모은다는 소리로 들렸다. 어느 쪽이든 좋은 조합은 아니다. 그는 흑인들에게 대신 그자들의 일자리를 차지하라고 애원하는 광고를 상상하고 큰 소리로 웃고 말았다. 스스로도 놀랄 정도의 커다란 웃음이었다. 그곳엔 루터 혼자만이 아니었다. 아니나 다를까, 바로 옆 벤치의 백인이 움찔하더니 일어나 멀리 가버렸다.

루터는 소중한 하루를 도시를 방황하면서 지냈다. 몸이 근질거려

서 가만히 있을 수가 없었기 때문이다. 한 번도 보지 못했지만 털사에 그를 기다리는 아이가 있었다. 그의 아이. 릴라도 훨씬 누그러진 마음으로(단지 바람만일까?) 그를 기다렸다.

한 때는 이 세상이 커다란 퍼즐이라고 생각한 적이 있었다. 그가 맞추기만을 기다리고 있는 퍼즐. 이제 그 퍼즐은 재미있는 남자들과 아름다운 여자들로 메워지고 또 그들은 다시 각자의 방식으로 그의 빈 공간을 채워줄 것이다. 더 이상 채울 것이 남지 않고, 아버지가 가족을 떠난 후 처음으로 루터 역시 충만함을 느낄 수 있을 때까지 말이다. 하지만 이제 그도 그 바람이 터무니없음을 깨달았다. 대니와 노라를 만나, 스스로도 놀라울 정도의 호감을 가진 건 사실이다. 그리고 물론, 기드로 부부도 사랑했다. 그들에게서 이따금 꿈꿔온 할아버지, 할머니를 보기도 했다. 하지만 궁극적으로 그 관계들은 아무 의미도 없었다. 그의 희망과 심장과 사랑은 그린우드에 남겨져 있기 때문이다. 채워야 할 퍼즐? 그런 건 없다. 있다고 해도 루터는 곧 고향으로 돌아갈 것이다. 아내와 아이가 있는 곳으로.

데스몬드.

릴라가 아들한테 붙여준 이름이다. 목사와 말썽을 빚기 전에 어느 정도 마음속으로 동의했던 이름이기도 하다. 데스몬드 로렌스. 그건 릴라의 할아버지 이름이었다. 그녀를 무릎에 앉혀 놓고 성서를 가르치고, 어쩌면 그녀를 그렇게 강하게 키웠을 인물이다. 루터가 아는 한, 그런 성격은 절대 저절로 생겨나지 않기 때문이다.

데스몬드.

얼마나 든든한 이름인가. 루터는 여름 내내 그 이름을 되뇌었다. 눈물이 나도록 되새겼다. 그가 세상에 불러낸 아들 데스몬드. 언젠가 그가 멋진 일들을 해낼 것이다.

아들에게 돌아갈 수만 있다면. 아내한테. 그 둘에게.

보통 사람들은 평생 무언가를 향해 움직이고 삶을 축적해 나간다. 물론 백인들을 위한 일에 불과하겠으나 그래도 그건 동시에 자기 아내와 아이들을 위한 일이기도 하다. 루터 역시 보통 사람의 삶에 속해 있는 한, 미래가 더 나아질 거라는 꿈을 위해 일하게 될 것이다. 결국 루터가 깨달은 건, 털사에 있을 때 그 진리를 깜빡 잊고 지냈으며, 그의 아버지는 그것을 아예 모르고 있었다는 사실이었다. 누구나 사랑하는 사람들을 위해 노력해야 한다. 이 너무도 간단하고 명료하고 순수한 진리를 말이다.

단순히 (언제, 어떻게, 어디로든) 움직여야 한다는 단세포적 욕망에 매몰된 탓에, 어떤 움직임이든 목적의식이 있어야 한다는 사실을 잊은 것이다.

이제는 안다. 이제는.

그런데도 아무것도 할 수가 없었다. 행여 맥케나를 처리한다 해도 (정말로 '행여'다.) 그린우드에서 스모크가 기다리고 있기 때문에 가족들에게 돌아갈 수도 없었다. 그렇다고 릴라를 설득해 건너오게 하는 것도 불가능했다(크리스마스 이후로 몇 번 시도해 보기는 했다.). 릴라가 그린우드를 고향으로 생각하고 있기도 했지만, 또 짐을 꾸려 이사할 경우 스모크가 누군가를 몰래 딸려 보낼 것이다. 충분히 가능한 애

기다.

앓느니 죽는 게 낫지. 그날 그 생각을 50번은 했을 것이다.

그는 벤치에서 신문을 집어 들고 일어섰다. 워싱턴 스트리트 건너, 크레스키 잡화점 앞에서 두 남자가 그를 지켜보고 있었다. 둘 다 연한 모자와 리넨 정장 차림이고, 둘 다 키가 작은 데다 겁먹은 표정이었다. 만일 엉덩이에 보란 듯이 매달고 있는 갈색의 넓은 총지갑만 아니라면 그저 멋지게 양복을 빼입은 우스꽝스러운 잡화상 점원에 불과했을 인간들이다. 총을 든 잡화상 점원들이라니. 대형 상점들은 사립탐정을 고용했고, 은행들은 연방정부에 연방보안관을 요구했다. 하지만 작은 가게들은 직원들에게 무기 다루는 법을 가르치는 식으로 위기에 대처해야 했다. 어떤 점에서는 자원경찰들이라는 자들보다 더 위험한 부류들이다. 아무래도 자원경찰이 훈련도 더 받고 지휘체계도 확고할 테니까 말이다. 이 임시 경호원들은? 거리는 온통 그런 류의 점원과 짐꾼, 보석상의 아들 및 사위, 모피상, 요리사, 보트 판매원들로 넘쳐났으나 모두 겁에 질려 있었다. 초조하고 불안한 자들이 무장까지 한 것이다.

그는 어떤 충동에 무조건 그쪽으로 건너갔다. 원래 의도는 아니었지만 그들이 지켜보고 있음을 알고 갑자기 울컥한 것이다. 그는 흑인 특유의 건들거리는 발걸음에 살살 눈웃음까지 쳤다. 키 작은 두 남자가 서로 의견을 교환하더니 그 중 하나가 피스톨 바로 아래쪽으로 손을 쓸어내렸다.

"기가 막힌 날씨 아닙니까?"

루터가 보도에 다다랐다. 둘 다 대꾸하지 않았다.

"푸르고 푸르른 하늘. 거의 일주일 만이죠? 이런 날씨가? 속이 다 후련하네요."

두 남자는 여전히 입을 다물었다. 루터는 모자를 건드려 인사하고 계속해서 보도를 따라 내려갔다. 물론 어리석은 행동이다. 더욱이 데스몬드를 생각하고, 릴라를 생각하고, 보다 책임감 있는 사람이 되자고 결심한 직후가 아니던가. 하지만 총을 든 백인을 보면 이렇듯 늘 뱃속에서 불꽃이 튀고 만다.

도시는 온통 그런 자들 투성이었다. 오늘만 해도 지금까지 긴급구호 텐트를 세 곳이나 지난 터였다. 텐트 안에서 간호사 몇이 테이블과 이동식 침대를 세팅 중이었다. 그날 오후엔 웨스트엔드와 스콜레이 광장 한복판을 지났는데, 세 블록마다 앰뷸런스들이 모여 뭔가 불가피한 참사를 기다리고 있었다. 그는 손에 든 《헤럴드》를 내려다 보았다. 접힌 부분 바로 위쪽의 제1면 논설은 다음과 같았다.

경찰청 분위기는 그 어느 때보다 일촉즉발 지경이었다. 우리는 운명의 귀로에 와 있다. 이제 누군가의 편견에 의해, 특정 이해세력의 노예가 되기 위한 법의 집행을 인정할 경우, 우리는 스스로를 '러시아화'하거나, 아니면 소비에트 지배를 허용하는 기나긴 영락의 길에 들어서고 말 것이다.

불쌍한 대니. 멋도 모르고 까부는 철부지 망나니.

362

제임스 잭슨 스토로*는 보스턴 최고의 갑부다. 제너럴 모터스의 사장이 되면서 회사를 머리에서 발끝까지 뜯어고쳤지만, 그럼에도 불구하고 단 한 명의 노동자도 자르지 않고 주주의 신뢰도 잃지 않았다. 그는 보스턴 상공회의소를 설립하고 세계대전이 일어날 즈음엔 생계비위원회 회장직을 맡았다. 폐허와 절망의 갈등기엔 우드로 윌슨 연방정부의 연료부 장관을 역임하며, 뉴잉글랜드의 가정에 석탄이나 기름이 부족하지 않도록 했는데, 때로는 개인의 신용을 이용해 화물이 정시에 창고를 떠나도록 독촉하기도 했다.

권력을 가볍게 여긴다는 소문에 대해서는 그도 잘 알고 있었다. 하지만 사실인즉슨, 권력이란, 그 형태와 형식이 어떻든, 기껏해야 자기중심적 인간의 무절제한 돌출행동에 불과하다는 게 그의 신념이었다. 자기중심적 인간들의 심리가 불안정하고 뼛속까지 두려움에 절어 있는 한 권력은 야만적일 수밖에 없고, 때문에 세상은 그들의 본질을 더욱 더 모를 수밖에 없다.

끔찍한 날들이었다. '권력자'와 '약자' 간의 이 완전히 정신 나간 싸움은 이제 신기원을 맞게 되었다. 싸움은 1917년의 10월 혁명 이후로 그 어느 싸움보다 최악으로 치닫게 될 것이다. 그것도 그가 사랑해 마지않는 바로 이 도시에서 말이다.

스토로는 루이버그 광장의 저택 당구장에서 피터스 시장을 맞이했다. 들어올 때 보니 시장은 온통 선탠으로 그을린 모습이었는데, 그로써 피터스가 경솔한 인물이며, 평상시에도 임무에 부적절하지만 이런 식의 상황에서는 완전히 쓰레기에 진배없다는 그간의 뿌리 깊은 의혹을 확인한 셈이었다.

경솔한 얼간이들이 다 그렇듯, 시장은 밝고 열정적인 미소와 경쾌한 걸음걸이로 스토로에게 건너왔다.

"스토로 씨, 만나주셔서 감사합니다."

"피터스 시장, 오히려 제가 영광이외다."

시장의 손힘은 의외로 단호했다. 사내의 푸른 눈도 초롱초롱했는데, 그 바람에 그는 어쩌면 기대 이상의 인물일 수도 있겠다는 희망을 품기도 했다. 날 놀라게 해보게, 시장 나리, 한 번 놀라게 해보라고.

"제가 온 이유는 아시죠?"

피터스가 말했다.

"경찰 문제를 논의하자는 게 아닙니까?"

"바로 그렇습니다, 회장님."

스토로는 두 개의 체리색 가죽 안락의자로 시장을 이끌었다. 둘 사이의 테이블엔 술 병 두 개와 잔 두 개가 놓여 있었는데, 하나는 브랜디였고 다른 하나는 물이었다. 그는 손으로 테이블을 가리키며 시장한테 권했다.

피터스가 감사인사를 하고 잔에 물을 따랐다.

스토로는 다리를 꼰 다음 다시 사내를 보았다. 그가 자신의 잔을 가리키자 피터스가 물을 따라주었고 두 사람은 편안하게 등을 기댔다.

"회장님께서는 이 도시에서 가장 많은 존경과 사랑을 받으시는 분입니다. 전쟁 중에 시민들을 따뜻하게 지켜주셨으니까요. 하지만 지금 다시 회장님의 도움이 절실해졌답니다. 물론 회장님의 상공회의소 인력들이 위원회를 구성해 경찰이 제기한 문제와 경찰청장 커티스의 반박을 살펴 어느 쪽이 옳고 또 궁극적으로 어느 쪽의 손을 들어줄 것인지 열심히 연구는 하고 있습니다만."

"위원회가 통제권을 갖고 있습니까? 아니면 권고 수준입니까?"

"시의 조례에 따르면, 청장에게 특별한 과오의 증거가 없는 한 경찰문제에 관한 한 최종 권한은 모두 그에게 있습니다. 저는 물론이고 쿨리지 주지사도 어쩔 수 없는 부분이죠."

"결국 우리 힘에 한계가 있다는 얘기로군."

"예, 권고 자격 정도입니다. 하지만 우리 주와 이 도시뿐 아니라, 전국에 걸친 회장님의 영향력을 감안한다면 아무리 그라도 새겨듣지 않을 수는 없을 것입니다."

"그 권고를 언제 해야 하는 거요?"

"시간이 촉박합니다. 내일이니까요."

스토로는 물을 마저 마신 후 브랜디 병의 코르크를 따서 그 끝으로 피터스를 가리켰다. 그러자 시장이 빈 잔을 기울였고 스토로가 술을 따라주었다.

"경찰 노조 문제라면, 전미 노동총연맹과의 제휴를 허용할 수는 없어요."

"지당하신 말씀입니다."

"노조 대표와 만나보겠소. 내일 오후에. 가능하겠습니까?"

"물론입니다."

"커티스 청장은? 시장께서 보기에 그 사람은 어떤 상황 같습디까?"

"잔뜩 화가 나 있습니다."

피터스가 대답했다. 스토로가 고개를 끄덕였다.

"내가 기억하는 대로군. 그가 시장으로 있을 때 공교롭게도 내가 하버드 감사 일을 한 덕에 몇 번 만난 적이 있었소. 지금 기억으로도 분노밖에 남는 게 없구려. 잘 갈무리해 놓기는 했지만 극단적인 자기혐오 같은 것이었소. 그런 인물이 오랫동안 재야를 떠돌다가 권력을 다시 잡았으니…… 시장, 정말 걱정은 그쪽이요."

"제 생각도 그렇습니다."

피터스가 맞장구를 쳤다.

"그런 자들이 도시에 불을 지르는 법이라오. 잿더미를 사랑하는 자들이니까."

스토로가 기나긴 한숨을 내뱉었다. 수십 년간 폐허와 어리석음을 목격하고 돌아온 노병의 한숨이었다. 그리고 그 한숨은 다음날 그가 다시 그 방에 돌아왔을 때까지도 실내를 떠돌고 있을 것이다.

다음날 오후, 대니, 마크 덴튼, 케빈 맥레이는 파커 하우스의 스위트룸에서 제임스 J. 스토로를 만났다. 그들은 18지구 경찰서의 보건과 위생상황, 20여 명의 순경들로부터 받은 주중 및 주말 평균 근무시간, 그리고 시청청소부, 전차운전사, 부두노무자 등, 그들의 봉급 규

366

모를 왜소하게 만드는 30여 개 직업과의 임금 격차 분석 자료를 비롯한 다양하고 구체적인 보고서를 준비해, 제임스 J. 스토로와 그의 조사위원회에 참여한 다른 세 명의 사업가 앞에 펼쳐놓고, 그들이 자료들을 훑어보는 동안 초조하게 기다렸다. 위원들은 특별히 관심 있는 데이터들을 돌려보며, 이따금 의외라는 듯 고개를 끄덕이거나 경악하거나 아니면 눈을 굴리는 식으로 반감을 표시했다. 그 모습에 대니는 혹시 너무 과도한 자료를 제공한 것이 아닌가 하는 걱정까지 들었다.

스토로는 자료에서 한 순경의 소원술회를 집어 들고 나머지는 모두 옆으로 밀쳐놓았다.

"잘 봤네. 이 정도면 충분해. 자네들이 보호하는 바로 그 도시로부터 버림받았다고 느낄 만도 하군." 그가 다른 세 명의 위원을 바라보자 그들도 그의 본을 따라 대니와 마크 덴튼과 케빈 맥레이를 향해 공감의 고갯짓을 보냈다. "창피한 일이네만, 제군들, 그렇다고 모든 비난을 커티스 청장한테 퍼부을 순 없네. 오미라 청장과 컬리 시장 및 피츠제럴드 시장의 관리 하에서 비롯된 일이니까 말일세." 스토로는 테이블을 돌아 나와 마크 덴튼, 대니, 그리고 케빈 맥레이와 차례로 악수를 나누었다. "내 깊이 사죄함세."

"감사합니다, 회장님."

스토로가 테이블에 기댔다.

"우리가 어떻게 했으면 좋겠나, 제군들."

"저희가 원하는 건 정당한 대우뿐입니다."

마크 덴튼이었다.

"그래, 그 정당한 대우가 뭐지?"

이번엔 대니 차례였다.

"에, 우선 연간 300달러의 봉급인상입니다. 그리고 저희가 분석한 다른 직업들과 형평을 맞추어 수당 없는 초과근무와 특수파견근무는 끝내야겠습니다."

"그리고?"

"그리고 우리 제복과 장비를 돈 주고 사는 현 시스템도 바꿔야 합니다. 나머지는 서의 위생 상태입니다, 회장님. 깨끗한 침대, 청결한 화장실, 벼룩과 이의 제거 등등."

케빈 맥레이.

스토로가 끄덕였다. 그는 다른 세 사람들 돌아보았지만, 어차피 중요한 건 그의 말 뿐인 듯 보였다. 이윽고 그가 경찰들을 돌아보며 말했다.

"동의하네."

"예? 뭐라고 하셨죠?"

스토로의 눈에 미소가 비쳤다.

"동의한다고 했네, 경관. 이제부터 귀관들의 견해를 지지하고 지금 살펴본 불만들이 자네들 의견 그대로 받아들여지도록 건의할 걸세."

대니의 첫 번째 생각. *뭐가 이렇게 쉬워?*

두 번째 생각. *아니 분명 '하지만'이 있을 거야.*

"하지만, 내 힘은 건의까지만이라네. 변화를 장담할 수는 없네. 그건 커티스 청장의 고유권한이니까."

"회장님, 죄송하지만, 커티스 청장은 우리 열아홉 명을 해고할지 여부를 결정하는 중입니다."

마크 덴튼.

"그것도 알고 있네. 하지만 그렇게는 못할 거야. 그야말로 무모한 짓이니까. 믿든 말든, 시는 자네 편일세, 제군들. 단지 파업을 찬성하지 않을 뿐이야. 내게 문제를 다루게 해준다면 자네들이 요구대로 모두 이룰 수 있을 걸세. 최종 결정이야 청장의 몫이지만 그도 합리적인 사람이니까."

대니가 고개를 저었다.

"제가 본 바로는 그 반대입니다, 회장님."

스토로가 그 말에 거의 수줍음으로 비칠 정도의 엷은 미소를 지었다.

"아무리 그렇다 해도, 시와 시장과 주지사 등 여타의 공정한 사람들은 오늘 나와 마찬가지로 상황과 논리를 정확히 이해하고 있다네. 약속하지. 내가 보고서를 작성해 배포하는 대로 자네들은 정의를 되찾게 될 거야. 부디 인내와 절제로서 두고 보게나, 제군들."

"말씀대로 하겠습니다, 회장님."

마크 덴튼이 대답했다. 스토로는 테이블 뒤로 돌아가 서류들을 만지작거렸다.

"하지만 자네들도 전미 노동총연맹과의 관계를 포기해야 하네."

'바로 이것이었군.' 대니는 테이블을 창밖으로 내던지고 방 안에 있는 자들도 모두 집어던지고 싶었다.

"그럼, 이번엔 또 누구의 자비에 목을 매야 하는 겁니까?"

"무슨 말인가?"

대니가 자리에서 일어섰다.

"스토로 회장님, 저희 모두 회장님을 존경합니다. 하지만 전에도 구두 약속을 받아들였지만 모두 공수표로 돌아갔죠. 우리가 지금도 1903년의 봉급 수준에 허덕이는 이유도, 우리 앞의 선배들이 12년 동안 장대에 매달린 당근만 바라본 덕분입니다. 권리를 주장하기 시작한 건 겨우 1915년에 들어서였죠. 그런데 또입니까? 전쟁이 끝난 후, 우린 한 번도 적절한 보상을 받아본 적이 없습니다. 경찰서는 여전히 똥구덩이고 경관들은 격무에 시달리고 있죠. 커티스 청장도 '위원회'를 구성하겠다고 신문지상에 발표했지만 그 '위원회'에 자기 충복들로 가득 채우고, 또 그 자들이 편견으로 가득 찼다는 얘기는 쏙 빼놓았었죠. 스토로 회장님, 과거엔 저희도 시를 믿었습니다. 그것도 무수히. 그리고 그때마다 걷어 채였죠. 그런데 우리한테 진짜 희망과 진짜 교섭능력을 제공하겠다는 유일한 조직을 배신하라는 겁니까?"

스토로가 두 손을 테이블에 놓고 대니를 건너다보았다.

"알았네, 경관. 인정하지. 노동총연맹을 교섭 무기로 활용해도 좋아. 지금 이 자리에서 분명히 얘기하겠네. 멋진 한 수였으니 아직 무를 필요는 없겠군. 하지만, 이보게, 장담하지만, 결국 포기해야 할 거야. 그리고 행여 파업을 벌인다면, 내가 누구보다도 앞장서서 귀관들을 박살내고 다시는 배지를 달지 못하도록 할 걸세." 그가 상체를 내밀었다. "자네의 명분을 믿네, 경관. 그리고 귀관들을 위해 싸울 것을 다짐하겠네. 그러니 나와 이 위원회를 궁지에 몰아넣지는 말라고. 그 결과는 자네들이 감당 못하게 될 테니까 말이야."

스토로의 등 뒤 창밖으로 푸르디푸른 하늘이 보였다. 9월 첫째 주, 가장 완벽한 여름날은 사람들이 8월의 어두운 폭우를 잊도록 하기에 충분했다. 그때만 해도 다시는 햇빛을 보지 못할 줄 알았건만.

세 명의 경찰은 일어나 제임스 J. 스토로와 위원들에게 인사하고 방을 나섰다.

대니, 노라, 루터는 대니의 집 건물 지붕에 있는 굴뚝 사이의 낡은 시트 위에서 카드놀이를 했다. 늦은 저녁이라 셋 모두 피곤했다. 루터한테서는 축사 냄새가, 그리고 노라한테서는 공장 냄새가 났지만, 그래도 그들은 와인 두 병과 카드를 들고 이곳으로 올라왔다. 흑인 남자와 백인 남자가 공개적으로 어울릴 수 있는 곳이 거의 없는 데다, 여자가 그 무리에 끼어 흥청망청 술을 마실 수 있는 곳은 더 희박하기 때문이다. 이런 식으로 셋이 모이면, 대니는 왠지 세상을 두들겨 패는 기분이 들었다.

"저게 누구죠?"

루터가 물었다. 목소리가 술기운에 흐느적거렸다.

대니가 그의 눈을 따라가 보니 제임스 잭슨 스토로가 그쪽으로 다가오고 있었다. 그가 일어서면서 잠시 비틀거리자 노라가 팔목을 잡아주었다.

"한 친절한 이탈리아 여인이 자네가 여기 있을 거라고 가르쳐주더군. 우선 방해해서 미안하네."

그는 이렇게 말하고, 대니 일행과 카드가 널브러진 더러운 시트와 와인 병들을 재빨리 훑어보았다.

"괜찮습니다." 대니가 말했다. 루터가 일어나 노라에게 손을 내밀자 노라가 그의 도움으로 자리에서 일어나 드레스를 매만졌다. "스토로 회장님, 여긴 제 아내 노라와 친구 루터입니다."

스토로는 두 사람의 손을 하나씩 잡고 인사를 나누었다. 마치 비컨 힐에서는 이런 모임이 다반사라는 듯 자연스럽기가 그지없었다.

"두 사람을 만나 반가웠소. 그리고 커글린 부인, 제가 잠시 남편을 빼앗아가도 되겠습니까?"

그가 노라에게 고개를 끄덕여보였다.

"물론입니다, 회장님. 하지만 조심하세요. 다리가 조금 후들거릴 테니까요."

스토로가 환하게 웃어 보였다.

"그런 것 같군요, 부인. 하지만 상관없습니다."

그는 노라에게 모자 인사를 하고 대니를 따라 지붕의 동쪽 끝으로 자리를 옮겼다. 그곳에서 두 사람은 함께 항구를 내다보았다.

"자넨 흑인도 동등하게 대하는가, 커글린 경관?"

"그들이 싫다고 하지 않는다면요. 전 상관없습니다."

대니가 대답했다.

"자네 아내가 사람들 앞에서 술 마시는 것도 상관없고?"

대니는 항구에서 눈을 떼지 않았다.

"사람들 앞이 아닙니다, 회장님. 그리고 그렇다 해도 역시 상관없습니다. 그녀는 제 아내고 이 세상 누구보다도 제게 소중하니까요." 그가 스토로를 돌아보았다. "그게 누구든 말입니다."

"그래, 무슨 말인지 알겠네."

스토로는 파이프를 물고 천천히 불을 붙였다.

"어떻게 절 찾아내셨습니까, 스토로 회장님?"

"어렵지 않았네."

"그럼, 왜 찾아내신 거죠?"

"자네 위원장, 덴튼 군이 집에 없없네."

"아."

스토로가 파이프를 뻐끔거렸다.

"자네 부인, 아주 효험 있는 피부의 정령을 지닌 듯하더군."

"피부의 정령?"

그가 끄덕였다.

"그래. 자네가 어떻게 그녀에게 반했는지 쉽게 알겠다는 얘길세." 그가 다시 파이프를 빨아들였다. "흑인의 경우는 아직 추측해 내려 애쓰고 있네만."

"여긴 웬일이십니까, 회장님?"

스토로가 돌아서서 둘이 마주 보게 되었다.

"오, 이런 마크 덴튼이 집에 있을지도 모르겠군. 확인도 안 해보고 곧바로 이곳으로 왔으니까. 자넨 열정과 절제력을 모두 지녔네. 그리고 내 판단으론 자네 노조원들도 그 점을 알 거라고 믿네. 덴튼 경관은 매우 지적이긴 하지만 설득력은 자네보다 부족한 듯 보였네."

"누굴 설득해야 한다는 얘기군요. 제가 뭘 팔아야 하는 거죠?"

그가 한 손을 대니의 팔에 얹었다.

"내가 팔고자 하는 것과 같은 물건이야…… 평화를 위한 결단. 자네 사람들에게 말해주게. 자네와 내가 이 일을 끝낼 수 있어. 내일 밤, 보고서를 신문에 배포할 걸세. 물론 자네 요구를 100퍼센트 수용할 것을 건의하는 내용이지. 단 하나만 빼고."

대니가 끄덕였다.

"노동총연맹."

"바로 맞혔네."

"그럼 우리는 아무것도 없게 됩니다. 또다시 약속뿐이죠."

"하지만 내 약속이야. 시장과 주지사와 그들 뒤에 있는 상공회의소의 전적인 지원도 함께."

노라가 큰 소리로 웃음을 터뜨려, 대니가 그쪽을 바라보았다. 노라가 루터에게 카드를 던지고 루터는 그녀의 두 손을 잡으며 짐짓 방어하는 체를 했다. 대니가 미소 지었다. 지난 몇 개월 동안 루터는 대개 놀리는 방법으로 노라에 대한 애정을 표현했다. 물론 그녀도 기꺼이 그 놀림을 받아들였다.

대니는 그들에게서 시선을 떼지 않은 채 말했다.

"이 나라에서는 노조를 깨뜨리는 게 일입니다, 스토로 회장님. 우리가 어울리고 또 어울리지 말아야 할 상대를 골라주는 것도 그들이죠. 그들은 우리를 필요로 할 때면 가족을 들먹입니다. 하지만 우리가 그들을 필요로 할 때면, 사업 얘기를 합니다. 저기 제 아내요? 제 친구? 제 자신? 우린 버림 받은 개들입니다. 만일 혼자였다면 다들 익사하고 말았을 겁니다. 하지만 함께 하면 힘이 되죠. 그 잘난 사람들이 그 간단한 진리를 이해하는데 얼마나 더 필요한 걸까요?"

"그 사람들은 절대로 이해하지 못할 걸세. 자네는 지금 역사적인 싸움을 벌이고 있다고 생각하겠지, 경관? 그래, 어쩌면 그럴 수도 있겠군. 하지만 이건 역사만큼이나 오래 된 싸움이고 절대 끝나지도 않을 걸세. 누구도 패배를 인정하지 않을 테니까. 솔직히 말해 보게. 레닌이 J. P. 모건과 차이가 있다고 생각하나? 자네한테 절대권력이 주어지면 다를 거라고 생각해? 자네, 사람과 신의 근본적인 차이가 뭔지 생각해 본 적은 있나?"

"아니, 없습니다."

"신들은 자신이 인간이 될 수 없다고 생각해." 대니는 거인의 눈을 돌아보았지만 아무 말도 하지 않았다. "노동총연맹과의 연대를 포기하지 않는다면, 자네들이 갖고 있는 희망은 재가 되고 말 거야."

대니는 다시 노라와 루터를 돌아보았다.

"노조원들에게 노동총연맹의 탈퇴를 판다면 시에서 우리 요구를 들어줄 거라는 약속은 믿어도 됩니까?"

"내 약속은 물론, 시장과 주지사의 약속까지 주겠네."

"중요한 건 회장님의 약속뿐입니다. 좋습니다. 팔아보죠."

대니가 손을 내밀었다.

스토로가 악수를 마치고 대니의 손을 굳게 잡았다.

"웃으라고, 커글린. 자네와 내가 이 도시를 구할 테니까."

"그럼 얼마나 좋겠습니까."

대니는 노조원들에게 그의 약속을 팔았다. 다음날 아침 페이홀에서 행해진 투표는 406대 377의 아슬아슬한 승리였다. 그때 시드 포크가 물었다.

"놈들이 우릴 또 엿 먹이면 어떻게 할 텐가?"

"그러지 않을 겁니다."

"그걸 어떻게 알지?"

"모릅니다. 하지만 이 시점에서 그럴 만한 이유가 없습니다."

"이 일에 이유 같은 게 있기는 했어?"

대니가 두 손을 들었다. 아무 대답도 생각나지 않았기 때문이다.

일요일 오후 늦은 시각, 캘빈 쿨리지, 앤드루 피터스, 제임스 스토로는 나한트의 커티스 청장 집으로 차를 몰았다. 그들은 옥상 뒤쪽에서 청장을 만났는데 구름이 가득한 하늘 아래로 대서양이 내려다보이는 곳이었다.

회담이 시작되고 얼마 되지 않아 스토로는 몇 가지 사실을 깨달을 수 있었다. 캘빈 쿨리지는 피터스를 존중하지 않았고 피터스도 그 이유 때문에 주지사를 증오했다. 피터스가 의견을 말할 때마다 쿨리지가 말을 끊는 건 그 때문이었다.

두 번째는 좀 더 불길했다. 그간 오랜 세월이 흘렀건만 에드윈 업튼 커티스의 자기혐오와 염세 성향은 더욱 깊어져 있었다. 지금은 아예 바이러스처럼 그의 살갗을 온통 채색하고 있을 정도였다.

"커티스 청장님, 우리는……"

"……스토로 회장님께서 지금의 난국에 대한 해결책을 찾아냈음을 알려드리러 왔습니다."

말은 피터스가 꺼냈지만 정작 본론은 쿨리지의 입에서 나왔다.

"그리고……"

"……청장님께서 얘기를 들으시면 우리가 합리적인 결론에 도달했다는데 동의하실 거라고 확신합니다."

쿨리지가 의자 뒤로 등을 기댔다.

"스토로 회장님, 마지막으로 뵌 후로 어떻게 지내셨습니까?"

커티스가 물었다.

"잘 지냈어요. 청장님은 어떠셨습니까?"

커티스가 쿨리지를 보았다.

"회장님과 전 루이 버그 광장에서 듀어 부인이 마련한 전설적인 자선모임에서 만났죠. 정말로 기막힌 밤이었답니다. 그렇지 않습니까, 제임스?"

스토로는 그 날 밤 기억이 전혀 없었다. 듀어 부인은 10년도 더 전에 죽었다. 사회적 명사들이 다 그렇듯, 그녀도 남부끄러울 정도는 아니지만 엘리트와는 거리가 멀었다.

"예, 에드윈, 기념비적인 행사였죠."

"그땐 제가 시장이었죠."

커티스가 피터스에게 말했다.

"예, 훌륭하신 시장님이셨습니다, 청장님."

피터스가 쿨리지를 건너다보았다. 주지사가 말을 끊지 않은 게 의외라는 표정이다.

하지만 그건 오판이었다. 커티스의 새우 눈으로 검은 돌풍이 스쳐지나갔다. 피터스의 부주의한 칭찬을 모욕으로 여긴 것이다. 게다가 계속 '청장'으로 호칭함으로써 시장은 그에게 현 지위의 고하를 분명히 각인시켜 준 셈이 되고 말았다.

맙소사, 이 도시는 저 망할 놈의 나르시시즘과 헛소리 때문에 산산조각이 되고 말겠어. 스토로는 너무도 불안했다.

커티스가 그를 바라보았다.

"그 애들한테 불만이 있다고 보십니까, 제임스?"

스토로는 파이프를 찾는 식으로 시간을 벌었다. 바닷바람 때문에 불을 피우는데도 성냥 세 개가 필요했다. 마침내 그가 다리를 꼬았다.

"내 생각엔 그래요, 에드윈. 하지만 분명한 사실은 그 불만들이 전임자로부터 내려왔다는 겁니다. 청장께서 그 불만의 원인이라고 믿는 사람은 아무도 없어요. 물론 지금껏 그 문제를 해결하기 위해 성심껏 노력하셨죠."

커티스가 끄덕였다.

"봉급을 인상해 주겠다고 했는데 일언지하에 거절하더군요."

16년이나 늦은 인상이니 당연하지. 스토로가 속으로 중얼거렸다.

"위원회도 몇 번 열어 그 친구들 노동조건도 연구해 봤죠."

순전히 두꺼비들로 채워진 위원회?

"그건 존중의 문제입니다. 직장에 대한 존중. 나라에 대한 존중."

스토로가 다리를 풀고 상체를 기울였다.

"청장께서 그렇게 만드셔야죠. 경관들은 청장님을 존중합니다. 우리 매사추세츠도 존중하죠. 제 보고서라면 오해를 불식시킬 수 있을 겁니다."

"회장님 보고서요? 제 보고서는 어쩌죠? 내 목소리는 어디 간 겁니까?"

이런 빌어먹을. 이거야 탁아소에서 장난감 싸움하는 격이로군.

"커티스 청장, 우리 모두 당신 입장을 이해합니다. 이제 더 이상 부하직원들의 시끄러운 요구에 시달리지 말고 차라리⋯⋯"

쿨리지였다.

"시달려요? 그건 시달리는 게 아닙니다, 주지사님. 협박이죠. 어느모로 보나 분명한 협박입니다, 예."

"아무리 그렇다 해도, 우리 생각에 최선의 해결책은⋯⋯"

"⋯⋯이번엔 사사로운 감정을 자제하는 거요."

쿨리지가 다시 피터스의 말을 마무리했다.

커티스는 입을 잔뜩 빼물고 무척 고통스러운 표정을 만들어냈다.

"사사로운 감정이라뇨? 이건 공공과 원칙의 문제입니다. 시애틀, 상트페테스부르크, 리버풀의 문제란 말입니다. 이번에 놈들한테 밀리면 우린 정말로 러시아 꼴이 나고 말겁니다. 제퍼슨과 프랭클린과 워싱턴이 상징했던 원칙들은⋯⋯"

스토로는 참고 듣기가 어려웠다.

"에드윈, 제발. 이번 중재안으로 기반을 회복할 수 있을 겁니다. 지역적으로나 국가적으로 모두."

에드윈 커티스가 손뼉을 쳤다.

"에, 그렇다면, 어디 한 번 들어보기로 하죠."

"시장과 시위원회는 재정을 수립해 그 친구들의 임금을 1919년 수준 이상으로 현실화해 줄 생각입니다. 그건 공정한 겁니다, 에드윈. 무조건 항복이 아니라. 또한 각 경찰서의 근무 조건을 조사하고 개선할 자금도 마련할 생각이오. 예산이 빠듯한 것도 알고 여타 공공부문의 노동자들이 그런 식의 부문별 예산도용에 반대할 가능성도 예상할 수 있지만, 전체적인 피해를 최소화하려고 노력했답니다. 게다가 그로 인한 이익이 더 클 터이니⋯⋯"

커티스가 고개를 끄덕였다. 입술이 하얗게 질렸다.

"정말 그렇게들 생각하십니까?"

"그래요, 에드윈."

스토로는 가능한 한 목소리를 부드럽고 따뜻하게 가져갔다.

"놈들은 내 긴급명령에도 불구하고 전국노조에 가입했습니다. 경찰서의 규칙과 규범을 노골적으로 경멸했죠. 노조 행위는 이 나라에 대한 적대 행위입니다."

스토로는 하버드 신입생 시절의 멋진 봄을 생각했다. 당시 복싱팀에 들어가 폭력의 순수성을 경험했었다. 매주 화요일과 목요일, 주먹으로 두들겨 패고 두들겨 맞지 않았던들 상상도 못했을 경험이었다.

결국 부모한테 들켜 그만 둘 수밖에 없었지만, 오, 당장 글러브만 있다면 끈을 단단히 묶은 다음 커티스의 코를 밀가루반죽으로 만들어 주고 싶었다.

"그게 장애인 겁니까, 에드윈? 노동총연맹이?"

커티스가 두 손을 펴보였다.

"그야 당연한 것 아닙니까?"

"그 친구들이 가입을 철회하는데 동의한다면?"

커티스가 새우 눈을 떴다.

"철회했습니까?"

"만일 그렇다면, 그 다음엔 어쩌실 겁니까?"

스토로가 천천히 물었다.

"그럼 한 번 고려해 보죠."

커티스의 대답이었다.

"고려하다뇨, 뭘?"

피터스가 되물었다.

스토로는 얼른 그를 쏘아보았다. 피터스가 두 눈을 내리 깔았다.

"더 큰 그림을 그려보겠다는 얘깁니다, 시장님."

커티스의 눈이 더 깊숙이 파고들었다. 재정 협상에서 자주 보는 표정이었다. 심사숙고로 위장된 자기연민.

"청장님, 그 친구들은 노동총연맹을 포기할 겁니다. 분명 동의할 거예요. 문제는, 그럼 청장님도 양보하시겠습니까?"

바닷바람이 문 위의 차양을 흔들어 방수포가 큰 소리로 퍼덕거렸다.

"열아홉 명의 경관은 징계보다는 훈계 쪽으로 가닥을 잡읍시다. 청장, 우리 부탁은 신중하자는 거요."

쿨리지 주지사의 말이었다.

"상식이죠."

피터스가 끼어들었다.

부드러운 파도가 바위를 때렸다.

스토로는 커티스의 시선을 느꼈다. 마치 회장의 마지막 애원을 기다리고 있는 듯한 눈빛이었다. 그는 자리에서 일어나 청장에게 손을 내밀었다. 커티스가 손을 맞잡았다. 축축한 손.

"청장님만 믿겠습니다."

스토로가 애원했다.

커티스가 섬뜩한 미소를 지었다.

"그러시다니 영광입니다, 제임스. 그 문제는 신중하게 고려해 보겠습니다. 너무 심려 마십쇼."

그날 오후 늦게, 신문에 보도되지 않아서 망정이지, 하마터면 크게 낭패를 볼 뻔한 사건 하나가 발생했다. 에디 맥케나 경위가 이끄는 경찰 특공대가 수색영장을 흔들며 쇼멋 애버뉴의 NAACP 새 청사를 덮쳐 부엌 바닥과 뒷마당을 파낸 사건이다.

리본 커팅에 참석한 손님들이 주변을 에워싸고 지켜봤지만, 그는 아무것도 찾아내지 못했다.

연장통조차 없었다.

그날 밤 스토로의 보고서가 각 신문사에 전달되었다.

월요일 아침. 그 일부가 보도되고, 4대 일간지 논설은 모두 제임스 J. 스토로를 도시의 구원자로 선언하고 나섰다. 사람들은 도시 전역에 세운 임시 병원 텐트를 철거하기 시작했고 비상 앰뷸런스도 귀가했다. 조던 마시 백화점과 필레네 백화점 사장들은 직원들의 소방훈련을 중지시키고, 회사가 지급한 무기들도 모두 회수했다. 콩코드에 집결 중이던 주 방위군 사단과 미합중국 기갑연대는 경계등급을 적색에서 청색으로 하향조정했다는 통보를 받았다.

3시 30분, 보스턴 시 위원회는 건물 및 도로에 제임스 J. 스토로의 이름을 붙이는 결의안을 통과시켰다.

4시. 앤드루 피터스 시장이 시청을 나섰을 때 사람들이 기다리고 있다가 환호를 외쳤다.

4시 45분. 18개 경찰서의 소속 경관 모두 저녁 점호를 위해 집결했다. 각 경찰서의 당직사령이, 지난 주 정직 처분을 받은 19명을 즉각 해고하라는 청장의 명령을 전달한 건 바로 그때였다.

밤 11시 페이홀. 보스턴 경우회는 투표를 통해 전미 노동총연맹과의 연대를 재확인했다.

11시 5분. 그들은 파업을 가결했다. 파업 시기는 다음날 저녁 점호로 잡았다. 화요일 저녁. 1400명의 경찰이 일제히 근무를 거부하기로 한 것이다.

투표결과는 만장일치였다.*

35

텅 빈 부엌, 에디 맥케나는 따뜻한 우유에 아일랜드 위스키를 손가락 두 마디 정도 따라, 메어리 팻이 스토브에 올려놓은 닭요리와 감자 샐러드에 곁들여 마셨다. 부엌은 자체의 정적으로 똑딱거렸고, 조명이라곤 등 뒤 테이블의 작은 가스등이 전부였다. 에디는 싱크대에서 식사를 했는데 혼자일 때면 늘 그랬다. 메어리 팻은 파수꾼 클럽 모임에 나갔다. 일명 악을 타파하기 위한 뉴잉글랜드 클럽이라고 했다. 개 이름 짓는 것도 못마땅해 하는 에디한테 조직에 명칭을 붙이는 행태가 이해될 리는 없었다. 그것도 하나가 아니라 두 개씩이나. 어쨌든 에드워드 2세가 러트거스 대학에 가 있고, 베스가 수녀원에 들어간 후, 그 덕분에 메어리 팻한테 시달리지 않아도 된다는 장점은 있었다. 그 불감증 여편네들이 옹기종기 모여앉아 술주정뱅이와 여성 참정권론자들을 싸잡아 비난하고 있다는 생각을 하니, 이놈의 텔레그래프 힐의 어두운 부엌에서나마 저절로 미소가 떠올랐다.

그는 식사를 마치고 접시는 싱크대에, 빈 잔은 그 옆에 두었다. 그리고 텀블러 잔에 위스키를 가득 따른 다음 잔과 병을 들고 2층으로 올라갔다. 날씨 하나만은 기막힌 밤이었다. 옥상에 올라가 몇 시간 정도 생각을 정리하기에도 안성맞춤이었다. 사실, 날씨만 아니라면 모든 게 다 엿 같았다. 완전히. 빨갱이 경찰 노조가 파업을 일으키기를 은근히 기대했다. 그렇게 된다면 오늘 오후 NAACP에서 당한 개망신을 신문 제1면에서 빼내줄 것이기 때문이다. 맙소사, 검둥이 새끼한테 엿 먹다니. 루터 로렌스, 루터 로렌스, 루터 로렌스. 그 이름이 잘 닦인 조롱과 경멸이 되어 머릿속을 헤집었다.

'오, 루터. 네 어미의 늙고 쭈글쭈글한 성기를 빠져나온 것을 철저히 후회하게 만들어주겠다. 맹세코 그렇게 해 주마, 깜둥이.'

옥상에서 올려다보니 술 취한 손으로 그려놓기라도 한 듯 별들이 어지럽기만 했다. 구름 조각들이 폐면 공장의 연기 자락을 훑고 흘러갔다. 이곳에서는, 찐득거리는 오염물질과 초대형 쥐새끼들을 지속적으로 양산해 내는 네 블록 크기의 미국 제당회사는 물론, 기름 냄새 지독한 포트 포인트 해협도 보였다. 그럼에도 불구하고 이곳에 서서 마을을 굽어보는 건 기분 좋은 일이었다. 새로 찾아낸 고향에서, 그와 토머스 커글린은 풋내기 경찰로 첫발을 내디뎠다. 두 사람이 만난 건 배 위에서였다. 밀항자로 배의 양 끝에 웅크리고 숨어 있었는데, 두 번째 날 밖으로 나갔다가 걸리는 통에 취사실 중노동에 처해지고 말았다. 밤이면 말 구유만 한 싱크대 다리에 쇠사슬로 함께 묶인 채 둘은 올드소드에 대한 얘기를 나눴다. 토머스는 서던 코르크의 소작농 오두막에 술주정뱅이 아버지와 병약한 쌍둥이 형을 두고 왔다. 에디가 두고 온 건 슬리고의 고아원뿐이었다. 아버지는 얼굴도 모르고, 어머니는 여덟 살 때 열병으로 죽어버렸다. 그렇게 둘은 만났다. 교활한 두 아이, 힘과 출세욕으로 똘똘 뭉친 십대 초반의 두 아이.

현란한 미소와 반짝이는 눈의 토머스는 에디보다 조금 더 야심이 컸다. 에디가 새 고향에서 윤택한 삶을 추구하는 동안, 토머스 커글린은 말 그대로 승승장구였다. 완벽한 가족. 완벽한 삶. 비록 이식된 삶이긴 하지만, 사무실 금고에 안전하게 보호해 둔 그의 인생은 크로이소스왕(리디아의 마지막 왕. 엄청난 부로 유명하다 — 옮긴이)마저 부러워할 정도였다. 칠흑같이 어두운 밤에도 하얀 정장 같은 권력을 걸친 사나이.

권좌가 처음부터 보장된 것은 아니었다. 둘이 경찰에 투신해, 학교를 마치고 처음 순찰에 나섰을 땐, 다른 젊은이들과 특별히 다를 것도 없었다. 하지만 몇 년을 지내는 동안 토머스는 은밀한 지력을(지력? 지도력? 두뇌?) 드러냈고 에디는 아첨과 협박의 앙상블 전략을 이어갔다. 하지만 그의 몸이 매년 살집이 불어가는 반면 완벽남 토머스는 언제나 날렵하고 기민했다. 그리고 어느새 시험, 승진, 출세……

"이런, 아직 완전히 진 건 아니다, 토머스."

에디가 속삭였으나, 그 역시 역전이 불가능하다는 정도는 알고 있었다. 일단 토머스와 달리 사업과 정치에 대한 감이 부족했다. 이제 와서 설령 그런 능력을 얻는다 해도, 이미 전차가 떠난 후였다. 어쨌거나 생긴 대로 살아갈 수밖에……

헛간의 문이 열려 있었다. 아주 조금이지만 열린 건 열린 거다. 그는 헛간으로 걸어가 문을 완전히 열어보았다. 한쪽에 빗자루와 정원 도구 몇 가지, 그리고 오른쪽에 다 해진 가방 두 개가 보였다. 그는 가방들을 더 깊이 밀어 넣고 바닥의 비밀 문을 찾아 위쪽으로 잡아당겼다. 끔찍한 일이지만 오늘 오후 쇼멋 애버뉴에서도 이와 똑같은 일을 했었다. 그것도 잘 빼입은 깜둥이 놈들 한가운데서. 놈들이 마음속으로 실컷 비웃었을 생각에 숨이 막힐 것만 같았다.

바닥 밑엔 돈다발들이 있었다. 그는 언제나 그런 식으로 돈을 보관했다. 토머스가 은행이나 부동산 또는 사무실 벽 금고를 이용하는데 반해, 그는 다발을 선호했다. 이곳으로 올라와 앉아 술 몇 잔 마신 다음 돈다발을 엄지로 훑어보거나 냄새 맡는 것도 좋아했다. 돈다발이 너무 많아지면 기꺼이 업햄스 코너의 퍼스트내셔널 은행의 안전금고에 가져가겠지만, 그것도 거의 3년에 한 번 정도였다. 그때까지는 돈다발과 함께 앉아 있는 게 좋았다. 물론 돈은 무사했다. 걸레에 박힌 벌레들처럼 꼼짝도 않고 자리를 지키고 있었다. 아닐 리가 없지 않은가. 그는 바닥 덮개를 다시 돌려놓고 몸을 일으켜 세웠다. 헛간 문도 잠갔다. 자물쇠가 딸깍 소리를 냈다.

그는 지붕 한가운데로 돌아오다가 고개를 갸웃했다.

지붕 맨 끝 흉벽에 사각형 모양의 그림자가 기대 있었다. 30센티미터 정도의 넓이에 길이는 그 반 정도였다.

저게 뭐지?

에디는 텀블러의 술을 꿀꺽 들이켠 후 어두운 지붕을 둘러보고 귀도 기울였다. 보통 사람들과 달리, 지난 20년간 어두운 골목과 어두운 건물에 들어가 개자식들의 인기척을 노리던 경찰의 귀다. 조금 전만 해도 기름과 포트 포인트 해협의 냄새가 나던 공기에선 이제 자신의 습한 살 냄새와 발밑의 자갈 냄새가 났다. 부두에서 보트 한 척이 고동을 뿜어댔다. 그리고 G 스트리트를 달리는 자동차 소리.

달빛도 없었다. 조명이라고는 한 층 아래의 가스등뿐.

에디는 조금 더 귀를 기울였다. 두 눈이 어둠에 익숙해지면서 그도 이제는 상자가 환각이 아님을 확신했다. 어둠이 만들어낸 착시도 아니었다. 상자는 분명 그곳에 있었고 그게 무엇인지는 너무나 잘 알고 있었다.

연장통.

그것도 바로 그 연장통이었다. 루터 로렌스에게 준 연장통. 지난 10년 동안 여기저기 경찰서 증거실에서 빼돌린 피스톨로 가득한 연장통.

에디는 위스키 병을 자갈 위에 내려놓고 지갑에서 38구경을 꺼내 엄지로 공이부터 젖혔다.

"거기 있는 거냐, 루터?"

그가 총을 귀 옆에까지 들어 올린 채 어둠 속을 훑었다.

다시 1분 동안의 정적. 그는 꼼짝도 하지 않았다.

그의 앞에는 한 층 아래 이웃집의 소음과 옥상의 정적뿐이었다. 그는 리볼버를 내려 허벅지를 두드리며 지붕을 가로질러갔다. 연장통 주변의 조명은 훨씬 밝았다. 공원과 올드하버 스트리트의 가로등 불빛이 위로 반사되기도 했고, 검은 해협에 반사된 공장 불빛들이 텔레그래프 힐 쪽으로 넘어오기도 했다. 루터에게 준 연장통임에는 의심할 여지가 없었다. 벗겨진 페인트 조각, 다 닳은 손잡이. 그는 상자를 내려다보다가 다시 한 모금을 마셨다. 공원 여기저기 사람들이 어슬렁거렸다. 깊은 밤이긴 했지만 금요일이니 당연한 일이겠다. 그것도 이달 내내 폭우로 망쳐버리다 처음으로 맞는 맑은 금요일이 아니었던가.

흉벽 너머 낙수홈통들을 살핀 것도 비에 대한 기억 때문이었다. 홈통 하나가 죔쇠가 뜯긴 탓에 벽에서 떨어져 나와 오른쪽으로 기울어져 있었다. 상자 안에 피스톨이 들어 있음을 떠올리고 폭발물 제거반을 불러야겠다는 생각을 하기도 했지만, 이미 자신도 모르게 연장통을 열고 있었다. 상자는 아무 저항 없이 열렸다. 에디는 리볼버를 총지갑에 집어넣고 상자 안을 들여다보았다. 그 안엔 이 특별한 연장통에 절대로 들어 있지 말아야할 물건들이 들어 있었다.

연장.

스크루드라이버 몇 개. 망치. 소켓렌치 세 개. 펜치 둘, 소형 톱 하나.

그때 누군가가 그의 등을 건드렸다. 거의 느끼지 못할 정도의 미세한 손길. 그런 식의 대접에 익숙하지 못한 거한인 탓에, 그는 그 손이 그렇게 쉽게 그를 들어 올리리라고는 생각지도 못했다. 아마도 웅크린 자세인 데다 두 무릎이 딱 붙어 있었기 때문일 것이다. 게다가 한 손은 무릎에 그리고 다른 손은 위스키 잔을 들고 있었다. 그가 자신과 앤더슨 부부 집 사이의 허공으로 떨어질 때 가슴으로 차가운 바람이 불었다. 비명을 질러야겠다는 생각에 입을 벌리기는 했다. 이윽고 부엌 창문이 마치 엘리베이터처럼 시야를 가르고 지나쳤다. 바람 한 점 없는 밤인데도 귀는 바람소리들로 그득했다. 위스키 잔이 먼저 자갈길을 때렸다. 그 다음이 그의 머리였다. 무척이나 불쾌한 소리였지만, 곧이어 척추가 박살나는 소리가 그 뒤를 이었다.

그가 눈을 돌려 간신히 옥상 가장자리를 올려다보았다. 누군가 그 위에서 내려다보고 있는 것 같았지만 확신은 없었다. 그의 시선은 벽에서 떨어져 나온 홈통 근처에서 멈췄다. 그는 건물보수 목록에 홈통도 추가해야겠다는 생각을 했다. 참 고칠 것도 많지. 도무지 끝이 없으니.

"흉벽 위에서 스크루드라이버를 찾았습니다, 서장님."

토머스 커글린이 에디 맥케나의 시신에서 눈을 떼었다.

"그게 어때서?"

크리스 글리슨 형사가 고개를 끄덕였다.

"지금까지의 정황으로 보면, 경위님께서 저 낙수홈통의 낡은 죔쇠를 제거하려고 하신 것 같습니다. 두 조각이 나 있더군요. 그래서 벽에서 떼어내려다…… 죄송합니다, 서장님."

토머스가 에디의 왼쪽 손에 있는 유리 파편을 가리켰다.

"손에 술잔을 들고 있었다, 형사."

"예, 서장님."

토머스가 다시 지붕을 올려다보았다.

"그런데 지금 죔쇠 나사를 풀면서 술을 마셨다고 말하는 건가?"

"저 위에 술병도 있었습니다. 파워 앤 선. 아일랜드 위스키죠."

"에디가 어떤 술을 마시는지는 나도 안다, 형사. 그렇다 해도 그가 한 손에 술을 들고 또……"

"경위님이 오른손잡이 아닙니까?"

토머스가 글리슨의 눈을 들여다보았다.

"그런데?"

"술잔은 왼손에 들었습니다." 글리슨이 갑자기 말을 끊더니 맥고

390

모자를 벗고 머리를 쓸었다. "서장님과 논쟁을 하고 싶지는 않습니다. 특히 이 사건은…… 그 분은 전설이셨습니다. 한순간이라도 추악한 음모의 가능성이 있다면, 제가 먼저 이놈의 동네를 완전히 뒤집어 놓았을 겁니다. 하지만 소리를 들은 사람은 아무도 없고, 다툰 흔적이나 반항한 상처도 없었습니다. 서장님, 경위님은 심지어 비명 한 번 지르지 않았습니다."

토머스는 손을 젓는 동시에 고개를 끄덕였다. 그는 죽마고우 옆에 웅크리고 앉아 잠시 두 눈을 감고 어린 시절을 돌이켜보았다. 배에서 탈출했을 때만 해도 오랜 바다 여행으로 더럽기 짝이 없었다. 싱크대 쇠사슬의 자물쇠를 풀어낸 건 에디였다. 마지막 날의 일이었다. 그래서 다음날 아침 로레트와 리버스라는 이름의 두 선원이 데리러 왔을 때 둘은 벌써 혼잡한 객실 안으로 숨어든 터였다. 로레트가 둘을 찾아내 소리쳤을 때쯤엔 이미 트랩이 내려가고 있었고, 토머스 커글린과 에디는 사람과 가방과 공중에서 흔들리는 나무상자들 사이를 뚫고 최고 속력으로 달리고 있었다. 그들은 선원들과 세관원과 경찰과 끝없이 둘을 쫓는 호각소리를 피해 달아났다. 호각소리는 두 소년을 환영하며 이렇게 말하는 듯했다. *이 나라는 너희들 것이다, 이놈들아. 모두 너희들 것이야. 하지만 먼저 네놈들이 움켜쥐어야지!*

토머스가 어깨 너머로 글리슨을 돌아보았다.

"가도 좋다, 형사."

"예, 서장님."

글리슨의 발소리가 골목을 떠나자 토머스는 에디의 오른손을 집어 들었다. 그의 손가락엔 흉터가 많았다. 중지 끝의 살은 떨어져나가기도 했다. 1903년 골목에서의 칼싸움으로 인한 영광의 상처다. 그는 손을 들어 입을 맞춘 다음 그의 뺨을 갖다 댔다.

"우리가 움켜잡았어, 에디. 그렇지?"

그가 두 눈을 감고 잠시 아랫입술을 깨물었다.

토머스는 눈을 뜬 다음 다른 손 엄지로 에디의 눈을 감겨주었다.

"그래, 우리가 해낸 거야, 이 친구야. 정말로 해낸 거라고."

36

매 근무조의 점호 5분 전이면, 하노버 거리의 01지구 경찰서 당직 경사 조지 스트리바키스는 파출소 문 바로 밖에 매달린 종을 때려보고 시간임을 알려주었다. 9월 9일 화요일. 늦은 오후 문을 열었을 때 거리에 잔뜩 모여 있는 사람들을 보고 하마터면 발을 헛디딜 뻔했다. 그는 쇠막대로 여러 번 두드려 종소리를 울린 후 다시 고개를 들어 군중의 규모를 헤아려보았다.

최소 500명은 되는 듯 보였는데, 양쪽 거리 가장자리의 무리 뒤편으로 남자, 여자, 거리 악동들이 꾸역꾸역 몰려들고 있었다. 하노버의 반대편 건물 지붕도 구경꾼들로 가득했다. 그곳은 대개가 아이들이고 건달 특유의 느물거리는 눈빛을 지닌 노인들도 몇 명 보였다. 조지 스트리바키스 경사가 받은 첫 느낌은 정적이었다. 발을 끄는 소리,

열쇠와 동전이 쟁그랑거리는 소리는 들려도 말소리는 하나도 들리지 않았다. 그래도 사람들의 눈에 비친 열기만은 대단했다. 남자, 여자, 아이들…… 모두 팽팽한 긴장감을 두 눈에 담고 있었다. 보름달 밤 석양 무렵의 굶주린 늑대 같은 표정.

조지 스트리바키스는 군중들의 뒤쪽에서 앞으로 시선을 끌어당겼다. 맙소사. 모두 경관들이었다. 민간인 복장의 경관들. 그는 다시 종을 때리며 거친 목소리로 침묵을 깨뜨렸다.

"제군들, 보고하라!"

앞으로 나선 건 대니 커글린이었다. 그는 계단을 올라와 짧게 목례를 했다. 스트리바키스가 답례를 했다. 그는 대니를 좋아했다. 서장이 되기엔 정치력이 부족하다는 생각은 했지만 그래도 언젠가 크로울리 같은 본부장이 되기를 은근히 바라던 터였다. 그는 이 유능한 젊은이가 폭동에 가담하려 한다는 사실을 깨닫고 가슴이 옥죄는 기분이었다.

"이러지 말게, 대니."

그가 속삭였다.

대니의 시선은 스트리바키스의 오른쪽 바로 어깨 위에 고정되었다.

"경사님, 보스턴 경찰은 파업 중입니다."

그 말에 정적은 산산조각 나고 모자와 환호가 한꺼번에 하늘 위로 날아올랐다.

파업경관들은 서 안으로 들어가 소품실 계단 아래 열을 맞추어

섰다. 호프만 서장은 데스크에 인력을 네 명 더 배정하고 파업경관들은 차례대로 나와 서에서 내준 장비들을 반납했다.

대니는 몰 엘렌버그 경사 앞에 섰다. 그 화려한 경력으로도 전쟁과 독일 혈통이라는 사실을 극복하지 못하고, 1916년 이후 여기까지 밀려 내려온 인물이다. 이제는 총을 어디 두었는지도 종종 잊어먹는 얼치기에 불과했다.

대니는 카운터 위에 리볼버를 내려놓았다. 몰은 회람판에 기록하고 총을 바닥의 통에 떨어뜨렸다. 그 다음엔 경찰 근무수칙, 모자 배지, 비상전화와 사물함 열쇠, 그리고 경찰봉 순이었고 몰은 그 모두를 기록한 후 통에 분류해 담았다. 그가 대니를 올려다보며 기다렸다.

대니도 그를 보았다.

몰이 손을 내밀었다.

대니가 그의 얼굴을 들여다보았다.

몰이 손을 쥐었다가 다시 폈다.

"말로 해요, 몰."

"이런, 대니."

대니는 떨리는 입을 억누르기 위해 이를 앙다문 채로 미소 지었다.

몰은 잠시 시선을 돌렸다가, 다시 돌아보고는 팔꿈치를 카운터에 대고 대니의 가슴 앞에 손바닥을 펼쳐보였다.

"배지를 반납해라, 커글린 경관."

대니는 재킷을 젖혀 셔츠에 핀으로 꽂아둔 배지를 드러냈다. 그는

핀을 벗긴 다음 셔츠의 배지를 빼내 다시 핀을 채우고 몰 엘렌버그의
손바닥 위에 올려놓았다.

"찾으러 돌아올 겁니다."

대니가 말했다.

시위대는 현관홀에 집결했다. 밖에서 군중들의 목소리가 들렸는데
크기로 보아 규모가 두 배로 커진 모양이었다. 갑자기 뭔가 두 번 문
을 때리더니 문이 활짝 열리며 남자 열 명이 안으로 밀려들어왔다.
문은 다시 쾅 소리를 내며 닫혔다. 대개 젊은 편이었으나, 나이가 있
어 보이는 몇 명은 두 눈에 전쟁의 흔적을 담고 있었다. 모두 과일과
계란 세례를 받은 몰골이었다.

대체인력. 자원경찰. 구사대.

대니는 손등으로 케빈 맥레이의 가슴을 때려 그 자들을 건드리지
말고 보내주라는 신호를 보냈다. 그래서 대체 경찰들은 시위대가 내
준 통로를 지나 계단 위 본관으로 올라갔다.

밖에서는 군중들의 함성이 폭풍처럼 흔들렸다. 실내의 1층 무기고
에서는 권총 슬라이드가 철컥거리는 소리가 시끄러웠다. 자원경찰들
에게 시위 진압용 무기를 내주는 소리였다.

대니는 천천히 숨을 들이켜고 문을 열었다.

거리는 물론 지붕 위에서도 소음이 터져 나왔다. 군중은 배가 된
것이 아니라, 족히 세 배는 되어보였다. 어림잡아 1500명? 하지만 표
정만으로는 누가 지지자이고 반대자인지 구분하기가 어려웠다. 얼굴

이 모두 환호나 분노로 기이하게 일그러진 데다, "잘 싸워요, 경찰 여러분!"과 "빨갱이 짭새는 꺼져라!", "지금 뭐하자는 거야?", "우린 누가 지켜줄 거야?" 등의 함성이 한데 엉켜 들렸기 때문이다. 박수갈채도 귀가 멀 정도였지만 야유도 만만치는 않았다. 게다가 여기저기서 과일과 계란이 날아들었는데 대개는 벽에 부딪치고 말았다. 이윽고 빽빽거리는 호각소리가 들려왔다. 군중 뒤쪽으로 트럭 한 대가 보이고 검은 제복의 남자들이 등장했는데, 잔뜩 겁에 질린 표정으로 보아 자원경찰들이었다. 대니는 군중들 안으로 들어가 천천히 사람들의 모습을 살펴보았다. 지지와 저주의 온갖 저열한 표현들. 이태리 인. 아일랜드 인. 젊은 사람. 늙은 사람. 볼셰비키와 아나키스트들 사이로 흑수단원들의 말쑥한 얼굴도 몇 명 끼어 있었다. 그 부근에는 보스턴 최대 계파인 거스티즈 아이들도 보였다. 이곳이 거스티즈의 관할인 사우티라면 그러려니 했겠지만, 그건 놈들이 시외로 세력 확장을 시도했다는 얘기였다. 대니는 "우린 누가 지켜주냐?"라는 고함에 대답할 말이 "나도 모르겠다." 밖에 없음을 인정해야 했다.

뚱뚱한 사내 하나가 군중 사이에서 빠져나와 주먹으로 케빈 맥레이의 얼굴을 때렸다. 대니와는 10여 명 정도 떨어진 거리였다. 그가 사람들을 뚫고 나가는데 그 자의 목소리가 들렸다.

"날 기억하냐, 맥레이? 작년 시위 때 네놈이 내 팔을 부러뜨렸다. 그런데 지금 이게 무슨 개지랄이야?"

대니가 케빈에게 이르렀을 때 이미 사내는 보이지 않았으나 다른 사람들이 그의 본을 따르기 시작했다. 오직 과거의 설움을 갚아주기 위해 이 자리에 나타난 자들이었다. 왜 아니겠는가. 이제 경찰이 아니라 전직경찰이 아니던가.

전직경찰. 맙소사.

대니가 케빈을 일으켜 세우는데 군중들이 밀려들어와 두 사람에게 주먹질을 해댔다. 트럭에서 내린 구사대원들이 군중을 뚫고 경찰서 쪽으로 접근하려는데 누군가 벽돌을 던져 그 중 한 명이 쓰러졌다. 경찰서 문이 열리며 호각소리가 들리고 스트리바키스와 엘렌버그가 계단 위에 모습을 드러냈다. 다른 경사들과 경위들, 하얗게 질린 자원경찰 대여섯이 양쪽에 포진해 있었다.

구사대가 인파를 뚫고나가는 동안 스트리바키스와 엘렌버그는 경찰봉을 휘둘러 통로를 열어주었다. 대니는 본능적으로 그들에게 달려가 도와주고 싶다는 생각을 했다. 군중들 속에서 다시 벽돌이 날아와 스트리바키스의 옆머리를 때렸다. 엘렌버그가 쓰러지는 동료를 부축했지만, 이내 둘은 함께 분노를 터뜨리며 경찰봉을 마구 휘두르기 시작했다. 스트리바키스의 얼굴과 칼라 위로 피가 흘러내렸다. 대니가 그들에게 다가서려 했으나 케빈이 말렸다.

"이젠 우리 싸움이 아니야, 대니."

대니가 그를 보았다.

케빈 역시 입에서 피를 흘리며 숨을 몰아쉬었다.

"우리 싸움이 아니야."

구사대원들이 문을 통과할 때쯤 대니와 케빈은 군중들 후미에 다다랐다. 그리고 스트리바키스도 몇 명의 머리를 더 까부순 후에 문을 닫고 안으로 사라졌다. 사람들이 문을 두드렸다. 일부는 자원병들을 실어온 트럭을 뒤집고 연료통에 불을 붙였다.

전직경찰이라.

어쨌든 당분간은 도리가 없군.

맙소사.

전직경찰이라니.

커티스 청장은 책상 자기 자리에 앉아 있었다. 잉크 압지 바로 옆에 리볼버가 놓여 있었다.

"결국 시작됐군요."

피터스 시장이 고개를 끄덕였다.

"그래요, 커티스 청장."

청장의 등 뒤에 보디가드가 팔짱을 하고 서 있었다. 문 밖에도 한 명이 더 있었으나 둘 다 경찰은 아니었다. 커티스가 더 이상 경찰을 믿지 못했기 때문이다. 그들은 핑커튼 경호회사 인력이었다. 방 안의 보디가드는 늙은 류머티즘 환자처럼 조금만 움직여도 수족이 분리될 것 같았고, 문 밖의 친구는 뚱땡이였다. 피터스가 보기에, 어느 쪽도 몸으로 경호할 타입은 아니었다. 그럼 답은 뻔했다. 사격.

"주 방위군을 불러야 할 겁니다."

피터스가 말했다. 커티스가 고개를 저었다.

"안 됩니다."

"유감이지만 그건 청장 권한이 아닙니다."

피터스가 항변했다. 커티스가 의자에 등을 기대고 천장을 올려다 보았다.

"시장님 권한도 아니죠. 당사자인 주지사님과는 5분 전에 전화통화로 가닥을 잡았습니다. 이 정도 사안에 방위군까지 끌어들일 필요는 없다는 쪽으로."

"도대체 어떤 사안을 원하는 겁니까? 폐허?"

피터스가 따졌다.

"쿨리지 주지사님 말씀으로는, 지금까지의 폭넓은 경험에 비추어 이런 경우의 폭동이 첫날밤에 시작되는 경우는 없다더군요. 군중을 동원하는 데만도 하루는 족히 걸리니까요."

"지금껏 어느 도시도 경찰 병력이 파업을 한 전례가 없었으니까요. 도대체 그 잘난 경험 중에 현재의 위기상황에 적용 가능한 사례가 얼마나 되는지 모르겠군요."

피터스는 목소리를 가라앉히려 애쓰는 중이었다.

커티스가 보디가드를 돌아보았다. 마치 시장을 바닥에 패대기치라고 지시하는 듯한 제스처였다.

"시장님, 그건 주지사님과 따져볼 사안입니다만."

앤드루 피터스가 자리에서 일어나 책상 모서리에 둔 맥고모자를 집어 들었다.

"청장, 당신의 판단이 틀릴 경우엔 내일 출근할 필요 없습니다."

그는 곧바로 사무실을 나섰다. 다리가 하릴없이 떨렸다.

"루터!"

루터는 윈터와 트레몬트 거리 모퉁이에서 멈춰 소리가 나는 쪽을 돌아보았다. 거리는 인파로 북적였고, 해가 붉은 벽돌에 가리면서 커먼 파크의 신록들도 잔뜩 어두워졌다. 공원엔 남자들이 삼삼오오 모여 대놓고 주사위 노름에 열중하고 있었다. 미처 귀가하지 못한 여자들은 총총걸음으로 코트를 단단히 여미거나 칼라를 목까지 끌어올렸다.

험악한 세상이니까. 그는 트레몬트의 기드로 저택을 향해 돌아서며 그렇게 중얼거렸다.

"루터! 루터 로렌스!"

그는 다시 걸음을 멈췄다. 진짜 성을 듣는 순간 간담이 서늘했다. 그때 작은 풍선처럼 인파를 헤치고 다가오는 얼굴이 있었다. 아는 얼굴이었지만 정확히 어디서 어떻게 아는지 기억해내는 데는 시간이 조금 필요했다. 남자는 손을 어깨 위로 올린 채 백인들 사이를 뚫고 그에게 다가왔다. 그가 그 손으로 루터의 손을 찰싹 때리고 둘은 힘껏 악수를 나누었다.

"루터 로렌스! 정말 너냐?"

그가 루터를 끌어안았다.

"올드 바이런."

둘이 포옹을 풀면서 루터도 마침내 입을 열었다.

올드 바이런 잭슨. 털사 호텔의 상사이자 흑인 벨보이 노조 위원장. 팁을 분배해 주던 공정한 사내. 백인들에게 가장 밝은 미소를 지어주지만 그들이 떠나는 순간 추악하기 짝이 없는 욕을 퍼붓던 올드 바이런. 애드머럴의 철물점 2층집에 혼자 살면서 헐벗은 경대의 은판사진에 들어 있는 아내와 딸에 대해선 한 마디도 않던 올드 바이런. 그렇다, 올드 바이런은 좋은 사람에 속했다.

"아저씨가 오기엔 너무 북쪽 아니에요?"

루터가 물었다.

"그 말이 정답이다. 하지만 너도 마찬가지야. 죽기 전에 네놈을 보게 될 줄은 몰랐다. 소문을 듣자하니……"

바이런이 사람들을 돌아보았다.

"소문이라니요?"

루터가 물었다.

바이런은 상체를 숙여 보도 바닥을 내려다보았다.

"소문이 맞다면 넌 이미 죽었어, 루터."

루터가 턱으로 트레몬트 거리를 가리켜, 둘은 스콜레이 광장을 향해 걷기 시작했다. 기드로 저택과 사우스엔드와는 반대 방향이었다. 시시각각 인파가 불어나는 통에 걷기가 만만치는 않았다.

"죽지 않았어요. 그냥 보스턴에 와 있죠."

루터가 대답했다.

"왜 이렇게 사람들이 많은 거야?"

바이런이 물었다.

"경찰이 방금 파업을 선언했거든요."

"개소리."

"진짜예요."

루터가 우겼다.

"할지도 모른다는 얘긴 들었다만, 정말로 그럴 거라고는 상상도 못 했는데…… 우리한테 나쁜 거냐, 루터?"

루터가 고개를 저었다.

"아닐 거예요. 이쪽은 린치가 많지 않거든요. 하지만 개를 묶어두 지 않는다면야 무슨 일이 일어날지 누가 알겠어요."

"아무리 순둥이 개라도, 응?"

루터가 미소 지었다.

"개는 개니까요. 아무튼 여기까지 웬일이에요, 아저씨?"

"동생. 암에 걸려서 죽어가고 있어."

바이런의 대답이다. 그 무게 때문인지 어깨가 처진 듯도 했다.

"가망은 있대요?"

바이런이 고개를 저었다.

"뼛속까지 파고들었대."

루터가 노인의 등을 두드려주었다.

"안됐어요."

"고맙다."

"병원에 계세요?"

바이런이 고개를 저으며 엄지로 왼쪽을 가리켰다.

"집에. 웨스트엔드야."

"아저씨가 유일한 가족인가요?"

"텍사캐나에 누나가 있긴 한데 너무 허약해서 여행이 불가능하다."

루터는 무슨 말을 할지 몰라 다시 "안됐군요."만 중얼거렸다. 바이런이 어깨를 으쓱여 보였다.

"운명인 걸 어쩌겠나, 응?"

왼쪽에서 누군가의 비명이 들렸다. 한 여자가 잔뜩 일그러진 표정으로 코피를 흘리는 게 보였다. 사내한테서 또다시 맞을까봐 겁먹은 표정이었는데 놈은 이미 여자 목걸이를 낚아채 커먼 공원 쪽으로 달아나버렸다. 누군가 키득거리며 웃었다. 가로등 밑에서 춤을 추던 아이 하나가 벨트에서 망치를 꺼내 등을 박살냈다.

"점점 더 끔찍해질 거야."

바이런이 말했다.

"예, 그래요."

대부분의 군중들이 법원 광장으로 이동하는 것 같아 루터는 스콜레이 광장으로 돌아서려 했다. 하지만 등 뒤를 봐도 만만한 공간은 보이지 않았다. 보이는 거라곤 온통 어깨와 머리뿐이었다. 주근깨 얼굴의 선원들은 벌써부터 술에 취해 눈들이 모두 시뻘겠다. 두 사람은 움직이는 벽에 밀려 자꾸만 앞으로 밀려가고 있었다. 이곳으로 데려오는 게 아니었는데. 잠시 동안이지만 그를 의심했었다. 기껏해야 동생을 병문안 온 노인이건만. 루터는 목을 길게 빼물고 빠져나갈 공간을 찾아보았다. 바로 앞 시청길 모퉁이에서 남자들이 빅치프의 시거 상점 윈도에 돌을 던졌는데 그 소리가 마치 라이플 대여섯 개를 쏘아대는 것만 같았다. 판유리에 거미줄 같은 금이 가더니 곧이어 습한 바람에 그만 힘없이 무너져 내렸다.

작은 유리조각이 키 작은 사내의 눈에 들어가 그가 눈에 손을 가져가는 순간, 사람들이 그를 짓밟고 시거 상점 안으로 쇄도해 들어갔다. 진입에 실패한 사람들은 옆집 윈도를 깨뜨렸다. 이번엔 빵집이라 빵과 컵케이크들이 군중들 머리 위를 날아다녔다.

바이런은 겁에 질려 두 눈을 동그랗게 떴다. 루터는 그의 어깨를 감싸며 그를 진정시키려 했다.

"동생 성함이 어떻게 돼요?"

바이런이 질문을 이해 못했다는 듯 고개를 갸웃했다.

"동생 성함이……?"

"카넬, 그래 카넬이야. 그렇고말고."

그가 루터에게 초조한 미소를 지으며 고개를 끄덕였다.

루터도 미소를 지어 주었다. 여전히 바이런을 끌어안았지만 이제 그의 몸 어딘가에 지니고 있을 칼이나 총을 걱정해야 할 팔자가 되었다.

문제는 '그렇고말고'였다. 바이런은 그 말을 자신에 다짐하듯 내뱉었는데 미처 대비하지 못한 질문이었다는 얘기였다.

또다시 윈도가 터져나갔다. 이번엔 오른쪽이었다. 그리고 곧이어 다시 유리 깨지는 소리가 들려왔다. 뚱뚱한 백인이 피터래빗 모자점을 향해 돌진하면서 루터와 올드 바이런을 왼쪽으로 밀어붙였다. 사방에서 윈도가 깨지고 있었다. 살마이어 남성 복식용품점, 루이 구두, 프린스턴 의류회사, 드레이크 직물가게. 예리하고도 무자비한 폭발. 벽에 부딪고 발에 밟히고 허공을 날아다니는 유리조각들. 바로 앞에선 한 군인이 걸상 다리로 선원의 머리를 내리쳤는데, 이미 나무는 피로 범벅이었다.

'카넬, 그래 카넬이야. 그렇고말고.'

루터가 바이런의 어깨에 두른 팔을 풀었다.

"그래, 코넬은 어떤 일을 해요?"

루터가 물었을 때 깨진 유리에 두 팔이 난자당한 선원이 두 사람 사이로 밀고 나왔다. 남자가 건드리는 것마다 피투성이가 되었다.

"루터, 여기서 빠져나가야겠다."

"코넬이 뭘 한다고요?"

루터가 되물었다.

"통조림 공장에서 일해."

바이런이 대답했다.

"통조림 공장? 코넬이 거기서 일해요?"

"그래, 루터, 어서 빠져나가자니까."

바이런이 소리쳤다.

"아까는 카넬이라고 하셨잖습니까!"

바이런이 입을 열었지만 아무 말도 하지 못했다. 그저 무력하고 슬픈 표정뿐. 그가 무슨 말이라도 하려는 듯 입술을 옴짝거렸다.

루터가 천천히 고개를 저었다.

"아저씨, 바이런 아저씨."

"설명할 수 있다."

바이런이 어정쩡한 미소를 지으려 했다.

루디는 어서 말해보라는 듯 고개를 끄덕이다가, 갑자기 바이런을 오른쪽 무리 쪽으로 떠밀어버렸다. 그러고는 잔뜩 겁에 질린 두 남자 사이에서 재빨리 방향을 틀어, 다른 두 사람 사이로 미끄러져 들어갔다. 어디선가 다시 윈도 깨지는 소리가 들리고 누군가 허공을 향해 총을 쏴대기 시작했다. 뒤에서 날아온 총알 하나가 바로 옆 남자의 팔을 때리는 바람에 사내가 피를 뿌리며 비명을 질러댔다. 반대편 보도에 다다르자마자 유리조각에 미끄러져 비틀거렸지만 다행히 넘어지지는 않았다. 루터는 마침내 오른쪽으로 몸을 틀어 거리 맞은편을 돌아보았다. 바이런은 벽돌담에 등을 붙인 채 사방을 둘러보고 있었다. 한 남자가 정육점 윈도를 통해 죽은 돼지를 끌어내고 있었다. 깨진 유리 위로 돼지 배가 질질 끌리고 있었다. 하지만 간신히 돼지를 빼냈을 때, 남자 셋이 머리를 때리는 바람에 남자는 결국 돼지를 놓고 깨진 윈도 안으로 몸을 피해야 했다. 셋은 그의 피투성이 돼지를 함께 머리에 얹고 트레몬트 쪽으로 걸어가기 시작했다.

카넬? 맙소사.

루터는 군중들의 가장자리로 빠져나가려 했으나 몇 분 후엔 다시 중심으로 빨려들고 말았다. 그건 더 이상 사람들의 그룹이 아니었다. 그건 벌떼를 조종해 떠들고 두려워하고 분노하게 만드는 거대한 벌집이었다. 루터는 모자를 굳게 눌러쓰고 고개를 숙였다.

유리에 베인 10여 명의 사람들이 신음하고 울부짖었다. 그들의 모습과 비명에 꿀벌들은 더욱 더 흥분했다. 밀짚모자를 쓴 사람들은 아예 벗어버렸다. 훔친 구두와 빵과 양복을 차지하기 위해 서로 죽도록 물어뜯었으나 대개는 물건을 못 쓰게 만드는 것으로 끝이 났다. 선원과 군인들은 서로 상대 진영을 어슬렁거리다가 갑자기 무리에서 뛰쳐나가 적들을 박살냈다. 사내 몇이 한 여자를 문 안으로 끌고 들어가 덮치는 것도 보았다. 그녀가 비명을 질렀지만 루터가 그 쪽으로 다가갈 방법은 없었다. 어깨와 머리와 상체로 만든 벽이 가축시장의 화물트럭처럼 앞을 가로막았기 때문이다. 다시 여자의 비명소리가 들렸다. 그 소리에 남자들은 야유와 조롱으로 응답했다. 루터가 본 것은 일상의 가면을 벗어 던진, 하얀 얼굴들의 소름끼치는 바다였다. 그는 그들 모두를 지옥 불에 던져 넣고 싶었다.

군중이 스콜레이 광장에 다다랐을 때는 벌써 군중은 4000명이 넘는 듯했다. 트레몬트가 대로인 덕에 루터는 중심에서 빠져나와 인도에 올라설 수 있었다. 그때 누군가 뒤에서 "모자 쓴 깜둥이다!"라고 외쳤다. 그 바람에 얼른 그 자리를 피했으나, 곧바로 박살난 주류매장에서 쏟아져 나오던 무리들에 막히고 말았다. 놈들은 병째로 술을 퍼마시고 인도에 집어던지고, 다시 새 병을 깠다. 기형의 난장이들 몇이 왈드론 카지노 문을 박차고 나오면서, 비명과 함께 파장을 맞는 쇼의 소음이 들려왔다. 한 무리의 남자들이 앞에 놓인 피아노를 밀고 있었는데, 그 위에 피아니스트가 엎드린 채 쓰러져 있고 난쟁이 하나가 말을 타듯 그의 엉덩이를 깔고 앉아 있었다.

그가 막 오른쪽으로 돌아서는데 바이런 잭슨이 그의 상박을 찔렀다. 루터는 비틀거리며 왈드론 카지노 벽에 등을 기댔다. 바이런이 다시 나이프를 휘둘렀는데 공포에 잔뜩 일그러진 표정이었다. 루터가 달려드는 옛 동료를 걷어차고 재빨리 몸을 피했다. 바이런의 칼이 벽을 긁으며 불꽃을 뿌렸다. 루터는 그의 귀를 잡고 머리를 벽에 박아버렸다.

"씨발, 도대체 왜 이러는 거요?"

그가 물었다.

"빚을 갚아야해."

바이런이 다시 몸을 낮춘 채로 밀고 들어왔다.

루터가 공격을 피하다가 누군가의 등에 부딪쳤다. 그가 루터의 셔츠를 잡아 돌리려 했으나, 루터는 사내의 손을 뿌리치며 동시에 뒤쪽을 향해 발길질을 했다. 바이런 잭슨이 발에 맞고 "억"하는 신음을 토해냈다. 백인이 루터의 뺨을 향해 주먹을 날렸다. 하지만 이미 예상했던 공격이라 루터는 재빨리 오른쪽으로 돌아 주류점 앞에서 난장판을 벌이고 있던 폭도들 사이로 뛰어 들어갔다. 그는 그들을 뚫고 피아노 건반 위로 깡충 뛰어올랐다. 그가 피아니스트와 난장이를 훌쩍 뛰어넘자 박수소리가 터져 나왔다. 한 남자가 하늘에서 떨어진 흑인을 보고 놀라 눈을 끔벅였다. 루터는 곧바로 군중들 속으로 파고들었다.

시위대는 계속 이동해 파누일 홀을 통과했다. 소 몇 마리가 축사에서 풀려나기도 했다. 어떤 자는 수레를 뒤집어 불태운 다음 무릎 꿇고 사정하는 주인의 머리채를 한 움큼 뽑아버렸다. 위에서 갑작스러운 총소리가 들리더니 군중들 머리 위로 총탄이 날아갔다. 이윽고 절박한 고함소리가 들려왔다.

"우리는 경찰입니다. 당장 그만 두고 돌아들 가세요!"

다시 위협사격이 있고 군중들이 고함치기 시작했다.

"짭새를 죽이자! 짭새를 죽이자!"

"구사대를 타도하라!"

"짭새 타도!"

"구사대 타도!"

"짭새 타도!"

"물러나요. 아니면 발포하겠습니다! 어서 물러나요!"

단순한 협박은 아니었던지 갑자기 시위대가 방향을 바꾸어 왔던 길로 돌아가기 시작했다. 루터도 재빨리 몸을 돌렸다. 다시 총소리가 들리고 수레에 불이 붙었다. 황적색의 불길이 청동 빛의 자갈길과 붉은 벽돌을 비추었다. 루터는 벽을 따라 움직이는 그림자들 속에서 자신의 그림자를 보았다. 비명소리가 하늘을 가득 채웠다. 뼈 부러지는 소리와 찢어지는 비명소리. 유리 깨지는 소리. 무감각해질 정도로 끊임없이 울어대는 경보음들.

비가 내리기 시작했다. 두터운 빗방울이 후드득 소리를 내며 맨 머리에 증기를 피워 올렸다. 비 때문에 인파가 줄 거라고 생각했건만 오히려 더 늘어나는 분위기였다. 루터는 벌집 속에서 허우적거렸다. 벌들은 상점 열 곳, 레스토랑 세 곳을 더 부순 후, 비치홀의 복싱경기장으로 밀고 들어가 복서들을 의식을 잃을 정도로 두들겨 패주었다. 청중들도 흠씬 얻어맞았다.

워싱턴 스트리트를 따라, 필레네, 화이트, 챈들러, 조단 마시 등의 대형백화점들은 단단히 방어벽을 쳐둔 터였다. 조단 마시를 지키던 경비원들은 두 블록 저편에서 몰려드는 시위대를 보고 저마다 피스톨과 샷건을 들고 인도 밖으로 나왔다. 그들은 심지어 경고도 하지 않았다. 열다섯 명 정도의 경비들은 워싱턴 스트리트 한가운데 포진하고 무조건 사격부터 개시했다. 벌집은 움찔하며 자세를 낮추었지만 그래도 한두 걸음 더 전진했다. 조단 마시의 경비들은 사정을 봐주지 않았다. 총이 철커덕거리며 무자비하게 불을 뿜어대자 결국 시위대도 방향을 돌려야 했다. 사람들은 공포의 비명을 지르며 스콜레이 광장까지 달아났다.

그때쯤 군중은 이미 우리 없는 동물원 수준이었다. 그들은 술에 취해 늑대들처럼 빗방울을 향해 울부짖었다. 마약에 취한 쇼걸들은 옷 장식을 모두 뜯어 가슴까지 드러내고 돌아다녔다. 인도를 따라 전복된 투어링카들과 화톳불이 즐비했으며, 그래너리 묘지에서 뽑아온 묘비들도 벽과 울타리 여기저기 기대 있었다. 심지어 전복된 모델 T. 꼭대기에서 섹스를 하는 남녀도 있고, 트레몬트 스트리트 한가운데서 맨주먹 권투시합을 벌이는 자들도 있었다. 투기꾼들이 복서들을 에워쌌다. 그들의 발밑에서 피와 비에 얼룩진 유리조각들이 비명을 질러댔다. 군인 넷이 의식 잃은 선원을 뒤집어진 자동차 범퍼에 끌어다 놓고 일제히 오줌을 갈기자 사람들이 환호를 질렀다. 어느 집 2층 창문에 여자가 나타나 살려달라고 고함을 쳤지만 사람들은 그저 박수갈채를 보낼 뿐이었다. 그때 누군가의 손이 그녀의 입을 막고 창 안으로 끌어들였다. 군중들이 좀 더 환호를 질렀다.

루터는 검은 피 얼룩을 보고 팔의 상처를 살펴보았다. 다행히 깊지는 않아보였다. 그는 쓰러져 있는 남자 다리 사이에서 위스키 병을 주워, 팔에 일부를 쏟고 입 안에도 조금 부어넣었다. 다시 윈도가 폭발했다. 비명과 울부짖음도 더 커졌으나, 결국 이 거칠 것 없는 벌집의 추악한 환호에 묻히고 말았다.

겨우 이 정도였나? 날 그렇게 쩔쩔매게 한 자들이? 당신들? 생김새가 다르다는 이유만으로 그렇게 열등감을 느끼게 한 게? 내가 끊임없이 "예, 나리."라고 머리를 조아린 게 당신들이야? "아닙니다요, 나리."라며 엉금엉금 기었던 게? 이런 더러운…… 짐승새끼들한테?

그가 위스키를 조금 더 마시려다가 거리 맞은편의 바이런 잭슨을 보았다. 그는 하얀색의 가게 앞에 서 있었다. 몇 년 전 폐업한 책방인데, 어쩌면 스콜레이 광장에서 유일하게 깨지지 않은 윈도일지도 모르겠다. 그는 반대 방향인 트레몬트 쪽을 바라보고 있었다. 그래서 루터는 머리를 젖혀 병을 비우고 발밑에 집어던진 다음 거리를 건너기 시작했다.

주변으로 가면을 벗어던진 백인들의 상기된 얼굴들이 어른거렸다. 술에 취하고 권력과 무정부에 취한 짐승들. 그들을 취하게 한 건 또 있었다. 지금까지 붙여진 이름은 없지만, 누구나 갖고 있으면서도 그렇지 않은 척해 왔던 어떤 것.

망각.

그게 전부였다. 그들은 지금껏 살아오면서 온갖 멋들어진 이름을 갖다 붙였다. 이상, 의무, 명예, 목표. 하지만 진실은 바로 눈앞에 있었다. 다른 이유는 없었다. 그들은 오직 본능대로 움직이고 있었다. 그들의 본능은 분노를 원했고 강간과 파괴를 원했다. 능력이 닿는 한 모든 것을 파괴하고 싶어 했다. 그리고 이유는 오직 그들에게 파괴의 힘이 생겼기 때문이었다.

좆까. 씨발, 다들 좆까라고. 루터는 올드 바이런에게 접근해 한 손은 사타구니를, 다른 손으로는 머리채를 움켜잡았다.

난 집에 갈 거야.

그는 바이런을 들어 두 팔을 뒤로 완전히 젖혔다. 옛 동료의 비명 소리가 들렸다. 그는 젖힐 데까지 젖혔다가 두 팔을 앞으로 뻗어 윈도의 판유리를 향해 힘껏 집어던졌다.

"깜둥이들끼리 싸운나!"

누군가 소리쳤다.

바이런이 바닥에 떨어지고 터진 유리조각들이 그의 몸과 그 주변으로 쏟아져 내렸다. 그는 두 팔로 막으려고 했으나 유리조각들은 사정없이 뺨을 찢거나 허벅지 살을 뜯어냈다.

"이봐, 그 새끼 죽일 거야?"

루터가 돌아보니 왼쪽에 백인 셋이 있었다. 모두 술에 취해 건들거렸다.

"어쩌면요."

그가 말했다. 그는 윈도 안으로 들어갔다.

"빚이라뇨?" 바이런이 숨을 헐떡거리다가 두 손으로 허벅지를 움켜쥐고 낮은 신음을 내뱉었다. "대답해요."

백인 하나가 등 뒤에서 키득거렸다.

"야, 인마, 대답하라잖아."

"무슨 빚이죠?"

"무슨 빚 같냐?"

바이런이 고통스러운지 머리를 유리 파편에 대고 등을 휘었다.

"마약. 내가 방해한 거군요?"

"평생 아편을 했다. 헤로인이 아니라. 제시 텔이 어디에서 구했다고 생각한 거야, 멍청아."

루터가 바이런의 발목을 밟자 그가 이를 갈았다.

"함부로 부르지 마. 그 앤 내 친구였어. 당신이 아니라."

백인 하나가 외쳤다.

"야, 그 새끼 죽일 거야, 말 거야?"

루터가 고개를 젓자, 백인들이 투덜거리며 다른 곳으로 떠났다.

"그렇다고 구해줄 생각은 없소, 올드 바이런. 재수 없으면 이곳에서 죽을 거요. 기껏 몸속에 처넣는 쓰레기 때문에 여기까지 올라와 동족을 죽이려고 해?"

루터가 유리 바닥에 침을 뱉었다.

바이런도 루터에게 피를 뱉었으나 자기 셔츠에 떨어졌을 뿐이었다.

"네놈이 처음부터 싫었다, 루터. 네가 특별한 줄 알지?"

루터가 어깨를 으쓱였다.

"그래, 난 특별해. 이 지상에서 한 번도 당신들처럼 살지 않았으니까. (엄지로 등 뒤를 가리키며) 저 개자식들처럼 살지도 않았다! 당신들? 겁 안 나. 이곳 흑인들도 겁 안 난다. 다들 좆까란 말이야!"

바이런이 두 눈을 굴렸다.

"그래봐야 깜둥이 새끼 주제에."

루터가 미소 지으며, 바이런 옆에 웅크리고 앉았다.

"좋아. 능력껏 살아서 돌아가라, 올드. 털사에 돌아가. 내말 들리지? 그리고 기차에서 내리는 대로 스모크한테 달려가라. 비록 죽이지는 못했지만 걱정 말라고 전해라. 이제부턴 찾아다닐 필요 없다고." 루터는 바이런의 성한 뺨을 세게 후려치고 입술이 닿을 정도로 고개를 숙였다. "내가 찾아갈 테니까. 이제 고향에 돌아갈 거다. 스모크한테 그렇게 전해. 싫다고? 그래도 좋다. (어깨를 으쓱인다.) 내가 직접 전할 테니까."

그는 자리에서 일어나 깨진 유리를 밟고 윈도 밖으로 내려섰다. 그리고 곧바로 광기의 백인들과 비명소리와 폭우와 벌집의 폭주를 헤치고 나아갔다. 바이런을 돌아보지는 않았다. 마침내 지금껏 허용해왔던 모든 거짓말과 완전히 끝을 낸 것이다. 그가 살아왔던 모든 거짓말. 모든 거짓말.

스콜레이 광장. 법원 광장. 노스엔드. 신문사 거리. 록스베리 크로싱. 포프스힐. 코드만과 이글스턴 광장. 도시 전역에서 신고가 들어왔으나 토머스 커글린의 관할구역만큼 심각한 곳은 없었다. 사우스 보스턴은 폭발 지경이었다.

폭도들이 브로드웨이를 따라 상점들을 때려 부수고 물건을 거리에 내던졌지만 토머스는 그 상황에서 일말의 논리도 찾아낼 수가 없었다. 최소한 약탈한 물건들은 챙겨야 하는 것 아닌가? 부두 깊숙이에서 앤드루 광장까지, 포트 포인트 해협에서 패러것 길까지, 그 수많은 가게 중에 살아남은 윈도는 하나도 없었다. 수백 가구의 운명도 비슷했다. 그 중 최악의 인파가 운집한 곳은 이스트와 웨스트 브로드웨이였다. 1만여 명이 넘었건만 기세는 가라앉을 줄을 몰랐다. 사람들이 보는 앞에서 여자를 강간하기도 했다. 웨스트 브로드웨이에서 세 건. 이스트 4번가에서 한 건. 그리고 노던 애버뉴의 부두에서 한 건.

그러고도 신고는 계속해서 접수되었다.

멀리의 식당 지배인은 한 방 가득 차지한 손님들이 음식 값 지불을 거부했다. 게다가 그들에게 두들겨 맞고 의식까지 잃었다. 지금은 헤이마켓 구호소에 누워 있는데, 코가 부러지고 한쪽 귀청이 터지고 또 부러진 이가 대여섯 개나 되었다.

브로드웨이와 E 스트리트에선, 흥분한 남자들이 훔친 차를 몰고 오도넬의 빵집 윈도를 뚫고 들어갔다. 놈들은 그것도 모자라 차에 불까지 질렀는데, 그 와중에 빵은 물론 디클랜 오도넬의 17년 꿈까지 숯 검댕으로 만들어버렸다.

버드닉 우유전문점 파괴. 코너 앤 오키페 전소. 브로드웨이 위아래로 남성용품점, 이발소, 잡화상, 야채가게, 심지어 자전거포까지 모두 불에 타거나 회복 불가능할 정도로 파괴되었다.

조보다 어린 남녀 아이들까지 가세해 모히칸 슈퍼마켓 지붕에서 계란과 바위를 집어던졌다. 간신히 긁어모아 현장에 내보낸 경관들은 어쩔 수 없이 아이들에게 응사해야 했다는 보고를 했다. 신고를 받고 출동한 소방관들도 같은 상황을 토로했다.

가장 최신 보고에 의하면, 브로드웨이와 도체스터 스트리트에서 교차로에 쌓아 둔 물건들로 인해 전차가 멈춰 섰다. 폭도들은 박스와 나무통, 매트리스를 잔뜩 쌓고 석유에 성냥까지 챙겨왔다. 결국 승객들은 운전사와 함께 전차를 버리고 달아나야 했다. 폭도들은 차 안으로 몰려 들어가 남은 승객들을 죽도록 패주고, 의자를 모두 뜯어내 창밖으로 내던졌다.

도대체 왜들 저렇게 유리에 탐닉하는 걸까? 도대체 이 광기를 어떻게 끝내야 하지? 토머스는 머리가 지끈거렸다. 지금 부릴 수 있는 경관은 겨우 스물두 명뿐이었지만 그것도 대개 나이 마흔을 훌쩍 넘은 경사와 경위들이었다. 그리고 잔뜩 겁만 집어먹은 오합지졸 자원경찰 정도.

"커글린 서장님?"

돌아보니 최근에 경사로 진급한 마이크 아이겐이 문간에 서 있었다.

"이런, 또 뭔가, 경사."

"매트로 파크 파견 팀이 사우티를 순찰하라는 명령을 받고 출동했습니다."

토머스가 일어났다.

"그런 보고는 없었다."

"명령이 어디에서 하달되었는지는 모르겠지만, 서장님, 파견대가 고립되었습니다."

"뭐?"

아이겐이 고개를 끄덕였다.

"어거스틴 교회입니다. 놈들이 무기를 사용하고 있습니다."

"총인가?"

아이겐이 고개를 저었다.

"돌멩이입니다."

교회. 동료 경관들이 교회에서 돌에 맞고 있다고? 그것도 내 구역에서?

토머스 커글린이 책상을 뒤엎었지만 그 사실을 깨달은 건 책상이 바닥에 부딪쳐 우지끈 소리를 낸 후였다. 아이겐 경사가 한 발짝 물러섰다.

"됐다. 맙소사, 이제 가봐."

토머스가 한숨을 내쉬고, 매일 아침 코트걸이에 걸어놓은 총 벨트를 끌어내렸다.

아이겐 경사는 그가 벨트를 차는 모습을 지켜보았다.

"서장님 심정을 이해할 수 있습니다."

토머스는 뒤집어진 책상의 왼쪽 아래 서랍을 뽑아 윗 서랍에 걸쳐놓고 그 안에서 32구경 총알 상자를 찾아 주머니에 쑤셔 넣었다. 샷건의 실탄상자도 반대편 주머니에 넣고 아이겐 경사를 올려다보았다.

"왜 아직도 거기 있는 거야?"

"예?"

토머스가 눈썹을 치켜떴다.

"이 무덤에 살아있는 인간은 모두 소집해. 싸움박질 좀 하러 갈 테니까. 이번엔 멍청이처럼 당하고만 있지 않겠다, 경사."

아이겐이 절도 있는 경례를 올렸다. 만면에 미소가 가득했다.

토머스도 미소로 응대하고 파일캐비닛 선반에서 샷건을 끌어내렸다.

"서둘러라, 어서."

아이겐이 문간을 떠난 후 토머스는 샷건을 장전했다. 탄창에 실탄이 미끄러지는 짤깍 소리가 맘에 들었다. 소리는 그의 육신에 영혼을 되돌려주었다. 오늘 5시 45분 파업이 시작한 이후 처음 있는 일이었다. 바닥엔 경찰학교를 졸업하던 날 대니를 찍은 사진이 놓여 있었다. 아들의 가슴에 직접 배지를 달아주었건만…… 그건 그가 제일 좋아하는 사진이었다.

그는 문으로 나가는 길에 액자를 짓밟았다. 유리 깨지는 소리에 알지 못할 만족감이 전신을 채웠다.

"이 도시를 보호하지 않겠다고? 좋아, 그럼, 내가 하마."

세인트 어거스틴 교회에 도착하자 군중들이 돌아섰다. 매트로 파크 경관들이 경찰봉과 무기로 폭도들을 제지하고 있었으나 이미 온통 피투성이였다. 하얀 석회계단 위에 흩어진 돌멩이들이, 이 패배 직전의 경찰들이 지금껏 얼마나 고군분투했는지를 증언해 주었다.

폭도에 대한 토머스의 판단은 아주 단순했다. 방향을 바꾸는 순간, 몇 초 동안 그들은 목소리를 잃고 만다. 그리고 그 순간을 장악하면 폭도를 장악하며, 역으로 빼앗길 경우 그들에게 잡혀 먹히고 마는 것이다.

그가 차에서 내렸다. 바로 옆에 있던 거스티 깡패 놈(좀도둑 필이라는 별명으로 통하는 놈이다.)이 그에게 이죽거렸다.

"이런, 커글린 서……"

토머스는 샷건 개머리로 그의 얼굴을 뼈까지 짓이겨 놓았다. 좀도둑 필이 머리에 총 맞은 말처럼 무너져 내렸다. 토머스는 등 뒤의 또 다른 거스티 파, 꼴통 스파크스의 어깨에 샷건 총구를 얹고 하늘을 향해 총을 발사했다. 그 바람에 꼴통은 영원히 왼쪽 청력을 잃어야 했다. 그가 눈의 초점을 잃고 흔들렸다. 그러자 토머스가 아이겐한테 외쳤다.

"마무리해라, 경사."

아이겐이 자신의 리볼버로 꼴통의 얼굴을 짓이겼다. 그리고 그것으로 그날 밤 꼴통의 역할은 종지부를 찍었다.

토머스가 샷건으로 바닥을 겨냥하고 방아쇠를 당겼다.

폭도들이 뒤로 물러섰다.

"난 토머스 커글린 서장이다."

그가 소리치며 좀도둑 필의 무릎을 짓밟았다. 기대했던 소리가 아니었다. 두 번째 시도에는 뼈 부러지는 탁음과 날카로운 비명소리가 연이어 들렸다. 그가 수신호를 보내자 열한 명의 경관이 무리의 가장

자리를 따라 흩어졌다.

"토머스 커글린 서장이다. 긴 말 하지 않겠다. 우리가 여기 온 건 피를 보기 위해서다. 바로 당신들의 피다." 그가 폭도들의 얼굴을 훑어보고, 교회 계단의 매트로 파크 경관들을 보았다. 모두 열 명이었는데 다들 잔뜩 위축된 표정이었다. "귀관들, 무기를 들고 법의 집행자로서 당당하게 대하라."

매트로 파크 경찰들이 총을 들자 군중들이 다시 한 발짝 물러섰다.

"겨눠 총!"

토머스가 외쳤다.

그들은 지시대로 했다. 군중들이 다시 몇 발짝 후퇴했다.

"누구든 돌을 들고 있으면 가차 없이 사살하겠다."

토머스가 외쳤다.

그가 다섯 걸음 전진해 샷건으로 돌멩이를 든 사내의 가슴을 찔렀다. 남자는 돌을 떨어뜨리고 왼쪽 다리 아래로 오줌을 지렸다. 서장은 샷건으로 놈의 이마를 찢어놓았다.

"어서 꺼져, 이 더러운 똥개들! 달아나란 말이다!"

아무도 움직이지 않았다. 너무 놀란 탓이었다. 토머스는 아이겐과 가장자리의 폭도들과 매트로 파크 경찰들을 차례로 돌아보았다.

"내키는 대로 쏴버려."

매트로 파크 경찰들이 멍한 눈을 했다.

토머스가 두 눈을 굴렸다. 그리고 리볼버를 꺼내 머리 위로 든 다음 방아쇠를 여섯 번 당겼다.

경관들도 이제 뜻을 이해했다. 그들은 허공을 향해 닥치는 대로 방아쇠를 당기기 시작했고 군중들은 박살난 양동이의 물방울처럼 흩어지기 시작했다. 그들은 달리고 또 달렸다. 거리 위로, 골목 안으로, 옆길로…… 뒤집어진 자동차들과 부딪치고 인도에서 넘어지고 서로를 짓밟았으며, 가게 안으로 달아나다 한 시간 전 자신들이 박살낸 유리 밭에 넘어지기도 했다.

토머스는 팔목을 털어 탄피를 비워낸 다음, 샷건을 발밑에 내려놓고 리볼버를 재장전했다. 대기는 화약 냄새와 총성으로 찐득했다. 폭도들은 미친 듯이 달아나고 있었다. 토머스는 리볼버를 벨트에 끼우고 이번엔 샷건을 장전했다. 무기력과 혼란의 기나긴 여름이 그의 심장에서 빠져나갔다. 문득 스물다섯 살로 돌아간 기분이었다.

등 뒤에서 타이어 끌리는 소리가 들렸다. 고개를 돌려보니 검은색 뷰익 한 대와 순찰차 4대가 멈춰 서 있었다. 때마침 가벼운 비가 흩날리기 시작했다. 마이클 크로울리 본부장이 뷰익에서 내렸는데, 그 역시 자신의 샷건을 들고 어깨 홀스터에 리볼버까지 챙긴 터였다. 이마에 새롭게 반창고가 붙어 있었다. 검은색 고급 정장엔 계란 노른자와 껍질조각들이 지저분했다.

토머스가 그에게 미소를 지었다. 크로울리도 피곤한 미소로 답했다.

"법과 질서를 회복할 적기 아닌가, 서장?"

"지당하신 말씀입니다, 본부장님."

두 사람이 거리 한가운데로 들어서자 부하들이 그 뒤를 따랐다.

"옛날처럼, 토머스, 응?"

크로울리가 말했다. 그들은 두 블록 앞 앤드루 광장에 집결한 또 다른 폭도 무리를 발견하고 그쪽으로 가는 중이었다.

"바로 그겁니다, 마이클."

"그래서 저 자들을 처리하고 난 후엔?"

처리하고 난 후엔? 그래, '처리한다면?' 보다는 멋진 표현이다.

"브로드웨이를 수복하는 거죠."

크로울리가 토머스의 어깨를 두드려주었다.

"아, 얼마나 그 시절이 그리웠던지."

"그래요, 마이클. 나도 그랬습니다."

피터스 시장의 운전사 호러스 러셀은 롤스로이스 실버고스트를 몰고 문제 현장 근처를 돌아다녔다. 파편이나 무리 속으로 들어갈 생각 따위는 없었다. 그랬다간 영원히 못 나올 수도 있을 것이다. 시장은 안전한 거리에서 폭도들을 지켜보았다. 물론 끔찍한 선동구호와 비명과 고음의 광소, 그리고 갑작스러운 총성과 유리 터지는 소리 정도는 들을 수 있는 거리였다.

스콜레이 광장이 최악의 폭동이었다고 생각했건만, 지금은 노스엔드도 보고 사우스 보스턴까지 본 터였다. 그는 꿈조차 꾸지 못할 최악의 악몽이 지상에서 실현되었음을 깨달아야 했다.

유권자들은 최고 명성의 도시를 그에게 주었다. 미국의 아테네이자 미국 독립과 두 명의 대통령을 낳은 산실. 게다가 그 어느 곳보다 교육열이 높은 미국 대학의 중추가 아니던가.

그런데, 지금 눈앞에서 그 모든 것이 박살나고 있었다.

롤스로이스는 사우스 보스턴 슬럼가의 불길과 비명을 뒤로 하고 브로드웨이 다리를 건너갔다. 앤드루 피터스는 호러스 러셀한테 가까운 전화로 데려다 줄 것을 지시했다. 자동차는 사우스엔드의 캐슬스 퀘어 호텔 앞에 멈춰 섰다. 오늘 밤 지나온 중에선 유일하게 조용한 동네였다.

　그는 직원들과 매니저가 지켜보는 가운데, 매사추세츠 주군(州軍) 본부에 전화를 걸어, 교환원에게 신분을 밝힌 다음 댈럽 소령을 바꾸라고 소리쳤다.

　"댈럽입니다."

　"소령. 나, 피터스 시장이네."

　"예, 시장님?"

　"지금 당장 자동차부대와 제1기갑부대를 움직일 수 있나?"

　"예, 시장님. 스티븐스 장군님과 달튼 대령님의 명령이 있으면 가능합니다."

　"지금 어디 있지?"

　"두 분 모두 쿨리지 주지사님과 함께 주청사에 계시는 걸로 알고 있습니다."

　"그럼, 부대를 대기시켜 놓게, 소령. 아무도 귀가시키지 말고. 알겠나?"

　"예, 시장님."

　"내가 직접 들러 배치 임무를 시달할 걸세."

　"예, 시장님."

"오늘 밤, 폭도들을 진압하자고, 소령."

"영광입니다, 시장님."

피터스가 15분 후 본부에 도착했을 때, 병사 한 명이 부대에서 나와 커먼웰스 거리를 따라 브리튼을 향하고 있었다.

그가 차에서 내려 한 손을 들어보였다.

"병사! 지금 어디로 가는 건가?"

병사가 그를 보았다.

"도대체 당신 뭐야?"

"난 보스턴 시장이다."

병사는 즉시 차렷 자세로 경례를 올렸다.

"죄송합니다, 시장님."

피터스가 경례를 받았다.

"어디 가는 건가?"

"집에 갑니다. 바로 저기……"

"대기하라는 명령을 받지 못했나?"

병사가 고개를 끄덕였다.

"하지만 스티븐스 장군님께서 명령을 철회하셨습니다."

"안으로 돌아가라."

피터스가 명령했다.

병사가 문을 여는데 병사 몇이 빠져나오고 있었다. 처음의 병사가 그들을 안으로 돌려보냈다.

"시장님이셔, 시장님."

피터스는 안으로 들어가자마자 중대본부 계단 옆에서 곧바로 소령 계급장을 매단 사내를 찾아냈다.

"댈럽 소령!"

"옙."

"도대체 이게 뭐하는 짓이야?"

피터스가 손으로 부대 안을 가리켜보였다. 병사들이 칼라까지 풀어헤친 채 어슬렁거리고 있었다. 무기도 보이지 않았다.

"시장님, 이유가 있습니다."

"얘기해 봐!"

피터스는 그의 목소리에 스스로 놀랐다. 냉엄한 고음의 호령소리.

하지만 댈럽 소령이 입을 열기 전에 계단 위에서 더 엄중한 목소리가 들려왔다.

"병사들을 귀가시켜! 그리고 피터스 시장, 당신도 여기 볼일 없으니까. 어서 돌아가시오."

쿨리지가 스티븐스 장군, 달튼 대령과 함께 계단을 내려오는 것을 보고, 피터스도 달려 올라갔다. 네 사람은 계단 중간에서 만났다.

"도시가 폭동에 휩싸였습니다."

"그런 일 없소."

"지금 보고 오는 길입니다, 주지사님. 게다가…… 에, 그러니까……" 피터스는 이런 식의 말더듬이 싫었으나 흥분할 때면 늘 그랬다. 하지만 그렇다고 입을 다물 수도 없는 노릇이었다. "……그러니까, 예, 시위는 산발적이 아닙니다. 수만 명의 인파가 지금……"

"폭동 따위는 없소."

쿨리지가 반복했다.

"아니, 있습니다! 사우스 보스턴, 노스엔드, 스콜레이 광장 모두! 믿지 못 하시겠으면 직접 보십쇼."

"나도 봤어요."

"어디에서죠?"

피터스는 비명을 지르다시피 했다. 이젠 목소리도 어린아이처럼 들렸다. 그것도 여자애 목소리.

"주청사에서."

"주청사? 비컨 힐에는 폭동이 없습니다, 주지사님. 폭동이 일어난 곳은……"

"그만."

쿨리지가 한 손을 들었다.

"그만?"

피터스가 되물었다.

"집에 가요, 시장. 어서."

앤드루 피터스를 움찔하게 만든 건 말투였다. 떼쓰는 철부지를 나무라는 부모의 말투.

앤드루 피터스는 그 순간 보스턴 정치에서 결코 있어서는 안 되는 일을 저지르고 말았다. 주먹으로 주지사의 얼굴을 갈긴 것이다.

그는 주먹질을 위해 층계 낮은 쪽에서 깡충 뛰어오르기까지 했다. 쿨리지가 애초에 키가 큰 덕에 별로 위력은 없었으나, 그래도 그의 왼쪽 눈언저리를 건드리기는 했다.

쿨리지는 너무 당혹스러워서 움직이지도 못했다. 피터스는 그만큼 기뻤다. 그래서 그는 다시 때리기로 마음을 먹었다.

장군과 대령이 그의 양팔을 잡고 병사 몇이 계단을 뛰어 올라왔지만 피터스는 그 짧은 순간에 몇 대를 더 휘두를 수 있었다.

주지사는 기이하게 물러서지도 않고 방어하지도 않았다.

병사 몇이 앤드루 피터스 시장을 계단 아래로 끌고 내려가 바닥에 내려놓았다.

그는 다시 달려들고 싶었으나, 대신 쿨리지에게 삿대질하는 것으로 만족하기로 했다.

"이 일이 평생 양심을 괴롭힐 거다."

"그리고 당신 장부도. 시장, 당신 장부에도 기록해 두라고."

쿨리지가 옅은 미소를 지었다.

37

수요일 아침 7시 30분, 호러스 러셀은 피터스 시장을 시청까지 태워주었다. 화재와 비명과 어둠이 걷힌 거리는, 어젯밤처럼 끔찍한 아수라장은 아니었으나 삭막한 폭동의 흔적까지 없앨 수는 없었다. 워싱턴과 트레몬트, 그리고 두 곳을 가로지르는 거리마다 깨지지 않은 윈도는 하나도 보이지 않았다. 전소되어 뼈만 남은 자동차들. 거리의 쓰레기와 파편들. 이런 식의 살풍경은 장기화된 전쟁과 산발적인 폭격에서나 볼 수 있으리라고 생각했건만.

보스턴 커먼 공원 근처엔 사내들이 술에 취해 널브러지거나 아니면 여기저기 야바위꾼들이 호객행위를 하고 있었다. 트레몬트 거리에 들어서자 창틀에 베니어판을 덧대는 사람들이 몇 명 보였다. 대형 상점 앞엔 남자들이 여전히 샷건과 라이플을 들고 서성댔다. 전화선도 군데군데 끊겨 있고, 거리 표지판들은 모두 제거되었으며 수은등도 대부분 박살났다.

피터스는 손으로 두 눈을 가렸다. 갑자기 울음이 복받쳤던 것이다. 머릿속으로 단어들이 쉴 새 없이 맴을 돌더니, 어느덧 자신도 모르게 낮은 목소리로 그 단어들을 중얼거리고 있었다.

이건 말도 안 돼. 이건 말도 안 돼. 이건 말도 안 돼.

시청에 다다르자 복받쳤던 심정은 보다 차가운 냉정심으로 바뀌었다. 그는 성큼성큼 사무실로 올라가 경찰청에 전화를 넣었다.

커티스가 직접 전화를 받았다. 그 역시 피로와 어둠이 짙게 깔린 목소리였다.

"여보세요."

"청장, 나 피터스 시장입니다."

"사임하라는 전화로군요. 짐작은 했습니다."

"피해상황을 파악하기 위해 전화한 겁니다. 거기부터 시작하죠."

커티스가 한숨을 내쉬었다.

"체포 129명. 시위대 5인 총상. 중상 없음. 헤이마켓 구호소에서 치료 562명. 그 중 3분의 1이 깨진 유리로 인한 자상입니다. 그밖에 강도 신고가 94건. 폭행 67건. 강간이 6건입니다."

"6건?"

"신고된 것만 그렇다는 얘깁니다."

"실제 수치 산정이 가능합니까?"

다시 한숨.

"노스엔드와 사우스 보스턴의 미확인 보고에 기초한다면, 수십 명 수준으로 보입니다. 대충 서른 건 정도."

피터스는 다시 울고 싶었으나, 지금은 그저 눈 안쪽에서 찔끔거리는 수준이었다.

"서른이라. 재산피해는?"

"수십만이 넘겠죠."

"수십만. 예, 내 생각도 그렇습니다."

"대개 작은 가게입니다. 은행들과 백화점들은……"

"사설 경비를 고용했죠. 압니다."

"그래도 소방관은 파업하지 않을 겁니다."

"그건 왜죠?"

"동조파업 문제죠. 소방서에 있는 친구 얘기가, 어젯밤에 어찌나 가짜 경보가 많았던지 다들 학을 떼고 파업 경찰 시위대에 등을 돌렸다더군요."

"그 정보가 우리한테 무슨 도움이 됩니까, 청장?"

"난 사임하지 않을 겁니다."

커티스가 말했다.

뻔뻔스러운 놈. 철면피. 도시가 시민들에게 짓밟혔는데 기껏 생각하는 게 자기 밥그릇과 자존심이라니.

"그럴 필요 없습니다, 청장. 내가 명령권을 박탈할 테니까."

"그럴 수는 없습니다."

"오, 당연히 할 수 있습니다. 청장님이야 원래 규칙을 사랑하는 분 아닙니까? 1885개의 조례 중 323조 6항을 참조해 보시죠."

피터스가 전화를 끊었다. 좀 더 기분 좋을 거라고 생각했건만, 오히려 보다 우울한 쪽이었다. 진짜 승리감을 맛보려면 파업을 막는 것밖에는 방법이 없을 것이다. 일단 파업이 시작된 이상, 자신을 포함해 그 누구도 성과를 주장할 수 없을 것이다. 그는 비서 마르사 풀리를 불렀다. 그녀는 그가 부탁한 전화번호 명단을 들고 사무실에 들어왔다. 그는 주 방위군의 설리번 소령한테 먼저 전화했다. 소령이 전화를 받았을 때 피터스는 모든 의례를 건너뛰었다.

"설리번 소령, 시장이요. 지금 내리는 지시에 대한 거부는 용납지 않을 것이요. 알겠소?"

"예, 시장님."

"주 방위군 전 병력을 보스턴 지역에 집결시켜요. 10연대, 제1기갑부대, 제1자동차 부대, 그리고 야전 의무대를 대령의 지휘 하에 두겠소. 임무를 수행 못할 이유가 있습니까, 소령?"

"없습니다, 시장님."

"그럼 정확히 수행해 주시기 바라겠소."

"옙, 시장님."

피터스는 전화를 끊고 찰스 콜 장군의 집으로 다이얼을 돌렸다. 52보병사단의 전직 사단장이자 지금은 스토로 위원회의 주요 멤버로 있는 자였다.

"콜 장군."

"시장님."

"우리 도시를 위해 임시 경찰청장으로 일해주시겠습니까?"

"영광입니다."

"차를 보내드리죠. 언제쯤 준비가 가능하십니까, 장군."

"이미 옷까지 입고 대기 중입니다, 시장님."

쿨리지 주지사는 10시에 기자회견을 가졌다. 그는 피터스 시장이 소집한 병력 외에 넬슨 브라이언트 준장에게 주정부 차원의 대응을 주문했다고 발표했다. 브라이언트 장군은 명령에 따라 제11연대, 제12연대, 그리고 제15연대 방위군 및 기관총 중대를 투입하기로 결정했다.

자원경찰들은 상공회의소에 모여 배지, 유니폼, 무기 등을 지급 받았다. 주지사의 발표대로라면, 대개가 보병장교 출신으로 세계대전에서 혁혁한 공을 세운 역전의 용사들이었다. 그밖에도 축구팀 전원을 비롯한 하버드 학부생 150명이 자원경찰에 지원했다는 보고도 있었다.

"이제 위기는 끝났습니다, 여러분."

어젯밤에 주 방위군이 출동하지 않은 이유를 묻는 질문에, 주지사는 "공공의 안전문제를 시당국에 맡기는 게 좋겠다는 조언을 받아들였으나, 지금은 그 판단에 대해 후회하고 있다."고 대답했다.

기자는 왼쪽 눈 밑의 상처가 왜 있는지 물었다. 그러자 쿨리지 주지사는 이만 기자회견을 마치겠다고 선언하고 방을 나섰다.

대니는 노라와 함께 건물 옥상에 서서 노스엔드를 내려다보았다. 폭동의 정점엔 몇몇 사내들이 트럭 타이어로 살렘 스트리트를 가로막고 기름을 붓고 불까지 붙였다. 그 중 하나는 완전히 녹아 지금까지도 연기를 뿜어댔다. 악취가 코를 찔렀다. 폭도는 저녁 내내 흥분하고 꿈틀거리다가, 밤 10시가 되자 구호를 멈추고 닥치는 대로 부수기 시작했다. 대니는 그 광경도 창밖으로 내다보았다. 무기력한 심정으로.

새벽 2시쯤 폭동이 잦아들고, 거리는 당밀 홍수가 휩쓸 때처럼 파괴되고 유린당한 채 버려졌다. 폭력과 강도, 이유 없는 구타, 강간 등, 피해자의 흐느낌과 한탄과 통곡의 목소리가 거리, 셋집, 하숙집 등 사방에서 울려 퍼졌다. 무작위로 선택된 폭력의 피해자들은 이 세상에 더 이상 정의는 없다고 외쳐댔다.

그리고 그건 그의 책임이었다.

노라는 그렇지 않다고 했지만 그녀조차 확신을 못하는 눈치였다. 그녀도 하룻밤 동안에 변했다. 두 눈엔 그와 그의 선택에 대한 의구심이 배어들었다. 어젯밤 겨우 잠자리에 들었을 때 머뭇머뭇 그의 뺨에 닿은 입술도 차갑기만 했고, 한 팔을 가슴에 다리 하나를 다리에 얹고 자던 평소와 달리 어제는 처음부터 왼쪽으로 돌아누웠다. 등이 서로 닿았으니 완벽한 반감은 아니겠으나 그래도 기분은 허탈하기만 했다.

두 사람은 함께 커피를 들고 흐린 아침의 회색 여명 속에서 폐허의 잔재를 내려다보았다. 그녀가 그의 허리춤으로 손을 가져갔다. 너무나 가볍고 순간적인 접촉. 그가 돌아보았을 때 그녀는 이미 엄지 끝을 깨물고 있었다. 두 눈이 촉촉했다.

"오늘은 일하러 안 가는 거야?" 그가 물었다. 그녀가 고개를 끄덕였지만 말은 하지 않았다. "노라."

그녀가 엄지를 빼고 흉벽의 커피 잔을 들었다. 그를 돌아보는 두 눈엔 초점이 없었다. 속을 들여다볼 수 없는 눈.

"오늘 일하러……"

"아니, 가야 해요."

그녀가 대답하자 그가 고개를 저었다.

"너무 위험해. 자기를 거리에 내보낼 수는 없어."

그녀가 거의 감지할 수 없을 정도로 어깨를 으쓱였다.

"내 일인걸요. 해고당하고 싶지 않아요."

"해고는 못할 거야."

다시 작은 어깻짓.

"그러다 잘못되면? 어떻게 먹고 살죠?"

"이건 금방 끝나."

그녀가 고개를 저었다.

"금방 끝나. 우리한테 선택의 여지가 없다는 사실을 시가 눈치 채더라도 그건……"

그녀가 그를 돌아보고 다시 건물 아래의 거리를 가리켰다.

"사람들은 당신을 미워할 거예요, 대니. 절대 이번 일을 용서하지 못할 거라고요."

"그래서 우리가 잘못했다는 거야?"

문득 고독감이 울컥 하고 치밀었다. 그 어느 때보다도 삭막하고 무기력한 외로움이.

그때 그녀가 다가와 그의 두 뺨을 감쌌는데 그 느낌이 정말로 구원의 손길만 같았다. 그녀가 얼굴을 흔들어 그녀를 마주보게 했다.

"아냐, 아냐, 그게 아니에요. 자기는 절대 잘못 없어요. 당연히 해야 할 일을 한 거잖아요. 다만……"

그녀가 다시 시선을 돌렸다.

"다만……?"

"그 사람들이 당신에게 남겨진 유일한 선택마저 당신을 파괴시킬 선택으로 만들어버린 거예요." 그녀가 그에게 키스했다. 눈물에서 소금 맛이 났다. "사랑해요, 대니. 당신이 한 일을 난 믿어요."

"하지만 우리가 끝났다고 생각하는 거군."

그녀의 손이 얼굴에서 떨어져나가더니 양 옆으로 축 늘어졌다. 하지만, 그가 바라보는 동안 그녀의 표정은 조금씩 단단해져갔다. 그도 잘 아는 표정이다. 초연하게 위기를 맞이해야 한다는 절박감의 표현.

그녀가 고개를 들었을 때 눈 역시 더 이상 촉촉하지 않았다.

"어쩌면…… 자기는 직장에서 쫓겨날 거예요. 그러니까 나까지 잃을 수는 없잖아요. 예?"

그는 그녀를 직장까지 데려다주었다. 주변은 더러운 재와 유리조각들이 끝 간 데가 없었다. 피 묻은 천, 벽돌 조각과 숯이 된 나무들, 자갈길 위에 짓이겨진 파이 찌꺼기들, 뒤집어진 채 전소된 마차와 자동차들, 배수구 근처, 반으로 찢긴 채 빗물과 숯 검댕을 뒤집어쓰고 있는 치마.

노스엔드를 떠난 후 더 끔찍한 광경은 없었지만, 참상은 끊임없이 이어졌다. 스콜레이 광장에서는 범위와 규모가 더 커졌다. 그는 노라를 가까이 끌어들이고 싶었으나 노라는 혼자 걸으려 했다. 이따금 손등으로 그의 손을 건드리며 깊은 슬픔의 표정을 짓기도 했다. 보우든 스트리트를 오르면서는 어깨에 기대기도 했지만 그래도 끝까지 말은 하지 않았다.

그도 아무 말 하지 않았다.

할 말이 없었기 때문이다.

그녀를 직장에 데려다준 후 그는 노스엔드로 돌아와 01지구 경찰서 밖의 피켓 시위에 합류했다. 늦은 오전과 이른 오후 내내, 그들은 하노버 스트리트를 왔다 갔다 했다. 지지를 외치며 인사를 하는 사람도 있고 "부끄러운 줄 알라."며 호통 치는 자들도 있었으나 대개는 아무 말도 하지 않았다. 그들은 보도 가장자리를 따라 걸으며 의도적으로 시선을 피하거나 아니면 대니와 경관들이 마치 유령이라도 된다는 듯 못 본 척했다.

하루 종일 구사대가 경찰서 안으로 들어갔다. 피켓 라인을 통과하지 않고 돌아가는 한, 그들의 진입을 막지 말라는 지시는 내려둔 터였다. 어깨를 겨루는 사고가 한 번 있고, 몇 번의 야유가 있기는 했으나, 구사대들은 소란 없이 서 안으로 들어갔다.

하노버 위아래로 망치 소리가 가득했다. 사람들이 윈도를 판자로 대체하는 소리였다. 다른 사람들은 깨진 유리를 치우고 파편 속에서 폭도들이 건드리지 못한 물건들을 챙기느라 여념이 없었다. 대니도 알고 있는 구두장이 주세페 발라리는 한참 동안 서서 박살난 가게를 멍하니 바라보기만 했다. 그도 가게 문에 나무를 세워놓고 연장들을 늘어놓기는 했지만, 막상 가게 정면을 봉쇄할 준비가 끝나자 엄두가 안 나는 모양이었다. 그는 하늘을 바라보며 그렇게 10여 분 동안 서 있기만 했다.

대니가 거리를 돌다가 그만 그의 시선에 걸리고 말았다. 그는 길 건너에서 대니를 바라보며 "왜?"라는 입 모양을 해보였다.

대니가 고개를 저었다. 무기력한 제스처. 그리고 그는 시선을 돌려 01지구 경찰서 앞을 다시 한 번 돌았다. 다시 보았을 때 주세페는 윈도에 판자를 대고 망치질을 시작했다.

한낮. 시청의 철거용 트럭이 거리를 청소하기 시작했다. 자갈길 여기저기 덜거덕, 철거덕거리는 폐기물 소리가 요란했다. 트럭 운전사는 떨어져 나간 조각들을 회수하기 위해 계속해서 차를 세워야 했다. 이

436

육고 패커드 싱글식스가 피켓라인 옆의 갓길에 멈춰서더니 랠프 라펠슨이 뒷좌석 창밖으로 고개를 내밀었다.

"대니, 잠깐만?"

대니는 피켓을 뒤집어 가로등에 기대놓고 뒷좌석에 올라탔다. 라펠슨은 멋쩍은 미소만 짓고는 아무 말 하지 않았다. 대니는 하노버 거리의 가게 앞을 원을 그리며 걷는 동료들을 내다보았다.

"동조파업 투표가 보류되었습니다."

라펠슨이 마침내 입을 열었다. 대니는 순간 온몸에 소름이 돋았다.

"보류?"

라펠슨이 고개를 끄덕였다.

"얼마나?"

라펠슨이 창밖을 내다보았다.

"확신할 수 없어요. 일부 대의원들과 연락이 닿지 않습니다."

"그 사람들 없이 할 수는 없나요?"

그가 고개를 저었다.

"대의원 모두 참석해야 해요. 그건 철칙입니다."

"다들 참석하려면 얼마나 걸립니까?"

"그것도 장담 못합니다."

대니가 자세를 바꾸었다.

"얼마나 걸리죠?"

"오늘 늦게일 수도 있고 내일이 될 수도 있겠죠."

소름이 걷히고 대신 칼날 같은 두려움이 그 자리를 차지했다.

"그 이후는 아닌 거죠?"

라펠슨은 대답하지 않았다.

"랠프. 랠프." 라펠슨이 그를 돌아보았다. "내일은 되는 거죠? 예?" 대니가 재촉했다.

"장담은 못합니다."

대니가 의자 뒤로 축 처졌다.

"오, 맙소사. 세상에 이런 일이."

루터의 방. 그와 이사야는 그라우스 부인이 가져온 세탁물을 싸는 중이었다. 노련한 여행가인 이사야가 루터에게 옷을 개지 않고 두루마리처럼 말아 가방에 넣는 방법을 가르쳐주었다.

"그럼 공간이 훨씬 많아진다. 구겨질 염려도 줄어들고. 단 정말로 단단하게 말아야 하는 거야. 이런 식으로."

루터는 이사야를 본 다음, 바지 양쪽 단을 붙들고 말아 올라가기 시작했다.

"좀 더 단단하게."

루터는 바짓단을 풀어 처음부터 두 배로 작게 말기 시작했다. 접는 내내 양손에 힘을 유지해야 했다.

"이제 비슷하게 되어 가는구나."

루터가 두 손으로 옷을 단단히 쥐었다.

"그라우스 부인이 뭐라 하지 않을까요?"

"좋아할 거다. 분명히."

이사야는 셔츠를 침대에 올려놓고 단추를 끄른 후 구김을 바로 잡아 곧바로 말기 시작했다. 그는 옷을 다 말고 돌아서서 옷가방에 쟁여놓고 마지막으로 손으로 한 번 쓸어주었다.

두 사람은 계단 아래로 내려와 바닥에 가방을 내려놓았다. 거실에서 《이그재미너》 석간을 읽던 이베트가 말간 두 눈을 들었다.

"주 방위군을 현장에 보낸다네요."

루터가 고개를 끄덕였다.

이사야는 늘 앉던 난로 옆자리를 차지했다.

"어차피 폭동은 거의 끝났잖아?"

이베트는 신문을 접어 협탁에 올려놓고 드레스의 무릎 근처를 매만졌다.

"그랬으면 좋겠어요. 루터, 차 한 잔만 따라줄래?"

루터는 차 세트가 있는 살강으로 가서 잔에 설탕 한 조각과 우유한 스푼을 넣고 차를 따랐다. 그리고 쟁반으로 잔을 받쳐 기드로 부인에게 가져다주었고, 그녀는 미소와 고갯짓으로 감사를 표했다.

"넌 어디 있었니?"

그녀가 물었다.

"아저씨와 2층에 있었죠."

그녀가 차를 한 모금 마셨다.

"지금 말고. 개업식 리본 커팅 할 때."

루터는 살강으로 돌아가 차 한 잔을 더 따랐다.

"아저씨는요?"

이사야가 한 손을 들었다.

"고맙지만 난 됐다."

루터가 고개를 끄덕이고는 설탕 한 조각을 더해 기드로 부인 맞은 편에 앉았다.

"일이 많았어요, 죄송합니다."

"그 덩치 큰 경찰 말이다. 정확히 어디를 찾아야 할지 아는 것 같더구나. 하지만 결국 아무것도 찾지 못했지."

"신기하네요."

기드로 부인이 다시 한 모금을 홀짝였다.

"우리한테는 너무 다행이었지."

"잘 됐어요."

"그래, 털사로 돌아가겠다고?"

"아내와 아들이 있는 곳인걸요. 그런 일이 아니라면 절대 떠나지 않았을 겁니다. 아시죠?"

그녀가 미소 짓다가 자기 무릎을 내려다보았다.

"편지는 쓸 거지?"

망할. 그 말이 루터의 심장을 찔렀다. 정말 무릎이라도 꿇고 싶었다.

"당연히 써야죠. 그것도 아시잖아요."

그녀의 아름다운 두 눈에 눈물이 맺혔다.

"그래. 꼭 써야 한다, 얘야."

그녀가 다시 무릎 위로 시선을 떨어뜨렸을 때 루터는 이사야를 보았다. 그는 위대한 노인에게 고개를 끄덕여 보였다.

"저…… 사실 아직 여기 백인 친구들하고 정리할 게 남아 있어요."

기드로 부인이 고개를 들었다.

"무슨 일?"

"제대로 된 작별인사죠. 하루 이틀만 더 머물러도 될까요? 그럼 좋겠는데."

그녀가 상체를 숙였다.

"지금 이 할망구 봐주려는 거지, 루터?"

"그럴 리가요."

그녀가 손가락을 들고 흔들었다.

"입에 침이나 바르고 얘기해라."

"이 침은 용도가 다르답니다. 벌써부터 아주머니 로스트치킨 냄새가 솔솔 나는 걸요."

"누가 그런 걸 해 준다든?"

"저랑 내기할까요?"

기드로 부인은 일어나 치마를 매만지더니 곧바로 부엌으로 향했다.

"감자도 벗겨야 하고 콩도 씻어야 해. 꼼지락거리면 안 만들 거다."

루터가 얼른 그녀를 쫓아갔다.

"그럴 수는 없죠."

해가 저물자 폭도들도 거리로 돌아왔다. 사우스 보스턴과 찰스타운 등의 일부 지역은 여전히 아수라장이었지만, 록스베리와 사우스엔드 등의 폭도들은 이제 정치적 색채를 띠기 시작했다. 앤드루 피터스는 그 얘기를 듣고 호러스 러셀을 불러 콜럼버스 애버뉴로 차를 몰았다. 콜 장군은 병사들을 에스코트로 딸려 보내겠다고 했지만 피터스는 걱정 말라며 안심시켜주었다. 어젯밤에 겪어보니 자동차 세 대보다는 한 대가 훨씬 안전할 것 같았다.

호러스 러셀은 알링턴과 콜럼버스에 차를 세웠다. 폭도는 한 블록 아래쪽이었다. 피터스는 차에서 내려 반 블록 정도 걸었다. 길을 따라 콜타르 찌꺼기로 가득한 나무통이 세 개가 놓여 있었는데 통 밖으로 횃불이 삐져나와 있었다. 그 중세적인 분위기엔 시장도 모골이 송연해졌다.

구호는 더 위험했다. 어젯밤에도 일부가 나돌기는 했으나 기껏 '짭새 타도'나 '구사대 타도'의 조잡한 변형들에 불과했었다. 새로 나온 전단지들은, 이제 막 흘린 피만큼이나 붉은 글씨로 정성껏 준비한 것들이었다. 러시아어로 된 전단지들도 있었지만 대개는 충분히 알아볼 수 있었다.

혁명 만세!
주정부 독재를 박살내자!
자본주의에 죽음을! 기업주들에게 죽음을!
자본주의 독재를 전복하자!

……그리고 앤드루 피터스 시장을 제일 두렵게 한 구호는……

불타라, 보스턴, 완전히 타버려라!

그는 황급히 차로 돌아와 곧바로 콜 장군에게 돌아갔다.

콜 장군은 얘기를 들으며 연신 고개를 끄덕였다.

"스콜레이 광장의 시위도 정치적으로 변질되고 있다는 보고를 받았습니다. 사우스 보스턴은 거의 폭발지경이라더군요. 어젯밤과 달리 경찰 40명으로 저지할 수는 없을 겁니다. 양쪽 지역에 자원병을 보내 혼란을 통제할 수 있는지 확인해 볼 생각입니다. 그게 아니더라도 시위대 규모와 볼셰비키의 개입 정도를 파악할 수는 있겠죠."

"불타라, 보스턴, 완전히 타버려라."

피터스가 중얼거렸다.

"그렇게는 안 됩니다, 시장님. 제가 보증하죠. 하버드 풋볼 팀까지 무장하고 지시를 기다리고 있잖습니까. 훌륭한 젊은이들이죠. 그뿐 아니라 설리번 소령과 주 방위군 본부하고도 지속적으로 연락하고 있습니다. 현재 근처에서 대기 중입니다만."

피터스가 고개를 끄덕였다. 조금이나마 위로는 되었다. 4개 연대와 기관총 중대. 그리고 자동차부대와 야전의무대까지.

"지금 설리번 소령의 상황을 확인해 보리다."

"조심하셔야 합니다, 시장님. 곧 어두워지니까요."

피터스는 사무실을 나왔다. 어제만 해도 커티스가 차지했던 곳이다. 그는 언덕 위 주청사를 향해 올라갔다. 그리고 그곳에 그들이 있었다. 오, 이런, 저건 군대 아냐? 건물 뒤쪽의 대형 아치문 아래 제1기병중대가 말을 타고 이리저리 행군을 하고 있었다. 자갈길을 때리는 말발굽 소리가 마치 답답한 총소리처럼 들렸다. 비컨 스트리트와 마주한 현관 잔디밭엔, 제12보병연대와 제15보병연대가 행군 형태로 대기 중이고, 거리 맞은편 커먼 끝에도 제10연대와 제11연대가 차렷 자세로 서 있었다. 이 정도까지 원한 건 아니었지만, 그럼에도 불구하고 피터스는 주 방위군의 위용에 대단한 자부심을 느꼈다. 이는 폭도들의 안티테제였다. 법을 빌미로 한 의도된 무력이며, 동일한 차원의 억압과 폭력을 허락받은 폭도들이었다. 민주주의라는 이름의 벨벳 장갑으로 가린 끔찍한 주먹이자 화려한 외출이었다.

그는 병사들의 인사를 받으며 주청사 앞 계단을 올랐다. 거대한 대리석 홀을 통과할 때쯤엔 거의 무중력을 걷는 듯 기분이 멍했다. 한 병사가 제1기병중대와 함께 뒷마당에 있는 설리번에게 그를 안내해 주었다. 설리번은 아치문 아래 지휘소를 설치해 놓고 있었다. 그의 앞에 놓인 긴 테이블엔 전화와 야전무전기들이 쉴 새 없이 울려댔고, 병사들이 내용을 메모지에 적어 설리번 소령한테 보고했다. 그는 시장이 다가오는 것을 알면서도 마지막 메모부터 훑어보았다.

그가 앤드루 피터스에게 경례했다.

"시장님, 마침 잘 오셨습니다."

"이유는?"

"콜 장군이 스콜레이 광장에 보낸 자원경찰이 복병에 걸렸습니다. 총성이 들리고 부상자도 일부 있다는 보고입니다."

"맙소사."

설리번 소령이 고개를 끄덕였다.

"오래 버티지 못할 겁니다, 시장님. 솔직히 5분도 어렵습니다."

이런, 기어이 올 게 왔군.

"준비는 된 건가?"

"보시는 대로입니다, 시장님."

"기병대?"

피터스가 되물었다.

"시위대를 해산하고 질서를 회복하는 데 더 빠른 방법은 없습니다, 시장님."

"자원경찰을 구하게나, 소령."

피터스가 명령을 내렸다.

"알겠습니다, 소령님."

설리번 소령이 경례하자 젊은 대위가 말을 가져다주었다. 설리번은 보지도 않은 채 등자에 발을 걸고 우아하게 말 등에 올랐다. 대위가 이어서 말을 타고 어깨 위로 나팔을 들었다.

"제1기병중대, 우리는 스콜레이 광장의 콘 힐과 서드베리 교차로까지 내려간다. 자원경찰을 구하고 질서를 수복하는 것이 우리의 임무다. 피치 못할 경우가 아니면…… 다시 한 번 반복한다. 피치 못할 경우가 아니면, 절대 군중들에게 발포하지 말도록. 알겠나?"

일제히.

"예, 알겠습니다!"

군마들이 면도날처럼 날카롭게 방향을 틀었다.

잠깐만 기다려. 잠깐만. 천천히. 다시 한 번 생각해 보자고.

피터스가 머릿속으로 외쳤다.

"전진!"

나팔소리가 터지고 설리번 소령의 말이 주랑현관을 총알처럼 달려나갔다. 나머지 기병대도 그 뒤를 따랐다. 피터스 시장도 그들과 함께 달렸다. 마치 첫 번째 군대 사열식을 본 아이가 된 기분이었지만 이건 그 어떤 사열보다도 멋있었다. 게다가 그 역시 어린아이가 아니라 지금은 사람들의 지도자였다. 경례와 존중을 받을 자격이 있는 남자.

주청사 울타리 끝의 모퉁이를 돌아가다가 하마터면 말 옆구리에 부딪칠 뻔했다. 기병대는 주청사 울타리 끝에서 재빨리 오른쪽으로 돌더니 곧바로 왼쪽 비컨 스트리트를 향해 전속력으로 달려갔다. 이제 비컨 힐은 야수들과 그 주인들의 영예로운 분노로 진동하고 있었다.

그들이 왼쪽의 케임브리지 스트리트로 꺾어 스콜레이 광장으로 질주할 때쯤 마지막 기병이 그를 지나갔으나 피터스 시장은 계속해서 달렸다. 비컨 힐의 급경사 덕에 속도를 낼 수가 있었다. 그리고 케임브리지에 이르자 한 블록 위에 기병들이 보였다. 사브르를 높이 쳐들고 나팔소리로 자신들의 등장을 알리는 기병대원들. 그리고 그 너머가 폭도들이었다. 사방으로 번진 치명적인 바이러스.

앤드루 피터스는 날개를 달고 다시 태어났으면 좋겠다는 생각을 했다. 그래서 저 갈색의 웅대한 야수와 기수들이 시위대를 가르는 모습을 내려다보고 싶었다. 기병들이 바이러스의 바다를 가르는 동안에도 앤드루 피터스는 계속해서 달렸다. 바이러스들의 모습이 조금씩 선명해지고 있었다. 머리, 그리고 얼굴. 소리도 점점 더 커졌다. 함성, 비명, 야수의 울부짖음, 금속이 덜컹거리고 쨍그랑거리는 소리. 그리고 최초의 총성.

두 번째 총성.

세 번째 총성.

앤드루 피터스가 스콜레이 광장에 도착했을 때 말 한 마리가 다 타버린 잡화점 앞쪽을 뚫고 지나갔다. 한 여인이 바닥에 쓰러진 채 양쪽 귀에서 피를 흘리고 있었는데, 이마 한가운데 말발굽 자국이 선명했다. 기병들의 사브르가 사정없이 수족을 베었다. 피투성이 얼굴의 사내가 시장을 밀치고 뛰어갔다. 자원경찰 한 명은 보도에 웅크리고 앉아 옆구리를 움켜쥐고 있었는데 훌쩍거리는 입속엔 이가 거의 보이지 않았다. 말들이 미친 듯이 원을 돌며 거대한 발로 닥치는 대로 짓밟았으며 기수들은 사브르를 휘둘러댔다.

말 한 마리가 쓰러졌다. 말은 히힝거리며 허공으로 발을 차냈다. 사람들이 쓰러졌다. 말발굽에 채인 사람들이 비명을 질렀지만 쓰러진 말은 발길질을 멈추지 않았다. 기수는 등자를 단단히 움켜쥐고 말을 일으켜 세웠다. 말은 겁에 질려 달걀만 하게 뜬 눈으로, 앞다리를 세우고 뒷다리로 땅을 박찼으나 곧바로 당혹감과 좌절의 비명을 내뱉으며 쓰러지고 말았다.

피터스 시장 바로 앞에 자원경찰 한 명이 스프링필드 라이플을 들고 서 있었다. 두려움에 질려 잔뜩 뒤틀린 표정이었다. 순간 피터스 시장은 어떤 일이 일어날지 알 수 있었다. 검은색 중산모를 쓴 민간인이 마치 머리를 얻어맞은 듯 멍한 표정으로 온몸을 앞뒤로 흔들고 있었다. 손에 몽둥이가 들려 있었다. 앤드루 피터스가 고함을 질렀다.

"안 돼!"

하지만 라이플을 떠난 총알은 당혹스러워 하는 남자의 가슴을 뚫고나와 다른 남자의 어깨에 박혔다. 두 번째 사내가 몸을 비틀더니 이내 바닥에 쓰러졌다. 몽둥이를 든 남자도 허리를 굽힌 채 한참을 그 자리에 서 있다가, 기어이 몽둥이를 떨어뜨리고 앞으로 고꾸라져버렸다. 남자의 다리에 경련이 일었다. 그리고 곧이어 검은 피를 토해내고는 그대로 굳어버렸다.

앤드루 피터스는 이 끔찍한 여름이 모두 이 한순간으로 빨려드는 기분이었다. 평화와 상호 만족스러운 해결에 대해 품었던 모든 꿈과 모든 고난과 모든 선의와 신념, 그리고 모든 희망도 함께……

위대한 보스턴 시의 시장은 그만 고개를 떨어뜨리고 울음을 터뜨렸다.

38

토머스는 그와 크로울리, 그리고 두 사람의 초라한 평화군이 이룬 성과가 적절한 메시지가 되어주기를 기대했으나 사실 처음부터 무리한 바람이었다. 어젯밤엔 말 그대로 박 터지게 싸웠다. 그들은 위풍당

당하게 앤드루 광장 폭도들과 맞서고, 다시 웨스트 브로드웨이로 건너가 나머지 무리들도 완전히 쓸어버렸다. 늙은 역전의 용사 둘, 그리고 다양한 경험과 다양한 정도의 두려움으로 무장한 서른둘의 청년들. 34대 수천 명의 싸움이 아니었던가. 그 덕분에 집에 돌아온 후에도 토머스는 흥분으로 몇 시간 동안 잠을 이루지 못했다.

폭도들은 다시 모였다. 그것도 두 배나 더 큰 규모에, 어젯밤과 달리 조직화되기까지 했다. 볼셰비키와 무정부주의자들이 시위대에 침투해 무기와 감언이설을 흘리고 있다는 얘기다. 거스티 파를 비롯한 전현직 건달패들은 팀을 꾸려 브로드웨이, 메이헴을 오르내리며 금고를 털기 시작했다. 그렇다. 그들은 더 이상 무지한 무리들이 아니었다.

시장은 직접 전화를 걸어 주 방위군이 도착할 때까지 행동을 자제하라고 했다. 지원군이 언제 오는지 묻자 시장은 스콜레이 광장에서 예상 밖의 사고가 있기는 했지만 곧 도착할 것이라고 했다.

곧.

웨스트 브로드웨이는 무정부상태였다. 토머스가 수호해야 할 시민들이 바로 이 순간에도 고통을 당하고 있건만, 유일한 구원자들은 아직 오지도 않았단다.

토머스는 두 눈을 비비고는 교환에게 집에 연결해 달라고 부탁했다. 코너가 전화를 받았다.

"별 일 없니?"

토머스가 물었다.

"여기요? 그럼요. 거리는 어때요?"

"끔찍해. 밖에 나오지 마라."

토머스가 말했다.

"도움 필요 없어요? 내가 도울 수 있어요, 아버지."

토머스는 두 눈을 감았다. 도무지 정이 안 가는 아들이라니.

"하나 더 있어봐야 달라질 것도 없다, 코너. 지금은 그 수준이 못 돼."

"대니, 이 병신 새끼."

"코너, 내가 얼마나 욕을 싫어하는지 몰라서 또 그러는 거냐? 도대체 이 말을 얼마나 더 해야 알아들을 거야?"

"미안해요, 아버지. 난 그냥…… 대니 형이 이 꼴을 만든 거예요, 아버지. 도시가 완전히 산산조각이 나고……"

"모두 대니 잘못은 아니다. 원인 중에 하나일 뿐이지."

"예, 하지만 형은 가족을 배신했어요."

그 말에 토머스는 목이 메었다. 이게 자식을 자랑스럽게 여긴 데 대한 보답이라는 건가? 아내의 자궁에서 첫째 아들을 뽑아내고 그의 미래를 꿈꾸면서 이어온 기나긴 여정의 종말이 겨우 이것이었나? 맹목적인 사랑의 대가가?

"네 형도 가족이다. 한 핏줄이야, 코너."

"아버지한테는 그러시겠죠."

오 맙소사. 정말이었어. 정말로 이게 대가인 거야. 사랑의 대가. 가족의 대가.

"네 엄마는 어디 있냐?"

토머스가 물었다.

"주무세요."

새삼스러울 것도 없었다. 언제나 모래무덤만 파고드는 현실도피자이니.

"조는?"

"그 애도 방에 누워 있어요."

토머스는 책상 모서리에서 뛰어내렸다.

"밤 9시가 넘었는데?"

"예, 하루 종일 아프네요."

"왜?"

"모르겠어요. 감기겠죠, 뭐."

토머스가 고개를 저었다. 조는 에이든을 닮았다. 그를 쓰러뜨리는 건 불가능하다. 특히 이런 식의 밤이라면 눕기 전에 먼저 두 눈에 불을 켤 아이가 아니던가.

"가서 확인해 봐라."

"예?"

"코너, 동생 좀 살펴보고 오란 말이야."

"아, 예, 알겠어요."

코너가 수화기를 내려놓았다. 토머스는 아들의 발자국 소리와 조의 침실 문이 삐걱하고 열리는 소리를 들었다. 조용. 이윽고 코너의 발소리가 전화를 향해 접근했다. 더 빠른 걸음. 코너가 수화기를 들자마자 토머스가 먼저 입을 열었다.

"방에 없지?"

"맙소사, 아버지."

"조를 마지막으로 본 게 언제냐?"

"한 시간 전쯤이요. 하지만 그 앤 절대로……"

"찾아내. 알겠냐, 코너? 당장 찾아내라."

그 말이 열띤 고함이 아니라 차가운 증오처럼 새어나온 데에는 토머스 자신도 놀라야 했다.

"예, 아버지."

"동생을 찾아내. 지금 당장."

지난 6월, K 스트리트의 집을 처음 빠져나왔을 때 조는 티니 왓킨스와 우연히 만났었다. 천국의 계단 초등학교 1~2학년을 함께 다녔지만 엄마와 세 여동생을 돕기 위해 중간에 그만 둔 아이였다. 티니는 신문팔이가 되었다. 그리고 거리에서 사흘을 헤매는 동안 조도 신문팔이가 되고 싶었다. 그들은 신문 종류에 따라 단단히 무리를 지어 다녔다. 패싸움도 빈번했다. 티니 말에 따르면, 거스티 파 같은 어른 갱들 대신 가정집을 털기도 했다. 신문팔이들이 대개 어린아이인 덕분에 쉽게 창문을 드나들 수 있기 때문이었다.

신문팔이들과 다니며 조는 더 밝고 떠들썩한 세상을 보았다. 로어 워싱턴 스트리트의 신문팔이 군단은 물론, 술집과 술꾼들의 시끌벅적한 싸움과도 친해졌다. 새로 사귄 패거리들과 함께 스콜레이 광장과 웨스트 브로드웨이의 변경을 따라 달리며, 언젠가 저 한계를 넘어가 밤 세계의 일부가 되겠다는 꿈도 꾸었다.

하지만 세 번째 날, 티니는 조에게 기름통과 성냥갑을 건네며 도버 스트리트의 《트레블러》 가판대에 불을 지르라고 했다. 싫다고 하자 그는 아무 말 없이 기름통과 성냥갑을 빼앗더니 다른 패거리 앞에서 조를 때렸다. 신문팔이들은 돈을 걸기도 했다. 그 싸움엔 분노도 감정도 없었다. 조가 티니의 눈을 들여다볼 때마다 주먹이 얼굴에 와 박혔는데, 티니가 원한다면 얼마든지 죽일 수 있을 것 같았다. 실제로 패거리들은 그의 죽음에 돈을 걸고 있었다. 조가 죽든 말든, 티니 자신은 대수롭지 않은 게 분명했다.

폭력에 수반되는 냉혹함을 극복하는 데만도 조에겐 몇 개월이 걸렸다. 주먹질 자체는 상대적으로 아무 의미가 없었다. 하지만 도시가 활력을 되찾고, 심지어 무너져가고 있음을 깨달은 지금으로서는, 당시의 고통이나 교훈은 슬며시 물러나고 대신 밤 세계와 그 삶에 대한 동경이 똬리를 틀기 시작했다.

집을 나서자마자 조는 두 블록을 가로 질러 H 스트리트의 소란을 향해 방향을 잡았다. 밤새도록 침실에서 듣던 소란이었다. 웨스트 브로드웨이는 평소보다 훨씬 더 난장판이었다. 웨스트 브로드웨이는 살롱과 하숙집과 도박장들이 밀집해 있고 모퉁이에서는 아이들이 야바위 노름을 하다가, 적색, 오렌지색, 암황색 조명의 창가에 서 있는 여자들을 향해 휘파람을 불러대는 그런 곳이다. 이스트 브로드웨이는 시티 포인트를 관통했는데, 바로 사우스 보스턴의 부자 동네로 조가 살고 있는 곳이기도 하다. 하지만 이스트 브로드웨이를 건너고 언덕을 내려가 이스트와 웨스트 브로드웨이, 그리고 도체스터 스트리트의 교차로에 다다르면 문제는 달라진다. 이곳이야 말로 사우티 사람들 대다수가 살고 있는 곳인데, 결코 조용하지도 않고 점잖지도 고분고분하지도 않았다. 그곳은 살아 숨 쉬는 곳이다. 웃음과 싸움과 고함과 불협화음의 노랫소리가 끊이지 않는 곳이다. 곧바로 웨스트 스트리트를 따라 올라가면 다리가 나오고, 도체스터 스트리트를 따라 내려가면 곧바로 앤드루 광장과 마주친다. 이 주변엔 아무도 차를 갖고 있지 않았다. 더군다나 아버지처럼 운전사가 딸린 경우는 상상도 못한다. 집을 소유한 사람도 없었다. 소위 셋방 촌이기 때문이다. 이곳에서 자동차보다 드문 게 있다면 그건 마당이겠다. 구보스턴은 스콜레이 광장이 마당 구실을 한다면 사우티엔 웨스트 브로드웨이가 있다고 할 수 있다. 그곳만큼 넓지도 밝지도 못하지만, 술 취한 선원과 도둑과 사내들만으로도 그만큼 번잡한 곳이다.

이제 밤 9시. 그곳은 사육제를 방불케 했다. 조는 거리 한가운데를 따라 내려갔다. 남자들이 병나발을 불고 여기저기 야바위꾼들이 담요를 펼쳐놓고 주사위를 던지고 있었다. 여리꾼의 고함소리도 들렸다. "팔등신 미녀 완전구비요!" 그는 조를 보더니, "미성년자 환영! 안 서도 좋다! 어차피 죽이는 누나들 보기만 해도 펄떡펄떡 살아날 테니까!"라고 덧붙였다. 주정꾼이 비틀거리며 부딪쳐온 바람에 조가 넘어졌지만 남자는 어깨 너머로 힐끗 보고는 그냥 비척비척 걸어가 버렸다. 조는 일어나 옷을 털었다. 몇 사람이 옷을 가득 얹은 경대를 들고 그를 지나쳐갔다. 바람에서 연기 냄새가 났다. 세 명 중 하나는 라이플을 휘두르고 다녔으며 이따금 샷건을 든 사람들도 보였다. 반 블록 정도 걷다가 여자 둘이 주먹질하며 싸우는 장면을 목격했다. 문득 오늘밤은 웨스트 브로드웨이를 탐험할 만한 날이 아닐지 모른다는 생각이 든 건 그때였다. 앞쪽의 맥코리 백화점에 불이 붙었는데 사람들이 주변에서 불꽃과 연기를 보며 환호를 보내고 있었다. 무언가 깨지는 소리가 들려 올려다보니 2층 창에서 누군가 떨어지고 있었다. 조가 뒷걸음질치자, 시체는 바닥에 부딪치더니 산산조각 나고 말았다. 마네킹. 도자기 머리가 깨지고 귀 한쪽이 박살났다. 다시 고개를 들자 두 번째 마네킹이 같은 창에서 낙하하고 있었다. 이번 것은 다리부터 떨어져 허리가 반으로 꺾였다. 누군가 처음의 마네킹 머리를 뽑아 사람들한테 집어던졌다.

조는 결국 돌아가야겠다는 마음을 굳혔다. 그가 막 돌아서는데 작은 안경잡이 남자가 앞을 가로막고 허리를 굽혔다. 젖은 머리에 이가 완전히 샛노란 색이었다.

"넌 도박꾼처럼 생겼구나, 존. 도박 좋아하지?"

"존 아니에요."

사내가 어깨동무를 했다.

"이름이야 아무려면 어때, 응? 너 도박사 맞지? 응? 응? 이봐라, 존바로 저 골목 아래 이 세상에서 가장 아름다운 스포츠가 있단다."

조가 손을 뿌리쳤다.

"개싸움?"

"개싸움, 그래. 개싸움도 있고 닭싸움도 있다. 게다가 개와 쥐가 싸우는 시합도 있지. 한 판에 무려 열 배란다!"

조가 왼쪽으로 돌자 사내가 쫓아왔다.

"쥐가 싫어? 그러니까 더욱 더 놈들이 죽는 걸 봐야지. 바로 저 골목이다."

사내가 손으로 가리켰다. 조가 손사래를 쳤다.

"싫어요. 내 생각엔……"

"바로 그거야! 생각은 해서 뭐 해? 어서 가자, 존. 바로 저쪽이다."

사내가 앞으로 뛰쳐나왔는데 입에서 와인과 삶은 계란 냄새가 진동했다. 조는 그가 손목을 잡으려는 틈을 타서 얼른 옆으로 빠져나갔다. 사내가 어깨를 잡았으나 조는 그 손마저 뿌리치고 빠른 걸음으로 달아났다. 뒤를 돌아보자 사내는 여전히 따라오고 있었다.

"존, 너 멋쟁이구나. 아니면 위대하신 존 마마라고 부를까, 응? 마마, 죽을죄를 지었나이다. 소인이 마마의 고상한 취향을 몰라 뵈었나이다!"

남자가 앞으로 달려 나와 좌우로 몸을 흔들었다. 마치 가벼운 스파링이라도 하자는 투였다.

"이봐, 존, 사이좋게 지내자니까 그러네."

남자가 잽을 던졌다. 조는 오른쪽으로 몸을 틀어 앞으로 달려 나왔다가 다시 뒤로 돌아서서 남자한테 두 손을 펼쳐 보였다. 나름대로 더 이상 말썽을 원치 않는다는 의사를 표현한 것이다. 그리고 조는 다시 돌아서서 속도를 올렸다. 사내가 놀이에 싫증을 내고 다른 먹이를 찾아 나섰으면 하는 마음뿐이었다.

"머리카락 예쁘다, 존. 진짜 고양이털 같아, 응?"

사내가 속력을 올려 따라오는 소리가 들렸다. 허둥지둥. 조는 인도로 뛰어올라가 허리를 낮추고, 담배를 피우는 키 큰 여자들 치마 사이로 달아났다. 두 여자가 그를 찰싹 때리며 간드러지는 웃음을 터뜨렸다. 조가 어깨 너머를 보았으나 여자들이 보고 있는 건 조가 아니라 누런 이빨의 여리꾼이었다.

"이런, 이젠 애들도 괴롭히는 거니, 찌질아?"

"신경 끄셔, 아가씨들. 자기들은 나중에 놀아줄 테니까?"

여자들이 웃었다.

"뭐로 놀아주게, 로리? 그 새끼손가락만 한 걸로? 정말 쪽팔린 줄도 모르나봐."

조가 거리 한가운데로 달려 들어갔다.

로리가 그의 옆으로 따라붙었다.

"구두를 닦아드릴깝쇼, 마마? 아니면, 침대라도 갈아드릴까?"

"애 좀 괴롭히지 마, 찌질아."

한 여자가 외쳤지만 목소리로 보아 이미 흥미를 잃은 게 분명했다. 조는 로리의 원숭이 흉내도 외면하고 열심히 두 팔을 휘저으며 걸었다. 로리도 역시 열심히 두 팔을 휘저으며 따라왔다. 조는 고개를 똑바로 쳐들고 갈 곳이 있다는 티를 냈으나, 사실은 거대한 폭도들 한가운데로 점점 깊숙이 빠져드는 중이었다.

로리가 조의 옆얼굴을 쓰다듬는 바람에 그만 조가 주먹을 휘둘렀다.

로리는 머리를 얻어맞고 눈을 깜빡였다. 보도 주변의 사람들이 웃기 시작했다. 조가 달아나자 웃음은 거리까지 그를 쫓아왔다.

로리가 조의 뒤를 쫄래쫄래 쫓아왔다.

"내가 도와줄까? 네 슬픔을 없애주지. 너한텐 너무 무거운 짐처럼 보여 내 가슴이 다 아프구나."

조는 그에게 따라잡힐까봐 넘어진 마차를 돌아 사람들 무리 속으로 뛰어 들어갔다. 샷건을 든 두 사람을 지나고 살롱 문을 열고 안으로 뛰어들었다. 그리고 얼른 왼쪽으로 숨은 다음, 문을 지켜보며 크게 심호흡을 했다. 이윽고 조가 주변을 둘러보았다. 대개가 작업복 셔츠에 멜빵바지, 그리고 염소수염에 검은 중절모를 쓴 남자들이었다. 그들도 조를 돌아보았다. 살롱 안쪽, 그러니까 사람들과 담배연기 너머에서 묘한 신음소리 같은 게 들리는 걸 보아, 아무래도 무슨 쇼를 방해한 모양이었다. 조는 쫓기고 있다고 말을 하려다가 바텐더의 눈과 마주치고 말았다. 바텐더가 그를 가리키며 소리쳤다.

"저 개새끼, 밖으로 던져버려!"

누군가 조의 두 손을 잡고 땅에서 들어올렸다. 아이는 허공에 둥둥 뜬 채로 문으로 끌려 나갔다가 허공으로 날아올랐다. 조는 땅바닥에서 한 번 튕겨나갔다 데굴데굴 굴렀다. 두 무릎과 오른쪽 손에 불이 난 것만 같았다. 그때 갑자기 조의 몸이 멈췄다. 누군가 밟고 지나간 것이다. 조가 바닥에 누운 채로 욕지거리를 하고 있는데, 다시 썩은 이의 로리 목소리가 들렸다.

"자, 숨바꼭질은 다 하셨습니까, 마마?"

로리가 조의 머리채를 잡아당겼다. 조가 그의 두 팔을 때렸지만 로리의 손힘은 더욱 강해질 뿐이었다.

그는 조를 바닥에서 10센티미터 정도 들어올렸다. 조의 머리가 비명을 질렀다. 씩 쪼개는 로리의 입 안에서 시커멓게 썩은 이가 다 보였다. 그가 트림을 하자 다시 와인과 삶은 계란 냄새가 났다

"넌 손톱도 잘 다듬었고 옷도 고급이다, 존. 그러니까, 황태자가 분명해."

조가 입을 열었다.

"울 아빠는……"

로리가 손으로 조의 턱을 비틀었다.

"이제 내가 네 새 아빠다. 그러니까 쓸 데 없이 힘 빼지 않는 게 좋아, 존 황태자야."

그가 조의 손을 뒤로 젖히고 조가 그를 걷어찼다. 조에게 정강이를 채이자 순간 머리를 잡은 로리의 손에 힘이 빠졌다. 조는 온힘을 다해 남자의 허벅지 안쪽을 재차 공격했다. 목표로 정한 사타구니까지는 미치지 못했으나 로리가 헉 소리를 내지를 정도의 예리한 발길질이었다. 조가 그의 손에서 빠져나왔다.

로리가 이발소 면도칼을 꺼낸 건 그때였다.

조는 네 발로 로리의 다리 사이로 빠져나간 후 계속해서 빽빽한 군중들 사이를 파고들었다. 검은 바지와 황갈색 바지. 투톤 칼라의

각반, 진흙이 딱지처럼 달라붙은 짙은 작업바지. 조는 돌아보지 않고 계속 기어 달아났다. 엉금엉금 기어 다니는 개라도 된 기분이었다. 그는 왼쪽으로 꺾었다가 다시 왼쪽, 그리고 오른쪽으로 움직였다. 사람들의 다리는 점점 더 빽빽해지고 공기도 희박해졌지만 그래도 조는 군중 한가운데로 계속 파고만 들었다.

9시 15분. 토머스는 임시 경찰청장 콜 장군의 전화를 받았다.

"06지구의 모든 서장과 연락이 됩니까?"

콜 장군이 물었다.

"늘 연락하고 있습니다, 장군님."

"모든 서장 휘하에 인력이 얼마나 되죠?"

"100명 정도입니다. 대개가 자원이고요."

"커글린 서장, 당신은?"

"비슷합니다, 장군님."

"주 방위군 제10연대를 브로드웨이교로 보낼 생각이요. 모든 서장과 함께 웨스트 브로드웨이의 시위대를 다리 쪽으로 쓸어줘야겠습니다. 무슨 말인지 이해되죠, 서장?"

"예, 장군님."

"그곳에서 진압할 거요. 놈들을 체포해 무조건 트럭에 던져 넣을 테니 그 기세만으로도 대개 달아나고 말 겁니다."

"알겠습니다."

"22시 정각에 다리에서 만납시다. 그 정도면 놈들을 그물 안으로 밀어낼 시간은 충분한가요?"

"지시대로 할 뿐입니다, 장군님."

"그럼, 그렇게 해주시오, 서장. 곧 봅시다."

장군이 전화를 끊자 토머스는 아이겐 경사에게 전화를 돌렸다. 그가 전화를 받았다.

"즉시 모든 인력을 집결시켜."

그러고 나서 이번엔 모튼 서장에게 걸었다.

"준비됐나, 빈센트?"

"기다리던 바일세, 토머스."

"놈들을 그쪽으로 보내겠네."

"그것도 기대하던 바야."

모튼의 대답이었다.

"다리에서 보자고."

"다리에서."

토머스는 전날 밤과 똑같은 의식을 수행했다. 총지갑을 차고 주머니에 실탄을 채우고 레밍턴을 장전하는 일. 그리고 사무실을 나가 점호실로 들어갔다.

모두 집결해 있었다. 그의 부하들과 어젯밤의 매트로 파크 파견경찰들, 그리고 66명의 자원경찰들. 서장은 자원경찰로 인해 잠시 움찔했다. 그가 걱정하는 건 나이 든 참전용사들이 아니라 젊은 애송이들, 특히 하버드 분대였다. 그들의 눈빛이 맘에 들지 않았다. 저 철없는 치기와 장난기로 번들거리는 눈빛이라니. 그가 지시를 내리고 있는 동안에도 그 중 둘은 뒤쪽 테이블에 앉아 계속 속닥대고 키득거렸다.

"……웨스트 브로드웨이에 진입하는 대로 우린 놈들의 측면으로 접근할 것이다. 그 후 거리를 가로지르는 전선을 구축할 텐데 절대 그 선을 깨뜨리지 말 것. 목표는 시위대를 서쪽으로 밀어내는 데 있다. 반드시 서쪽 다리 방향이어야 한다. 싹쓸이할 필요까지는 없다. 직접적인 위험이 못 되는 한 뒤에 처지는 놈들은 무시하고 계속 밀고 올라가도록 하라."

하버드 축구선수 하나가 동료의 옆구리를 찌르자 둘이 큰 소리로 웃었다.

토머스는 연단에서 내려와 그들에게 다가가며 계속 지시를 내렸다.

"돌이 날아와도 무시하고 계속 전진하라. 사격이 들어오면 우선 응사 명령을 기다려라. 명령은 오직 나만 내린다. 내 명령이 있기 전엔 무기는 절대 금물이다."

그가 하버드 철부지들한테 다다랐다. 둘이 그에게 눈썹을 치켜떠 보였다. 하나는 금발에 파란 눈, 다른 하나는 갈색머리에 안경잡이였는데 이마에 여드름이 가득했다. 하버드 동료들은 뒷벽에 나란히 앉아 추이를 지켜보는 중이었다.

토머스가 금발한테 물었다.

"이름이 뭐냐?"

"채스 허드슨입니다, 서장님."

"네 친구는?"

"접니다, 벤저민 론."

갈색머리가 대답했다. 토머스가 그에게 고개를 끄덕여주고 다시 채스를 돌아보았다.

"전투를 가볍게 여기면 어떻게 되는지 아나?"

채스가 눈을 굴렸다.

"잘 모르겠습니다, 서장님."

토머스가 벤저민의 얼굴을 있는 힘껏 갈겼다. 벤저민은 테이블에서 떨어지고 안경은 소집병력의 후미 쪽으로 날아갔다. 그는 무릎을 꿇은 채 꼼짝도 못했는데 입에서 피가 똑똑 떨어졌다.

"이제 알겠냐? 그럼 네 옆에 있는 동료가 다치게 된다." 채스가 침을 꿀걱 삼켰다. 토머스는 채스의 하버드 동료들을 돌아보았다. "귀관들은 오늘 밤, 법의 집행자다, 알겠나?"

여덟 명이 고개를 끄덕였다.

그는 채스한테로 다시 관심을 돌렸다.

"네 가족이 누구든 상관없다, 채스. 오늘 밤 네놈이 실수하면 내가 직접 네놈 심장을 쏴주마."

그는 채스를 벽에 밀어붙인 다음 그의 턱을 놔주었다.

토머스가 다른 부하들에게 돌아섰다.

"또 질문 있나?"

F 스트리트에 다다를 때까지만 해도 아무 문제도 없었다. 계란과 돌이 날아오기는 했지만 시위대들은 얌전히 웨스트 브로드웨이를 따

라 물러섰다. 이따금 버티는 자가 있기는 해도, 경찰봉으로 몇 대 두드리면 시위대도 알아듣고 다시 움직이기 시작했다. 보도에 라이플을 버리는 자들도 있었다. 그럼 경찰과 자원대가 총을 회수하고 계속 전진했다. 다섯 블록쯤 후엔, 부하들이 개인 화기를 하나씩 더 들고 다니는 형국이 되었다. 토머스는 잠깐 멈추게 한 후 실탄을 제거했다. 그에 따라 시위대도 멈췄는데, 토머스는 라이플에 흑심을 가질 법한 얼굴 몇을 확인하곤, 부하들을 시켜 모두 박살내버렸다. 그 광경에 시위대들도 얌전히 움직이기 시작했다. 토머스는 어젯밤 크로울리와 함께 앤드루 광장을 청소할 때의 자신감을 회복할 수 있었다.

F 스트리트에서 마침내 과격 시위대와 맞닥뜨렸다. 피켓 주자들, 선동가들, 볼셰비키와 무정부주의자들. 그 중 일부는 전형적인 싸움꾼들이라, F 스트리트와 브로드웨이 모퉁이 후미를 지키던 10여 명의 자원경찰들을 공격하면서 한참 난투극이 벌어졌다. 대개는 쇠파이프를 소지했는데, 토머스는 짙은 수염을 기른 자가 피스톨을 드는 것을 보고 한 발짝 다가가 자신의 리볼버로 놈을 쏴버렸다.

놈은 어깨 위쪽을 맞고 몸을 비틀며 떨어졌다. 토머스가 바로 옆의 사내를 겨냥하자 나머지 볼셰비키들도 완전히 얼어붙었다. 토머스는 부채꼴로 포진한 부하들을 향해 외마디 명령을 내렸다.

"사격준비!"

총구가 마치 안무라도 추듯 동시에 평형을 이루었다. 볼셰비키들은 그제야 방향을 돌려 죽어라 달아나기 시작했다. 자원경찰 몇이 피를 흘리기는 했으나 다행히 중상은 없었다. 아이겐 경사가 토머스한테 맞은 자를 살펴보는 동안 토머스도 자원경찰들에게 다른 피해가 없는지 확인하게 했다.

"죽을 정도는 아닙니다, 서장님."

아이겐의 보고에 토머스가 고개를 끄덕였다.

"그럼 그 자리에 내버려 둬."

그곳에서 두 블록 정도는 더 이상의 도발이 없었다. 그들이 다가가기 전에 군중들이 달아났기 때문이다. 정체가 일어난 곳은 06지구 본부가 있는 D 스트리트에 다다라서였다. 브로드웨이 다리에서 얼마 떨어지지 않은 곳인데, 모튼 서장과 부하들이 양쪽에서 밀고 나와, 시위대가 D와 A 스트리트 사이에서 샌드위치가 되어버린 것이다. 토머스는 브로드웨이의 북쪽 끝에서 모튼을 찾아냈다. 둘의 눈이 마주치자 토머스가 거리 남쪽을 가리켰고 모튼이 끄덕였다. 토머스와 그의 부하들은 거리 남쪽을 따라 부채꼴 진을 유지했고, 모튼은 북쪽을 장악한 다음 곧바로 밀어붙이기 시작했다. 그들은 거칠게 움직였다. 라이플의 방어벽은 총과 분노와 공포를 앞세워 수많은 인파를 몰아내고 또 몰아냈다. 그 후 몇 블록은 마치 사자들의 자존심을 쥐덫 안으로 밀어 넣는 것과도 같았다. 토머스는 얼마나 많은 침 세례를 받고 손톱에 긁혔는지 이제는 세는 것도 포기했다. 얼굴과 목을 흐르는 액체 중 어떤 게 침이고 피인지 구분도 가지 않았다. 그래도 그 와중에 슬며시 미소 지을 여지는 있었다. 하버드 수재 채스 허드슨의 코가 깨지고 눈이 코브라처럼 시꺼메진 꼴을 목격했기 때문이었다.

하지만 폭도의 얼굴은 전혀 흥이 되지 못했다. 그의 동족, 감자와 술주정만큼이나 아일랜드다운 얼굴들이 일그러질 대로 일그러져, 지금은 분노와 자기연민의 역겹고 야만적인 탈과 진배없었다. 마치 그들에게 이럴 권리라도 있다는 듯. 토머스가 처음 배에서 내릴 때 받은 것보다 더 많이 요구할 권리라도 있다는 듯이 말이다. 그가 이 나라로부터 얻은 것이라고는 새로운 기회뿐이었건만…… 토머스는 저들을 곧바로 아일랜드로 돌려보내고 싶었다. 사랑스러운 영국의 품으로. 차가운 들판과 축축한 술집과 이가 다 빠진 여편네들한테로 날려 보내고 싶었다. 도대체 그놈의 우중충한 나라가 우울증과 알코올 중독, 그리고 습관적인 패배에서 비롯된 어두운 유머 말고 또 뭘 주었다는 얘긴가? 그래서 이곳으로 도망 온 것이 아니던가? 그들에게 공정한 대가를 제공하는, 세계에서 몇 되지도 않는 이 나라에? 이 도시에? 그런데 하는 꼬락서니들이라니. 미국인처럼 행동해 본 적이 있기라도 했던가? 고마움과 존경심을 가져본 적이 한 번이라도 있었나? 아니, 그들은 그러니까…… 유럽의 검둥이들처럼 굴었다. 어떻게 감히? 이 상황이 끝나더라도, 토머스와 그 밖의 선한 아일랜드 인들이, 단 이틀 동안 폭도들이 벌여놓은 피해를 회복하는 데 적어도 10년은 걸릴 것이다. 빌어먹을 놈들 또다시 우리 종족을 치욕으로 내몰다니! 토머스는 그들을 밀어내며 그런 생각들을 했다.

A 스트리트를 지나자 일은 좀 더 쉬워졌다. 브로드웨이 다리 바로 앞의 포트 포인트 해협과 접한 브로드웨이 길이 분지처럼 넓어진 덕분이다. 더 다행스러운 일은 군대가 다리 위에 포진하고 트럭들이 광장으로 진입하고 있었다. 그는 그날 저녁 두 번째로 미소를 지었는데,

그 순간 누군가 아이겐 경사의 배를 쏘았다. 총소리가 허공을 가르더니, 아이겐의 표정이 경악과 당혹감에서 총에 맞았다는 자각으로 바뀌고 있었다. 그가 무릎을 꿇었다. 토머스와 스톤 경위가 먼저 그에게 달려갔는데, 그때 바로 옆으로 총알이 스쳐 지나고 부하들이 응사하기 시작했다. 토머스와 스톤은 10여 개의 라이플이 불 뿜는 소리를 들으며, 아이겐을 들어 보도 위로 옮겼다.

토머스가 조를 본 것도 바로 그때였다. 아이는 거리 북쪽에서 다리쪽으로 달리고 있었다. 아들을 쫓는 놈도 있었다. 한때 뚜쟁이에 여리꾼 노릇을 하던 로리 드룬이라는 변태강간범이다. 토머스는 아이겐을 어느 상점 벽에 기대주었다.

"제가 죽는 거죠, 서장님?"

"아니, 하지만 고통은 각오해야 할 거야."

토머스는 다시 아들을 찾아보았다. 조는 보이지 않았지만 코너가 사람들을 마구 헤집으며 다리를 향해 질주하는 모습이 눈에 들어왔다. 토머스는 문득 차남에 대한 자부심을 느꼈다. 낯선 감정이었다. 도대체 그에게 마지막으로 그런 감정을 가져본 게 언제였더라?

"놈을 잡아."

그가 속삭였다.

"뭐라고 하셨죠, 서장님?"

스톤이 물었다.

"아이겐 경사를 맡아라. 지혈부터 해."

토머스가 지시했다.

"예, 알겠습니다."

"곧 돌아오마."

토머스는 곧바로 군중 속으로 뛰어들었다.

갑작스러운 난사에 군중들이 들끓기 시작했다. 어디에서 쏘는 건지는 모르겠으나, 총알이 가등주와 벽돌과 거리 표지판들을 때렸다. 코너는 전쟁이 이럴 거라는 생각을 했다. 전투 시의 처절한 혼돈은 물론, 죽음을 예고하는 살벌한 총소리. 사방으로 튀는 도탄들. 사람들은 혼비백산 달아나며, 서로 부딪고 발목을 삐고 떠밀리고 긁히고 공포의 비명을 질러댔다. 바로 눈앞에서 두 명이 쓰러졌다. 총이나 돌멩이에 맞았는지 단지 다리가 꼬였는지는 모르겠지만, 코너는 그들을 뛰어넘었다. 조는 다리 옆에 있었다. 더럽게 생긴 놈이 동생의 머리채를 잡아당기는 참이었다. 코너는 쇠파이프를 휘두르는 남자를 피하고, 무릎 꿇고 있는 여인을 돌아가, 이제 막 몸을 돌리는 개자식의 얼굴에 그대로 주먹을 먹였다. 전속력으로 달리던 터라 놈은 코너의 몸에 부딪쳐 그대로 길거리에 나자빠지고 말았다. 코너는 재빨리 몸을 추슬러 그자의 목을 붙잡고 다시 주먹을 들었다. 하지만 놈은 완전히 의식을 잃은 터였다. 머리를 찧었는지 바닥에 작은 피 웅덩이까지 고여 있었다. 코너는 자리에서 일어나 조를 찾아보았다. 아이도 잔뜩 웅크린 채 쓰러져 있었다. 코너가 달려들 때 함께 넘어진 모양이었다. 코너가 다가가 아이를 똑바로 뒤집었다. 아이가 눈을 크게 뜨고 형을 올려다보았다.

"너, 괜찮니?"

"응, 괜찮아."

"잡아."

코너가 허리를 굽히자 조가 형의 목을 끌어안았다. 코너는 아이를 바닥에서 들어올렸다.

"무차별 사격!"

코너가 돌아보자 주 방위군이 다리를 벗어나 라이플을 조준했다. 폭도들도 라이플로 군인들과 맞섰다. 자원경찰들도(그 중 한 명은 눈이 멍들고 코가 깨졌다.) 무기를 수평으로 세웠다. 사람들이 모두 상대방을 겨누고 있었다. 마치 편은 없고 타깃만 존재하는 전쟁 같았다.

"눈 감아라, 조. 보면 안 돼."

조가 얼굴을 파묻자마자 라이플이 일제히 불을 뿜기 시작했다. 대기는 이내 하얀 연기로 뒤덮이고 고음의 비명소리가 사방에서 터져 나왔다. 목을 부여잡는 군인들. 피에 젖은 채 허우적거리는 손. 코너는 조를 안고 다리 입구의 전복된 차를 향해 달리기 시작했다. 그때 새로이 총성이 울리기 시작하더니, 총알이 자동차 차체를 때리며 불꽃을 피워냈다. 마치 쇠그릇에 무거운 동전을 바가지로 쏟는 소리가 들렸다. 코너는 조의 얼굴을 더욱 세게 눌렀다. 쉿 소리와 함께 오른쪽으로 비껴나간 총알이 한 사내의 무릎을 박살냈다. 사내가 쓰러지고 코너는 다른 방향으로 고개를 돌렸다. 그리고 순간 자동차 유리창이 총에 맞아 터지는 소리가 들렸다. 유리조각들이 투명한 진눈깨비처럼 밤하늘을 수놓았다. 칠흑 같은 어둠에서 쏟아지는 은빛의 소나기…….

정신을 차렸을 때 코너는 똑바로 쓰러져 있었다. 미끄러진 기억도 없건만, 어느새 바닥에 누워 있는 것이다. 펑펑거리는 총소리는 많이 잦아들었으나, 비명과 신음과 미친 듯이 이름을 부르는 소리들은 여전했다. 대기에서 화약과 연기 냄새가 났다. 이유는 모르겠지만 구운 고기 냄새도 났다. 조가 그의 이름을 불렀다. 아니, 부르는 게 아니라 비명을 지른다고 해야겠다. 공포와 슬픔으로 잔뜩 갈라진 목소리. 그가 손을 뻗어 조의 손을 잡았지만 아이는 비명을 멈추지 않았다.

그때 아버지가 조를 달래고 진정시키는 소리가 들렸다.

"조지프, 조지프. 아빠다. 쉿 쉿."

"아버지?"

코너가 불렀다.

"코너."

아버지가 대답했다.

"불은 누가 다 끈 거예요?"

"오, 맙소사."

아버지가 낮은 탄성을 질렀다.

"앞이 안 보여요, 아버지."

"안다, 애야."

"왜 안 보이는 거죠?"

"병원으로 데려가주겠다, 당장. 약속하마."

"아버지?"

아버지가 그의 가슴에 손을 얹었다.

"그냥, 누워 있으렴, 애야. 그냥 누워 있어."

39

다음 날 아침, 주 방위군은 사우스 보스턴의 웨스트 브로드웨이
북단에 기관총 한 정을 설치하고, 웨스트 브로드웨이와 G 스트리트
의 교차로, 그리고 브로드웨이와 도체스터 스트리트 교차로에 각각
한 정씩을 배치했다. 제10연대는 거리를 순찰하고 제11연대가 인근의
지붕을 장악했다.

스콜레이 광장과 노스엔드의 애틀랜틱 애버뉴 주변도 상황은 마찬
가지였다. 콜 장군은 스콜레이 광장과 통하는 거리를 모두 차단하고
브로드웨이 다리엔 검문소를 설치했다. 타당한 이유 없이 문제의 거
리들을 배회하는 자는 즉시 체포되었다.

도시는 하루 종일 조용했고 거리는 텅 비어 있었다.

쿨리지 주지사가 기자회견을 열었다. 그는 아홉 명의 확인된 사망
자와 100여 명의 부상자들에게 유감을 표했지만 책임은 모두 폭도
들에게 넘겼다. 제 위치를 망각한 경찰들과 폭도 모두. 또한 위기상황
내내 시장이 도시의 질서 회복을 위해 노력했으나 결국 비상사태에
전혀 대비하지 못했던 것으로 드러난 바, 따라서 향후의 통제는 모두
주정부와 주지사가 직접 담당할 것임을 천명했다. 그 책임 하에서, 그
의 첫 번째 명령은 에드윈 업튼 커티스를 원래의 경찰청장에 복귀시

키는 일이었다.

커티스가 연단에 나와, 보스턴 경찰청은 주 방위군과 협력 하에 더 이상의 폭동을 용납지 않을 것임을 선언했다.

"법을 지키지 않을 경우 결과는 끔찍할 수밖에 없습니다. 이곳은 러시아가 아닙니다. 우리는 공권력을 총동원해서라도 반드시 민주주의를 수호할 것입니다. 무정부상태는 오늘로 끝임을 선언합니다."

《트랜스크립트》기자가 손을 들고 일어났다.

"쿨리지 주지사님, 그러니까 주지사님의 판단은, 지난 이틀간의 혼란이 모두 피터스 시장님 잘못이라는 말씀인가요?"

쿨리지가 고개를 저었다.

"잘못은 폭도에게 있습니다. 시민 보호의 서약을 총체적으로 방기한 경찰들한테도 당연히 책임을 물을 것입니다. 피터스 시장님께 잘못이 있다면, 준비 부족으로 폭동의 초기 대처에 다소 비효율적이었다는 것뿐입니다."

"하지만 주지사님, 저희가 들은 바로는, 경찰 파업 초기에 주 방위군 투입을 주장하신 분이 시장님이셨습니다. 그런데, 저기 커티스 청장님이 그 제안을 거부하셨죠."

"잘못된 정보입니다."

쿨리지가 대답했다.

"하지만 주지사님……"

"잘못된 정보입니다. 이것으로 기자회견을 마치겠습니다."

토머스 커글린은 아들의 손을 잡고 울었다. 코너는 소리 내지 않았으나 하얀 붕대를 빠져나온 눈물이 턱 밑으로 떨어져 병원가운 칼라를 적셨다.

어머니는 매사추세츠 종합병원 창밖을 내다보기만 했다. 눈물도 나지 않았다. 조는 침대 반대편 의자에 앉아 있었지만 어젯밤 사람들이 코너를 앰뷸런스에 실을 때 이후로 한 마디도 하지 않았다.

토머스가 코너의 뺨을 만지며 속삭였다.

"괜찮아."

"어떻게 괜찮겠어요? 이제 장님인데."

"안다, 알아. 하지만 우린 극복할 거다."

코너가 고개를 돌려 뿌리치려 했으나 토머스는 아들한테서 손을 떼지 않았다.

"코너, 물론 끔찍한 사고다. 그걸 부정하자는 게 아냐. 하지만 절망의 죄에 굴복하지는 말거라. 그건 최악의 죄잖니. 하느님께서 도와주실 게야. 네가 의지만 잃지 않으면 문제없다."

하지만 토머스의 목소리에서도 무기력감이 배어나왔다.

"의지요? 장님 주제에?"

코너가 축축한 웃음을 흘렸다. 창가의 엘렌이 얼른 성호를 그렸다.

"난 장님이에요."

코너가 중얼거렸다.

토머스는 할 말이 없었다. 어쩌면 이것이야말로 가족의 진짜 대가일 거라는 생각이 들었다. 사랑하는 가족의 고통을 멈출 수 없다는 것. 피와 심장과 머릿속에서 고통을 빨아낼 수도 없다는 사실. 가족을 끌어안고 이름을 부르고 먹이고 계획을 세우면서도 저 밖에 이빨을 드러낸 세상이 기다리고 있음을 종종 잊고 만다.

대니가 방 안으로 들어오다가 우뚝 멈춰 섰다.

토머스가 의식한 바는 아니었지만, 대니가 그들의 눈에서 무엇을 봤는지는 쉽게 알 수 있었다. 원망.

어쩔 수 없는 일이다. 아니면 누굴 원망하겠는가.

"대니? 형이야?"

코너가 물었다.

"나다, 대니."

"난 장님이 됐어, 형."

"알아."

"걱정 마. 형을 원망하지는 않으니까."

대니가 고개를 숙이자 그의 어깨가 들먹거렸다. 조가 고개를 돌렸다.

"원망 안 해."

코너가 반복했다.

엘렌이 대니한테 건너오더니 그의 어깨에 손을 얹었다. 대니가 고개를 들었다. 엘렌이 그의 눈을 들여다보고 대니는 두 손을 옆으로 떨어뜨린 채 손바닥을 들어보였다.

엘렌이 그의 따귀를 때렸다.

대니가 인상을 찡그리자 엘렌이 다시 때리며 이렇게 속삭였다.

"나가, 당장. 이…… 이 빨갱이 새끼야. (코너를 가리키며) 네가 저렇게 만들었어. 네가. 어서 꺼져."

대니가 조를 보았으나 조는 시선을 피했다.

그가 토머스를 보았다. 토머스가 그의 눈을 보며 고개를 젓더니 역시 고개를 돌려버렸다.

그날 밤 주 방위군은 자메이카 플레인에서 네 명을 쏘아 한 명을 죽였다. 제10연대는 총검으로 보스턴 커먼 공원의 야바위꾼을 트레몬트 스트리트 위로 쫓아냈다. 군중들이 모이면 경고사격을 했다. 노름꾼을 구하려던 남자는 가슴에 총을 맞고 그날 저녁 늦게 목숨을 잃었다.

다른 곳은 조용했다.

대니는 그 후 이틀 동안 지지를 호소하며 다녔다. 전신전화 노조가 언제라도 파업할 준비를 마쳤다고 다짐했고 바텐더 노조도 파업을 약속했다. 헤브루 상인 연합노조, 자동차 및 전기 노조도 같은 대답을 했지만 소방관들은 아예 만나려고도 않고 답신도 없었다.

"작별인사하러 왔어요."

루터의 말에 노라가 문에서 물러섰다.

"들어와요, 들어와."

루터가 들어갔다.

"대니도 있어요?"

"아뇨. 지금 록스베리 집회에 나가 있어요."

그녀는 코트를 걸친 채였다.

"노라도 거기 가게요?"

"예. 아무래도 잘 안 되나 봐요."

"내가 바래다줄게요."

노라가 미소 지었다.

"그럼 고맙죠."

전차를 타러 가는 도중, 두 사람은 무수한 시선을 받아야 했다. 노스엔드를 거니는 백인 여자와 흑인 남자. 한 걸음 처져 노라의 시종 비슷하게 위장할까 하는 생각도 했지만, 처음부터 그건 틸사에 돌아가겠다고 결심한 이유와도 맞지 않았다. 그래서 그는 그녀 옆을 지키고 고개를 바짝 쳐들고 당당하게 앞을 바라보았다.

"결국 돌아가게요?"

노라가 물었다.

"예, 가야 해요. 아내도 그립고 아이도 보고 싶거든요."

"하지만 위험하잖아요."

"어딘들 안 그런가요?"

그녀가 옅은 미소를 지었다.

"하긴, 그렇네요."

전차가 구각교(構脚橋)를 통과하자 루터는 자신도 모르게 다리에 힘이 들어갔다. 당밀홍수에 파괴된 다리는 오래 전에 수리에 보강까지 끝냈건만 마음이 불안하기는 지금도 마찬가지였다. 대단한 해였어! 생명이 열두 개가 된다고 해도, 마지만 열두 번째 삶에서조차 이런 해를 보내지는 못할 것이다. 보스턴에 온 이유가 안전 때문이었다는 데 생각이 미치자 괜히 실소가 나왔다. 에디 맥케나에서 노동절 봉기, 그리고 경찰 파업까지, 보스턴만큼 위험한 도시는 그 어디에서도 보지 못했다. 미국의 아테네라고? 소시지 옆구리 터지는 소리하고 자빠졌군. 이 미친 양키 놈들의 짓거리를 감안하면, 그보다 미국의 정신병원이라는 이름이 더 어울릴 판이었다.

백인 좌석의 노라가 미소 짓기에 그도 모자를 건드려 답례했다. 노라도 장난처럼 화답했다. 정말 보석 같은 여자다. 대니가 망치지만 않았던들 평생 저 여자와 함께 일하면서 행복하게 살았을지도 모를 일이다. 물론 대니도 그럴 생각이 있던 건 아니었을 터이나 결국 그도 사내였다. 자신이 원한다고 생각한 것과 필요하다고 생각한 것이 다를 때, 사내놈들이 얼마나 허망한 선택을 하는지는 루터 자신이 너무도 잘 알고 있다.

전차는 껍데기만 남은 도시를 뚫고 달렸다. 잿더미와 유리조각으로 만든 유령의 도시. 거리엔 온통 주 방위군들뿐이었다. 지난 이틀 밤의 처절한 분노는 병속에 담아 마개까지 틀어막은 듯했다. 기관총의 위력이었겠으나 어쩌면 거기엔 무력시위 이상의 것이 있을 것이다. 자신이 폭도라는 사실을 은폐해야 한다는 당위가 그 욕구에 굴복함으로써 얻는 쾌감보다 더 컸을 수도 있고, 오늘 아침 잠에서 깨는 순간 너무 쪽팔려 또다시 광란의 밤을 마주 할 용기가 나지 않았을 수도 있겠다. 어쩌면 저 기관총들을 보고 속으로 안도의 한숨을 내쉬었을 수도. 이제 모든 것이 끝났다. 더 이상 세상에 버림 받을까봐, 아무 이유 없이 외면 당할까봐 두려워할 필요는 없었다.

두 사람은 록스베리 교차로에 내려 페이홀로 다가갔다.

"기드로 부부는 뭐라고 해요?"

노라가 어깻짓을 했다.

"그분들은 이해해요. 생각했던 것보다 정이 많이 들어 이베트가 힘들어하기는 하지만 그래도 이해하고 있어요."

"오늘 떠나는 건가?"

"내일."

루터가 대답했다.

"편지할 거죠?"

"그럼요. 두 사람도 한 번 놀러올 생각은 해야 해요."

"대니한테 말해 둘게요. 아직은 우리도 어떻게 될지 모르는 상태라. 정말이에요, 루터, 정말 모르겠어."

루터가 그녀를 바라보았다. 그녀의 턱이 파르르 떨었다.

"그 사람들이 복귀하지 못할 것 같아요?"

"그것도 모르겠어요. 하나도."

페이홀. 조합원들은 노동총연맹에 계속 남을 것인지에 대한 투표를 실시했다. 결과는 1388대 14로 찬성이 많았다. 두 번째는 파업을 계속할지에 대한 투표였는데 이건 다소 논란이 있었다. 동료들은 대니에게 중앙노조가 동조파업 약속을 지킬 것인지 물었다. 다른 경찰은 소방관들이 등을 돌렸다는 얘기를 들었다고 했다. 폭동이 일어난 동안 온갖 거짓 신고로 경악한 데다, 보스턴 소방청에서 소방대원들을 대체할 자원자 공모 광고를 대대적으로 내놓았기 때문이었다. 지원자는 기대보다 두 배나 많았다.

대니는 라펠슨의 사무실에 두 번이나 메시지를 보내, 그에게 페이홀에 와달라고 했으나 아직 답신조차 없었다. 대니가 연단에 올랐다.

"중앙노조는 현재 대의원들을 소집하려고 애쓰고 있습니다. 대의원들이 모이면 투표를 할 겁니다. 아직까지는 우리 기대에 반하는 결정을 내릴 가능성은 없다고 봅니다. 문제는 신문입니다. 신문이 우리를 짓밟고 있는데, 아무래도 폭동 때문이겠죠."

"교회도 마찬가지예요. 아침 미사 때 신부들이 우리를 뭐라고 하는지 들어봐요."

프란시스 레오나드가 외쳤다.

대니가 한 손을 들었다.

"저도 들었습니다. 하지만 우린 아직 승리할 수 있습니다. 지금은 끝까지 단합하고 결의를 다지는 게 중요합니다. 주지사와 시장은 여전히 동조파업을 두려워하고 있고 우리 뒤엔 아직 노동총연맹의 힘이 남아 있습니다. 좌절은 아직 일러요."

대니조차 그 말을 얼마나 믿는지 확신이 없었으나 홀 뒤쪽에 나타난 노라와 루터를 보고 문득 희망이 샘솟았다. 노라가 손인사와 밝은 미소를 보내 그도 화답했다.

그리고 두 사람이 오른쪽으로 비켜서자마자 랠프 라펠슨이 곧 바로 그 공간을 차지했다. 그는 모자를 벗고 대니와 눈을 마주쳤다.

라펠슨이 고개를 저었다.

대니는 파이프에 척추를 맞고 얼음같이 차가운 나이프로 배를 찔린 기분이었다.

라펠슨이 다시 모자를 쓰고 돌아서려 했으나 대니는 아직 그를 놓아줄 생각이 없었다. 아직은 아니다. 오늘 밤은 아니다.

"여러분, 보스턴 중앙노조의 랠프 라펠슨 씨를 열렬한 박수로 환영해 주십시오."

사람들이 돌아서서 박수갈채를 보내자 라펠슨이 인상을 쓰며 돌아섰다.

대니가 손을 흔들어 그를 불렀다.

"랠프, 이리로 올라와 보스턴 중앙노조의 계획을 설명해 주시죠."

라펠슨이 억지 미소와 내키지 않은 걸음걸이로 복도를 내려왔다. 그는 무대로 올라와 대니와 악수를 하고 속삭였다.

"가만 두지 않겠소, 커글린."

대니는 그의 손을 잡고 뼈가 으스러질 정도로 힘을 주었다. 미소를 잃지는 않았다.

"그래요? 난 당신을 죽이고 싶은 심정이요."

그는 손을 놓고 무대 뒤로 걸어갔다. 라펠슨이 마이크를 잡자 마크가 대니의 옆으로 조용히 다가왔다.

"우릴 배신하겠대?"

"벌써 했어요."

"엎친 데 덮친 격이군."

대니가 돌아보니 마크의 눈은 젖어 있고 눈 밑의 그림자도 더욱 어둡기만 했다.

"맙소사, 또 무슨 일이 있는 겁니까?"

"새뮤얼 곰퍼스가 오늘 아침 쿨리지 주지사한테 보낸 전보인데, 쿨리지가 언론에 흘렸어. 여기 표시한 부분만 읽어보게."

대니가 신문을 보니 연필로 동그라미를 그린 부분이 있었다.

보스턴 경찰의 대우가 기준 이하이며, 귀하와 커티스 경찰청장으로부터 노동자로서의 권리까지 거부당했음은 분명하오나, 공무원들의 파업은 최대한 자제되어야 한다는 것이 전미 노동총연맹의 일관된 입장입니다.

조합원들도 이제 라펠슨에게 야유를 보내고 있었다. 모두가 자리에서 일어나는 바람에 의자 뒤집어지는 소리도 요란했다. 대니는 신문 사본을 무대 바닥에 집어던졌다.

"우린 끝났어요."

"아직 희망은 있다, 대니."

대니가 그를 보았다.

"어떤 희망이죠? 노동총연맹과 중앙노조가 같은 날 우리를 강물에 집어던져버렸어요. 그런데 무슨 희망이 있다는 겁니까?"

"일자리를 되찾을 수는 있어."

사람들이 무대 위로 뛰어올라와 라펠슨이 대여섯 걸음 뒷걸음질 쳤다.

"그자들이 절대 돌려줄 리가 없어요. 절대로."

대니가 외쳤다.

전철을 타고 노스엔드로 돌아오는 길은 우울하기 짝이 없었다. 대니의 그런 모습은 루터도 처음이었다. 어두운 기운이 코트처럼 그를 감쌌다. 그는 루터의 옆에 앉아 그들을 경멸의 눈초리로 쳐다보는 승객들을 노려보기만 했다. 노라도 초조한 표정으로 앉아 그의 손을 어루만져주었다. 그를 진정시키려는 노력이겠으나, 정말 진정을 필요로 하는 건 노라겠다는 생각이 들었다.

제정신으로 대니와 맞붙을 놈이 없다는 정도는 루터도 알고 있다. 그는 너무 크고 두려움이 없었으며 또 고통에도 둔감했다. 따라서 대니의 위력을 의심해본 적은 없지만, 그의 내면 깊숙이 제2의 영혼처럼 살고 있는 이런 식의 폭력본능은 더욱 더 상상 못한 일이었다.

차 안의 사람들도 이제 더 이상 그들을 노려보지 못했다. 아니 아예 쳐다보는 것조차 포기했다. 대니는 그래도 눈 하나 깜짝하지 않고 상대방을 노려보기만 했다. 어둡게 차양을 두른 두 눈이, 내면의 폭력본성을 드러나게 한 데 대한 해명을 요구하고 나섰다.

세 사람은 노스엔드에서 내려 하노버를 따라 살렘 스트리트로 걸어 올라갔다. 전차를 타고 오는 도중 이미 어두워졌건만 거리는 주 방위군 때문인지 개미 한 마리 얼씬하지 않았다. 하노버 중간쯤 프라도를 지나는데, 누군가 대니의 이름을 불렀다. 거칠고 힘없는 목소리였다. 그들이 돌아보았다. 그리고 노라가 제일 먼저 작은 비명을 터뜨렸다. 프라도의 그림자 밖으로 나오는 남자의 코트 구멍에서 연기가 새어나오고 있었다.

남자는 대니의 품 안에 쓰러지고 대니도 남자를 끌어안았다.

"맙소사, 스티브. 노라, 군인 하나만 찾아서 경찰이 총에 맞았다고 전해줘."

"난 경찰이 아니야."

스티브가 말했다.

"경찰이에요. 경찰 맞아요."

노라가 거리 위로 달려가고 대니는 스티브를 바닥에 눕혔다.

"스티브, 스티브!"

스티브가 눈을 떴다. 가슴의 구멍에서 계속 연기가 새어나왔다.

"내내 탐문조사를 해왔어. 그러다가 조금 전에 그 여자와 마주쳤지. 스틸만과 쿠퍼 사이의 골목으로 들어가다 고개를 드는데 여자가 거기 있는 거야. 테사. 그리고 탕."

그의 눈썹이 파르르 떨렸다. 대니는 자기 셔츠자락을 찢어 총 구멍에 대고 눌렀다. 그가 루터를 보았다.

"여길 누르고 있어. 세게."

루터는 대니의 지시대로 셔츠 위에 손 두덩을 대고 짓눌렀다. 셔츠가 금세 붉게 물들었다.

대니가 일어섰다.

"잠깐! 어디 가려고요?"

"이 짓을 한 년을 잡아야지. 군인들한테 테사 피카라라는 여자 짓이라고 전해 줘. 알겠지?"

"예, 예, 테사 피카라."

대니가 프라도 안으로 달려 들어갔다.

그는 비상계단을 내려오는 그녀와 마주쳤다. 골목 반대편의 남성 양품용점 뒷문 입구로 들어서는데 그녀가 3층 창문을 통해 비상계단으로 빠져나와 바로 아래 층계참에 내려서고 있었다. 그녀는 사다리를 들어 계단을 고리에서 풀어낸 다음 다시 걸쇠에 걸어 사다리가 바닥으로 내려오게 했다. 그녀가 돌아서서 계단을 내려오기를 기다렸다가 대니는 리볼버를 꺼내 골목 안으로 들어갔다. 그녀가 마지막 단에서 골목에 내려섰을 때 그가 그녀의 목에 총을 갖다 댔다.

"두 손으로 사다리 잡아. 돌아보지 말고."

"대니 경관."

그녀가 이름을 불렀다. 대니는 고개를 돌리는 그녀의 뺨을 찰싹 때렸다.

"못 들었나? 사다리 잡고 돌아보지 마."

"원하신다면야."

그는 두 손으로 그녀의 코트 주머니와 접은 부분을 차례로 뒤졌다.

"맘에 들어? 오랜만에 더듬으니 좋지?"

"다시 맞고 싶나?"

그가 위협했다.

"때리려면, 더 세게 해줘."

그녀가 이죽거렸다.

그의 손이 그녀의 샅에서 딱딱한 물체를 찾아냈다. 그녀가 움찔했다.

"설마 그동안 남자가 된 건 아니겠지, 테사?"

그는 그녀의 아랫도리로 손을 내린 다음 드레스와 슈미즈 안으로 밀어 넣었다. 그리고 속옷 허리밴드에서 데린저 권총을 뽑아내 자기 주머니에 넣었다.

"만족해?"

그녀가 물었다.

"보기에는 별로군."

"자기…… 거시기는 어때?"

그녀는 그 단어를 처음 사용하는 듯 망설이기까지 했으나, 그의 경험으로 보아 거리가 먼 얘기였다.

"오른발 들어."

그가 명령했다.

그녀가 시키는 대로 했다.

"딱딱해졌어?"

그녀는 쿠바식 징을 박은 청동색 레이스부츠와 검은색 면비로드 바지를 입고 있었다. 그가 한 손으로 언저리를 훑었다.

"다른 발."

그녀가 오른쪽 다리를 내렸다. 그리고 왼쪽 발을 들면서 엉덩이를 그에게 부딪쳐왔다.

"오 그래. 아주 딱딱하네."

그는 왼쪽 부츠에서 나이프를 찾아냈다. 작고 가늘지만 무척이나 날카로워보였다. 그는 조잡한 칼집과 함께 칼을 뽑아내 권총이 든 주머니에 넣었다.

"발 내려도 돼? 아니면 그냥 이대로 따먹을래?"

찬 공기에 입에서 김이 나왔다.

"네년을 먹는 건 오늘 밤 계획에 없다, 걸레."

그가 다시 몸을 더듬자 그녀가 느리고 고른 숨소리를 내기 시작했다. 그녀는 넓은 챙의 크레이프 선원 모자를 쓰고 있었는데 붉은색 노끈으로 챙을 두르고 앞을 리본 매듭으로 처리했다 그는 모자를 벗겨 한 걸음 물러난 다음 챙을 더듬어보았다. 실크 밑에 면도날 두 개가 감춰져 있었다. 그는 모자를 통째로 골목에 던져버렸다.

"모자를 망가뜨리다니. 아까워라."

그가 그녀의 머리에 꽂은 핀을 모두 빼내자 머리카락이 목과 등으로 흘러내렸다. 그는 핀도 모두 버리고 다시 물러섰다.

"돌아서."

"예, 주인님."

그녀는 돌아서서 사다리에 기댄 후 두 손을 포개 허리에 댔다. 그녀의 미소에 다시 뺨을 갈기고만 싶었다.

"날 체포할 수 있다고 생각해?"

그가 주머니에서 수갑을 꺼내 손가락에 걸고 흔들어보였다.

그녀가 고개를 끄덕였지만 미소를 거두지는 않았다.

"지금은 경찰이 아니잖아, 대니. 나도 그 정도는 알아."

"시민 체포."

그가 말했다.

"체포하면 목을 매 죽겠어."

이번엔 그가 어깻짓을 했다.

"원하시는 대로."

"그럼 내 뱃속의 아기도 죽게 되겠지."

"당연히 우리 아기겠지?"

"그래."

그녀가 그를 보았다. 언제나처럼 크고 검은 눈. 그녀가 손으로 자기 배를 쓰다듬었다.

"내 안에 생명이 자라고 있어."

"음흠. 다른 거짓말도 해보지 그래."

대니가 비웃었다.

"그럴 필요도 없어. 감옥에 집어넣으면 교도소 의사가 임신을 확인해 줄 테니까. 그리고 난 목매달아 자살할 거고, 아이도 자궁 속에서 죽을 거야. 약속해."

그는 그녀의 두 팔목에 수갑을 채우고 홱 하고 앞으로 낚아챘다. 두 남녀의 몸이 부딪고 얼굴이 거의 닿을 듯했다. 그녀의 호흡이 느

꺼졌다.

"날 갖고 놀지 마라, 더러운 년. 한 번 당한 이상 지상에서 다시 그
런 일은 없을 테니까."

"나도 알아. 이래뵈도 혁명가야, 대니. 그런 내가……"

그가 그녀를 더 가까이 끌어당겼다.

"네년은 더러운 테러분자에 폭파범일 뿐이다. 네가 지금 쏜 남자는
지난 9개월 동안 일자리를 찾아다니던, 너희들의 민중이었어. 그런데
네년이 쏜 거야."

"전직경관, 대니. 불행은 전쟁의 일환이야. 죽은 남편이 그 증인이
잖아?"

그녀가 말했다. 아이를 타이르는 동네 어른의 말투였다.

그리고 그때 그녀가 두 손으로 그의 몸에 칼을 박았다. 칼날은 살
갗을 물어뜯고 뼈를 깎아냈다. 순간 엉덩이에 불이 붙는 듯하더니 전
광석화 같은 통증이 허벅지를 훑고 무릎을 때렸다.

그는 그녀를 밀쳐냈다. 그녀는 뒤로 넘어져 잔뜩 헝클어진 얼굴로
그를 올려다보았다. 입술이 침으로 번들거렸다.

대니는 그의 엉덩이에 삐죽 삐져나온 나이프를 보았다. 순간 다리
에 힘이 풀리더니 그만 엉덩방아를 찧고 넘어졌다. 허벅지 바깥쪽에
서 피가 마구 흘러내렸다. 그가 45구경을 들어 그녀를 겨냥했다.

고통이 전류처럼 그의 전신을 흔들었다. 가슴에 총을 맞았을 때보
다도 훨씬 지독한 고통이었다.

"내 뱃속에 아기가 있어."

그녀가 중얼거리며 한 걸음 물러섰다.

대니가 공기를 깨물고 이빨 사이로 빨아들였다.

테사가 두 손을 펼쳐보였을 때 그가 그녀를 쏘았다. 턱에 한 번 그리고 가슴에 한 번. 그녀는 골목에 쓰러져 물고기처럼 퍼덕거렸다. 그녀의 발길질에 자갈이 사방으로 튀어나갔다. 그녀는 자리에 일어나려고 하다가, 헉 하고 숨을 삼켰다. 피가 그녀의 코트 위로 흘러내렸다. 이윽고 두 눈이 뒤집어지더니 끝내 바닥에 머리를 부딪고 잠잠해졌다. 여기저기 창문에 불이 들어오기 시작했다.

그가 뒤로 드러눕는데, 무언가 허벅지를 때렸다. 그리고 다시 총소리가 들렸고 두 번째 총알이 그의 오른쪽 가슴 위를 뚫었다. 간신히 고개를 들어보니. 비상계단에 한 남자가 서 있었다. 남자의 총알이 다시 불을 뿜었다. 이번엔 바로 옆의 자갈길을 헤집어놓았다. 대니도 총을 들어 쏘고 싶었지만 팔이 말을 듣지 않았다. 그리고 다음 총알이 그의 왼쪽 팔을 때렸다. 그 동안 내내 그가 생각한 건 단 하나였다. '저 개자식은 도대체 누구야?'

비상계단의 사내가 마침내 난간에 팔꿈치까지 기대고 대니를 겨냥했다.

대니는 눈을 감았다.

그때 비명소리가 들렸다. 아니 비명이 아니라 울부짖는 소리였다. 내 목소리인가? 곧이어 쨍 하는 금속성과 찢어지는 비명소리가 뒤를 이었다. 눈을 떠보니 남자가 허공으로 떨어지고 있었다. 그의 머리가 자갈길에 부딪치며 퍽 하는 탁음을 토해냈다. 놈의 몸이 반으로 접혔다.

총소리를 들었을 때 루터는 이미 골목을 지나친 터였다. 골목에서
가만히 서 있었지만 1분 가까이 아무 소리도 들리지 않아, 막 발걸음
을 떼려는 찰나였다. 그때 두 번째 총소리가 들리고, 곧이어 퍽 하는
세 번째 총성이 들렸다. 그는 골목으로 달려 들어갔다. 몇 집에 불이
켜 있는 덕분에 복도 중앙에 쓰러져 있는 그림자 둘을 볼 수 있었다.
그 중 하나가 총을 들어 올리려 하고 있었다. 대니.

비상계단에도 한 남자가 서 있었다. 검은 중절모의 사내는 대니를
겨누는 중이었다. 루터는 쓰레기통 옆에서 얼른 깨진 벽돌 하나를 찾
아냈다. 처음에는 쥐라고 생각했지만 손을 내밀어도 움직이지 않았
다. 집고 보니 다행히 진짜 벽돌이었다.

팔 뒤꿈치까지 펴고 드러눕는 대니를 보며 루터는 그 장면이 처형
현장임을 직감했다. 가슴으로도 느낄 수 있었다. 그래서 그는 그에게
가능한 가장 큰 소리로 고함을 지르기 시작했다. 아무 의미 없는 "아
아아아아!" 수준이었으나, 그 소리에 심장과 영혼의 피가 모두 빠져
나가는 듯했다.

비상계단의 사내가 고개를 들었을 때 루터는 이미 팔꿈치를 꺾고
있었다. 그는 발밑으로 잔디를 느끼고 지난 8월의 들판 냄새를 맡았
다. 가죽과 먼지와 땀의 냄새. 주자가 홈을 향해 달려가고 있었다. 감
히 그의 팔을 상대로 홈을 훔치려 하다니. *그런 식으로 나를 이기겠
다고?* 루터의 다리가 허공을 박차고 그의 팔은 투석기로 변신했다.

저 앞에 포수 글러브가 기다리고 있었다. 그가 글러브를 향해 벽돌을 뿌리는 순간 공기가 부글부글 끓어올랐다. 벽돌은 미친 속도로 날아갔다. 마치 오직 그 목적만을 위해 창조주의 용광로에서 뽑아낸 것만 같았다. 그렇다, 벽돌한테는 야심이 있었다.

저 개자식의 얼빠진 모자를 맞춰! 모자와 머리를 박살내란 말이야! 남자가 기우뚱했다. 마침내 남자가 기울어졌다. 남자는 비상계단 밖으로 넘어지면서 계단을 잡으려 했으나 부질없는 짓이었다. 그는 곧바로 떨어졌다. 여자처럼 비명을 지르면서. 그리고 머리부터 길바닥에 곤두박질쳤다.

대니가 미소 지었다. 마치 불을 끄기라도 하려는 듯 그의 몸에서 피가 쏟아져 나왔다. 그런데도, 망할, 미소를 짓고 있다니!

"내 목숨을 두 번이나 구해줬어."

"쉿."

노라가 골목 안으로 달려 들어왔다. 구둣발에 자갈 튀는 소리가 불규칙하게 들렸다. 그녀는 넘어지다시피 남편 옆에 무릎을 꿇었다.

"압박부터 해줘, 노라. 스카프로. 다리 말고 가슴. 가슴, 가슴부터 막아야 해."

그녀가 스카프로 가슴 왼쪽의 구멍을 막았다. 루터는 재킷을 벗어 다리의 구멍 위쪽을 묶었다. 두 사람은 온 힘을 다해 그의 가슴을 짓눌렀다.

"대니, 날 두고 떠나면 안 돼."

"안 떠나. 난 강해. 당신을 사랑하거든."

대니가 떠듬거렸다. 노라의 눈물이 그의 얼굴로 흘러내렸다.

"그래요, 그래. 당신은 강해요."

"루터?"

"예?"

사이렌 소리가 밤하늘을 갈랐다. 그리고 또 다른 사이렌소리.

"기막힌 투구였어."

"쉿."

대니가 미소 짓는데 피가 그의 입술 밖으로 삐져나왔다.

"넌…… 정말로…… 야구선수가 되어야 하는데……"

THE GIVEN DAY

베이브, 남부로 가다

40

루터가 털사에 돌아온 건 9월 후반이었다. 집요한 열기와 습한 바람이 먼지를 차올리고 마을을 태워 황갈색의 껍질을 만들어놓고 있었다. 그는 세인트 루이스 동부에서 홀리스 삼촌 집에 잠깐 머물렀다. 그동안 턱수염을 기르고 머리를 아무렇게나 자라게 내버려두고 중절모를 버리고 대신 파산한 기병의 모자로 바꾸어 썼다. 챙이 흐물거리고 잔뜩 좀이 슨 모자였다. 심지어 홀리스 삼촌이 주는 대로 먹어 평생 처음으로 배도 조금 나오고 턱살까지 키웠다. 화물열차로 털사에 도착할 때쯤엔 아예 뜨내기처럼 보일 정도였다. 그게 핵심이었다. 더플 백을 맨 뜨내기.

가방을 볼 때마다 괜히 웃음이 나왔다. 어쩔 수가 없었다. 가방 바닥에 돈다발이 잔뜩 깔려 있으니 말이다. 타인의 탐욕과 사기가 빚어낸 산물. 수년에 걸친 타락이 다발로 묶인 채 이제 누군가의 미래를 기획하고 있었다.

그는 선로 북쪽 잡초 밭으로 가방을 가져가 세인트 루이스에서 가져온 삽으로 땅 속에 파묻었다. 그리고 산타페 선로를 넘어 그린우드로 들어갔다가 다시 애드머럴로 내려갔다. 그곳은 여전히 더러운 거래가 판을 치고 있었다. 4시간 후, 당구장에서 스모크가 기어 나오고 있었다. 지난 해 떠날 때만 해도 없었던 곳이지만, 폴슨 당구장이라는 이름에 루터는 어렵지 않게 스모크의 성을 기억해 낼 수 있었다. 그 생각을 못했더라면 네 시간 동안 애드머럴을 오르내리며 헛수고만 했을 것이다.

스모크의 옆에 남자 셋이 붙어 선홍색의 맥스웰까지 그를 호위해 주었다. 그 중 하나가 스모크에게 뒷문을 열어주었고, 자동차는 넷 모두 태우고 떠났다. 루터는 잡초 밭으로 돌아와 가방을 파내 원하는 물건만 챙기고 다시 묻었다. 그리고 그린우드의 경계까지 계속 걸어가 역시 원하는 장소를 찾았다. 데발의 고물수집상. 주인인 라티머 데발 영감은 제임스 이모부를 위해 종종 부업을 해온 인물이었다. 루터가 직접 만난 적은 없으나, 과거 늘 지나던 곳이라 영감이 앞마당에 팔 물건을 쌓아놓고 있다는 정도는 알고 있었다.

그가 300달러에 구입한 건 1910년형 프랭클린 투어러였다. 말 그대로 현찰과 열쇠를 바꾼 것이다. 루터는 애드머럴로 차를 몰고 돌아와 폴슨 당구장 한 블록 아래 세워두었다.

그는 다음 한 주 동안 일당을 쫓아다녔다. 엘우드의 집에는 가지 않았다. 그렇게 오랜 시간 후에 이렇듯 가까이 돌아온 터라 고통은 이루 말할 수 없었지만, 행여 릴라와 아들을 보고 나면 의지를 모두 잃고 말 것이다. 두 사람한테 달려가 둘의 냄새를 맡고 온통 눈물범벅을 만들고…… 그 다음엔 죽은 목숨이 되는 것이다. 그래서 매일 밤 프랭클린을 몰고 버려진 관목지에 들어와 잠을 잤고 아침이면 일어나 일을 시작했다. 스모크의 일상을 꿰는 일이다.

스모크는 매일 같은 식당에서 점심식사를 했지만 저녁은 변화가 있었다. 어떤 날은 토치 식당이고 다른 날은 알마의 촙하우스나 라일리 클럽이었다. 라일리는 얼마이티 대신에 들어선 클럽이다. 자신이 피 흘려 죽을 뻔한 스테이지 옆에서 저녁식사를 하며 도대체 무슨 생각을 하는 걸까? 스모크에 대해 뭐라고 씨부리든 간에, 뱃심이 대단한 인간인 것만은 확실했다.

한 주가 지난 후, 루터는 그자의 일상을 완벽하게 파악했다고 확신했다. 스모크는 시계불알 같은 인간이다. 매일 밤 식사하는 시각은 달라도 식당에 도착하는 시간은 언제나 정각 6시였다. 화요일과 목요일은 변두리의 소작인 오두막집에 사는 애인 집을 찾아갔다. 그럼 그의 부하들은 그가 일을 마치고 바지를 추스르며 나올 때까지 두 시간 동안 마당에서 기다렸다. 사는 곳은 당구장 2층 거실인데, 3인의 보디가드는 언제나 건물 안에까지 그를 에스코트한 다음에야 차를 타고 돌아갔다가 다음 날 새벽 정각 5시 30분에 돌아왔다.

오후 일상을 파악한 다음엔(12시 30분 점심. 1시 30분에서 3시까지 수금과 일괄 재응모. 3시 5분 폴슨 당구장으로 복귀), 그의 방에 침투하기로 했다. 그는 철물점에 가서 문손잡이, 자물쇠 세트, 그리고 암톨쩌귀를 구입했다. 모두 스모크의 거실 계단 문과 같은 종류였다. 그는 매일 오후를 차 안에서 죽치며 열쇠구멍에 종이클립 밀어 넣는 훈련을 했다. 마침내 20초 내에 백발백중 자물쇠를 열수 있게 된 후에는 밤마다 연습을 시작했다. 달빛 하나 없는 어두운 관목지에 차를 세우고, 눈을 감은 채 자물쇠를 따내는 연습이다.

목요일 밤, 스모크와 부하들이 애인 오두막에 있는 동안, 그는 어스름을 틈타 애드머럴로 건너와, 화분을 훔칠 때보다 빠른 속도로 당구장 문을 통과했다. 안쪽은 유지비누 냄새가 나는 계단이었다. 그는 계단을 올라가 두 번째 문 앞에 섰다. 마찬가지로 잠겨 있었다. 다른 종류의 자물통이라 요령을 터득하는 데만도 2분 정도가 걸렸다. 이윽고 문이 딸깍 소리를 내며 열리고 그는 안으로 들어갔다. 그리고 웅크리고 앉아 문간에 떨어져 있는 검은 머리카락 한 올을 찾아냈다. 그는 머리카락을 자물쇠에 걸쳐놓고 다시 문을 닫았다.

오늘 아침 강에서 목욕까지 한 터였다. 그는 이가 덜덜거릴 정도로 추위에 떨면서 갈색비누로 온몸의 체취를 샅샅이 닦아내고 앞좌석에 놓아둔 가방에서 새 옷을 꺼내 입었다. 역시 세인트 루이스 동부에서 미리 사둔 것들이다. 그건 칭찬받을 만한 배려였다. 스모크의 집이 그의 옷만큼이나 깔끔할 거라는 판단이 주효했으니 말이다. 실내는 흠 하나 없고 또 가구도 거의 없었다. 황량한 벽과 빅토리아풍의 황량한 커피테이블. 거실에 깔린 작은 융단. 어디에도 먼지는커녕 얼룩 한 점 보이지 않았다.

루터는 홀 벽장을 찾아냈다. 지난주에 스모크가 입고 다니던 코트 몇 벌이 나무옷걸이에 가지런히 걸려 있었다. 비어 있는 옷걸이는 오늘 입은 청색 가죽외투를 위한 것이리라. 루터는 옷 사이로 숨어들어 가 문을 닫고…… 기다렸다.

불과 한 시간 정도였건만 다섯 시간은 된 기분이었다. 계단의 발소리가 들렸다. 모두 네 명. 시계를 꺼냈으나 너무 어두워 아무것도 보이지 않았다. 그는 다시 조끼주머니에 시계를 집어넣었다. 문득 자신이 숨을 죽이고 있다는 사실을 깨달았다. 그가 천천히 숨을 내쉬는데 열쇠 돌아가는 소리가 들렸다. 문이 열리고 남자의 목소리가 들렸다.

"좋은 밤 되십시오, 폴슨 씨."

"그래, 레드. 아침에 보자."

"예, 폴슨 씨."

문이 닫혔다. 루터가 피스톨을 들었다. 그리고 한순간 형언할 수 없는 공포에 사로잡혀야 했다. 그는 눈을 감고 이 순간을 흘려버리고 싶었다. 문을 열고 걸음아 날 살려라 하고 달아나고만 싶었다.

하지만 이미 때는 늦었다. 스모크가 곧바로 벽장으로 건너와 문을 열었기 때문이다. 루터는 할 수 없이 피스톨 총구로 스모크의 콧등을 찔렀다.

"입만 뻥긋해도 그 자리에서 죽일 거요." 스모크가 외투를 걸친 그

대로 두 손을 들었다. "손은 그냥 들고 몇 걸음 물러나요."

루터가 벽장 밖으로 나왔다. 스모크가 새우 눈을 했다.

"촌놈?" 루터가 끄덕였다. "많이 변했군. 그 턱수염 때문에라도 길거리에서 마주치면 못 알아보겠어."

"당신은 안 변했군요." 스모크가 눈썹을 살짝 치켜떴다. "부엌. 먼저 들어가요. 두 손은 깍지 껴서 머리에 올리고."

스모크는 시키는 대로 복도를 지나 부엌으로 들어갔다. 적색과 백색의 체크무늬 테이블보를 덮은 작은 테이블과 나무의자가 둘 있었다. 루터는 스모크를 앉으라고 하고 그도 맞은편 자리를 차지했다.

"손 내려도 좋지만, 식탁 위에 올려요." 스모크가 두 손을 풀어 식탁 위에 손바닥이 닿도록 올려놓았다. "바이런 영감이 왔던가요?"

스모크가 끄덕였다.

"네가 윈도에 처박았다며?"

"내가 돌아온다는 말은?"

"그래, 그 말도 했다."

"그래서 보디가드를 셋씩이나 끼고 사는 거요?"

"그것도 그렇고 화를 잘 내는 라이벌이 몇 명 있거든."

스모크가 대답했다.

루터는 코트 주머니에서 갈색 종이봉투를 꺼내 식탁 위에 올려놓았다. 스모크가 봉투를 내려다보았다. 루터는 그가 궁금해 하도록 내버려두었다.

"시카고 일에 대해 어떻게 생각해요?"

루터가 묻자 스모크가 고개를 갸웃했다.

"폭동?" 루터가 끄덕였다. "백인 놈들을 열다섯밖에 못 죽인 건 쪽 팔린 짓이야."

"워싱턴은?"

"도대체 뭐하자는 거냐?"

"장단 좀 맞춰주시죠, 폴슨 씨."

그 말에 스모크가 다시 눈썹을 찡긋거렸다.

"워싱턴? 다를 게 뭐 있냐? 깜둥이들이 복수라도 할 줄 알았는데 그것도 아니잖아. 시카고는 그래도 객기라도 있었지."

"여행 중에 세인트 루이스 동부를 두 번이나 통과했죠."

"그래? 어떻게 보이더냐?"

"잿더미."

루터가 말했다.

스모크가 손으로 가볍게 식탁을 두드렸다.

"날 죽이러 온 게 아니지, 응?"

루터가 가방을 던지자 돈다발이 몇 개 빠져나왔다. 빨간색 고무줄로 단단히 묶은 다발들.

"예. 모두 천 달러. 내가 빚졌다고 생각하는 액수의 절반이요."

"날 죽이지 않는 대가인가?"

루터가 고개를 저었다. 그는 총을 식탁 위에 내리고 테이블보 너머로 밀어낸 다음 뒤로 물러나 앉았다.

"날 죽이지 않는 대가입니다."

스모크는 당장 피스톨을 집어 들지는 않았다. 그는 총을 향해 고개를 갸웃하고는 다시 다른 방향으로 꺾어 루터를 보았다.

"동족끼리 살상하는 일은 이제 지긋지긋해요. 백인들만으로 모자라 나까지 그 짓거리에 동참하기는 싫습니다. 그런 일 따위에 개의치 않겠다면, 날 죽이고 그 1000달러를 가져요. 죽이지 않으면 1000을 더 주죠. 죽이고 싶어 했죠? 그럼 어서 그 빌어먹을 방아쇠를 당겨요."

스모크가 총을 들었다. 스모크는 일말의 머뭇거림도 없이 곧바로 루터의 오른쪽을 겨누고 공이를 뒤로 젖혔다.

"넌 내가 영혼이 있는 존재라고 착각하고 있어."

"그럴지도 모르죠."

"그놈의 눈깔을 쏴버린 다음 차를 타고 달려가 네 여자를 따먹을 수도 있다. 사정할 때 여자 목을 따버리고 네 어린 아들로 고깃국을 만들어 먹겠다."

루터는 아무 말도 하지 않았다.

스모크가 총구를 루터의 뺨에 대더니 오른쪽으로 돌려 가늠자로 긁어내리기 시작했다. 루터의 뺨이 찢어졌다.

"다시는 도박꾼, 주정뱅이, 개자식들하고 어울리지 마라. 그린우드의 밤 세계에 끼어들지도 말고 들여다보지도 마라. 나와 마주칠 수 있는 장소에 나타나서도 안 된다. 인생이 심심하다는 이유로 또다시 네 아들놈을 버린다면, 내가 직접 네놈을 산산조각 내 일주일 동안 사일로 안에서 죽게 해주겠다. 네가 시작한 이 빌어먹을 계약에 문제

있나, 로렌스 군?"

"없습니다."

루터가 대답했다.

"내일 오후 나머지 돈 2000을 당구장에 맡겨라. 로드니라는 놈인
데 고객들한테 볼을 나눠주는 아이다. 절대 2시를 넘기지 말 것. 알
겠나?"

"2000이 아니라 1000입니다." 스모크의 눈썹이 불쌍하다는 듯 아
래로 축 처졌다. "예, 2000 맞습니다."

루터가 대답했다.

스모크는 공이를 내리고 총을 루터에게 건넸다. 루터가 총을 받아
코트에 넣었다.

"내 집에서 꺼져라, 루터."

루터가 일어났다.

부엌문에 다다랐을 때 스모크가 말했다.

"그건 아냐? 네 평생 이런 행운은 다시 없을 거다."

"압니다."

스모크가 담뱃불을 붙였다.

"그럼 다시는 죄를 짓지 마라, 멍청아."

루터는 엘우드의 집 계단을 올라갔다. 난간의 페인트가 벗겨져 있
어 그는 내일 제일 먼저 해야 할 일로 삼았다.

하지만 오늘은……

이런 걸 뭐라고 표현하지? 그는 스크린도어를 열었다. 현관문은 잠겨 있지 않았다. 딱히 표현할 말이 떠오르지 않았다. 그 끔찍한 밤 집을 떠난 후 열 달. 몰래 기차를 타고 달아나 북쪽의 낯선 도시에서 다른 사람으로 행세한 지 열 달. 그가 평생 제대로 했던 단 하나의 일조차 등지고 살아야 했던 열 달.

집은 비어 있었다. 그는 작은 거실에 서서 뒷문의 부엌을 들여다보았다. 문은 열려 있었다. 빨랫줄 당기는 소리에 손볼 데가 한 군데 더 있다는 생각을 했다. 아무래도 고리에 기름을 조금 쳐야겠다. 그는 거실을 지나 부엌으로 들어갔다. 그곳에서 아기 냄새가 났다. 우유 냄새. 그리고 뭔가 끓이는 냄새.

그는 뒤에 있는 계단으로 걸어 나갔다. 그녀는 허리를 굽히고 바구니에서 젖은 옷을 집어올리고 있었다. 그녀가 고개를 들더니 멍하니 바라보았다. 군청색 블라우스 아래 즐겨 입던 노란색 치마 차림이었다. 데스몬드는 발 옆에 앉아 수저를 빨고 있었다.

그녀가 그의 이름을 속삭였다. 그렇다. 그건 속삭임이었다.

"루터."

과거의 모든 고통이 그녀의 눈에 들어 있었다. 그가 그녀에게 던져준 온갖 슬픔과 상처, 두려움과 근심이 그 안에 있었다. 그런데 다시 마음을 열어줄까? 그를 믿어줄 수 있을까?

루터는 용서를 바라며 그녀에게 사랑과 다짐과 온 마음을 담은 눈빛을 보냈다.

그녀가 미소를 지었다.

맙소사, 저 기막힌 미소라니.

그녀가 손을 내밀었다.

그는 잔디를 건너가 무릎을 꿇고 그 손에 키스했다. 그리고 그녀의 허리를 끌어안고 셔츠에 얼굴을 파묻고 엉엉 울었다. 그녀도 무릎을 꿇고 그에게 키스했다. 루터와 함께 울고 또 웃었다. 두 사람은 말 그대로 장관이었다. 울고 키득거리고 끌어안고 키스하고 서로의 눈물을 맛보고……

데스몬드도 울기 시작했다. 목 놓아 울었다. 그 소리가 날카로운 못처럼 루터의 귀를 파고들었다.

릴라가 그에게서 물러났다.

"응?"

"응?"

"아들 달래야지."

그녀가 말했다.

루터가 잔디에 앉아 울부짖는 작은 피조물을 보았다. 두 눈이 빨갛고 콧물을 질질 흘리는 꼬마. 그는 아이를 어깨에 안아들었다. 따뜻했다. 수건으로 감싼 주전자만큼이나 따뜻했다. 사람의 몸에 그렇게 열이 많다는 생각은 해본 적도 없는데…….

"아픈 거 아닌가? 몸이 뜨거워."

그가 릴라한테 말했다.

"괜찮아. 햇볕에 앉아 있어서 그런 거야."

루터는 아이를 눈앞으로 데려왔다. 눈은 릴라를, 코는 루터를 닮았다. 턱은 할머니, 귀는 할아버지를 닮은 것도 같았다. 그는 아이의 머리에 키스하고 코에 키스했다. 아이는 계속해서 울기만 했다.

"데스몬드. 애야, 데스몬드, 내가 네 아빠란다."

이번에는 아이의 입술에 키스했다.

데스몬드는 막무가내였다. 아이는 세상이 떠나갈 듯 울고 비명을 질러댔다. 루터가 아이를 어깨에 대고 꼭 끌어안았다. 그는 아이의 등을 문지르고 귀에 대고 속삭였으며 수도 없이 입을 맞추었다.

릴라가 루터의 머리를 쓰다듬고는 고개를 숙여 그에게 키스했다.

그리고 루터는 결국 오늘을 위한 단어를 찾아냈다.

동행.

이제 달아날 필요도 없다. 다른 걸 찾아다닐 필요도 없다. 더 원하는 게 있던가? 바로 이 순간이야말로 태어날 때부터 그가 원했던 모든 희망의 총체였다. 데스몬드가 울음을 그치고 바람 앞의 촛불처럼 훌쩍거렸다. 루터는 발밑의 바구니를 보았다. 아직 젖은 빨래들이 가득했다.

"빨래부터 널어야겠네."

그의 말에 릴라가 셔츠를 하나 집어 들었다.

"오, 도와주시게, 응?"

"집게 두 개만 주면."

그녀가 집게를 한 주먹 그에게 건넸다. 루터는 데스몬드를 옆구리에 걸치고 아내의 빨래 일을 도와주었다. 부드러운 바람에 매미소리가 실려 왔다. 하늘은 낮고 평온하고 밝았다. 루터가 키득거렸다.

"왜 웃어?"

릴라가 물었다.

"그냥."

그가 대답했다.

병원에서의 첫날 밤. 대니는 수술대에서 9시간을 보냈다. 나이프는 대퇴부 동맥을 끊었고 가슴의 총알이 뼈를 부수는 바람에 뼛조각이 오른쪽 폐를 찢어놓았다. 왼쪽팔의 총알은 손바닥까지 관통해 당분간 손가락을 움직일 수도 없었다. 앰뷸런스에서 끌어낼 때 체내에 피가 두 파인트도 남아 있지 않았다고 했다.

그가 코마에서 깨어난 것은 6일째 되던 날이었다. 30분 정도 깨어 있자니 왼쪽 머리가 불이 붙은 듯 뜨거웠다. 왼쪽 눈도 보이지 않았다. 의사한테 머리카락에 불이 붙은 모양이라고 하소연하려는데 갑자기 온몸이 떨리기 시작했다. 도저히 통제가 불가능할 정도의 경련이었다. 그는 구토를 했다. 간호사들이 그를 붙들고 가죽 비슷한 걸 입에 물렸다. 이윽고 가슴의 붕대가 터지고 피가 온몸을 뒤덮기 시작했다. 뜨거운 불이 두개골을 완전히 태워버렸다. 다시 구토를 하는 바람에 간호사들이 얼른 입에 문 가죽을 빼내고 옆으로 눕혀 질식을 막아주었다.

며칠 후 다시 깨었을 때는 말을 제대로 할 수 없었다. 그리고 왼쪽 몸이 통째로 감각이 없었다.

"발작이 있었습니다."

의사가 말했다.

"난 스물일곱 살입니다."

대니가 말했다. 하지만 정작 입에서 나온 말은 "나 스므이어 자이니다."였다.

의사가 이해했다는 듯 고개를 끄덕였다.

"스물일곱 살이라고 다 칼에 찔리고 세 번이나 총에 맞는 건 아니요. 당신이 조금만 더 나이가 많았다면 그나마 살아있지도 못할 거요. 솔직히 지금도 어떻게 살아있는지 모르겠지만."

"노라."

"밖에 있소. 정말로 지금 이런 몰골을 보여주고 싶은 거요?"

"그어 나 아내이니다."

의사가 끄덕이고 방을 떠났다. 대니는 자기 입에서 나온 단어들을 되새겨보았다. 머릿속에서는 얼마든지 구문을 만들어낼 수 있지만 ("그녀는 내 아내입니다."), 정작 입에서 나온 말은 ("그어 나 아내이니다.") 끔찍하기가 그지없었다. 눈물이 흘러내렸다. 두려움과 수치심의 뜨거운 눈물. 그는 오른손으로 눈물을 훔쳐냈다. 성한 손.

노라가 방에 들어왔다. 너무도 창백하고 두려운 모습이었다. 그녀는 침대 옆 의자에 앉자마자 오른손을 잡아 손바닥을 그녀의 뺨으로 가져갔다.

"사랑해요."

대니가 이를 부드득 갈았다. 지끈거리는 두통을 이기고 집중하기 위해서였다. 이번 단어만큼은 제대로 나와야 했다.

"사랑해."

나쁘지 않았어. '사라애'와 비슷했지만 그래도 괜찮았다.

"한동안 발음에 지장이 있을 거랬어요. 걷는 것도 그렇고. 하지만 당신은 젊고 강하고, 또 내가 있잖아요. 영원히 같이 있어요, 대니. 그럼 괜찮을 거예요."

울지 않으려고 애쓰는 거야. 대니는 알고 있었다.

"사라애."

그가 다시 말했다.

그녀가 웃었다. 눈물 젖은 웃음. 그녀가 두 눈을 훔치고 그의 어깨에 머리를 기댔다. 얼굴에 닿는 그녀의 온기가 따뜻했다.

대니의 부상에 긍정적인 측면이 있다면 3주 동안 신문을 보지 못했다는 것이리라. 신문을 봤다면, 골목에서의 총격이 있던 그날 커티스 청장이 파업 경관들의 모든 지위를 공식 해임했다는 사실을 알았을 것이다. 쿨리지 주지사도 그를 지지했고, 윌슨 대통령도 위치를 이탈한 경찰의 행동을 '반문명 범죄'라고 지칭함으로써 무게를 더해 주었다.

신임 경찰을 구하는 광고에는 새로운 기준과 봉급이 기재되어 있었다. 모두 경우회의 요구에 준하는 수준이었다. 기본급은 이제 연봉 1400달러로 시작할 것이다. 정복, 배지, 권총들도 무료로 제공하기로 했다. 폭동 2주 후, 시청 청소반, 전문 연관공, 배선공, 목수들이 각 파출소에 도착해 샅샅이 청소하고, 주정부 기준의 안전과 위생 규칙에 맞게 개조했다.

쿨리지 주지사는 전미 노동총연맹의 새뮤얼 곰퍼스에게 전보를 보냈다. 이미 내용은 신문사에 보내 다음날 아침 모든 일간지 1면에 싣도록 했다. 전보는 또한 각 통신사에도 배포해 이틀 후에는 전국의 70여 개 신문에도 발표될 것이다. 쿨리지 주지사는 다음과 같이 선언했다.

"신분과 장소, 시기를 막론하고 공공의 안전을 위협하는 파업은 결코 용납할 수 없다."

일주일도 채 못 되어 그 선언은 쿨리지 주지사를 국가적 영웅으로 만들어놓았다. 일부는 다음 해 대통령 선거에 나설 것을 주문하기도 했다.

앤드루 피터스는 대중의 관심으로부터 멀어졌다. 그의 비효율적인 대처는 범죄까지는 아니더라도 비양심적 행위로 치부되었다. 파업 첫날 밤 주 방위군을 투입하지 못한 건 용서받지 못할 근무태만이었다. 여론은 도시를 멸망으로부터 구한 건, 오로지 쿨리지 주지사와 부당하게 매도된 커티스 청장의 신속한 판단과 강철 같은 의지 덕분이라는 쪽으로 기울었다.

현역 경찰들의 일자리가 위기에 처한 반면, 스티브 코일의 장례식은 경찰장으로 치러주기로 했다. 커티스 청장은 전직 순경 스티브 코일을, 맡은 바 임무에 가장 충실한 '헌신적' 경찰의 표본으로 선정했다. 커티스는 계속해서 코일이 이미 1년 전에 보스턴 경찰에서 떨어져 나갔다는 사실을 간과했으며, 더 나아가 위원회를 소집해 코일의

510

가족을 위해(가족이 있나?) 그의 의료 혜택을 사후 복원하는 게 가능한지 검토해 보겠다고까지 했다.

테사 피카라가 죽은 후 며칠 동안, 신문들은 한 파업경관의 아이러니를 대문짝만 하게 뽑아냈다. 불과 1년 전 전국적으로 가장 악명높은 테러리스트 두 명의 활동을 종식시키고 이번에 제3의 인물 바르톨롬메오 스텔리나까지 잡은 것이다. 루터가 벽돌로 잡은 남자인데 그 역시 골수 갈레아니스트로 정평이 나 있었다. 여론은 종종 과거 독일군에 준하는 적대감으로까지 파업경찰들을 매도했지만, 커글린 경관의 영웅적 행위에 어느 정도 호의적인 여론이 조성되기도 했다. 당장 복직도 가능하다는 분위기였다. 적어도 커글린 경관처럼 탁월한 경력을 지닌 인물들이라면 복직이 마땅하지 않는가?

하지만 다음날 《포스트》는 커글린 경관이 피카라 부부와 친분이 있을지 모른다는 추측기사를 내보냈고, 석간 《트랜스크립트》는 수사국의 익명 정보를 인용해, 커글린 경관과 피카라 부부가 한때 노스엔드의 같은 건물 같은 층에 살았다고 폭로했다. 다음날 아침, 《글로브》는 그 건물에 거주하는 임차인들의 증언을 인용해, 커글린 경관과 피카라 부부 사이의 관계를 파헤치기도 했다. 테사 피카라와 커글린 경관의 관계가 의심스러울 정도로 밀접한 사이였다는 얘기다. 심지어 그가 그녀의 성적 봉사에 대해 대가를 지불했는지를 묻는 질문까지 있었다. 그 질문까지 나오자, 사람들은 테사의 남편을 살해한 위업조차 색안경을 쓰고 보기 시작했다. 의무 이상의 뭔가 있을 수 있지 않느냐고. 결국 여론도 완전히 커글린 경관을 등졌다. 더러운 경찰. 파업 '동지들'도 그 점에선 마찬가지로 치부되고 그들의 근무복귀에 대한 얘기도 완전히 사라져버렸다.

이틀간의 폭동에 대한 전국 기사는 가십의 영역으로 들어섰다. 몇몇 신문들은 기관총이 무고한 군중을 겨냥해, 사망자가 수백을 헤아리고 재산 피해액도 수백만 달러에 육박했다고 썼다. 실제 사망자 수는 아홉이고 재산 피해액은 백만을 조금 밑돌 정도였지만 대중들은 그런 얘기엔 전혀 관심이 없었다. 파업 경찰들은 빨갱이이며 보스턴의 내란을 초래한 것도 바로 그 파업이라는 게 그들이 아는 전부였다.

10월 중순 퇴원할 때까지도 대니는 왼쪽 다리를 질질 끌고 다녔다. 왼쪽 손으로는 찻잔도 간신히 들 정도였다. 그래도 언어 능력은 완전히 회복되었다. 사실 2주 전에 퇴원할 예정이었으나 상처에 패혈증이 생겨 그를 다시 코마 상태로 몰아가고 말았더랬다. 그리고 그달 들어 두 번째로 신부가 대니를 위한 마지막 성사를 진행했다.

그에 대한 중상모략이 몰아친 후, 노라는 살렘 스트리트의 건물을 떠나 웨스트엔드의 하숙집으로 얼마 되지 않는 세간을 옮겨야 했다. 대니가 퇴원했을 때 두 사람이 돌아간 곳도 그 집이었다. 그녀가 웨스트엔드를 고른 이유는 대니의 재활치료가 매사추세츠 병원에서 진행되고 병원은 그곳에서 불과 몇 분 거리였기 때문이었다. 대니와 노라는 2층의 어둑한 방으로 들어갔다. 골목이 내다보이는 잿빛 창문 하나가 있는 방이었다.

"이것밖에 여유가 없었어요."

노라가 말했다.

"좋은데."

"창밖의 검댕을 닦아내고 싶었는데 아무리 문질러도 도무지……"

그가 성한 팔로 그녀를 끌어안았다.

"괜찮아. 여기 오래 있지도 않을 텐데, 뭘."

11월의 어느 날 밤, 그는 아내와 함께 나란히 침대에 누웠다. 부상을 당한 이후로 간신히 첫 번째 사랑을 나눈 터였다.

"이곳에서 일자릴 얻는 건 틀린 모양이야."

"그럼 뭘 바랬는데요?"

그가 그녀를 보았다.

그녀가 미소를 짓고 두 눈을 굴리더니 그의 가슴을 가볍게 때렸다.

"이봐요, 테러리스트하고 잘 때 그 정도 각오도 안 했어요?"

그가 키득거렸다. 그렇게 황량한 주제로 농담을 할 수 있다는 게 너무도 기분 좋았다.

가족이 병원을 찾은 건 단 두 번이고 그것도 코마 상태에 있을 때였다. 아버지는 코마에서 회복한 후에 찾아와 그를 사랑하지만 집에 받아들일 수는 없다고 선언했다. 대니는 고개를 끄덕이고 아버지와 악수했다. 그리고 그가 5분 후 떠날 때까지 기다렸다가 울음을 터뜨렸다.

"재활치료만 끝나면 여기 있을 이유도 없잖아."

그가 말했다.

"없죠."

"모험에 관심 있어?"

그녀가 팔로 그의 가슴을 쓸어내렸다.

"난 뭐든지 관심 있어요."

테사는 죽기 전날 이미 유산했다. 어쨌거나 부검의의 얘기는 그랬다. 그에게서 죄의식을 덜어주기 위해 꾸며낸 얘기일 수도 있겠지만 대니는 그의 말을 믿기로 했다. 그게 아니라면, 그도 결국 파국을 벗어나기가 어려웠을 것이다.

처음 만났을 때도 테사는 임신 중이었다. 5월 우연히 만났을 때에도 임신을 가장하더니 결국 죽을 때도 임신이라는 얘기다. 마치 자신의 분노를 살과 피로 재생산해, 자자손손 물려주려는 여자 같았다. 그런 욕망, 그리고 그런 그녀는 그로서는 결코 이해 못할 존재일 수밖에 없었다.

이따금 잠에서 깨어나면 그녀의 차가운 웃음소리가 귓전을 맴돌곤 했다.

루터한테서 소포가 도착했다. 그 안에 2000달러(대니의 2년치 봉급)와 루터, 릴라, 데스몬드가 난로 앞에 앉아 찍은 가족사진이 들어 있었다. 모두 최신 패션이었는데, 루터는 심지어 날개 모양의 칼라가 달린 연미복 코트까지 차려입었다.

"정말 미인이다. 게다가 아기 좀 봐. 맙소사."

노라가 감탄했다.

루터의 쪽지는 간단했다.

친애하는 대니와 노라,

집에 돌아왔어요. 행복합니다. 이걸로 충분하리라 믿습니다만

더 필요하면 전보를 보내요. 보내줄 테니.

두 분의 친구.

대니가 소포를 풀어 노라에게 보여주었다.

"맙소사! 이 돈이 다 어디에서 났대요?"

그녀가 탄성을 질렀다. 반쯤은 웃고 반쯤은 우는 목소리였다.

"대충 짐작은 가."

"그래요?"

"하지만 모르는 게 약이라는 말도 있잖아?"

1월 10일 가벼운 눈이 내리는 가운데 토머스 커글린이 파출소를 나섰다. 새 인력들은 생각보다 빠른 속도로 채워지고 있었다. 다들 똑똑했다. 열정도 있고. 주 방위군이 여전히 거리를 순찰했지만 이미 본대 복귀 절차가 진행 중이었다. 이 달 내로 복귀가 끝나면 새롭게 진용을 갖춘 보스턴 경찰이 원래의 위치를 회복할 수 있을 것이다.

집으로 가는 모퉁이 가로등에 아들이 서 있었다.

"레드삭스가 베이브 루스를 트레이드했다네요."

대니가 말했다. 그 말에 토머스가 어깨를 으쓱했다.

"그런 건 좋아해 본 적이 없다."

"뉴욕 양키스로 팔렸답니다."*

"네 막내 동생이라면 맞장구를 쳐주겠구나. 그 사건 후로 흥분하는 걸 본 적이 없긴 하다만……."

아버지는 말끝을 흐렸다. 대니도 가슴이 아프긴 마찬가지였다.

"코너는 어때요?"

아버지가 손을 좌우로 흔들었다.

"좋을 때도 있고 나쁠 때도 있다. 지금은 점자를 배우는 중이다. 백베이에 점자를 가르치는 학교가 있더구나. 좌절하지만 않는다면야 그 애도 괜찮아지겠지."

"그 일로 의기소침해지신 건 아니시죠?"

"날 꺾을 건 세상에 없다, 에이든. 난 사나이야."

추위에 아버지의 입에서 하얀 입김이 뿜어져 나왔다.

대니는 아무 말도 하지 않았다.

"그래, 그럼 잘 지내라. 나도 가봐야겠다."

"우리 떠납니다, 아버지."

"떠나?"

대니가 고개를 끄덕였다.

"서쪽으로 갈 거예요. 주 밖으로."

아버지는 당혹스러운 표정이었다.

"여긴 네 고향이야."

대니가 고개를 저었다.

"이젠 아니에요."

아버지는 대니가 귀양살이를 한다 해도 가까이 있을 거라고 생각했을 것이다. 그래서 가족이 아직 파괴되지 않았다는 환상을 지키고 싶었으리라. 하지만 일단 대니가 떠나면 토머스 자신에게도 미처 대비하지 못한 커다란 균열이 생길 것이다.

"짐을 다 쌌다는 얘기로 들리는군."

"예, 금주법이 시작되기 전에 며칠 동안 뉴욕에 갈 생각이에요. 사실 신혼여행도 다녀오지 못했잖아요."

아버지가 끄덕였다. 고개를 숙이고 있었는데 눈이 그의 머리 위로 떨어져 내렸다.

"안녕히 계세요, 아버지."

대니가 지나쳐 가는데 아버지가 그의 팔을 잡았다.

"편지해라."

"답장하실 겁니까?"

"아니. 하지만 그래도 네가……"

"그럼, 저도 안 쓸 겁니다."

아버지의 얼굴이 굳어지더니 짧은 고갯짓과 함께 팔을 놓았다.

대니가 거리를 따라 올라가는데 눈발이 더욱 거세졌다. 아버지의 발자국이 벌써 지워지고 있었다.

"에이든!"

대니가 돌아보았지만 눈보라 때문에 아버지는 거의 보이지도 않았다. 눈송이가 눈썹에 내려앉아 눈을 깜빡여 털어내야 했다.

"답장하마."

아버지가 외쳤다. 갑작스러운 돌풍에 거리의 차들이 덜컹거렸다.

"좋아요, 그럼."

대니도 외쳤다.

"몸 조심해라, 아들아."

"아버지도요."

아버지가 한 손을 들어보였다. 대니도 손을 들어 화답한 후, 둘은 눈보라를 뚫고 서로 반대 방향으로 걸어갔다.

뉴욕으로 떠나는 기차 승객들은 모두가 술에 취했다. 심지어 식당차 종업원도 그랬다. 자정의 시간, 사람들은 샴페인과 호밀주를 벌컥벌컥 들이켰다. 4호 객차에선 밴드 연주가 있었는데 그들도 모두 술에 취한 터였다. 자리에 앉아 있는 사람은 아무도 없었다. 모두가 끌어안고 키스하고 춤을 추었다. 금주법은 이제 연방법이 되었고 앞으로 4일 후 16일에 전격적으로 시행될 것이다.

베이브 루스는 개인 객실을 얻었다. 처음엔 술꾼들과 거리를 둘 생각이었다. 그래서 계약서 사본을 꺼내 읽기도 했다. 오늘 저녁 폴로 그라운즈(뉴욕 자이언츠의 홈구장. 당시 양키스는 그곳에서 더부살이 중이었다 — 옮긴이)의 단장 사무실에서 공식 서명하기로 한 계약서다. 이제 그는 양키스 소속이다. 트레이드는 열흘 전에 이루어졌지만 베이브 자신은 상상도 못한 일이었다. 이틀 동안 충격을 못 이겨 술독에 빠져 지내고 있는데 조니 이고가 그를 찾아내 정신을 차리게 해주었다. 베이브가 야구 역사상 가장 고액 연봉선수가 되었다는 얘기였다. 그는 뉴욕 신문들을 있는 대로 갖다 바쳤다. 모두 좋아한다는 내용이었다. 야구 역사상 가장 위대한 홈런 타자를 그들 팀으로 데려온다는 사실에 다들 흥분하고 있었다.

"넌 벌써 그 도시를 정복했다, 베이브. 아직 가지도 않았는데 말이야!"

덕분에 상황이 새롭게 보였다. 베이브는 뉴욕이 너무 크고, 너무 넓고, 또 너무 소란하다고 생각했었다. 그래서 도시에 자신이 먹힐까봐 두려웠다. 지금은 그 반대를 보고 있었다……. 보스턴에 있기엔 그가 너무 커진 것이다. 너무 요란하고 너무 위대해져 도저히 보스턴이 감당할 수가 없었다. 보스턴이야말로 좁아터진 오지가 아니던가. 뉴욕이야말로 베이브가 놀 만한 무대였다. 뉴욕 오직 뉴욕뿐이다. 뉴욕이 그를 삼키는 게 아니라, 그가 그곳을 통째로 먹어치울 것이다.

난 베이브 루스야. 누구보다 훌륭하고 강하고 위대한 존재다. 그 누구보다.

술 취한 여자가 문을 두드리더니 키득거리며 웃었다. 문득 그 소리만으로 베이브는 갑자기 흥분되었다.

도대체 이 구석에서 무슨 짓거림. 저 밖에서 팬들을 즐겁게 해주고, 사인도 해주고, 손자들한테 들려줄 이야깃거리를 선물해야 할 판에 말이다.

그는 방을 나와 곧바로 식당차로 향했다. 승객들은 모두 취해 춤을 추고 있었다. 한 여자는 테이블 위로 올라가 스트립쇼라도 벌이려는 듯 두 다리를 차올리고 있었다. 그는 바로 다가가 더블스카치를 주문했다.

"왜 우리를 떠나는 거요, 베이브?"

돌아보니 키 작은 사내와 키 큰 여자 친구가 옆에 있었다. 둘 다 만취 상태였다.

"내가 떠난 게 아니라, 해리 프레이지가 날 트레이드했어요. 나야 힘 있나요? 까라면 까야지."

"그럼 언젠가 돌아옵니까? 그놈의 계약기간이 끝나면 우리한테 돌아올 거요?"

땅딸보가 물었다.

"물론. 나도 그러고 싶어요."

남자가 그의 등을 두드렸다.

"고맙소, 베이브."

"내가 고맙죠."

베이브가 대답하며 여자 친구에게 윙크를 보냈다. 그리고 술잔을 비우고 새 잔을 주문했다.

어느덧 그는 한 덩치 큰 사내와 그의 아일랜드 아내와 얘기를 하게 되었다. 덩치 큰 사내는 파업 경찰 출신이라고 했는데 뉴욕으로 잠깐 신혼여행을 갔다가 친구를 만나러 서부로 갈 생각이라고 했다.

"도대체 무슨 생각으로 그랬던 겁니까?"

베이브가 물었다.

"그냥 공정한 대우를 받고 싶었을 뿐이요."

전직 경찰의 대답이었다.

베이브는 그의 아내를 훔쳐보았다. 억양이 더럽게 섹시한 여자였다.

"하지만 그게 쉽습니까? 이봐요, 난 세상에서 제일 잘나가는 야구 선수요. 그런데도 트레이드 동안 입 한 번 뻥긋하지 못했다오. 수표를 주무르는 놈들이 규칙을 주무르는 법이요."

전직 경찰이 미소 지었다. 슬픈 듯 초연한 미소였다.

"무전유죄. 유전무죄. 그렇죠?"

"오, 물론. 언젠 안 그랬습니까?"

셋은 술을 더 마셨다. 베이브는 그렇게 서로 사랑하는 커플은 처음임을 인정해야 했다. 스킨십 같은 건 거의 없었다. 닭살 돋는 교태를 부리는 것도 아니고, 코맹맹이 소리로 속닥이거나, 서로를 '허니' 같은 별칭으로 부르지도 않았다. 그럼에도 불구하고 둘 사이엔 끈이 이어져 있는 것처럼 보였다. 보이지 않는 전선 같은. 그리고 그 끈은 맞잡은 손보다 더욱 강하게 두 사람을 이어주었다. 게다가 그놈의 끈에는 전류가 흐를 뿐 아니라 평온하기까지 했다. 따뜻하고 평화로우면서 진솔한 빛을 발하는.

베이브는 슬펐다. 한 번도 그런 사랑을 해본 적이 없었다. 헬렌과의 연애 초기에도 그러지 못했고, 다른 누구와도 그런 감정은 없었다. 한 번도.

평화. 정직. 고향.

맙소사. 그게 가능은 한 건가?

물론 가능하다. 여기 그 증인이 있지 않은가. 한 번은 여자가 한 손가락으로 전직 경찰의 손을 두드렸다. 딱 한 번. 그것도 가벼운 손짓에 불과했다. 그리고 그가 그녀를 돌아보았는데, 그녀가 가볍게 미소 짓더니, 윗니로 가볍게 아랫입술을 깨무는 것이 아닌가! 맙소사, 그 모습에 베이브는 심장이 꺼지는 줄 알았다. 그 표정이라니. 누가 그런 식으로 그를 바라본 적이 있었던가?

없었다.

그럼 앞으로는?

물론 없을 것이다.

그의 영혼이 밝아진 건 그 후의 일이었다. 그는 기차역을 빠져나와 부부에게 작별인사를 했고 두 사람은 택시 승차장에 줄을 섰다. 추운 날이라 줄이 무척이나 길었다. 물론 베이브야 걱정할 필요가 없었다. 단장실에서 차를 보냈으니 말이다. 검은색 슈투트가르트의 운전사가 그를 알아보고 손을 흔들었다. 베이브는 그쪽으로 걸어갔다.

"베이브 루스다!"

누군가 외쳤다. 그러자 몇 사람이 그를 가리키며 이름을 연호했다. 5번 애버뉴로 빠져나왔을 때에는 차량 대여섯 대가 경적을 울리기도 했다.

그는 승차장에 서 있는 부부를 돌아보았다. 매우 추운 날이었다. 문득 그들을 불러 호텔까지 태워줄까 하는 생각도 했지만 두 사람은 그를 쳐다보지도 않았다. 맨해튼이 그를 환호하고 경적을 울리고 '만세'를 외치고 있건만, 두 사람은 그 소리조차 듣지 않았다. 서로 마주봐야 했기 때문이다. 전직 경찰이 코트로 그녀를 감싸 바람을 막아주었다. 베이브는 다시 쓸쓸해졌다. 정말로 버림받은 기분이었다. 어쩌면 가장 기본적인 삶의 의미를 놓치고 있을지도 모른다는 생각에 두렵기까지 했다. 그가 놓치고 있는 삶이 영원히, 영원히 그의 세계에 들어오지 않을까봐 무서웠다. 그는 두 사람한테서 시선을 돌렸다. 그래, 택시를 기다리게 해주자. 어차피 행복한 사람들이니.

그는 차에 올라탄 다음 창문을 내렸다. 새로운 팬들에게 인사하기 위해서였다. 이윽고 차가 갓길을 벗어나왔다. 이제 곧 금주법이 시행되겠지만 별로 걱정은 없었다. 정부에서도 그 법을 시행하는데 필요한 인력을 거의 확보하지 못했다는 소문이었다. 게다가 베이브 같은 사람들한테는 어느 정도 예외가 인정될 것이다. 늘 그러지 않았던가. 결국 그게 사물의 이치니까 말이다.

차가 속도를 내면서 베이브도 창문을 올렸다.

"운전사 양반, 이름이 뭡니까?"

"조지입니다, 베이브 씨."

"재미있군요. 내 이름이 조지인데. 하지만 베이브라고 불러요, 조지. 알겠죠?"

"물론입니다, 베이브. 만나 뵈어 영광입니다."

"에이, 그저 야구선수에 불과해요, 조지. 글도 잘 못 읽는."

"하지만 쳐낼 수 있잖습니까. 그것도 하늘 저 멀리요. 제가 제일 먼저 환영하는 사람이었으면 좋겠군요. '뉴욕에 오신 걸 환영합니다, 베이브.'"

"오, 고마워요, 조지. 여기 오니 좋군요. 올해는 기막힌 해가 될 것 같습니다."

"기막힌 10년이 되셔야죠."

조지가 말했다.

"그게 정답이요, 조지."

기막힌 10년. 그래, 그렇게 만들어야겠다. 베이브는 창밖의 뉴욕을 내다보았다. 분주하고 화려한 도시. 조명과 당구장과 고층빌딩의 도시. 멋진 날. 멋진 도시. 살아 있다는 사실이 이보다 좋을 수는 없으리라.

〈끝〉

●── 본문 중 이탈리아 어 해석

1. 커피 두 잔 부탁해요.
2. 네, 손님, 오른쪽 위로 들어가세요.
3. 고맙습니다.
4. 여기 있습니다. 손님들.
5. 감사합니다.
6. 잘 오셨어요. 이렇게 아름다운 부인이 계셔서 행복하시겠어요, 손님.

역자 후기

번역이 뭔지도 몰랐던 대학 시절, 존 업다이크의 『토끼는 부자다』 같이 두꺼운 소설을 읽으며 이렇게 두꺼운 책들은 도대체 어떤 사람들이 번역하는 걸까 궁금해 했던 적이 있었다. 두꺼운 갱지에 여러 사람의 손을 탄 덕분에 실제보다 두꺼워 보였겠으나, 그 후 소설 번역에 손을 대고 보니 사실 그 정도의 소설은 드문 경우도 못되었다. 그동안 작업한 소설들을 언뜻 짚어 봐도, 스티븐 킹의 『듀마키』, 버나드 콘웰의 『윈터킹』 등 업다이크의 소설 분량을 훌쩍 뛰어넘는 책이 몇 편 정도는 되니 말이다. 하지만 이 소설, 『운명의 날』은 차원이 달라도 너무 달랐다. 원고지 환산 3000매가 훌쩍 넘는 엄청난 분량도 분량이지만, 1919년 세계대전의 종전 무렵을 배경으로 펼쳐지는 거대한 스케일과 복잡한 정치, 역사 문제 등등, 역량 부족의 번역자 눈물을 쏙 빼놓기에 전혀 손색이 없는 대하소설이었기 때문이다.

양과 질 어느 모로 보나 『운명의 날』은 그간 작업했던 50여 편의 번역 소설 중 단연 대표작일 수밖에 없겠다. 그리고 그건 원작자인 데 니스 루헤인도 마찬가지일 것이다. 엄격하게 분류한다면, 1995년 처 녀작 『전쟁 전의 한 잔』(1994)으로 셰이머스 상을 거머쥔 이후 『살인 자들의 섬』(2003)까지 그가 내놓은 일곱 편의 장편소설은 모두 탐정 또는 범죄소설의 범주에 속했다. 물론 그 작품들로 그는 탁월한 이 야기꾼으로서의 입지를 확고히 굳혔고, 「미스틱 리버」(클린트 이스트 우드), 「가라 아이야 가라」(벤 애플릭), 「살인자들의 섬」(마틴 스콜세지) 이 연이어 대작 영화로 각색되면서 '할리우드가 사랑한 대표 작가'로 우뚝 선 것도 분명한 사실이다. 하지만 그럼에도 불구하고 그에게서 '장르 소설가'로서의 꼬리표를 떼어낼 수는 없었다. 본격적인 창작수 업을 받은 영문학 전공의 야심만만한 젊은 작가에게 그다지 달가운 타이틀은 아니었을 것이다. 그리고 마침내 그는 『운명의 날』을 통해 그 꼬리표를 떼어내는 데 성공한다. 《워싱턴 포스트》 조나단 야들리 (Jonathan Yardley)의 말처럼, "장르소설가가 아닌…… 모든 장르를 통 틀어 가장 흥미로우면서도 역량 있는 미국 작가의 반열에 올라선 것" 이다.

장르소설가의 꼬리표를 떼려는 그의 노력은 사실 『운명의 날』이 처음은 아니었다. 그는 『비를 바라는 기도』(1999)를 끝으로 켄지와 제 나로 시리즈를 마감하고, 그 후엔 보다 스타일리스틱한 단행본, 『미 스틱리버』(2001), 『살인자들의 섬』(2003)을 연이어 출간한다. 더욱이

2006년에는 본격적인 단편소설 및 희곡집 『코로나도』를 발표함으로써, 탐정소설가로서의 한계를 벗어나기 위한 노력을 더욱 가속화해왔다. 『운명의 날』이 발표된 것은 그로부터 2년 후인데, 그의 본령 격인 대표작 켄지와 제나로 시리즈의 여섯 번째 작품 『문라이트 마일(Moonlight Mile)』이 2010년 10월에 출간 예정이라고 하니, 『비를 바라는 기도』 이후 12년 동안 장르작가가 아닌 위대한 미국 작가로 거듭 나기 위해 그가 얼마나 혼신의 노력을 기울였는지는 미루어 짐작할 수 있겠다.

데니스 루헤인의 실험은 대성공으로 보인다. 다시 《워싱턴 포스트》의 야들리를 인용한다면, 루헤인은 『운명의 날』로 확실한 돈방석에 앉게 된다. 2008년 출간되기도 전에 아마존의 베스트셀러 차트에 오르는 것은 물론, 영화 「스파이더맨」 시리즈의 명감독 샘 레이미가 발 빠르게 영화화를 결정했다니 당연히 헛말은 아닐 것이다. 『운명의 날』는 데니스 루헤인의 첫 역사소설이자 대하소설이다. 거대한 스케일에 걸맞게, 소설은 미국 역사상 가장 혼란기라 할 수 있는 세계 대전의 종전 무렵을 다루고 있다. 군인들의 귀향으로 인한 노동시장의 격변, 수많은 희생자를 낳은 스페인 독감, 무르익을 대로 익은 아나키스트와 반정부주의 운동, 금주법 등…… 그리고 루헤인은 잘 나가는 보스턴 경관 대니 커글린과, 살인을 저지르고 도망 중인 흑인 루터 로렌스를 갈등의 양축으로 내세워, 인종문제, 노사갈등, 가족 간의 알력, 보혁충돌 등, 당시의 시선으로 가늠이 불가능했던 시대의 잘잘못들을 하나하나 복기해 나간다.

사실 대니와 루터의 개안을 통한 흑백의 화합이 어쩌고, 피부색깔이나 계급을 초월한 인간 대 인간의 직접적이고도 순수한 사랑이 인류의 대안이라는 식의 주제의식이 저쩌고 하는 얘기는 별 의미가 없어 보인다. 루헤인이 대니와 루터와 노라를 주인공으로 선택한 것은, 그 시대를 현명하게 살아낸 유일한 해답이어서가 아니라, 그 시대에 가능한 수많은 선택 중의 하나였기 때문이었다. 역사소설을 쓰고 역사소설을 읽는 이유는, 그 시대의 사회상을 통해 현대 우리 시대와 우리 시대에 속해 있는 우리 자신의 모습을 돌아볼 기회를 갖게 해주기 때문이다. 그리고 그 속에서 우리는 또 우리 나름대로의 해법을 모색해야 할 것이다. 누군가 역사란 오늘을 들여다보는 거울이라 정의했다지만, 이 소설을 작업하며 느낀 것도, 이미 백년 가까이 지난 미국사회의 자화상이 신기하게도 현대 대한민국의 정치현실과 꽤나 닮아 있다는 사실이었다. 물론 그건 미국도 마찬가지였으리라. 『운명의 날』이라는 까마득한 옛날이야기가 그토록 큰 반향을 일으켰다는 건, 그들 역시 그 속에서 현재 자신들의 시대와 자신들의 모습을 보았기 때문일 것이다.

　물론 심각한 사회적 이슈와, 작가 자신의 정치적 당파성에도 불구하고 『운명의 날』은 충분히 쉽고 재미있게 읽힌다. 시대의 이야기꾼 루헤인의 스토리라인이니 당연한 얘기겠지만, 그의 여타 작품과 마찬가지로, 소설은 실제로 볼거리와 읽을거리로 넘쳐난다. 베이브 루스와 흑인들과의 아슬아슬한 야구경기, 신종독감에 죽어가는 사람들과 산 사람들과의 갈등, 당밀 탱크의 폭발로 지옥이 되어버린 마을, 경

528

찰 파업으로 비롯된 무정부 사태, 그리고 하숙집 옥상에서의 꿈 같은 파티와 대니와 노라의 애 타는 사랑 등…… 블록버스터의 거장 샘 레이미가 선뜻 메가폰을 잡기로 결심한 것도. "할리우드가 사랑하는 대표작가"인 데니스 루헤인의 그런 능력을 믿었기 때문이리라.

2005년 초보번역가 딱지를 떼지 못했던 시절, 『가라, 아이야, 가라』와 『비를 바라는 기도』로 처음 인연을 맺은 이후, 『데니스 루헤인』의 소설은 『운명의 날』가 벌써 일곱 번째다. 당연히 내게는 그 누구보다 인연이 깊고 의미가 큰 작가일 수밖에 없다. 이제 그의 역작 『운명의 날』가 우리나라에 소개된다니, 지난겨울 내내 소설 원문과 미국사를 오가며 머리를 쥐어뜯었던 생각이 새삼스럽기만 하다. 사실 얼마 전까지만 해도 『문라이트 마일』의 출간 소식을 몰랐기 때문에 내심 시원섭섭했었지만 아직 그와의 인연이 남았을지도 모른다니 슬며시 마음이 놓이기도 한다. 『문라이트 마일』은, 켄지와 제나로 시리즈의 걸작 『가라, 아이야, 가라』의 후속편으로, 전편에서 실종된 바 있던 어린 아만다가 12년 후에 다시 사라지고 그로써 두 탐정이 얽혀드는 스토리라고 한다. 자못 기대가 크다.

2010년 7월
남양주에서

하권 용어 설명

블랙삭스 스캔들Black Sox Scandal

1919년 월드 시리즈에서 일어난 최악의 승부 조작 사건. 시카고 화이트삭스가 하위팀 신시내티 레즈를 상대로 패배했는데, 도박사들과 연루되었다는 의혹이 번지며 법정소송으로 비화된다. 법원은 증거불충분으로 무죄를 선고하였으나, 화이트삭스 소속선수 여덟 명은 야구계로부터 영구제명된다. 그 후 클리블랜드 인디언스와 치열한 선두 경쟁을 펼치던 화이트 삭스는 2위로 시즌을 마감하고, 현재까지 리그 우승 1회에 그치는 등 심각한 월드시리즈 우승 가뭄에 시달리고 있다.

보스턴 당밀재해Boston Molasses Flood

1915년 1월 15일, 보스턴 노스엔드에서 발생한 사고. 거대한 탱크가 파열되어 당밀 파도가 시속 60km의 속도로 거리를 덮치는 바람에 21명이 죽고 150명 이상이 부상을 입었다. 그 사고로 도로, 극장,

건물 등에서 당밀을 씻어내는 데만도 6개월이 걸리고 내항은 갈색으로 물들고 말았다. 당사자인 퓨티티 증류회사는 금주법 발효 예정일 하루 전이라는 점을 들어 무정부주의자들 짓이라고 주장했으나 결국 100만 달러를 벌금으로 지불하게 된다. 폭발 이유는 정확히 밝혀지지 않았으나 금주법이 발효되기 이전, 대량의 메틸알코올을 생산하기 위해 과충전했을 가능성이 제일 설득력이 있다. 하지만 금주법은 이듬해에야 발효되고 그때에도 산업용 알코올 생산은 금지되지 않았다.

밤비노의 저주 Bambino's Curse

보스턴 레드삭스는 1914년부터 1918년까지 월드시리즈의 단골 우승팀이었다. 그런데 연극으로 재산을 탕진한 구단주 해리 프레이지가 빚을 갚기 위해 승리의 주역인 베이브 루스를 포함해 선수들을 뉴욕 양키스에 팔아넘겼고, 그 후로 80년 동안 레드 삭스는 리그 우승은 4회로 끝나고, 1946, 1967, 1975, 1986년에는 월드시리즈 7차전에서 모두 패하는 불운에 빠지게 된다. 레드삭스의 불운을 베이브 루스의 애칭을 따서 밤비노의 저주라고 부른다. 밤비노는 이탈리아 말로 아기(baby)를 뜻한다. 한 편 베이비 루스를 받아들인 뉴욕 양키스는 만년 하위팀에서 최강팀으로 거듭나 지금까지 26회라는 메이저리그 최다 우승 기록을 기록한다.

보스턴 경찰 파업 Boston Police Strike

1919년 9월 9일. 경찰청장 에드윈 업튼 커티스가 경찰노조를 불허하자 1117명의 보스턴 경찰이 파업을 벌였다. 경찰 병력의 4분의 3에 해당하는 초대형 파업으로, 이를 빌미로 도시는 폭동에 휩싸이게 된다. 파업은 당시의 주지사 캘빈 쿨리지가 나서서 진압하였다. 그는 공공의 안녕을 담보로 한 경찰 파업은 용납할 수 없다고 선언 주방위군을 불러들였다. 파업은 실패하였다. 쿨리지는 세계대전에서 돌아온 제대 군인들로 병력을 대체하고 이전의 경관들을 모두 해고하였다. 아이러니컬하게도 파업 와중에 뽑은 신임 경찰들은 그 이전보다 나은 봉급에 많은 휴가, 그리고 시에서 제공한 유니폼을 받았는데, 그건 원래의 파업 경찰들의 요구사항이었다. 보스턴 경찰파업은 전통적인 노사 관계와 경찰에 대한 일반적인 관점을 획기적으로 바꾸는 계기를 제공한다.

에드윈 업튼 커티스Edwin Upton Curtis 1861~1922

매사추세츠 변호사 및 정치가 출신으로 1895년 34대 보스턴 시장 역임. 1918년 겨울, 스티븐 오미라의 후임으로 보스턴 경찰 국장에 임명되나, 경관들의 노조를 인정하지 않음으로써 1919년 보스턴 경찰 파업을 자극한다. 당시 경찰병력의 상당 부분을 차지한 아일랜드 출신에 대한 그의 뿌리 깊은 반감도 극한 대치의 원인으로 여겨진다.

미첼 파머Mitchell Palmer 1872~1936

1919년 윌슨 대통령이 임명한 법무장관. 재직 중 정치적 과격론자, 반정부주의자, 좌익 세력, 거류 외국인 등을 무차별적으로 검거하고 에마 골드만 등 정부전복 혐의가 있는 사람들을 추방한 것으로 유명하다. 하지만 '파머의 일제 검거(Palmer Raids)'를 통해 시민의 기본권을 무시한 사실이 밝혀지며 국민적 저항에 직면하게 된다. 후에 민주당에 남아 앨 스미스와 프랭클린 D. 루스벨트의 대통령 선거운동을 했다.

제임스 잭슨 스토로 James Jackson Storow 1864~1926

제너럴 모터스의 3대 회장이자 보스턴 시 위원 역임(1915~1918). 1919년 보스턴 경찰파업 당시, 피터스 시장은 스토로에게 특별 위원회를 꾸리게 하여 상황을 점검하게 한다. 스토로 위원회는 경찰 노조를 인정하되 AFL 같은 단체와의 연합은 불허한다는 입장이었으나 커티스 청장의 거절로 타협은 불발되고 보스턴 역사상 최악의 파업이 일어난다.

반조합법 anti-syndicalist laws

전후 확산일로에 있는 공산주의 운동을 탄압하기 위해 만든 악법으로, 특히 '현 경제체제와 사회질서의 급격한 변화를 주장하는 강령의 주장이나 옹호를 범죄행위로 규정'하고 있다. 1917년에서 1920년까지 21개 주에서 채택한 이 법은 실제로 혁명적 노동조합인 세계산업노동자회의(I.W.W)를 겨냥했으나, I.W.W는 1919년 즈음에 이미 산업가들에게 더 이상 위협이 되지 못했다.

시카고 인종폭동Chicago Race Riot of 1919

　1919년 7월 27일 한 흑인 청년의 죽음에서 비롯된 최악의 인종 폭동. 실수로 미시간 호의 백인전용 구역으로 떠내려간 흑인이 백인들이 던진 돌에 맞아 익사하고, 목격자들이 지목한 백인 범인을 경찰이 체포하지 않자, 분노한 흑인들이 해변으로 모여들어 폭동을 일으키기 시작했다. 이 폭동으로 시카고는 13일간 무법 사태에 빠졌으며, 사망 38명(흑인 23명, 백인 15명), 부상 537명(대부분 흑인)의 피해자가 생겼으며 흑인 1000여 세대가 집을 잃었다. 이 사건은 제1차 세계대전 이후 미국 전역을 휩쓴 약 25개의 인종폭동(레드 서머, 붉은 여름) 중 가장 최악으로 기록되었는데 이들 인종폭동의 주된 원인은 흑인의 대규모 북부 이주에 따른 빈민가의 과밀현상 및 주택부족 문제였다. 시카고 인종폭동이 발생한 사우스사이드의 경우, 흑인 인구는 1910년 4만 4000명에서 1920년에 10만 9000명 이상으로 증가했다는 사실을 한 예로 들 수 있겠다. 레드서머 중, 남부에서는 큐 클럭스 클랜(KKK단)가 부활해 1918년 64명, 1919년에는 83명이 린치 당했으며, 워싱턴 디시 테네시의 낙스빌, 텍사스의 롱뷰, 아칸소의 필립스 등지에서도 인종폭동이 일어났다. 북부에서는 시카고와 네브래스카의 오마하에서 최악의 인종폭동이 발생했다.

운명의 날 (하)

1판 1쇄 찍음 2010년 7월 12일
1판 1쇄 펴냄 2010년 7월 19일

지은이 | 데니스 루헤인
옮긴이 | 조영학
펴낸이 | 김준혁
펴낸곳 | 황금가지

출판등록 | 1996. 5. 3. (제16-1305호)
주소 | 135-887 서울 강남구 신사동 506 강남출판문화센터 5층
전화 | 영업부 515-2000 / 편집부 3446-8773 / 팩시밀리 515-2007
홈페이지 | www.goldenbough.co.kr

ISBN 978-89-6017-278-4 04840
ISBN 978-89-6017-276-0 04840 (set)